KB045342

더 파더
1

THE FATHER 더 파더 1

안데슈 루슬룬드 · 스테판 툰베리 지음
이승재 옮김

그때가 지금이라면.

지금이 그때라면.

그는 땀 냄새와 페인트 냄새, 그리고 딱히 뭐라고 콕 집어 설명하기 힘든 묘한 향이 뒤섞인 노란색 폭스바겐 밴 안에 앉아 있었다. 뭔지 모를 그 향은 아마도 주유소에서 사 마시고 계기판에 올려두었던 커피에서 나는 냄새였을 것이다. 아니면 조수석에 떨어져 있는 담배 가루 냄새거나 그것도 아니면 폴쿵가가탄에 있는 철물점에서 막 구입해 뒷좌석에 던져놓은 시멘트 포대와 페인트브러시 냄새일지도 모른다. 그것도 아니면 각종 연장과 그녀가 임대했던 창고에서 가지고 와 뒷좌석에 깔아둔 식탁보 때문이었을 것이다. 지난 4년간, 그의 옷가지들과 한때나마 자신이 절반을 차지해 썼던 침대 옆에서 썩고 있던 물건이었으니까.

바로 그 냄새였다.

창고. 밀폐된 공간. 흘러간 시간.

차창을 때리고 들어온 강렬한 햇살로 엷게 내려앉은 먼지가 두드러져 보였다. 출처가 불분명한 열기가 느껴졌다. 그는 실내 온도를 낮추려고 창문을 열었지만 오히려 더운 공기가 밀고 들어왔다. 순간 아들과 통화했던 기억이 떠올랐다.

"나다."

"알아요."

"녀석들은 어떻게 지내냐? 별일 없는 거고? 다들 괜찮은 거냐?"

스톡홀름에서 세 시간 거리에 있는 공장과 전나무 숲으로 둘러싸인 작은 마을. 그는 오후 이른 시각부터 그 마을 주변을 천천히 돌고 있었다. 콘숨 슈퍼마켓, 핫도그 가판대, 자갈 깔린 작은 축구장을 거쳐 마을 중앙에 있는 아파트 건물로 향했다. 한 번도 가본 적 없는 3층짜리 빨간 벽돌건물.

"별일 없어요."

"뭐 하던 중이었냐?"

"아무것도요……. 이제 밥 먹으려고요. 엄마가 요리 중이세요."

도시를 등지고 떠난 뒤로 도로는 점점 더 좁아지고 느려졌다. 그는 그렇게 한동안 마주하지 못했던 스웨덴의 풍경을 가로지르고 있었다. 주유소에 들른 그는 담배 한 대를 만 다음 공중전화 부스 안으로 들어가 외우고 있던 전화번호를 눌렀다. 전화를 받은 그녀는 그의 목소리에 한동안 침묵을 지키다 큰아들에게 수화기를 넘긴 터였다.

"동생들은, 레오? 녀석들은 어떻게 지내냐?"

"똑같아요……. 달라진 건 없어요."

"다들 집에 있는 거냐?"

"다들 있어요."

그는 남은 몇 킬로미터 동안 속도를 줄이며 교회, 옛 학교, 그리고 조만간 구름과 천둥으로 변해버릴 햇살을 온몸으로 흡수하며 일

광욕을 즐기는 사람들이 모인 광장을 지났다. 습한 기운이 잔뜩 담긴 더위였다.

"펠릭스 좀 바꿔주겠냐?"

"싫어하는 거 아시잖아요."

그는 아파트 앞에 차를 세우고 현관문을 노려보았다. 현관문이 자신의 눈빛을 되받아 쏘아보는 기분이 들었다.

"그렇구나……. 그럼 빈센트는?"

"놀고 있어요."

"레고 가지고?"

"아니요, 빈센트는……."

"그럼 장난감 병정이냐? 녀석이 뭐 하는지 얘기 좀 해봐라."

"책 읽고 있어요. 아빠, 그런 거 가지고 놀 나이는 예전에 지났어요."

우측 건물 맨 위층 창문, 분명 그 집일 것이다. 큰아들에게 얼마나 여러 차례 설명을 들었는지 처음 보자마자 어떻게 생긴 집인지 알 수 있을 것 같았다. 현관문을 열고 들어가면 왼쪽으로 바로 부엌이 나오고, 그 안에는 밤색 원형 테이블이 놓여 있는데 의자는 다섯이 아니라 네 개이며 거기서 곧장 걸어가면 거실이 나오고 안을 들여다볼 수 없는 불투명 유리가 달린 문이 하나 있으며 그 오른쪽에는 그녀의 침실과 그녀가 아직까지 빈 상태로 놔둔 침대 나머지 반쪽이 있다. 그리고 아이들 방이 나온다. 모두 함께 살았던 그때처럼.

"아빠는요?"

"난……."

"어떻게 지내세요, 아빠?"

"집에 가는 길이다."

방 다섯 딸린 아파트에는 특유의 소음이 울려 퍼졌다. 엄마가 개수대 수도꼭지를 돌리면 무미건조한 물소리가 날붙이 및 식기 서랍 여닫는 소리, 덜걱거리는 찬장 그릇 소리와 뒤엉기며 나머지 소음들을 제압하기 위해 합창을 시작한다. 소파 구석에 앉은 펠릭스가 보는 만화영화 속 주인공들의 날카로운 고성, 레오의 대형 스피커 두 짝에서 흘러나오는 음악, 빈센트가 삐딱하게 걸친 워크맨 헤드폰에서 흘러나오는 묵직한 저음의 내레이션 소리 역시 부엌 합창에 뒤질세라 밀고 쥐어짜서 서로 뒤섞이며 맞섰다.

스파게티 면이 준비되고 미트 소스도 잘 데워졌다.

엄마는 빈센트가 머리에 걸친 헤드폰을 들어 올리고 저녁 먹을 시간임을 알렸고, 빈센트는 복도로 뛰어가며 "밥 먹자!" 하고 소리쳤다. "밥 먹어라! 밥!"

TV가 꺼지고 음악이 멈췄다.

조용한 가운데 삼 형제가 부엌 식탁으로 걸어가는 바로 그 순간, 또 다른 소리가 불시에 침입하듯 집 안에 울려 퍼졌다. 현관 벨 소리였다.

빈센트는 이미 현관 쪽으로 발걸음을 돌린 뒤였다.

"내가 갈게."

펠릭스가 TV를 지나쳐 현관을 향해 부리나케 뛰어갔다.

"내가 갈 거야!"

형제는 시합을 벌였고 가까이 있던 빈센트가 먼저 현관에 도착해 문손잡이를 향해 손을 뻗었지만 손잡이를 돌릴 수는 없었다. 바로 뒤에 선 펠릭스가 동생의 손을 밀어내고 문 앞에 기대 문구멍을 들여다보았기 때문이다. 레오는 문손잡이를 잡기 위해 다시 손을 뻗었지만, 원하는 대로 문을 열지 못하는 빈센트와 문구멍을 보고 움찔하더니 두려운 표정으로 뒤돌아서는 펠릭스를 지켜보았다.

"누군데?"

펠릭스는 고갯짓으로 문을 가리켰다.

"저기."

"저기, 뭐?"

또다시 벨이 울렸다. 먼저보다 긴 벨 소리가 이어지자 레오가 현관문을 향해 걸어갔다. 빈센트는 문을 열기 위해 펄쩍 뛰어올랐고, 펠릭스는 문을 열지 못하도록 손잡이를 놓지 않았다.

"둘 다 비켜. 형이 열 테니까."

훗날 그녀는 자신이 실제로 뒤를 돌아보았는지 기억하지도 못 할 것이다. 아니, 아들들이 왜 멍하니 서 있었는지 의아해할 틈조차 없었다. 그녀가 기억하는 건 오로지 그의 곱슬머리가 더 길어졌다는 것과 그의 입에서 와인 냄새가 나지 않았다는 것뿐이었다.

그리고 그가 자신을 때렸다는 것. 하지만 평소와는 강도가 달랐다.

평소처럼 주먹을 휘둘렀다면 아마 바닥에 나동그라졌을 테니까. 그는 그녀가 자신의 눈을 똑바로 쳐다보기를 원했다. 그녀를 응징하는 자신의 눈을. 그를 무시했던 그 대가를, 자신의 이야기를 듣지 않고 큰아들에게 전화기를 넘겨버린 그 대가를 치르는 동안 자신의 눈을 똑바로 쳐다보기를 원했다. 4년 만에 만나는 그 순간만큼은 그를 똑바로 쳐다봐야 한다고 생각했기 때문이다.

그녀의 왼쪽 뺨으로 가장 먼저 날아든 것은 그의 오른쪽 주먹이었다. 그의 손은 연이어 그녀의 목을 거머쥐고 서로의 시선이 마주치도록 거칠게 비틀었다. 두 번째, 세 번째, 그리고 네 번째 주먹은 반대편에서 이어졌다. 왼손은 그녀의 오른쪽 뺨을 강타했다. *날 보라고!* 짧고 강한 펀치가 날아들자 그녀는 두 팔을 들고 팔꿈치를 내밀며 헬멧처럼 자신의 머리를 감쌌다. 살과 뼈를 보호하기 위해서.

한 손으로 그녀의 목을 누르고 다른 한 손으로 그녀의 머리채를 휘어잡은 그는 몸을 보호하려고 그대로 드러누워 있으려는 그녀를 강제로 일으켜 세웠다. 그는 그녀의 머리채를 붙잡은 채 무릎으로 얼굴을 때렸다. *느껴보라고!* 그리고 또다시 때렸다. *제대로 맞아보라고!* 그리고 한 번 더. *느낌이 와?*

잔혹한 침묵의 의미를 알 수 없었기에 레오는 반응하기까지 오랜 시간이 걸렸다. 아버지의 주먹은 채찍처럼 계속해서 엄마의 얼굴로 날아들었다. 하지만 서두르지 않고 조용히 주먹질을 했다. 아버지가 엄마를 때릴 때면 언제나 소란스러웠다. 그래서 레오는 아무런 반응을 보이지 못했던 것이다. 그는 아버지인 동시에 전혀 다른

사람이었다. 엄마는 신음조차 내지 않았다. 빈센트는 펠릭스 등 뒤에 숨었고, 펠릭스는 그저 멍하니 현관문 앞에 서 있었다.

부자는 여전히 키 차이가 났다. 체격 조건만 비슷했다면 레오가 아버지의 등 뒤에 올라탈 필요도 없었을 것이다. 레오는 아버지가 무릎을 사용하기 시작하자 그의 등 뒤로 뛰어올랐다. 이번만큼은 엄마의 숨통이 끊어지기 전까지 폭행이 멈추지 않을 것이라는 것을 직감했기 때문이다. 레오는 아버지에게 매달려 두 팔로 목을 꽉 조였다. 자신을 떼어놓을 때까지.

적어도 그 순간만큼은 그도 엄마의 머리채를 내려놓아야 했다.

레오가 미끄러지며 바닥에 떨어졌고, 당황한 엄마는 몇 걸음 뒤로 물러섰다. 엄마가 두 팔로 피가 철철 흐르는 얼굴을 막았다. 광대뼈에서 피가 흘러나오고 있었다. 그는 엄마에게 다가가 다시 엄마의 머리채를 휘어잡았다. 주먹질을 하는 동안 아내가 자신의 눈을 똑바로 쳐다보게 하기 위해서였다.

또다시 엄마의 코와 입으로 강펀치가 날아들었다.

하지만 그렇게 딱 한 번이었다. 벌떡 일어난 레오가 두 사람 사이에 끼어들어 두 손을 들어 올렸기 때문이다.

"아빠, 그만하세요!"

레오가 가운데 섰다. 피 흘리는 엄마와, 엄마를 두들겨 패고 싶었지만 또 다른 얼굴이 가리고 있어 그럴 수 없었던 아버지 사이에.

레오는 아버지를 붙잡았다.

목은 아니었다. 그만큼 키가 크지 않았다. 팔도 아니었다. 아버지의 팔을 잡을 정도로 크지도 않았다. 대신 가슴 아래쪽 허리를 꽉 붙잡았다.

"아빠, 그만!"

레오는 부엌 바닥에 단단히 발을 딛고 섰다. 하지만 양말이 미끄러지는 바람에 식탁 다리에 의지해 최대한 엄마에게서 아버지를 떨어뜨리려 기를 썼다. 마음먹은 대로 밀어붙일 수는 없었지만 적어도 엄마의 머리채를 놓게 만들 수는 있었다.

엄마는 부엌을 빠져나가 활짝 열린 현관문으로 뛰쳐나갔다. 그러다 광을 내놓은 돌계단에서 미끄러졌다. 여전히 피를 쏟으며. 엄마는 그렇게 한 계단, 한 계단을 훌쩍이고 신음하며 내려갔다.

두 계단만 더 내려가면 된다.

레오는 여전히 아버지의 허리를 붙잡고 있었다. 마치 끌어안듯 그의 몸에 기댄 채로.

"이제 모든 게 네 녀석한테 달렸다, 레오나르드."

스파게티와 미트 소스, 그리고 엄마의 피 냄새가 풍기는 가운데 두 부자는 서로를 노려봤다.

"알아듣겠냐? 난 더 이상 근처에 얼씬도 하지 않을 거라고. 지금부터는 네 녀석이 책임져야 하는 거야."

아버지의 눈빛은 달라져 있었다. 피하거나 사라지지 않았다. 그 자리에 멈춰 있었다. 아무런 말도 하지 않았지만 눈빛이 대신 무언가를 말하고 있었다.

중요한 건 아니지만 이 소설은 실화를 바탕으로 한다.

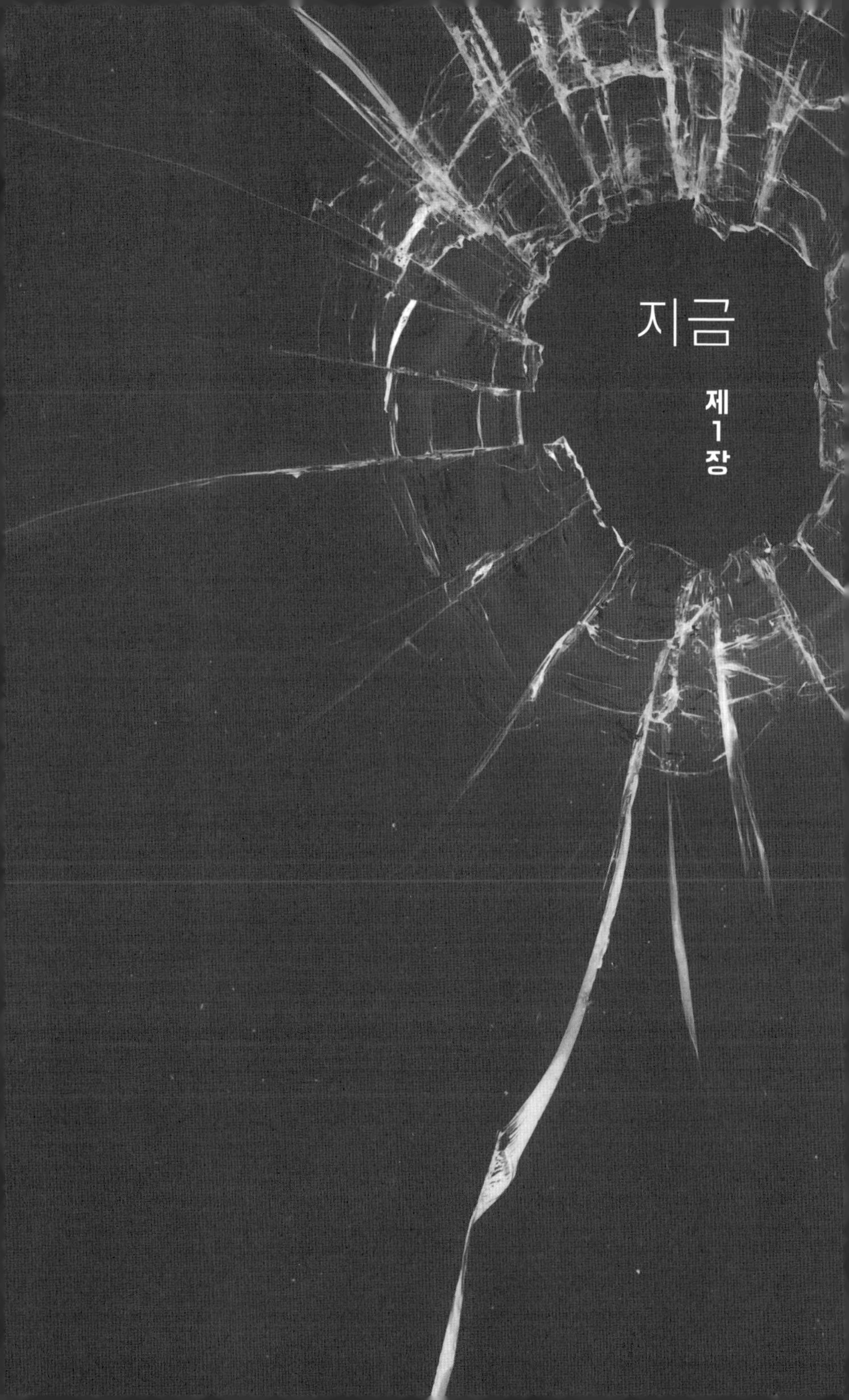
지금
제1장

1

레오는 숨을 참았다. 강렬한 흰 손전등 불빛이 그를 훑고 지나가는 동안 축축한 이끼와 월귤나무 잔가지가 널려 있는 바닥에 얼굴을 파묻고 몸 전체를 바닥에 단단히 붙였다. 숲 속으로 몇 걸음 들어간 지점에 누우면 들키지 않고 감독관의 일상을 쉽게 염탐할 수 있었다.

감독관은 먼저 손전등으로 보안문 자물쇠를 비춰 보고 파손 흔적이 있는지 살폈다.

그런 다음 사각형 콘크리트 구조물 벽면을 비추며 한 바퀴 둘러보았다.

마지막으로 구조물을 등지고 서서 담배 한 대를 피워 물었다. 아마 모든 상황이 전날 밤과 달라진 게 없다는 확신이 들 때까지 기다리면서 쉬는 듯 보였다.

레오는 다시 호흡을 고르며 숨을 내쉬었다. 똑같은 시각, 똑같은 곳에 누워서 보낸 게 벌써 연속 7일째였다. 숲에 둘러싸인 널찍한 사각형 자갈밭, 그리고 그 중앙에 놓인 작은 회색 콘크리트 구조물 근처에서. 바로 병기창고였다. 움직임이 전혀 느껴지지 않는 정적인 밤이었다. 한 점 바람 소리, 끊임없이 들려오는 올빼미 울음소리, 간간이 날아다니는 밤 벌레 소리가 전부인 밤.

주변에 자기 혼자라고 확신하는 남자의 움직임을 불과 몇 미터 떨어진 곳에서 매 순간 지켜보는 기분은 묘하기가 이루 말할 수 없었다. 담배를 깊이 빨아들이는 제복 차림의 남자는 스톡홀름군 보안 구역 44지구 내 병기창고 책임자였다.

레오는 옷깃에 붙어 있는 마이크를 조절하고 덤불 위로 고개를 들어 속삭였다.

"스모킹 맨이 현장을 벗어나고 있다."

숲과 자갈밭 사이에 난 배수로에는 물이 차 있었고 레오는 투박한 워커로 잔디밭을 밟고 배수로를 뛰어넘었다. 그의 한 손에는 큼지막한 가방 하나가, 다른 한 손에는 널빤지 하나가 들려 있었다.

머리카락에 이끼와 솔잎을 묻힌 채 반대편에서 다가오는 야스페르의 손에도 커다란 가방 하나가 들려 있었다.

두 사람은 아무 말도 하지 않았다. 굳이 입을 열 필요가 없었다.

레오는 가로세로가 정확히 60센티미터인 널빤지를 병기창고 문 바로 앞, 바닥에 내려놓았다.

그는 병기창고의 벽을 어떻게 처리할까 고민하고 또 고민했다. 폭발시켜 날려버릴 경우 머지않아 감독관이 들고 다니는 손전등 불빛에 발각될 게 뻔하고 폭발음도 커서 괜한 관심을 끌 수도 있었다.

그래서 천장 쪽을 노리는 방법을 분석해보았다. 구조물 내에 빗물이 스며들지 못하도록 설치해놓은 철제 지붕을 걷어내고 위에서 15센티미터 두께의 콘크리트 벽을 뚫고 들어가 물건을 꺼낸 뒤, 다시 철판을 덮어놓는 방법이었다. 구조물 천장의 구멍은 감독관의 손전등 불빛에 쉽게 드러나지 않을 테니까. 하지만 역시 소음 문제를 차단할 수는 없었다.

남은 방법은 단 하나. 바닥을 뚫고 들어가는 것이다. 단단한 지반이 역압을 일으키며 폭발의 힘을 위로 끌어올리기 때문에 소량의 폭약으로도 가능하고 폭발음도 훨씬 줄어들게 된다.

레오는 가방에서 500그램에 달하는 묵직한 플라스틱 폭약을 꺼냈다.

그러고는 무릎을 꿇고 폭약 덩어리를 손으로 잘라 헤드램프로 비추며 작은 공 모양 열두 개로 잘라 빚었다.

"이걸로는 모자라." 야스페르가 말했다.

레오는 40그램짜리 공 모양 폭약 열두 개를 시계 눈금처럼 한 시간 간격으로 널빤지에 붙였다.

"충분해."

"하지만 군대에서는……."

"군대는 항상 적정량 이상 사용한다고. 전투에서 살상이 목적이라 그런 거야. 난 딱 그 절반만 쓴 거야. 우리 목적은 병기창고 안으로 들어가는 거지, 통째로 날려버리는 게 아니잖아."

레오는 가방에서 접이식 야전삽을 꺼내 땅을 파기 시작한 야스페르를 쳐다보았다. 손이 한 번씩 움직일 때마다 안전해 보이던 병기창고 문 앞과 아래쪽의 구멍이 점점 커졌다.

폭약 반죽 하나는 한 시간을 의미했다. 원을 그리며 도는 시계의 시침처럼. 그리고 그 반죽들은 밤색 전선을 통해 뇌관에 연결되어 있었다.

쓸데없는 고집이라는 건 자신도 잘 알고 있었지만 그는 언제나 시계와 함께 살아왔다. 심지어 시계를 차고 있지 않은 상태로도 시각을 알 정도였다. 내면의 시계가 언제나 멈추지 않고 째깍거리며 돌기 때문이었다.

"준비됐어."

야스페르는 무릎을 꿇고 허리를 숙인 채 땀을 뻘뻘 흘리며 최대한 깊이 파 들어갔다. 레오도 바로 옆에서 그를 도왔다. 두 사람의 팔은 각자의 방향으로 열심히 움직였다.

"지금이야."

두 사람은 널빤지를 한쪽씩 잡고 열두 개의 폭약에 이물질이 묻지 않도록 조심스레 병기창고 바닥에 붙인 다음 도화선을 밖으로 끌어냈다. 널빤지가 구조물 바닥에 제대로 달라붙었다는 확신이 들자 파낸 구덩이와 주변에 빈틈이 보이지 않도록 자갈을 꽉 채우고 깔았다.

"만족해?"

"만족해."

수 시간에 걸쳐 계산했고, 필요한 장비를 취합하는 데도 며칠이 넘게 걸렸다. 몇 주에 걸쳐 장화를 신고 버섯 채취용 바구니를 팔에 낀 채로 이 숲 저 숲을 헤치며 스웨덴군이 보유한 병기창고들을 철저히 조사하기까지 했다. 그러다 찾아낸 곳이 바로 스톡홀름에서 남쪽으로 15킬로미터 정도 떨어진 예트뤼겐이라 불리는 지역이었다. 그곳을 발견한 순간, 레오는 더 이상 다른 곳을 찾아다닐 필요가 없다는 사실을 직감했다.

이제 남은 시간은 불과 몇 분이었다.

그는 테이프를 뜯어 짤막한 신관을 기폭장치에 붙이고 전선의 양극과 음극에 이어 붙인 다음 재빨리 자갈밭과 배수로를 지나 숲 속으로 돌아왔다. 그러고는 전선의 다른 쪽 끝을 오토바이 배터리 양극 단자에 연결했다.

"펠릭스, 빈센트?" 레오는 마이크에 대고 말했다.

"응." 펠릭스가 대답했다.

"시야는 확보됐어?"

"아무도 없어."

"10초……."

펠릭스와 빈센트는 '관계자 외 무단 침입 금지'라는 문구가 적힌 철판이 붙어 있는 빨간색, 노란색 바리케이드 근처에서 나뭇잎과 이끼, 잔디가 뒤덮인 방수포를 뒤집어쓰고 엎드려 있었다.

"……후에 점화한다."

빈센트는 1.5미터 정도 되는 절단기를 손에 꽉 쥐었다.

펠릭스는 손목시계를 확인하기 위해 시계 문자반을 덮고 있는 유리를 손가락으로 문질렀다. 부옇게 습기가 차 있었다.

"9초."

그는 초침이 제대로 보일 때까지 유리를 닦은 다음 빈센트를 쳐다보고 고개를 끄덕였다. 빈센트는 거슬릴 정도로 강렬하고 가쁘게 숨을 몰아쉬기 시작했다.

"8초."

"괜찮아?"

"7초."

빈센트는 아무런 대꾸도 하지 않았다. 심지어 둘째 형을 쳐다보지도 않았다.

"6초."

두 형제가 뒤덮고 있는 방수포까지 덜덜 흔들렸다.

"5초."

"아무도 없어, 빈센트. 여긴 우리밖에 없다고."

"4초."

펠릭스는 동생의 떨리는 어깨에 얹은 팔을 절단기를 움켜쥔 손으로 옮겼다.

"3초."

"빈센트?"

"2초."

"큰형이 저기 있어. 큰형이 다 계획했으니까 아무 일 없을 거야. 차라리 이게 더 나아."

"1초."

"빈센트, 아무것도 모른 채 집구석에서 TV나 보는 것보다는 이렇게 같이하는 게 더 나은 거라고."

폭발로 인한 굉음은 레오의 예상보다 훨씬 컸다. 병기창고가 기타의 울림통 역할을 대신해 500그램에 달하는 폭약이 폭발하는 소리를 증폭시켰기 때문이다. 게다가 폭발로 인해 창고 바닥이 안으

로 밀려들어가면서 이미 증폭된 소리가 이어지는 또 다른 소리들을 더욱더 키웠다.

일당은 일단 자리를 지키며 5분여 정도 기다리기로 했다.

아무 일도 일어나지 않았다.

레오는 야전삽을 손에 들고 축축한 자갈밭 위를 기어갔다. 그는 호탕하게 웃으면서도 처음에는 자신이 소리 내 웃고 있다는 사실조차 의식하지 못했다. 그는 무릎을 굽히고 오른팔을 구조물 아래쪽으로 밀어 넣으면서 평소처럼 호탕하게 웃었다. 정말로 뻥 하고 구멍이 뚫렸다! 그는 야전삽을 펼쳐 자갈들을 퍼내고 헤드램프를 집어넣어 불을 켰다.

"야스페르!" 그는 수풀 쪽으로 고개를 돌려 다소 큰 소리로 외쳤다. "이리 와봐! 와서 보라고!"

헤드램프 불빛이 창문 없는 공간을 가득 채웠다. 그 안으로 들어가자 첫 번째 글자가 똑똑히 보였다.

K.

"세상에! 이거 진짜야?"

그는 구멍 안으로 몸을 더 깊숙이 밀어 넣었다. 그러자 그 옆에 적힌 글자가 서서히 모습을 드러냈다.

S.

"야, 이거 장난 아닌데!"

조금 더 몸을 밀고 들어가자 초록색 배경에 흰 글씨가 보였다.

KSP 58.

"펠릭스, 빈센트!"

"어."

"자물쇠는?"

"지금 처리 중이야."

"좋아. 다 처리하면 위쪽으로 올라와."

레오와 야스페르는 어깨를 맞댄 상태로 마치 땅굴을 파듯 구조물 바닥으로 구덩이를 파나갔다. 두 사람은 머리와 어깨, 그리고 팔을 구조물 내부로 밀어 넣을 수 있을 정도로 구덩이를 판 다음, 묵직한 펜치로 시멘트 바닥의 골조를 구성했던 격자무늬의 강철 빔을 잘라 내고 비틀어 통로를 확보했다. 그리고 바닥을 등지고 누워 양손을 구덩이 가장자리로 뻗어 몸을 일으키며 안으로 들어갔다.

그는 땀이 흥건히 밴 관자놀이 쪽으로 헤드램프를 살짝 내린 다음 주변을 둘러보았다. 벽 양쪽과 천장이 양팔을 뻗으면 닿을 정도로 좁은 공간이었다. 대략 2제곱미터 정도였다. 벽을 따라 초록색 나무 상자 여러 개가 차곡차곡 쌓여 있었다.

"몇 개나 있어?"

구덩이 반대편에서 야스페르의 목소리가 들려왔다.

"많아."

"몇 개나 되는데?"

레오는 큰 소리로 상자 개수를 셌다.

"1소대, 2소대, 3소대, 4……."

초록색 상자는 총 24개였다.

"2중대가 통째로 모인 셈이야!"

이번에는 야스페르가 흙투성이 구덩이 속을 빠져나와 구조물 안으로 몸을 들이밀었다. 야스페르는 시종일관 웃고 있었다. 레오와 마찬가지로 터져 나오는 웃음을 참을 수 없었기 때문이다. 두 사람은 사각형 구조물 내에 나란히 섰다. 콘크리트가 부서지며 휘날리는 먼지가 헤드램프 불빛 속에서 소용돌이치며 넘실대고 있었다.

나무 상자 위에 한 손이 조심스레 내려앉았다. 상자 표면의 질감은 거칠다 못해 울퉁불퉁했다.

나사를 풀고 덮개를 비틀어 벗기는 건 일도 아니었다.

레오는 기관총 한 정을 야스페르에게 건넸다. 그는 다리를 살짝 구부리고 상체를 앞으로 숙이며 상상 속 반동에 대비하는 자세를 취했다. 군 복무 시절 배운 바로 그 자세였다. 두 사람은 마치 긴 여행 끝에 드디어 목적지에 도착했는지 확인하려는 표정으로 서로를 쳐다보았다.

"이 안에 얼마나 있을 것 같아?"

레오는 다음 상자를 열어보려다 동작을 멈췄다. 야스페르의 어깨 너머, 흰 먼지로 반쯤 가려진 지점에 그 답이 있었기 때문이다.

"짐작할 필요도 없어."

잠긴 문 바로 왼쪽 벽에 종이 한 장이 든 비닐 파우치와 끈으로 묶인 볼펜 한 자루가 걸려 있었다.

"1열: 45구경 경기관총 124정, 2열: AK4 자동소총 92정, 3열: KSP 58 기관총 5정."

두 사람은 상자를 하나씩 열어 내용물을 확인했다. 철제 총기들이 나란히 늘어섰다. 매끈히 기름칠이 되어 곱게 포장된 채로.

"이게 믿기기나 해, 야스페르?"

고리에 달린 비닐 파우치에는 감독관이 지켜야 할 수칙이 적혀 있었고, 맨 아래에 확인한 날짜를 수기로 적는 칸이 있었다.

"여기 점검한 날이……."

그는 고개를 숙여 헤드램프로 흰 종이를 비췄다. 누군가 알아보기 힘든 필체로 날짜를 적어놓았다.

"10월 4일 금요일."

"그런데?"

"고작 2주 전이야."

"그게 뭐?"

레오는 천장에 닿을 정도로 손을 뻗어 종이를 흔들었다.

"감독관이 직접 문을 열어 이 안까지 확인하는 건 6개월에 한 번이야. 이해가 가? 다시 말하면 적어도 앞으로 다섯 달간, 이 안에서 무슨 일이 있었는지 드러날 가능성은 없다고!"

"……펠릭스가 레오에게!"

잡음과 함께 펠릭스의 목소리가 들렸다.

"반복한다, 펠릭스가 레오에게! 형, 이리 와봐야겠어!"

"무슨 일인데?"

"그게…… 자물쇠가…… 문제가 생겼어."

돌발 상황이었다. 만약 바리케이드를 열지 못하면 모든 게 허사로 끝날 수도 있었다. 레오는 비탈길을 달려 거친 수풀 길을 헤치고 두 동생이 있는 곳으로 향했다. 펠릭스와 빈센트는 바리케이드 양쪽에 서 있었고, 바리케이드에는 1.5센티미터 두께의 쇠사슬이 자물쇠에 단단히 묶여 있었다.

"진짜 미안해."

빛으로 충만한 무더운 여름 어느 순간부터, 빈센트는 큰형과 키가 엇비슷해지기 시작했다. 하지만 열일곱 살 소년은 스물네 살의 성인과는 다를 수밖에 없었다.

"레오 형……. 이게 말을 듣지 않아. 도저히 못 하겠어."

빈센트는 호리한 어깨를 으쓱하고는 어쩔 수 없다는 듯 양팔을 벌렸는데 나머지 신체에 비해 두 팔이 너무 길어 보였다.

"펠릭스, 너랑 나랑 하자."

레오는 빈센트가 선 자리에 앉아 성인 남성 팔보다 긴 절단기를 벌렸다. 두 형제는 각각 한쪽에서 양손으로 절단기를 붙잡았다.

"지금이야!"

두 사람은 체중을 실어 절단기를 밀었다. 절단기의 이가 자물쇠를 꽉 물었다. 형제는 노처럼 붙잡은 절단기 손잡이를 가슴 쪽에서 밀고, 또 밀고, 또 밀었다. 손가락, 손, 팔, 어깨가 흔들리며 경련이 일고 신음이 이어졌다. 결국 두꺼운 쇠붙이 자물쇠는 두 동강 나며 끊어졌다.

첫 번째 그물은 홀로 서 있는 자작나무 두 그루에 걸고 두 번째 그물은 빽빽이 들어찬 어린 전나무 가지에 걸었다. 매일 밤, 스코고스의 차고에서 수도 없이 반복했고, 마지막에는 드레비켄까지 이동해 한밤중에 실전에 가까운 연습도 했었다. 그 덕에 트럭을 숨겨둔 위장용 그물을 걷어내고 돌돌 말아 트럭의 짐칸에 던지는 일은 거의 애들 장난 수준이었다. 그 안에서 빨간 미쓰비시 픽업트럭 두 대가 모습을 드러냈다. 건축 일을 하는 사람들이 몰 법한 평범한 차량이었다.

레오가 다시 언덕 위로 올라가는 동안 두 동생들은 픽업트럭의 시동을 걸고 열린 문을 통해 이끼와 월귤나무 관목들을 뚫고 안으로 들어갔다.

야스페르는 병기창고 안에서 무릎을 꿇고 한 번에 한 정씩 총기를 터널로 내려보냈고, 레오는 바깥에서 역시 무릎을 꿇은 자세로 총기를 받았다. 펠릭스는 바로 그 뒤에 서 있었고 빈센트는 픽업트럭 화물칸에 자리 잡았다. 한 정의 총이 한 사람의 손을 거치는 데 걸리는 시간은 1.5초였다.

"자동화기는 총 221정이야."

사각형 콘크리트 구조물에서 빠져나온 군수품들은 6초 만에 픽업트럭 화물칸에 옮겨졌다.

"탄창은 864개야."

레오는 손목시계에서 돌아가고 있는 빨간 바늘을 들여다보았다. 30분이면 작업을 완료할 수 있을 것 같았다.

'일당'은 폭발로 인한 파편을 비롯한 잔류물을 깨끗이 치우고 외부에 난 구멍과 병기창고 문 아래에 난 구멍을 자갈로 채운 후 흙으로 덮은 다음, 발로 밟아 다지고 또다시 흙으로 덮었다. 그러고는 일제히 작업용 셔츠와 파란색 점프슈트로 갈아입고 소매에 건축회사 로고가 찍힌 검은색 재킷을 걸쳤다. 그들은 열어놓은 바리케이드를 통해 빠져나왔다. 두 대의 픽업트럭이 멈춰 서서 기다리는 동안 펠릭스가 먼저 잘라낸 자물쇠와 똑같은 자물쇠를 들고 차에서 내렸다. 비록 자물쇠가 제대로 풀리지는 않더라도 최소한 열쇠가 자연스럽게 들어가도록 만들어놓는 게 관건이었다. 다음 날 밤 9

시, 감독관이 낡은 볼보를 몰고 그 자리를 찾아 올빼미 울음소리를 배경으로 담배 한 대를 피우며 병기창고 주변을 돌아볼 때 모든 게 정상으로 보여야 한다. 주도면밀한 관리를 통해 6개월이 지나기 전에는 보관시설 내부를 점검할 일이 없다는 확신을 심어주기 위해서 모든 게 전과 다를 바 없어야 했다.

2

레오는 자신이 노래를 흥얼거리고 있다는 사실조차 인식하지 못했다. 혼스가탄을 따라가다 도심에서 벗어나 빗길을 달려 남쪽으로 향하는 중이었다. 그렇게 차를 몰다 어느 순간, 실내에 자신의 목소리가 울려 퍼지고 있음을 깨달았다.

그는 카페에서 커피 한 잔과 샌드위치 하나를 산 다음 길 건너 폴코페란 극장 가발 전문점으로 들어갔다. 레오는 젊은 여성 점원이 아시아에서 대량 구매해 탈색과 염색의 과정을 거친 실제 모발만을 사용한 가발을 판매한다고 설명하면서, 손가락을 이리저리 움직여 플라스틱 두상 위에 씌워진 밤색 머리카락을 몇 가닥씩 쥐고 흔드는 모습을 관심 있게 지켜보았다. 그런 다음 드로트닝가탄에 있는 안경원으로 자리를 옮겨 미리 주문해놓았던 콘택트렌즈를 찾았다. 양쪽 모두 도수는 없었다.

룸미러를 흘깃 쳐다보았다. 레오는 삼 형제 중에서 엄마를 가장 많이 닮은 아들이었다. 흰 피부, 붉은색이 감도는 금발 머리, 작고 각진 데다 화강암처럼 단단한 연골로 빚어진 코까지. 이민 2세대임에도 불구하고 단 한 번도 외국인으로 오인받은 적이 없을 정도였다. 작고 날카로운 스웨덴 사람 특유의 코는 언제나 남들의 이목을 끌지 않았다. 그날 아침, 레오가 들른 가발 전문점과 안경원 직원에게 만약 현금으로 계산하고 물건을 구입해 간 고객의 인상착의를 묻는다면 아마 어디서나 볼 수 있는 지극히 평범한 스웨덴 남성이었다고 말했을 것이다.

그는 고속도로를 빠져나와 쉘 주유소를 거쳐 고층 건물과 아스팔트 도로가 목초지와 숲으로 변하는 길목에 자리한 아름다운 12세기풍 교회 건물을 지나쳐 갔다.

그리고 점점 속력을 줄였다.

바로 그곳.

불과 일곱 시간 전, 펠릭스가 자물쇠를 바꿔치기한 바로 그 바리케이드가 있는 지점. 그리고 그 옆은 바로 열 시간 전, 한 60대 남성이 자신의 볼보를 세워두고 담배 하나를 입에 물고 주변을 어슬렁거리던 지점이었다.

간밤, 늦은 시각부터 내리기 시작한 빗줄기가 점점 굵어지면서 앞 유리를 때리던 빗방울이 거의 시냇물처럼 흐르기 시작했다. 빗물은 콘크리트 구조물 아래 파놓은 구덩이로 흘러들어가겠지만 스모킹 맨이 신고 다니는 고무장화는 그 구덩이에 메워놓은 자갈을 아무렇지 않게 밟고 지나갈 것이다. 채우고 메우고 다지고 문질러 흔적을 지워놨기 때문이다. 하지만 비가 계속 내린다면 서서히 아래로 주저앉아 감독관의 손전등 불빛에 실체를 드러낼지도 모른다.

시간이 필요해.

우리가 나쁜 짓을 했다고 해서 당신이 벌써 발견하면 안 되거든. 당신은 지금부터 다섯 달 후, 저 문을 열고 난 뒤에야 무슨 일이 있었는지 깨달아야 해.

그래서 난 내려야 해, 비를 뚫고 가서 구덩이가 보이지 않는지 확인해야 해.

그건 절대로 해서는 안 될 행동이었다.

바보가 아니고서는 몇 달에 걸쳐 계획을 세우고 '전리품'을 안전한 곳에 보관해놓고서 바로 다음 날 범죄 현장을 찾아가지 않는다.

그는 다시 가속페달을 밟아 속력을 냈다.

이웃 사람들과 행인들은 한때 목공소였던 널찍한 사각형 철제 구조물을 '블루 하우스'라고 불렀다. 레오는 전날 밤과 똑같은 자리에 차를 세웠다. 고속도로와 멀찌감치 떨어져 있고 굳게 닫힌 검은 컨테이너 바로 옆자리였다.

'일당'은 주도로를 지나가는 운전자나 인근에 사는 주민의 시선이 닿지 않는 지점에서 아무런 방해 없이 자신들이 싣고 온 무기들을 차곡차곡 내려놓았다.

레오는 차창을 내리고 커다란 구조물에서 들리는 익숙한 소리에 귀를 기울였다. 여기저기 페인트 얼룩이 묻은 라디오에서 들려오는 시끄러운 음악, 네일건 압축기가 뿜어내는 짧고 강력한 굉음. 그는 파란 셔츠의 마지막 단추를 채우고 파란 멜빵을 끌어 올린 다음 기지개를 한 번 켜고 차에서 내렸다.

블루 하우스는 장기간 빈 조개껍질처럼 방치돼 있던 터라 그들은 몇 주에 걸쳐 낡은 집기들을 모조리 치워버렸다. 그런 다음 철제 빔으로 두 개 층을 보강하고 방음 처리를 해서 바닥을 깔고 벽도 세워 칸을 나누었다. 그 덕에 구조물은 독립된 소규모 점포 형태를 갖추게 되었다. 건물주는 솔보 센터라는 이름을 붙여 운영할 계획이었다.

"일 처리 제대로 했어?"

문득 레오는 지금까지 펠릭스가 어떻게 변해왔는지 단 한 번도 생각해본 적이 없다는 사실을 깨달았다. 세 살 터울의 둘째 동생이 자신을 향해 다가오는 모습을 보면서 걸음걸이마저 아버지와 참 닮았다는 생각이 들었다. 양발을 살짝 벌려 자세를 잡은 모습, 널찍한 어깨, 발걸음을 옮길 때마다 휘두르듯 앞뒤로 흔들리는 두꺼운 팔뚝이 영락없는 아버지 모습이었다.

난 엄마를 닮았는데 넌 아빠를 닮았구나.

"일 처리 한 거냐고, 펠릭스! 제대로 한 거야?"

"아무래도 가베 그 영감탱이, 지난번 인건비 가지고 장난칠 생각인 것 같아."

뭐라 설명할 수 없었지만 왠지 펠릭스를 보고 있자니 마음이 편해지는 것 같았다. 원래는 그 반대여야 했다. 평소대로라면 볼 때마다 걱정스럽고, 두려운 분위기가 느껴져야 했다.

"영감탱이, 저 안에서 못이 몇 개인지 그것까지 세고 있다니까."

"그래서 일 처리 제대로 한 거냐고."

둘째 동생은 회사에서 사용하는 보조 픽업트럭 화물칸 덮개의 고리를 떼어냈다.

"그 영감탱이 잔소리가 끝이 없어. 일정 못 맞췄다고 돈 안 주는 걸 당연하게 생각하잖아. 계약서에 그런 내용이 있기라도 한 것처럼 우겨댄다니까."

"그 양반은 내가 알아서 할게. 그나저나 일은 제대로 처리했냐니까?"

"83병동, 아마 정형외과였을 거야." 펠릭스는 하얀 덮개를 벗겨

내며 말했다. "이걸 펼쳐놓으니까 빈센트가 갑자기 다리가 쑤시고 아프다고 하더라고."

화물칸 정중앙에는 반짝이는 철제 손잡이가 달린 대형 공구박스가 자리 잡고 있었다. 그리고 바로 옆, 병원 로고가 찍힌 노란색 담요 아래로 접어놓은 휠체어가 놓여 있었다.

두 형제는 픽업트럭 두 대를 가까이 붙이고 검은 컨테이너 자물쇠를 풀었다. 건설 현장에서 도구나 장비들을 보관하는 데 사용하는 평범한 컨테이너처럼 보였다. 차 문이 활짝 열리자 사방으로 시선이 차단되면서 두 사람은 빈 상자를 컨테이너 안에 실을 수 있었다.

훤한 대낮에, 그것도 주거지 인근인 데다 불과 몇 미터 거리를 두고 차들이 빈번하게 왕래하는 혼잡한 도로에서 두 형제는 자동화기 더미를 쌓아두고 있었다.

"도대체 어딜 쏘다니다 온 거냐, 레오?"

가베 영감의 날카로운 목소리가 10월의 하늘을 가르며 날아들었다. 예전에는 잘 맞았을지 모르지만 지금은 출렁거리는 뱃살 아래 간신히 걸치기만 한 파란색 트레이닝복 차림의 60대 노인이 커피 한 잔과 시나몬 번이 든 봉투를 들고 나타났다.

"이걸 무슨 수로 오늘 다 끝낼 생각이냐고."

그는 밖으로 나와 컨테이너 근처로 다가왔다.

"지난 몇 주간 도대체 현장에 나와보기나 한 거야, 뭐야?"

레오는 침착하게 심호흡을 하고는 펠릭스에게 속삭였다. "이거 다시 닫아놔. 저 양반은 내가 알아서 할 테니까."

그는 컨테이너 곁을 떠나 얼굴이 벌겋게 상기된 채 콧방귀를 뀌고 있는 현장감독에게 걸어갔다.

"레오! 자네, 어제 현장에 나오지도 않았지! 내가 몇 번이나 전화를 했는지 알기나 해? 뭔 짓거리를 하긴 했겠지. 그런데 그게 뭐든, 빌어먹을 여기 현장하고는 아무 관련 없는 일이잖아!"

레오는 슬쩍 뒤를 돌아보았다. 펠릭스가 육중한 컨테이너 문을 닫고 있었다. 대형 자물쇠가 철컥 잠기는 소리가 들렸다.

"지금은 여기 있지 않습니까, 안 그래요? 그리고 오늘 다 끝낼 겁니다. 약속했던 대로요."

가베는 이미 손만 뻗으면 컨테이너 벽에 닿을 정도로 가까이 다가온 상태였다. 레오는 그를 블루 하우스 쪽으로 되밀 듯 은근슬쩍 그의 어깨에 손을 올렸다. 상대가 불편하게 느낄 정도로 힘을 주지는 않았지만 아무도 봐서는 안 될 물건으로부터 떨어뜨려놔야만 했다.

"자네가 이중으로 일을 맡든 말든, 그런 건 상관없어! 내 말 알아듣겠나, 레오? 그런데 나하고 계약한 내용이 있잖아!"

건설 현장으로 걸어가던 가베가 심하게 숨을 헐떡였다. 건설 현장 2층, 우측 안쪽에는 인도 식당이, 그 옆에는 꽃집 그리고 또 그 옆에는 태닝 숍이 들어서게 된다. 그 아래층에는 타이어 전문점, 인쇄소, 네일숍, 그리고 뼈대 역할을 하게 될 내벽 근처에는 로반스 피자 전문점이 들어설 예정이었다. 야스페르와 빈센트는 플라스터보드 파티션에 나사를 박고 있었다.

"저거 보라고! 계약서 대로 일이 안 끝났잖아, 젠장!"

과체중에 늙고 성질까지 지랄맞은 현장감독은 날카롭고 성가신 목소리로 언성을 높였다.

"끝낼 겁니다."

"내일 아침이면 당장 빌어먹을 세입자들이 들이닥칠 거라고!"

"끝낸다면 끝낼 겁니다."

"못 끝내면 마지막 임금은 묶어둘 거야."

레오는 한주먹감도 안 되는 현장감독을 한 방에 날려버리면 어떨까 생각했다. 정확히 코에 한 방. 하지만 그 대신 상대의 어깨에 다시 팔을 올렸다.

"가베 아저씨, 저하고 일하시면서 실망하신 적 있으세요? 제가 언제 엉망으로 일한 적 있어요? 공사 기한을 넘긴 적은요?"

가베는 레오가 어깨동무를 한 팔에 잔뜩 힘을 주자 비대한 몸을 꿈틀거리며 빠져나와 공사 중인 건물의 다른 구석으로 자리를 옮겼다.

"여긴 벽이어야 해! 미장원 말이야! 그런데 파티션이 비잖아! 방화벽도 없이 노인네들 파마를 시키라는 거야, 뭐야?"

현장감독이 주차장으로 발걸음을 옮기자 다시 비가 내리기 시작했다.

"그리고 말이야, 저 빌어먹을 컨테이너. 저건 옮겼어야 하잖아. 몇 주 있으면 고객 주차장 부지가 돼야 한다고!"

가베는 주차장 부지를 반 이상 차지한 컨테이너 벽을 여러 차례 두드렸다. 안이 꽉 찬 터라 울리지 않는 둔탁한 소리만 났다.

"진정하세요. 저희는 아저씨가 심장마비로 쓰러지시는 걸 바라지 않습니다. 그 마음 아시죠?" 레오가 대답했다.

이리저리 돌아다닌 현장감독의 얼굴은 더더욱 벌겋게 상기됐다. 하지만 순식간에 솟구쳤던 분노는 몸 밖으로 빠져나가 빗물과 함께 사라지고 있었다.

"자정까지는 완료될 겁니다." 레오가 말을 이었다. "가베 아저씨, 제가 이 일을 얼마나 필요로 하는지 잘 모르시는 것 같은데, 저희 회사는 아저씨의 도움이 절실합니다. 그래야…… 저희 회사도 크지 않겠습니까."

"큰다고?"

"이익은 최대한으로 끌어올리고 리스크는 줄이는 겁니다."

"그런 거라면 자넨 내 신뢰를 잃은 셈이야."

"이렇게 호흡이 거칠어진 아저씨를 보면 걱정이 이만저만이 아닙니다. 집에 가서 쉬셔야 해요. 자정까지는 일 끝냅니다. 저만 믿으시라니까요."

레오는 손을 뻗어 상대의 손을 잡고 위로 추켜세웠다.

"아시겠죠?"

가베의 손은 작고 축축하고 말랑말랑했다.

"좋습니다. 제 입으로 한 말이니까 오늘 내로 끝낼 겁니다. 그다음에 제가 근사한 시나몬 번 대접해드릴게요. 그럼 된 겁니다?"

레오는 가베가 자리를 뜰 때까지 컨테이너와 픽업트럭 사이에 서서 기다렸다. 현장감독은 기름기 밴 손으로 자동화기가 가득 든 컨테이너를 수차례 건드리면서도 그 안에 뭐가 들어 있는지 상상조차 못 했을 것이다. 하지만 다음에는 그 안을 들여다보고 싶어 할지도 모를 일이었다.

떠버리 현장감독이 충분히 멀어졌다는 확신이 들 때까지 기다린 레오는 도로를 지나 주거지역으로 발걸음을 옮겼다. 보관 문제의 해결책이 될 장소였다. 주도로에 인접해 있으며 잔디는 없지만 울타리가 갖춰진 작은 2층 주택. 얼마 전 집주인이 집 안의 가구를 밖으로 옮기는 것을 봐둔 터였다. 그리고 지금은 '팝니다'라는 표지판이 세워져 있었다. 부엌은 텅 비어 있었고 현관 오른쪽 창문으로 썰렁한 복도가 보였다. 구석 왼쪽 창문 안으로는 확장된 공간과 빈방 하나가 보였다. 또 다른 구석에 난 창문으로는 위층으로 올라가는 계단이 보였다.

지하실 없는 2층 주택. 근처 주택은 모두 예전 호수 밑바닥에 지어졌다. 진흙 터에 자리를 잡아 위로 증축은 가능했지만 지하실을 만들 수는 없었다.

지난 몇 주간 여러 차례 못질과 드릴을 멈추고 도로에 인접한 허름한 돌집을 유심히 지켜봐왔다. 그리고 볼 때마다 팬텀의 스컬 케이브(1930년대 탄생해 미국은 물론 유럽에서도 연재된 만화 캐릭터. 지하 동굴을 통해 경찰과 연락하며 범죄자들을 물리쳤다)를 떠올렸다. 유치한 발상이라는 건 잘 알지만 해결책이 될 수도 있었다.

남들의 이목을 끌지 않을 그런 집, 경제 사정이 넉넉지 않은 사람들이 사는 집이었다.

집 현관에도 '팝니다'라는 표지판이 있었다. 레오는 앞머리를 뒤로 빗어 넘기고 정장 차림에 웃는 표정의 공인중개사 사진을 쳐다본 다음 안주머니에서 펜을 꺼내 가발 전문점에서 받은 영수증 뒷장에 전화번호를 적었다.

큼지막한 차고는 그가 꿈꾸던 공간이었다. 레오는 헌 타이어 더미 위로 올라가 유리창에 낀 먼지를 닦아내고 안을 들여다보았다. 높은 천장에 차 네 대, 아니 다섯 대는 넣을 수 있을 만큼 넉넉한 공간이었다. 대형을 짜서 연습하기에는 더없이 완벽했다.

문이 열리고 닫혔다.

레오는 옆집 정원으로 발걸음을 옮겼다. 훨씬 큰 집에 젖은 잔디가 깔려 있고 우락부락하게 생긴 사과나무 몇 그루가 줄을 지어 서 있었다. 아이를 안은 한 여성이 자갈 깔린 통행로에 서서 혹시 집을 보러 온 사람인가 하는 눈초리로 그를 쳐다보았다. 레오는 그녀를 향해 고개를 숙였다.

망치 소리와 건너편 도로에서 차 지나다니는 소리가 들려왔다. 오가는 경찰들을 지켜볼 수 있고, 그의 오른쪽에는 차고 딸린 주택이 있었다. 기지로 삼아 훈련까지 할 수 있는 장소. 그리고 불과 몇 킬로미터 떨어진 지점의 숲은 기억에 남을 밤을 보낸 장소였다.

모든 게 너무나 쉬웠다.

삼 형제와 유년 시절 친구 하나. 기초 교육도 제대로 받지 못한 코흘리개 꼬마들은 어느덧 20대 전후가 되었고, 역대 최대의 무장 강도로 '등극'할 기회를 거머쥐고 있었다. 그것도 건축 지식과 플라스틱 폭탄, 그리고 신뢰의 힘을 누구보다 잘 알고 있는 큰형의 주도하에.

3

별이 총총히 뜬 밤은 전날 밤보다 훨씬 밝았다. 레오와 펠릭스는 픽업트럭에 올라타 공사를 마무리한 블루 하우스에서 완전히 벗어나 고층 아파트들이 즐비한 교외로 향했고, 결과에 만족한 가베는 졸린 통근자들이 버스 정류장으로 가기 위해 지나치는 굳게 잠긴 컨테이너에서 멀어져갔다.

트럭에서 내린 두 형제는 화물칸에 놓여 있던 낡은 공구 박스의 철제 손잡이를 한쪽씩 잡았다.

"11시 50분이야." 레오가 말했다.

공구 박스는 비록 새로운 내용물로 채워져 있었지만 공구가 들어 있을 때와 똑같은 무게였다. 곧 시작될 새로운 삶, 그들의 또 다른 삶.

"18시간 남았어."

두 사람은 박스를 들고 낮게 드리운 덤불과 드문드문 설치된 화단을 지나 아파트 단지로 들어가 계단을 올랐다. 레오가 문을 열었다. 엘리베이터를 기다리는 동안 야스페르와 빈센트가 지하창고에서 껄껄거리며 웃는 소리가 들려왔다.

5층.

그의 집. 그들의 집. 뒤브냑 에릭손. 두 형제는 박스를 바닥에 내려놓았다. 레오는 열쇠를 찾은 다음 현관 우편함에서 가득 찬 전단지 뭉치를 집어 들고 쓰레기 투입구에 밀어 넣었다.

집 안은 환했다.

아넬리는 부엌 나무의자에 앉아 있었다. 그녀의 어머니로부터 물려받은 재봉틀 소리가 카세트텍에서 흘러나오는 유리드믹스 노랫소리와 어지럽게 부딪혔다. 그녀는 종종 80년대 음악을 틀어놓곤 했다.

"나 왔어." 레오가 말했다.

아름다운 여성이었다. 하지만 레오는 이따금 그 사실을 잊곤 했다. 그는 입맞춤을 하고 그녀의 뺨을 쓰다듬어주었다. 재봉틀 바늘에 찔리고 실에 휘감겨 구겨진 검은 천이 보였다. 그는 싱크대로 걸어가 아래쪽 선반을 열었다. 여전히 그 자리에 있었다. 그가 숨겨두었던 바로 그 자리. 각종 세제용품들 뒷자리 깊숙한 바로 그 자리. 갈색 상자 세 개. 딱히 큰 건 아니지만 묵직한 상자.

"잠깐만."

레오는 이미 밖으로 나가는 길이었다.

"레오, 벌써 며칠째 당신 얼굴도 제대로 못 봤잖아."

간밤에 집에 돌아온 그는 화장실에 들르거나 냉장고 앞에 멈추지도 않고 그대로 침실로 직행해 특유의 체취를 풍기는 그녀 곁에 드러누웠다. 특별한 향수나 샴푸 냄새가 아니라 그녀 특유의 향이었다. 그러고는 바싹 달라붙어 잠든 그녀를 끌어안았다. 병기창고가 날아갈 때의 폭발이 여전히 가슴속에서 메아리처럼 울렸다. 곁탁자 위에 있던 탁상시계가 깜빡이며 4시 42분을 알리자 그녀는 레오 쪽으로 몸을 돌렸고 그는 하품을 하는 그녀를 더 꼭 끌어안아주었다.

"그런데 아침에 깨보니까 당신은 벌써 나갔더라. 보고 싶었다고."

"지금은 이럴 때 아니야, 아넬리."

"내가 뭘 만들었는지 보고 싶지도 않아? 이 터틀넥 스웨터 말이야. 당신이 만들어……."

"나중에 얘기해."

나머지 일행들이 이미 박스를 풀고 다시 포장 작업을 하는 거실로 가기 위해 발걸음을 돌리던 순간, 그는 식기 건조대에 놓인 빈 와인병과 싱크대 위에 놓인 젖은 코르크 마개를 발견했다.

"술 마셨어? 운전해야 하는데?"

"조금밖에 안 마셨어. 간밤에 마신 거야……. 레오, 당신은 숲에 나가 있었고 난 아는 게 아무것도 없었잖아. 뭐가 어떻게 돼가고 있는지, 집에는 오는 건지 누가 당신을 봤는지도 모르고…… 잠을 이룰 수 없었다고! 지금까지 도대체 뭘 하고 온 거야?"

"현장에서 작업했어. 일이 안 끝났었다고. 지금은 다 처리했고."

그는 이미 방 밖으로 나선 뒤였다.

그녀는 재봉틀을 멈췄다.

왜 그녀의 손이 떨리는 걸까? 자발적으로 가담 의사를 밝힌 지금, 필요한 의상을 스스로 만들겠다고 자청한 지금, 게다가 레오와 야스페르의 얼굴에 마스크를 씌워주고 직접 현장까지 차를 몰아주겠다고 한 지금에 와서야?

레오는 스코고스 쇼핑센터로 향해 나 있는 창문의 블라인드를 내렸다. 별다를 게 없어 보이는 평범한 거실이었다. 소파, 안락의자, TV, 책꽂이. 하지만 곧 상황은 달라질 것이다.

네 남자는 공구 상자를 열었다. 그리고 야스페르와 빈센트가 지하실에서 가져온 더플백과 종이봉투, 그리고 싱크대 밑에 숨겨놓았던 갈색 상자 세 개를 펼쳐놓았다. 마치 공격에 나서기 전에 군장 검사라도 하는 분위기였다.

접이식 휠체어는 후딩예 병원 복도에서 챙겨왔다. 두 번만 조작하면 접히는 제품이었다. 아울러 환자들이 잠든 병실에서 가져온 병원 로고가 찍힌 노란 담요도 두 장 있었다.

폴코페란 극장 인근의 가발 전문점에서 구입한 실제 모발로 만든 가발 두 점과 드로트닝가탄의 안경원에서 구입한 밤색 컬러 렌즈 두 짝이 든 가방도 있었다.

건설 현장에 있는 검은 컨테이너에서 가져온 AK4 소총 두 정과 기관총 두 정. 신발, 바지, 셔츠, 재킷, 모자, 그리고 장갑. 빈센트가 주머니에 넣고 다닐 작은 손전등 하나와, 펠릭스가 신호를 보낼 때 사용할 큰 손전등 하나. 5리터들이 휘발유통 두 개. 하키스틱 네 개와 더플백 네 개.

레오는 휠체어에 앉아 광이 나는 바닥 위에서 화장실 벽까지 밀고 갔다 되돌아왔다. 그러고는 여러 차례 빙글빙글 돌고 한쪽으로 기울여 넘어뜨리려 했다.

휠체어는 튼튼했다.

그는 휠체어에서 일어나 부엌에 있는 아넬리에게로 걸어가 전처럼 그녀의 뺨을 쓰다듬어주었다.

"어떻게 됐어?" 그가 물었다.

"준비됐어."

아넬리가 스웨터를 강하게 잡아당기자 얼굴을 가리는 마스크가 펼쳐졌다. 그녀가 고안한 디자인이었다.

"터틀넥에 마스크가 달려 있어. 내가 직접 만든 거야."

그러고는 초록색 조끼 두 벌을 가리켰다.

"그리고 이거. 당신이 원했던 대로야. 비버 나일론 직물. 탄창 전용 주머니가 달려 있어."

그는 걸치고 있는 바람막이 안에 조끼를 착용해보았다. 맞춘 것처럼 딱 맞았다. 아넬리가 그의 치수를 잘 알고 있었던 덕분이었다.

레오는 고개를 숙이고 그녀에게 입을 맞추었다.

"거실에 있는 저 물건들은 누구든 마음만 먹으면 가질 수 있어. 하지만 이건 아니야. 이것도 마찬가지고."

그는 조끼를 벗고 마스크 달린 터틀넥 스웨터를 집어 들었다.

"사소한 차이가 큰 결과를 가져오는 거야. 이것 덕분에 우린 은밀하게 목표물에 가까이 다가갈 수 있고, 신속하게 옷도 갈아입을 수도 있게 됐어."

그는 아넬리에게 한 번 더 입을 맞추고 다시 휠체어에 앉았다. 그러고는 발 받침대를 아래로 내리고 오른발을 얹은 다음 정말로 다리를 다친 사람처럼 앉아보려 노력했다. 야스페르는 그의 앞에 쪼그려 앉아 얇은 투명 비닐장갑을 착용하고 세 개의 갈색 상자 중 하나를 열었다. 7.62구경 실탄, 강철 덩어리. 두 번째 상자를 열었다. 9구경 철갑탄. 그리고 세 번째 상자도. 수백 미터 떨어진 지점에서도 빨간 줄무늬 빛을 만들어내는 형광탄이었다. 야스페르는 각각의 탄창에 실탄을 가득 채우고 테이프로 두 개씩 묶었다. 방금 제봉을 마친 자신의 조끼 주머니에는 네 쌍의 탄창을 집어넣고, 레오의 조끼에는 세 쌍을 밀어 넣었다. 아랫배에 작은 가방을 걸친 펠릭스와 빈센트에게는 각각 한 쌍씩 주어졌다.

“사람들은 자신과 다른 사람들을 빤히 쳐다보지 않아. 우린 그 점을 적극적으로 이용하는 거야. 그들이 가진 편견, 그들이 가진 두려움을.”

레오는 휠체어에 앉은 채 빙글빙글 돌았다.

“설사 본다고 해도 뚫어지게 쳐다보지는 못 해.”

그는 자신의 어머니가 밀어주던 휠체어에 앉은 사람들의 동작을 떠올리며 휠체어를 움직였다. 하얀 간호사 가운 차림의 어머니는 집에 머물 수 없을 때는 세 아들들을 요양원에 데려갔다. 그때 보고 배운 것들이었다. 어른들이 장애인을 마주치면 어떻게 시선을 피하는지.

“안 그래? 심지어 곁눈질도 안 하잖아.”

야스페르가 그에게 AK4 소총을 건네자 레오는 오른손으로 받아 노란 담요 아래로 숨겨보았다. 발 받침대에 얹은 발 바로 옆에.

“과장이 너무 심하잖아.”

“아니, 그렇지 않아.”

“맞아, 그래. 안 그러냐?”

야스페르는 펠릭스와 빈센트를 쳐다보며 말했다. 두 형제는 고개를 끄덕였다.

"형은 좀 지나친 경향이 있어." 펠릭스가 거들었다. "그것 때문에 일이 틀어질 수도 있다고."

"이게 바로 다친 사람들이 휠체어를 움직이는 방식이야. 넌 아마 모를 거야. 그땐 너무 어렸으니까."

레오는 휠체어에서 일어나 주변을 둘러보았다. 난생처음으로 범행 계획을 세우고 있었다. 그들 중 누구도 무장 강도 전력을 지니고 있지 않았다. 하지만 각자 맡은 바 역할이 주어졌고, 무엇을 어떻게 해야 하는지는 알고 있었다. 그의 눈앞에는 범행에 필요한 모든 게 갖춰졌다.

그들이 다른 사람으로 변하기까지는 20시간도 채 남지 않았다.

4

오후 5시 35분. 남은 시간은 15분.

조용한 가운데 이동이 시작되었다.

모두가 침묵을 지키며 마음속으로 집중했다.

아넬리는 밴의 룸미러를 조절했다. 그녀는 몇 안 되는 친구들에 비해 키가 큰 편이었다. 그래도 바로 옆, 가운데 자리에 앉은 레오에 비하면 여전히 작았다. 맨 오른쪽 조수석에는 야스페르가 앉아 있었다. 빨강 신호등. 파슈타 직전, 마지막 신호등이었다. 핸들을 잡고 있던 아넬리는 그 빨강 신호등 불빛 속으로 서서히 빨려 들어가는 기분이 들었다. 쳐다볼수록 불빛 속으로 빨려 들어가 머나먼 곳으로 날아가는 느낌이었다.

그녀는 자신이 이 일에 가담하겠다고 결심했던 순간이 기억나지 않았다. 누군가가 그녀의 삶에 이 일을 떠맡겼던 그 순간을. 몇 년 전이었더라면…… 그녀도 할 수 있는 일이라고 제안한 게 몇 년 전이었더라면……. 현금수송 차량을 강탈하는 일이라고……. 아니, 그런 결정을 내린 순간이 딱히 있었던 건 아닐지도 모른다. 어쩌면 자신도 모르는 사이, 사사로운 일들이 하나둘 모여 결국은 여기까지 이르게 된 걸지도……. 아니, 그날이었을 수도 있다. 누군가 숲 한가운데 병기창고가 있다고 말했던 날. 옆에 있던 누군가가 그걸 터는 것도 가능하다고 말한 날. 그 옆에 있던 다른 누군가는 병기창고의 무기를 털 수 있다면 그걸로 강도 행위를 벌일 수 있다고 말한 날. 아마 그런 이야기가 오가는 환경에서 지내면서 서서히 그들의 일원이 되었을 수도……. 아무도 그녀에게 곁에 서 있으라고, 가담하겠노라고 대답하라 강요한 적은 없었다. 비정상적인 것이 정상적인 것으로 변하고 남들의 생각이 그녀의 생각이 되고 갑자기 아넬리라는 이름을 가진 여성이자, 한 아이의 엄마가 상상도 못 해본 일을 향해 차를 몰고 있는 것이다. 아마 그래서 신호등 불빛이 초록색으로 바뀌었을 때 성급히 가속페달을 밟아 치고 나갔는지도 모른다. 그녀의 운전은 평소답지 않게 불규칙적이었다.

그녀는 떨고 있었다. 정도가 심하지 않았을 뿐이다. 레오가 눈치채지 못할 정도로만. 그는 한참 전부터 골똘히 생각에 잠겨 있었다. 그녀가 떠는 이유는 단지 세바스티안을 낳은 이후 처음으로 두려움을 느꼈기 때문이다. 그때와 마찬가지였다. 어떤 경계를 넘는 기분. 과거의 삶은 끝났다는 사실을 알게 된 그 두려움.

"저기야."

레오는 가로등 기둥과 함께 길게 이어진 인도를 가리켰다. 아넬리는 파슈타 시내까지는 아직 2백여 미터가 더 남았다고 생각했었다.

"저기, 가로등 기둥 사이 바로 옆에 멈춰."

레오는 눈을 감고 내면에서만 감도는 평온함에 감각을 집중했다.

오직 나만 알고 있어. 저 밖에 있는 사람들은 무슨 일이 벌어질지 전혀 몰라. 한 단계, 한 단계, 새로운 변화는 오직 나만이 알고 있는 거야.

일행은 레오의 신호를 기다리며 앉아 있었다. 아넬리는 그 왼쪽에 앉아 숨을 헐떡이고 있었고, 오른쪽에 앉아 있던 야스페르의 숨소리는 고르고 침착했다. 마치 스스로 긴장을 털어내려는 연습을 하는 것 같았다.

시동을 끄자 10월의 밤이 얼마나 캄캄한지 비로소 실감할 수 있었다. 레오는 4주 연속으로 금요일마다 포렉스 은행 뒤쪽과 마주한 주차장에 자리를 잡고 주변을 지켜보았다. 그곳은 버스 정류장과 툰넬바나 지하철역 입구와 가까웠다. 그는 그 자리에서 현금수송 차량을 담당하는 제복 차림의 경비원 두 명이 매 순간 어떻게 움직이는지를 유심히 살피고 기록했다. 그들이 어떤 도로로 이동하는지, 행동에는 특정 패턴이 있는지, 어떤 식으로 서로 의사소통하는지에 대해서.

"60초 남았어."

그녀의 손이 다시 떨리기 시작했다. 레오는 아넬리를 바라보며 손 떨림이 잦아질 때까지 꽉 붙잡았다. 그녀는 마지막으로 재빨리 상황을 점검했다.

가장 먼저 챙길 것은 가발이었다. 현장에서 머리카락이 발견되더라도 누군가의 두껍고 검은 모발로 판명될 것이다. 아넬리는 나머지 일행이 가발을 제대로 썼는지, 금발을 제대로 가렸는지 다시 한 번 확인하고 모든 게 너무 완벽해 인위적이지 않도록 레오와 야스페르의 앞머리를 헝클어뜨렸다.

다음은 분장이었다. 그녀는 방수 기능이 있는 마스카라로 두 사람의 속눈썹과 눈썹을 짙게 그려주었다. 위쪽으로 마스카라를 놀려 눈썹이 더 풍성해 보이는 효과를 냈다. 이마와 뺨, 코, 턱, 그리고 목은 사전에 집에서 깨끗하게 밀고 닦은 후 실내 태닝 로션으로 피부색까지 관리해왔다.

"30초."

아넬리는 밤색 콘택트렌즈가 제대로 자리를 잡았는지 확인하기 위해 눈을 깜빡여보라고 지시했다.

그러고는 그들의 청바지, 재킷, 워커를 비롯해 레오의 바람막이, 야스페르의 오일스킨 코트를 확인했다. 철저한 사전 조사를 통해 구입한 것으로, 최근 스웨덴에 이민 온 젊은 아랍 청년들이 입을 법한 옷이었다.

마지막 단계는 바로 특별 제작한 터틀넥 스웨터였다.

"앞으로 숙여봐."

그녀의 아이디어였고, 그녀의 디자인이었다.

"둘 다."

그녀는 레오와 야스페르의 상체를 숙이게 한 다음 손수 스웨터를 입히고 다시 상체를 세우게 했다.

"너무 위로 끌어올렸어. 제대로 착용하려면 머리 위로 뒤집어쓸 때 다시 흘러내리지 않게 꽉 쥐고 있어야 해."

"15초."

그는 조끼를 걸치고 몸에 맞게 조정했다. 추가 탄창이 살짝 가슴 쪽으로 쏠렸다.

"10초."

얇은 가죽 장갑.

"5초."

레오가 아넬리 쪽으로 몸을 숙여 입을 맞추자 그녀는 까칠한 콧수염 때문에 순간 움찔했다. 다른 사람의 모발로 만든 가짜 콧수염이 그녀의 입술 위쪽을 스치면서 위치가 살짝 어긋났다. 아넬리는 웃으며 두 손가락으로 콧수염을 제자리로 돌려놓았다.

"지금이야."

아넬리가 차 문을 열고 휠체어와 담요 두 장을 꺼냈다. 오른쪽 발받침대는 위로 고정해 개머리판이 짧아진 신형 AK4 자동소총을 담요 아래 완전히 가릴 수 있도록 만들어놓았다. 야스페르가 환자 역할을 하는 레오를 휠체어에 앉힌 다음 고개를 끄덕이자 아넬리는 차를 몰고 사라졌다.

어둠에 잠긴 인도를 따라가는 길. 서서히 비탈길을 따라 내려가자 어느 순간부터 점점 더 가파른 경사가 나왔다. 스톡홀름에서 가장 큰 포렉스 은행의 한 지점이 보관 중이던 현금을 수송 차량에 옮겨 싣는 곳이었다.

레오는 이미 그들의 이동 경로를 철저히 분석해두었다.

"레오?"

야스페르는 휠체어를 멈추고 허리를 숙여 신발 끈을 고쳐 매면서 남들 눈에 보이지 않게 레오에게 속삭였다.

“지금도 오버하고 있어. 예전에 너희 어머니가 요양원에서 휠체어를 끌던 모습, 나도 본 적 있어. 그런데 넌 그렇게 움직이지 않잖아. 그 사람들은 이렇게 침을 질질 흘리지는 않았다고.”

야스페르는 다시 일어나 서서히 휠체어를 밀며 행인들이 지나다니는 상점가를 따라 걸었다. 바로 그때였다. 레오가 한 꼬마를 발견한 것은. 다섯 살, 아니면 여섯 살짜리 남자아이였다. 꼬마는 불과 몇 미터 앞에서 버스를 기다리는 사람들에 끼어 있었다.

자신들과 다른 사람들을 빤히 쳐다보지 않아.

꼬마는 손가락질하며 엄마의 손을 잡아당겼다.

사람들은 눈길을 돌릴 건지 말 건지 결정하는 순간만큼은 상대가 어떻게 생겼는지 유심히 살피지 않는다.

꼬마는 급기야 소리를 지르기 시작했다.

어린아이는 매사에 적극적이고 개방적이다. 그래서 두려움을 느낄 시간이 없다.

담요 아래 숨겨놓은 자동소총, 조끼 안에 쌍으로 넣어둔 탄창. 꼬마가 손가락으로 가리킨 것은 그게 아니었다. 그래서 소리를 지른 것도 아니었다. 하지만 분위기상으로는 왠지 그런 것 같았다.

한 번만 더 소리를 지르면 꼬마 바로 옆에 있는 어른이 비록 쳐다볼 엄두를 내지는 못하겠지만 흘깃 시선을 돌렸다가 나중에 기억을 더듬어 떠올릴 수도 있었다. 야스페르는 갑자기 휠체어를 잡아당겨 빠른 속도로 버스 정류장을 지나쳐 조금 더 어두운 곳으로 이동했다.

17시 48분.

주차장 입구를 지켜보며 기다렸다. 자동차, 자전거, 보행자가 수

시로 지나다녔다. 안으로 들어가고, 밖으로 나가는.

17시 49분.

남은 시간은 단 몇 분.

17시 50분.

조금 더 남았을 수도.

17시 51분.

곧.

17시 52분.

"젠장, 도대체 어디 있는 거야?"

"곧 나타날 거야."

"벌써 나타났어야……."

"곧 나타날 거라고."

17시 53분.

두 사람은 서서히 움직이기 시작했다. 그리고 지금은 은행 입구의 방화문과 불과 열 걸음도 떨어지지 않은 지점까지 다가왔다. 흰색 현금수송 차량은 경사로를 따라 내려갈 터였다. 하지만 행인들 틈에 섞여 있는 휠체어에 앉은 남자와 그 휠체어를 밀어주는 남자를 눈여겨볼 일은 없을 것이다.

17시 54분.

야스페르는 웅크려 앉았다. 더 이상 가만히 서 있을 수 없었다. 뭐라도 해야 할 상황이었다. 그렇지 않으면 무언가를 기다리는 사람처럼 보일 수 있었기 때문이다. 그래서 웅크린 자세로 신발 끈을 다시 묶었다.

"아저씨, 이름이 뭐예요?" 꼬마가 다짜고짜 말을 걸었다. "왜 그런 의자에 앉아 있어요? 어디 다쳤어요?"

꼬마는 엄마의 손을 놓고 휠체어에 앉은 남자를 향해 걸어왔다. 그들이 신기해 보였기 때문이다.

"You, go back(너, 저리 가)!" 야스페르가 외국 억양이 강한 영어로 말했다.

"아저씨! 이름이 뭐예요? 다리는 왜 그런 거예요?" 꼬마가 스웨덴어로 되물었다.

야스페르는 코트 주머니 안에 뚫어놓은 구멍으로 손을 밀어 넣고 목에 건 경기관총을 움켜쥐었다.

"Go back."

"이름이 '고박'이에요?"

"Go back!"

"그게 이름이에요? 고박? 이름 멋지다!"

야스페르는 안전장치를 풀었다 잠갔다 하며 만지작거렸다. 찰칵거리는 성가신 소리가 이어졌다. 레오가 팔꿈치로 동료를 쿡 찔렀다.

마침내 트럭이 도착했다. 그들이 내용물을 강탈할 그 트럭이.

"엄마한테 가! 저리 가라고!"

꼬마는 겁을 먹은 것 같지는 않았지만 야스페르가 허리를 숙이고 자신의 귀 가까이 대고 큰소리친 게 마음에 들지 않는 눈치였다. 그래서 더 이상 묻지 않고, 이상한 아저씨의 말대로 엄마에게 돌아갔다.

17시 54분 30초.

두 사람은 다시 움직이기 시작했다. 신속히 이동한 건 아니지만 충분히 빠르게 움직였다.

이제 현금수송 차량이 주차장을 가로질러 은행 뒷문으로 다가오기까지 8초에서 12초가 걸릴 것이다. 레오는 앞뒤를 살핀 다음 엄마로부터 장애가 있는 사람들에게 그런 식으로 말하지 말라는 훈계를 듣고 있는 꼬마 쪽으로 시선을 돌렸다.

매복에 더없이 좋은 지점이었다. 혼잡한 공원에서 불과 몇 걸음 밖에 떨어지지 않은 지점이었지만 충분히 어둡고 한산했기 때문이다. 몇 달음이면 하루의 마지막 현금 회수 일정을 마칠 수송 차량을 덮칠 수 있었다. 경비원은 트럭의 뒷문을 열고 다른 지점에서 회수한 현금 가방을 금고 옆에 세워놓을 터였다. 레오는 총액을 대략 7백만에서 1천만 크로나 정도라 예상했다.

금요일 밤. 퇴근까지 두 시간 정도 남았다. 현금수송 차량 안에 타고 있던 사무엘손은 린덴을 쳐다보았다. 거의 7년 가까이 옆자리에 앉아 같이 일한 동료였지만 그에 대해 아는 건 거의 없었다. 두 사람은 업무 시간 외에 밖에서 맥주는커녕 커피 한 잔도 같이 마신 적이 없었다. 때론 그런 관계도 있기 마련이다. 두 직장 동료가 단지 직장 동료로만 남는 그런 관계. 자녀에 대한 이야기조차 나눈 적 없었다. 아는 거라곤 린덴도 자신과 똑같은 수의 자녀를 두고 있다는 것, 요즘은 격주로 아이들과 함께 지낸다는 것 정도였다. 가진 걸 잃은 사람에게 굳이 이것저것 캐물어서 좋을 건 없을 테니까.

현금수송 트럭이 주차장을 한 바퀴 도는 동안 전조등 불빛은 가로등을 따라 이동했다. 두 경비원은 버스를 기다리거나, 툰넬바나 역으로 이어지는 에스컬레이터를 타는 사람들을 지나쳤다. 두 사람은 여느 때처럼 주변을 둘러보고 살폈다. 자전거 거치대 옆에 있는 핫도그 가판대, 물건들로 가득 찬 쇼핑백을 바리바리 싸 들고 벤치에 앉아 있는 세 명의 여성, 자신의 아들 정도 돼 보이는 꼬마에게 뭐라고 말을 하는 남자와 그가 밀고 있는 휠체어에 앉은 남자, 결국 엄마 손에 끌려가는 꼬마, 다소 떨어진 곳에 모여 있던 10대들은 어디로 갈 건지 정하는 중인 듯 서로 자기주장을 펼치고 있었다. 여느 저녁과 별다를 바 없는 평범한 날이었다.

거의 7년째였다. 그들이 K9이라고 부르는 일정표에 따라 평일인 목요일과 금요일에 터미널, 중앙역, 스투레플란, 구도심, 스칸스툴, 낙카, 식클라를 거쳐 이곳, 파슈타를 돌며 현금을 회수하는 일.

그들은 버스 전용 회차 지점에서 급커브를 틀고 다시 한 번 살짝 방향을 튼 다음 트럭이 후진하는 것을 알리기 위해 경적을 울렸다. 그리고 굳게 닫혀 있는 은행 뒷문으로 이르는 경사로를 내려갔다.

린덴은 트럭 시동을 껐다. 두 경비원은 서로를 한 번 쳐다보고는 고개를 끄덕였다. 두 사람이 그 구역을 이해하는 방식은 동일했다. 혼잡한 퇴근 시간대에도 조용한 곳. 차에서 내린 사무엘손은 뒷문으로 한 걸음을 옮겼다. 현금은 뒷문 복도 두 개만 통과하면 나오는 보안 책임자 사무실에 이미 준비되어 있었다. 다른 물건 없는 빈 책상 위에 올려놓은 현금 포대 두 자루. 지폐와 동전으로 가득 차 있고 빨간 사인펜으로 적어놓은 현금 액수 영수증. 1,324,573크로나였다.

휠체어에 앉아 있던 레오는 심장이 두근거리기만을 기다렸다. 하지만 그런 일은 없었다. 차분했다. 그의 마음이나, 그의 생각이나

마찬가지였다. 다른 쪽을 향하던 시선들은 증언의 가치가 없다는 사실을 잘 알고 있었다. 그는 휠체어가 위협을 감지하는 직업을 가진 사람들에게 가까이 접근할 수 있는 최선의 방법임을 깨닫고 있었다. 가까이 다가가 원하는 걸 빼앗고 사라지는 최선의 방법임을.

쌍방향 무전기는 재킷 오른쪽 주머니에 들어 있었다. 사무엘손은 곧 그날 수송하는 마지막 현금 보따리를 들고 보안 책임자 사무실에서 나와 은행 뒷문으로 향해 자신의 무전기 버튼을 두 번 누를 터였다.

린덴은 현금수송 차량 운전석에 앉아 주변을 살폈다.

룸미러, 이상 징후 없음. 사이드미러, 이상 징후 없음. 전방, 이상 징후 없음. 휠체어도 보이지 않았다.

원래 이런 건가 보다. 중년의 삶이라는 게. 경비원으로 사는 것은 뭐, 딱히 나쁠 것도 없다. 나름 괜찮은 직업이다. 단순하고 복잡할 일 없는 직업. 린덴은 이 일을 좋아했다. 정해진 일정대로 움직이기만 하면 되니까. 현금 가방을 옮기고, 한 지점에서 다른 지점으로 이동하고, 또 다른 현금 가방을 회수하는 일.

오늘의 마지막 임무. 그러고 나면 보관창고로 직행해 사복으로 갈아입고 조만간 일요일이 될 토요일을 맞이하는 것.

재킷 주머니에서 신호음이 두 번 울렸다. 사무엘손이 위치에 있다는 뜻이었다.

린덴은 마지막으로 주변을 다시 한 번 둘러보았다. 룸미러, 사이드미러, 차창을 통해서. 그리고 무전기의 빨간 버튼을 두 번 눌렀다.

나와도 된다는 신호였다.

안전하다는 뜻.

금요일은 대부분 스웨덴 은행의 수익이 최고점을 찍는 날이었다. 그리고 파슈타 지점은 현금수송 차량이 거쳐 가는 마지막 현금 회수 지점이었다. 즉 트럭 안에 현금이 가득 들어차 있다는 뜻이다.

17시 56분.

레오는 공격할 대상과 시간, 그리고 장소를 미리 선정해두었다. 휠체어만이 그들을 내리막길과 현금수송 지점과의 간격을 유지할 수 있는 유일한 해결책이라는 사실도 알고 있었다. 마땅히 숨을 곳도 없고, 은행 뒷문에서 현금수송 차량 조수석 문에 이르기까지 두 걸음 정도 되는 거리에 있는 경비원을 무력으로 제압해야 한다는 사실, 경비원들이 다른 사람들에게 위험을 알릴 틈도 주지 않고 순식간에 일을 해치워야 한다는 사실을 잘 알고 있었다.

17시 57분.

그들은 기다렸다. 실눈을 뜨고 아래쪽으로 보이는 강철 문이 열리기만을 기다렸다.

지금이다.

방화문의 자물쇠가 풀어지는 짧고 경쾌한 소리가 들렸다.

지금이야. 바로 지금!

레오와 야스페르는 터틀넥 스웨터에 이어 붙인 마스크를 잡아당겨 머리 위로 덮어쓰고 눈만 내놓았다.

그러고는 노란 담요 아래 숨겨두었던 AK4 자동소총과 코트 안자락에 숨겨두었던 경기관총을 꺼내 들었다.

두 사람은 동시에 벽에 달라붙어 한달음에 현금을 트럭에 옮겨 싣는 지점으로 달려갔다.

사무엘손은 양손에 초록색 현금 가방을 들고 방화문에 기대섰다.

순간 소리가 들렸다. 무전기에서 들리는 두 번의 신호음. 나와도 좋다는 신호였다.

그는 문을 열고 현금수송 지점으로 나왔고, 뒤이어 트럭 안에서 철컥 소리가 흘러나왔다. 여느 때처럼 린덴이 트럭 뒷문을 여는 소리였다.

운전석에 앉아 있던 린덴은 사무엘손이 현금 가방을 들고 나오는 모습을 확인했다. 그래서 트럭 뒷문의 잠금장치를 푸는 버튼을 누르고 동료 쪽으로 시선을 돌리다가 무언가를 발견했다. 명확하지 않은 무언가, 뭐라고 꼬집어 설명할 수는 없지만 하나로 끼워 맞추어야 할 조각 같은 것이었다. 처음 앞 유리를 통해 본 것은 오는 길에 행인들 사이에서 본 휠체어가 뒤집힌 채 뒹굴고 있는 장면이었다. 그다음 한쪽 사이드미러를 통해 움직임을 포착했다. 마치 누군가가 벽을 따라 자신을 향해 돌진해오는 모습 같았다. 얼굴이 완전히 검은색이었다. 마지막으로 옆문을 연 사무엘손이 "달려!"라고 고함을 지르면서 올라타더니 "젠장, 달리라고, 달려!" 그러고는 바

닥에 몸을 구부리고 막을 것을 찾는 모습이었다. 그제야 조각나 있던 단편적인 그림들이 마치 동시에 벌어진 것처럼 하나로 완성되었다.

"Open door(문 열어)!"

상황 파악에 걸린 시간은 1초였다.

그 1초는 첫 번째 네 자릿수 암호를 누르는 데 필요한 시간인 2초를 벌어주었고 그 덕에 나머지 현금이 보관되어 있는 금고로 이르는 철문이 미끄러지며 닫혔다. 이어지는 2초 만에 린덴은 계기판에 달린 두 번째 네 자릿수 암호를 눌러 시동을 걸었다.

"Jalla jalla, open door(빨리, 빨리, 문 열어)!"

이미 늦었다. 괴한 하나가 보닛 위에 올라탔다. 검은 마스크 속 두 눈이 그에게 자동소총을 겨눈 채 노려보고 있었다.

린덴은 두 팔을 들어 올리지 않았고 문으로 몸을 돌리지도 않았다.

아무런 행동도 하지 않았다.

그러자 커다란 금속 총구가 점점 커지고 가까워졌다.

지난 7년간 매일같이 차를 몰면서 주변을 살필 때마다 상상한 상황이었다. 그러나 실제 상황은 상상과는 차원이 달랐다. 가슴 정중앙에서부터 목구멍까지 무언가가 솟구쳐 올랐지만 튀어나오는 비명에도 불구하고 밖으로 꺼낼 수도, 도로 집어넣을 수도 없었다.

"You open fucking door(망할, 문 열라고)!"

그제야 깨달았다. 그 무언가를 통제할 수 없었던 이유는 비명을 지르는 게 자신이 아니기 때문이라는 것을. 다른 사람의 고함이었다. 차창 밖으로 한 사람이 더 있었다. 똑같은 마스크를 뒤집어쓴 남자. 턱, 코, 뺨을 다 가린 채 눈구멍만 뚫린 마스크를 쓴 남자. 하지만 다른 목소리였다. 될 대로 되라는 식의 목소리. 더 위협적이지도, 그렇다고 더 큰 소리도 아니지만 그냥 막무가내식이었다.

누군가는 죽을지도 모를 상황이었다. 가슴속에서 그런 느낌이 강하게 들었다. 죽음.

유리가 산산조각 나던 순간, 머릿속에 든 생각은 단지 바로 옆에선 누군가가 자신을 향해 총을 쏠 때 들리는 소리가 얼마나 끔찍한지에 대한 것뿐이었다. 날아든 총알은 두 발이었다. 그는 등과 머리에 잔뜩 힘을 주며 몸을 뒤로 젖히려 했다. 세 번째 총알은 뺨과 후두부를 스쳐 지나갔고 네 번째 총알은 계기반을, 다섯 번째는 그가 본능적으로 상황실에 알리려 경보 버튼을 누르는 동안 조수석 문으로 날아들었다.

"You open door(너, 문 열어)!"

30발이 장전된 자동소총 탄창을 비우는 데 걸리는 시간은 정확히 3초였다. 야스페르가 현금수송 차량 앞 유리에 대고 다섯 발을 갈기는 데 걸린 시간은 불과 0.5초였지만 그에게는 훨씬 길게 느껴졌다.

"You open or you die(열어, 아니면 죽어)!"

레오는 보닛 위에서 운전석에 앉아 있던 경비원을 겨누었고 야스페르는 총부리로 반 정도 부서진 강화유리를 내리찍었다. 바닥에 엎드린 다른 경비원이 머리 위로 팔을 들어 올릴 때까지.

사무엘손은 린덴을 쳐다보았다. 그리고 그의 목에서 흐르는 피를 차례로 쳐다보았다. 눈앞에서 뿜어져 나오는 피가 이토록 시뻘건 색일 거라고는 상상조차 해본 적 없었다. 그는 두 팔을 머리 위로 들어 올리고 조수석 문을 연 다음, 보닛 위에 올라서 있던 마스크 쓴 괴한을 차 안으로 들여보냈다. 안으로 들어온 괴한은 그의 관자놀이에 총구를 들이대고 형편없는 억양의 영어로 금고 문을 열라고 협박했다. 사무엘손은 설명하려 했지만 도무지 말이 나오지 않았다. 영어로는 불가능했다. 그는 금고 문은 일단 한 번 닫히면 본점이 보유하고 있는 암호 없이는 절대 열리지 않는다고 설명하려 했다. 그는 설명할 단어를 찾으려 했지만 도대체 떠오르지 않았다. 그동안 마스크 쓴 괴한은 아무 말 없이 차분히 그의 옆에 서서 대답을 기다렸다. 앞 유리에 총을 갈기며 절망적으로 소리를 지르는 다른 남자와는 다른 모습이었다. 결정권을 가진 사람 같았다. 비록 총구가 그의 관자놀이를 더 강하게 누르고는 있었지만 그 분위기가 상황을 결정한다는 건 자명한 사실이었다.

운전석에 앉아 있던 린덴은 목에 피를 흘리며 그대로 쓰러졌다.

상상 이상의 통제력을 가진 얼굴이 내민 손은 사무엘손의 바지, 재킷, 셔츠의 주머니를 뒤지다 열쇠 꾸러미 하나를 끄집어냈다.

그리고 절망적인 목소리로 고함을 지르던 괴한이 그의 가슴에 총을 겨누며 말했다.

"Start engine(시동 걸어)!"

이마로 올라갔던 총구가 다시 입으로 내려왔다. 그리고 입안으로 들어왔다.

"You start! Or I shoot(걸어, 시동! 아니면 쏜다)!"

트럭 시동을 거는 데 필요한 네 자릿수 코드를 쳐 넣기 위해 몸을 숙이자 총구가 입술과 혀 사이로 밀고 들어왔다.

"I kill, I kill, I kill(죽인다, 죽여, 죽인다고)!"

사무엘손은 손에 감각을 잃었다. 간신히 코드를 치자 시동이 걸렸다.

야스페르는 서서히 차를 몰아 현금수송 지점의 가파른 언덕을 올라가 보도를 지나쳐 버스 회차 지점과 주차장 출구 쪽으로 향했다. 현금을 트럭에 싣는 구역을 둘러싼 벽들이 소음기 역할을 해준 덕분에 다섯 발의 총성은 아무도 듣지 못한 채 도심의 소음 속으로 사라져버렸다.

무장 강도가 벌어진 현장에서 불과 몇 미터 떨어진 지점에서는 마치 아무 일도 없었던 듯 평범한 일상이 지속되고 있었다.

만약 그들이 계속해서 정상 속도로 차를 몰았다면, 만약 그들이 주의를 끌지만 않았더라도 금고를 털어 달아날 시간은 충분했을 것이다.

"Open inner door(금고 문 열어)."

레오는 들고 있던 열쇠 꾸러미를 경비원에게 건네며 말했다. 그 꾸러미에는 보안 캐비닛에 숨겨져 있는 또 다른 열쇠 일곱 개가 들어 있을 것이다. 그 일곱 개의 열쇠는 회수한 현금이 든 일곱 개의 금고를 여는 열쇠일 것이다. 각각 1백만 크로나가 보관된 금고.

"Please, the door is locked. With code. Special code! Can only be opened from headquarter……. Please please……(금고 문은 열 수 없습니다. 암호가 필요합니다. 특수 암호요! 저건 본점에 들어가야만 열 수 있습니다……. 제발 목숨만은……)."

"You open. Or I shoot(문 열어, 안 그럼 쏠 거야)."

레오는 슬쩍 창문 너머를 살펴보았다. 스톡홀름의 교외는 멀쩡히 움직이고 있었다. 반면 차 안에는 경비원 하나가 바닥에 엎드린 채 잔뜩 웅크리고 있고, 또 다른 경비원은 턱과 목에 피를 흘리면서 말하고 있었다.

"Understand? Please! Only…… only open at headquarter(이해했습니까? 제발요……. 금고 문은…… 오직 본점에서만 열 수 있습니다)."

남은 시간은 불과 몇 분이었다.

뉘네스베겐, 외르뷔레덴, 쉔달스베겐. 이어지는 아파트 단지, 축구 경기장, 학교. 그리고 그 위로 가파른 경사로의 언덕이 나온다.

만약 누군가 그들을 쫓아온다면 거기서 끝장을 봐야 한다. 더 이상은 무리다.

펠릭스는 천천히 심호흡을 했다.

들이쉬고, 내쉬고.

24분 전부터 어렸을 때 뛰고 구르던 언덕 위 잔디밭에 엎드린 채 기다리는 중이다. 쉔달 외곽 어딘가에서. 할아버지, 할머니가 살았던 작고 하얀 집과 그리 멀지 않은 곳이었다.

총부리가 흔들렸다. 들이쉬고, 내쉬고. 숨 한 번 쉴 때마다 리듬을 잃는 바람에 다시 시작해야 했다. 들이쉬고, 내쉬고. 한 손은 손잡이에 올리고 검지로 방아쇠를 쥐었다. 다른 손은 총열의 중간 부분을 잡고 한 눈으로 가늠쇠를 노려보았다.

아래쪽으로 뉘네스베겐이 내려다보였다. 멀리 떨어진 거리였음에도 불구하고 손에 닿을 듯 가까이 느껴졌다. 스톡홀름에서 가장 붐비는 고속도로를 타고 저마다의 집으로 향하는 차들의 흐릿하고 가느다란 전조등이 한데 모인 것 같았다. 그 너머로 파슈타가 보였다. 네온 불빛에 환하게 빛나는 고층 건물들이 모여 있는 곳. 펠릭스는 잔뜩 긴장한 채 그곳을 향해 총을 겨누었다. 레오가 바로 그곳에서 모습을 드러낼 터였다.

저기, 하얀 트럭이 보인다.

아니다.

그 차가 아니다. 흰색 대형 트럭이었지만 현금수송 트럭은 아니었다.

18시 06분. 2분이나 늦었다. 2분 30초.

손에 든 총이 미끄러지고 흔들렸다.

3분. 3분 30초.

온다. 저기!

펠릭스는 강 건너에서 왼쪽으로 급커브를 틀고 다가오는 흰 트럭 지붕을 흘낏 쳐다보면서 망원조준기로 차 내부를 살펴보았다. 자신과 똑같은 검은색 마스크를 쓴 남자가 운전석에 앉아 차를 몰고 있었다. 운전석 뒤로, 레오가 엎드린 사람들을 제압하고 있었다. 한 남자는 머리 위로 손을 올린 채였다.

바로 그 순간, 무언가가 펠릭스의 시선을 끌었다. 흰 트럭 바로 뒤를 따라오는 승용차 한 대. 앞 좌석에 두 사람이 타고 있었다.

뒤따라오는 차량은 검은색 승용차였다. 하지만 차종은 알아볼 수 없었다. 오른쪽을 확인해야 한다. 보조 사이드미러가 보일 테니까. 그런 식으로 위장 차량인지 확인할 수 있을 것이다.

펠릭스는 전방을 주시했다.

펠릭스, 내 말 잘 들어. 총은 내가 직접 손을 본 거야. 표적을 놓칠 일은 절대 없어. 그리고 아무도 다칠 일 없을 거고, 그래야만 해. 엔진을 조준해서 차만 멈추게 하는 거라고.

하지만 보조 사이드미러가 달려 있는지 확인할 수 없었다. 아니, 확신이 서지 않았다.

그래서 방아쇠를 살짝 쥐고 있던 손가락에 조금 더 힘을 주고 검은색 승용차 보닛 쪽으로 총구를 옮겼다.

레오는 경비원과 차를 모는 야스페르를 번갈아 쳐다보다가 언덕을 지나치는 동안 차창 밖을 내다보았다. 다리를 내려다보는 언덕 위에서는 시야 확보에 전혀 문제가 없어 보였다. 특히 그가 특별 주문한 망원조준경 달린 AK4 소총이라면 누가 쏘든 300미터 내에서는 뭐든 명중시킬 수 있었다.

만약 그들을 뒤따르는 차량이 있다면 한 발로도 충분히 제지할 수 있었다.

펠릭스는 흔들리고 있었다. 검은색 승용차가 가까이 따라붙었기 때문이다. 너무 가까이.

일단 기다려. 우리가 지나갈 때까지 위치에서 벗어나지도 말고 총을 내려놓지도 마. 그리고 뒤따라 붙는 차가 없는지 끝까지 확인해야 해.

흰색 현금수송 차량은 교차로에 있는 고가도로를 지나자 왼쪽으로 방향을 틀었다. 30여 미터 뒤에는 여전히 승용차가 따라오고 있었다.

들이쉬고, 내쉬고.

펠릭스는 계속해서 전방을 주시하며 방아쇠를 쥔 손가락에 점점 힘을 주기 시작했다.

검은색 승용차가 갑자기 오른쪽으로 방향을 틀더니 반대편으로 향했다. 그리고 속도를 올리면서 저 멀리 사라졌다.

손 떨림은 멈췄다. 대신 두려움에 떨며 호흡이 가빠졌다.

손가락 한 번 까딱여서 자칫 그들을 죽음으로 몰고 갈 수도 있었다. 부적절한 시간에, 부적절한 도로 위를 달리고 있었다는 이유로.

젖은 잔디밭에 엎드려 있던 펠릭스는 자리에서 일어나 총을 가방에 넣고 얼굴을 가린 마스크를 터틀넥 속으로 밀어 넣은 다음 달리기 시작했다. 숲을 거치고, 공동정원을 지나 언덕 아래로 달려 내려갔다. 어두운 터라 낮고 날카로운 철제 담장에 걸려 넘어져 가방을 떨어뜨리기도 했지만 다시 일어나 언덕 아래쪽 주차장까지 계속해서 뛰었다.

언덕을 지나왔지만 펠릭스가 총을 쏘는 일은 없었다.

즉 추격당하고 있지 않다는 뜻이었다.

레오는 굳게 닫힌 문을 쳐다보았다. 그 안에는 수거된 현금 가방 일곱 개가 들어 있었다. 8백만, 9백만, 아니 1천만 크로나에 달할지도 모를 현금이었다.

행동에 나설 시간이 얼마 남지 않았다. 그들에게는 시간이 더 필요했다.

경비원이 암호를 입력하는 바람에 금고를 보관하는 강철 문은 굳게 잠겨버렸다. 그들은 금고를 열고 현금 가방을 싹쓸이해서 약속 장소로 향해야 했다. 하지만 그건 불가능해졌다. 그래도 계획을 살짝 틀어 대안을 만들 시간은 남아 있었다.

"Where…… please, please……. Do you take us(어디로…… 제발, 제발……. 어디로 데려가는 겁니까)?"

약속 장소에서 총으로 금고 문을 열 수도 있겠지만 필요 이상의 소음이 발생한다.

"What…… please, I beg you, please……. Will you do with us(제발…… 우릴 어떻게…… 하려고 이러는 겁니까……)?"

본점에 무선으로 연락해서 문을 열게 하는 방법도 있겠지만 시간이 너무 오래 걸릴 것이다.

"I have…… please please please please……. I have children(내게는 아이들이…… 제발, 내겐 아이들이 있습니다……. 제발……)!"

피를 흘리며 바닥에 엎드린 경비원이 한 손을 제복 안으로 넣자 레오가 총으로 그의 어깨를 강하게 내리찍었다.

"You stay put(움직이지 마)!"

방해를 받기는 했지만 경비원은 계속해서 손을 자신의 재킷 안주머니로 밀어 넣더니 무언가를 꺼내 들었다.

"My children! Look! Pictures. Please. Please(내 아이들입니다! 좀 보라고요! 사진이요! 제발)!"

그의 지갑에서 사진 두 장이 튀어나왔다.

"My oldest. He is eleven. Look(큰 아이입니다. 이제 열한 살이에요. 보라고요)!"

자갈밭 축구장에 선 남자아이였다. 마른 편에 해쓱한 얼굴이었다. 팔에 공을 끼고, 머리가 땀에 젖은 소년은 수줍은 표정으로 웃고 있었다. 파란색과 흰색의 축구 양말은 아래로 말려 내려가 있었다.

"And this……. Please please look……. This is……. He is seven. Seven(그리고 이 사진……. 제발 한 번만 봐요……. 이 녀석은 일곱 살입니다. 고작 일곱이에요)!"

부엌 아니면 거실에서 식탁에 둘러앉아 있는 모습이 생일 파티를 벌이는 분위기였다. 말끔한 복장에 큼지막한 케이크 하나를 올려둔 테이블 앞에 모여 앉아 있었기 때문이다. 촛불을 불기 위해 허리를 앞으로 숙인 주인공 꼬마는 앞니 두 개가 빠졌다.

"My boys, please, two sons, look, look, brothers(아들이 둘입니다……. 둘이라고요……. 좀 봐요……. 이 녀석들이)."

"Turn around(엎드려)."

레오는 흐릿한 사진 두 장을 낚아채 바닥에 떨어뜨리며 말했다.

"Two boys, my boys……. Please(아들이 둘입니다……. 내 아들들이라고요……)!"

"Turn around! On stomach! And stay(엎드리라고! 바닥에 대고 엎드려 있어)!"

빈센트는 4인용 고무보트를 타고 드레비켄 호수의 잔잔한 수면 위를 지나갔다. 쌍발 엔진 달린 보트의 핸들을 크게 한 번 꺾자 왼편 숲 끝자락 너머로 빛이 보였다. 정면으로는 어둠에 잠긴 쉔달 해변이 펼쳐졌다. 그는 모터를 끄고 부두와 해변을 향해 몰아간 다음 보트에서 내려 갈대밭으로 끌고 갔다. 목적지까지 대략 2킬로미터 정도가 남았는데 늦을 것 같다는 생각이 들었다.

그 순간, 레오가 왜 그곳을 약속 장소로 골랐는지 알 것 같았다. 그곳에 위치한 만은 비바람으로부터 안전했고, 인근 해변은 겨울철에는 수영이 금지되었기 때문이다. 예전에 엄마가 그곳에서 자신과 비슷한 또래지만 장애가 있는 아이들을 데리고 일했던 기억이 떠올랐다.

빈센트는 잔잔한 물살에 따라 흔들리는 기다란 나무 부교에 서 있었다. 멀지 않은 곳에 두 번째 부교가 있었다. 그가 선 부교에 비해 짧고 더 오래되었다. 그는 큰형 레오에게 수영을 배우던 여름을 떠올렸다. 큰형은 그곳을 도크라고 불렀고 빈센트는 낡은 부교에서 새 부교에 이르는 10여 미터를 수영으로 횡단하면 형이 만들어 준 이 세상에 오직 하나밖에 없는 수영 배지를 얻을 수 있었다. 빈센트는 두 팔을 휘두르고 두 다리로 물장구를 치며 연습하다 모두가 집으로 돌아간 어느 날 밤, 드디어 한 번도 쉬지 않고 목적지까지 헤엄쳐 갔다. 큰형은 박수를 치며 약속한 배지를 동생에게 주었다. 배지라고 해봐야 글자를 새겨 넣은 큼지막한 나무토막에 불과했지만…….

그는 축 늘어진 널빤지 같은 나무로 이어진 부교가 물살의 흐름에 따라 위아래로 흔들리는 것을 느꼈다. 새로 만든 부교라고 해도 낡지 않는 법은 없으니까. 마지막 발차기 후에 그가 붙잡았던 그 널빤지였다. 찬물 속에 가라앉지 않으려고 큰형의 손을 붙잡으면서……. 큰형의 목소리가 지금도 들리는 듯했다. 다음 발차기에 집중하라고……. 지금 당장의 느낌, 지금 당장 보이는 것 따위는 신경 쓰지 말고 오로지 다음 발차기에만 온 정신을 집중하라고…….

형들은 이미 도착해야 할 시각을 넘겼다. 이건 아니다. 아무것도 알 수 없는 상황이었다.

악취가 느껴졌다. 코에서, 손에서, 팔에서, 어깨에서…….

빈센트는 땀구멍에서 새어 나오는 냄새를 느낄 수 있었다. 일찍이 맡아본 적 없는 강하고 매캐하면서 갑갑한 느낌과 냄새. 내면에서 느껴지는 불안감보다 훨씬 강하고 진한 무언가…….

그는 무릎을 꿇고 유리같이 투명하고 얼음장같이 차가운 물을 얼굴에 끼얹었다.

등에 찬 총이 강하게 달라붙는 것 같아 끈을 좀 조정했다. 헤어지기 전에 큰형이 복도에서 건네준 총이었다. *사용해야 할 일이 발생하기 전까지는 항상 총신을 바닥으로 향하게 해.* 큰형은 그에게 시범을 보여주며 여러 차례 강조했다. 안전장치를 풀고 채우는 방법도. 그러고는 막냇동생의 어깨를 꽉 붙잡고 이렇게 말했었다. *그리고 이것만 기억해, 빈센트. 결정은 총이 하는 게 아니라 네가 하는*

거야.

18시 11분.

형들은 이미 그 자리에 도착했어야 했다.

펠릭스는 수풀과 공원을 통과해 언덕을 뛰어내려 차로 달려갔다. 비좁은 자갈길을 내려가 다소 널찍한 아스팔트 도로를 지나 고가도로가 나올 때까지 달렸다. 심장박동이 정상으로 되돌아오고 호흡도 잠잠해지는 것 같았다. 그런데 그 순간, 어디선가 사이렌이 귀를 자극했다.

그리고 뒤이어 파란색 경광등이 보였다.

"빈센트, 너 어디야?"

"나 아직 여기 있어, 부교에. 기다리는 중이야."

전화는 오직 비상시에만 사용하기로 약속했었는데…….

"형들 아직 여기 안 왔어." 빈센트가 힘 빠진 목소리로 말을 이었다.

"젠장…… 아…….."

"펠릭스 형?"

"에잇, 빌어먹을!"

"형, 무슨……."

"경찰이 오고 있어! 몇 분 안에 거기로 갈지도 몰라! 네가 있는 곳으로!"

빈센트의 손에 들린 전화기에서 펠릭스의 목소리가 흘러나왔다. 불안감은 훨씬 강한 공포가 되어 흘러나오고 있었다.

바로 그 순간, 보이고, 들렸다.

차가 멈춰서는 소리, 해변 탈의실 창문에 비친 전조등.

그리고 이어지는 목소리. 큰 소리로 이야기하는 소리. 비명.

레오는 손목시계를 들여다보았다.

18시 12분.

합류 지점까지 아무도 그들을 추격해오지 않았다. 나머지 9백만 크로나의 현금을 가로막고 있는 장벽을 강제로 열게 할 시간적 여유도 있었다. 레오가 차에서 내리던 순간, 야스페르가 경비원 하나를 끌어내렸다. 두 사람 모두 정도를 넘어선 상황이었다.

"Open! Or I shoot(열어, 쏴 죽일 거야)!"

"I…… can't. I can't(난…… 못 합니다. 못 엽니다)!"

야스페르는 들고 있던 자동소총의 총부리를 경비원 입속으로 쑤셔 넣었다.

"I shoot(쏴 죽인다고)!"

경비원은 무릎을 꿇은 채로 울먹이며 뭐라고 말을 하려 했다.

"Please! Please, please, please(제발! 제발요, 제발, 제발)!"

야스페르는 경비원의 입에 쑤셔 넣은 총구를 빼 위로 들어 올렸다. 그가 자세를 구부리자 검은색 워커가 잔디 속으로 파고들었고 개머리판이 어깨를 강하게 누르기 시작했다. 손가락은 방아쇠 위로, 눈빛은 속뜻을 알 수 없게 변해버렸다.

빈센트는 총성을 들었다.

한 발도 아니고, 다섯 발도 아니라 스무 발, 아니 서른 발은 족히 될 것 같았다.

자신이 남들의 시선에 노출돼선 안 된다는 사실은 잘 알고 있었다. 강도는 오직 2인조여야만 했다. 현금수송 차량 경비원들의 진술서에 포함될 강도는 2인조여야만 했다.

그런데 펠릭스 형이 전화를 걸었다. 경찰이 가까이 왔다고. 달리 선택권이 없었다.

야스페르는 오른쪽 어깨가 뻐근해지는 걸 느꼈다. 그런데 은근히 기분이 좋았다. 호흡도 거칠어졌다. 하지만 탄창이 빌 때까지 총탄을 갈겨도 굳게 닫힌 강철 문에는 제대로 된 흠집 하나 남길 수 없었다. 그는 조끼 주머니에서 새 탄창을 꺼냈다.

순간 어둠 속에서 누군가 가까이 다가오는 발소리를 들었다.

그는 소리가 들리는 방향으로 몸을 돌렸다. 총구를 정면으로 향한 채 즉각 발포가 가능한 자세로.

빈센트는 형들에게 알려야 했다. 그래서 백사장 같은 모래밭을 가로질러 예전에 수건을 말리던 잔디밭을 지나 트럭이 제대로 보이는 곳까지 달려갔다. 그 곁에 있는 레오와 야스페르에게로.

야스페르는 다가오는 발소리의 방향으로 총구를 돌렸다.

얼굴 하나가 나타났다. 어둠 속에서 드러나는 얼굴을 분명히 본 것 같았다.

그리고 방아쇠를 당겼다.

레오도 발소리를 들었다. 그는 야스페르가 발소리가 들리는 방향으로 총구를 돌리더니 방아쇠를 쥔 손가락에 힘을 주는 모습을 발견했다. 그리고 그 즉시, 어둠 속에서 드러나는 낯익은 형체를 발견했다. 발을 내딛는 걸음걸이, 상체의 움직임. 그제야 알 수 있었다.

레오는 그대로 몸을 날려 야스페르의 총구를 붙잡고 위로 들어 올렸다.

"펠릭스 형이 전화해서……."

레오가 너무나 잘 아는 누군가였다. 그 자리에 있어서는 안 될 누군가. 자칫 목숨을 잃을 뻔했던 누군가가 나타나 그의 귀에 대고 속삭이고 있었던 것이다.

"……경찰이 오는 중이라고 했어. 경찰이 합류 지점을 지나갔다고!"

레오는 막냇동생을 강하게 끌어당겼다.

넌 부교에 남아 있어야 해.

"돌아가!"

널 잃을 뻔했다고!

"가서 보트에 시동 걸어."

레오는 야스페를 쳐다본 다음, 꿈쩍도 하지 않는 강철 문으로 시선을 돌렸다. 비상 상황이 아니었다면 빈센트가 명령을 어기지는 않았을 것이다.

"Leave. Now(가자. 당장)!" 레오가 명령했다.

그들은 파슈타에서 드레비켄 호수에 이르러야 하는 9분의 시간을 이미 다 썼다. 게다가 4분의 추가 시간까지 허비한 터였다. 더 이상 지체할 시간이 없었다.

"Now(철수해야 해)!"

야스페르는 나무 너머로 푸르스름한 불빛을 발견했다. 불빛은 점점 가까이 다가오고 있었다. 거의 꽉 찬 탄창 하나가 더 남아 있었다. 대략 서른다섯 발이었다. 레오가 기다려줄 것 같았다. 야스페르는 고집을 피우는 경비원 앞에서 물러서고 싶지 않았다.

"Now(빠져, 빠지라고)!" 레오는 고래고래 소리를 질렀다.

야스페르는 달리기 시작했다. 하지만 보트를 준비해둔 방향이 아니라 경비원 쪽이었다.

"We know your names, sharmuta(우린 네 이름 알고 있어, 개자식아)."

그러고는 경비원들의 재킷 주머니에 들어 있던 사원증을 있는 힘껏 잡아당겼다.

"If you ever talk(입만 뻥끗해봐)."

3미터 길이의 고무보트는 갈대밭 사이로 미끄러져 갔다. 레오가 맨 앞, 야스페르가 중간, 빈센트가 맨 뒤에 앉아 한 손으로 엔진 시동 코드를 거머쥐었다.

빈센트는 코드를 잡아당겼다. 시동이 걸리지 않았다. 다시 한 번. 마찬가지였다.

"젠장, 걸려, 걸리라고!"

손가락이 미끄러지면서 선을 제대로 잡아당길 수 없었다. 가까스로 붙잡아 당겨보았지만 결과는 똑같았다.

"젠장! 빈센트, 초크 확인해봐!" 레오가 소리쳤다.

빈센트는 정사각형 버튼을 이리저리 잡아당기고는 다시 한 번 있는 힘껏 시동 코드를 잡아당겼다.

레오는 막냇동생을 쳐다보았다. 언제나 코흘리개 막내라고만 여겨왔었다. 그런데 지금은 스스로 결정을 내리고 철칙 같은 명령까지 어겨가면서 자신의 위치를 벗어나 형들에게 위험을 알리러 왔다. 뒤로는 파란 불빛이 반짝였다. 어둠과 대비되면서 아름답다고 느낄 정도였다. 그들이 탄 보트가 어둠에 싸인 호수 가운데로 자취를 감출수록 아름다운 빛은 절벽 반대편으로 서서히 사라져갔다.

5

브론크스는 커다란 창문 안쪽에서 머리를 기댔다. 시원한 걸 넘어서 이마가 차갑기까지 했다. 크로노베리 경시청 안뜰에 일렬로 새로 심은 나무들의 뻣뻣한 잎사귀들이 얼마 전까지만 해도 노란색에서 붉은색으로 바뀌는 것 같더니 이제는 밤색이 되어 바닥에 떨어져 밟히는 계절이 되었다.

금요일 오후, 6시 50분.

바깥세상은 그리 활기 넘쳐 보이지 않았다.

안쪽 역시 마찬가지였다.

집으로 돌아갔어야 했다.

아무래도 그렇게 될 것 같았다.

나중에.

그는 강력계 복도 중앙에 설치돼 있는 휴게실로 걸어가 가스레인지 위에 냄비를 올리고 누군가가 두고 간 머그잔에 뜨거운 물을 붓고 백차 한 잔을 만들었다. 평소 그렇게 차를 마셨다. 아직도 불이 꺼지지 않은 사무실은 몇 되지 않았다. 사무실 네 칸 떨어진, 복도 맨 끝 방에서는 은퇴를 앞둔 칼스트럼 경감이 60년대 음악을 틀어 놓고 밤색 패브릭 소파 위에 웅크려 자고 있었다. 브론크스는 경찰 생활을 그렇게 끝내고 싶지 않았다. 머리부터 처박고 떨어지는 블랙홀 같은 외로움에서 벗어나기 위해 경찰서에서 밤을 보내는 그런 생활. 브론크스는 정반대의 이유로 서에 남아 있었다. 그는 서에 숨을 필요가 없었다. 그럴 자격이 있다고 느껴지면 집으로 돌아가는 걸 좋아했다. 스스로에게 허락하는 날.

손에 쥔 따뜻한 차에서 그리 물맛이 느껴지지는 않았다. 하지만 부드럽게 잘 넘어갔다. 브론크스의 책상은 다른 형사들 책상과 다를 바 없었다. 서류 더미, 수사 중인 사건 파일. 남들에겐 헤어날 수 없는 서류 더미로 여겨질 테지만 그에게는 책상으로 찾아온 가을 같은 존재들이었다. 숨 쉬기가 훨씬 편해지는 그런 느낌.

욘 브론크스(이하 브론크스): 그래서 그 여자가 쓰러졌습니까?

올라 에릭손(이하 에릭손): 네.

브론크스: 그러고는요……. 때렸습니까?

에릭손: 네.

브론크스: 어떻게요?

에릭손: 그 여자 위에 올라탔어요. 다리를 벌리고 가슴 위로 올라탔어요. 오른손으로. 다시요.

브론크스: 다시? 여러 번이었다는 겁니까?

에릭손: 평소 그런 척을 좀 합니다.

브론크스: 척을 한다?

에릭손: 네. 좀 그런 편입니다……. 기절한 척을 해요.

매일 밤, 집으로 발걸음을 돌리려는 시각이 되면 사건들은 점점 더 강하게 그를 몰아붙이기 시작했다. 그가 사무실 밖으로 벗어나지 못하도록 막았고, 평범한 일상으로 돌아갈 틈을 주지 않았다.

투마스 쇠렌센(이하 쇠렌센): 녀석을 방으로 데려가 물었습니다. 뭐 다른 게 보이지 않느냐고요.

욘 브론크스(이하 브론크스): 다른 거라니요?

쇠렌센: 빌어먹을 스탠드가 켜져 있지 뭡니까. 하루 종일 그렇게 켜놨던 겁니

다. 그래서 가르쳐야 했지요.

브론크스: 가르친다는 게 무슨 뜻입니까?

쇠렌센: 책으로 가르쳤죠. 머리통에 한 방 쥐어박았습니다. 돈이 나간다는 걸 녀석도 깨달아야지요! 이게 처음도 아니고 말입니다.

브론크스: 그래서 때렸다는 겁니까?

쉐렌센: 스탠드를 켜놨으니까요.

브론크스: 아드님 나이가 여덟 살입니다.

(침묵)

브론크스: 고작 여덟입니다.

(침묵)

브론크스: 계속하시겠습니까? 그래서 아드님을 때리셨다고요? 책으로요? 묵직한 양장본으로 말입니까?

쇠렌센: 흠…….

브론크스: 그러면…… 저 사진 좀 봐주시기 바랍니다. 등, 목, 꼬리뼈…….

쇠렌센: 그렇지만 녀석이 맞을 짓을 한 건 맞지 않습니까?

밤이면 밤마다 그는 사건들 속으로 빠져들었다. 대부분 비슷비슷했다. 그가 사건에 관심을 갖는 건 가해자 때문이 아니었다. 피해자 때문도 아니었다. 그들 때문에 사무실 복도가 텅 빈 뒤에도 서에 계속 머문 건 아니었다. 계속해서 이어지는 파일, 끝없이 늘어나는 서류……. 그를 사무실에 붙잡아두는 장본인은 사건 속 폭력 행위, 그 자체였다.

에리크 린데르(이하 린데르): 시키는 대로 하지 않지 뭡니까.

욘 브론크스(이하 브론크스): 그게 정확히 무슨 뜻입니까?

린데르: 그게 그 뜻입니다.

브론크스: 그래서…… 어떻게 하신 겁니까?

(침묵)

브론크스: 이 사진 말입니다……. 의사의 설명에 따르면 먼저 선생이 가게 여종업원 턱뼈를 부러뜨리셨다더군요.

(침묵)

브론크스: 그리고 여기…… 광대뼈도 부러뜨리셨고요.

(침묵)

브론크스: 이건 여종업원 가슴 사진입니다. 선생이 연거푸 발로 걷어찬 부위입니다.

(침묵)

브론크스: 그런데도 하실 말씀이 없으신 겁니까?

린데르: 이거 봐요!

브론크스: 네?

린데르: 내가 마음만 먹었으면 죽일 수도 있었다, 이 말입니다.

비록 이 낯선 이들의 안위에 대해 딱히 신경을 쓴 건 아니었지만 매번 과도한 폭력 행위가 수반된 사건을 대할 때마다 그는 더 많은 관심과 주의를 쏟았다. 마치 그대로 지나칠 수 없는 무언가가 그를 끌어당기듯이. 괴물 같은 가해자가 4층 위에 있는 유치장에 수감될 때까지.

"욘?"

노크 소리가 들렸다. 누군가 사무실 문 앞에 서 있다는 뜻이었다. 누군가가 사무실 안으로 들어왔다.

"자네 아직도 사무실에 있는 건가?"

그의 상관인 칼스트럼 경감이었다. 겨울 코트 차림에 무언가 한가득 담긴 종이봉투 몇 개를 손에 든 채로.

"제가 평균 1년에 폭력 사건 50건을 처리한다는 건 알고 계셨습니까, 경감님?"

"오늘도 이렇게 남아 있군그래. 매일 밤 그러듯 말이야."

브론크스는 한 여성의 신체 사진 두 장을 집어 들었다.

"이거 한번 들어보시겠습니까? '마음만 먹었으면 죽일 수도 있었다'라……."

"이번 주말은 어쩔 건가? 여전히 사무실에서 보낼 계획인가?"

또 다른 파일에서 더 많은 사진이 튀어나왔다. 그는 또다시 사진을 집어 들었다.

"이건요, 경감님. '녀석이 맞을 짓을 한 건 맞지 않습니까?'"

"자네가 계속 여기 이렇게 있을 생각이면 그건 좀 접어뒀으면 좋겠네."

더 많은 사진이 나왔다. 딱히 더 선명한 것도 아니었다. 아마 동일한 병원의 조명 아래서 동일한 과학수사대 요원이 찍은 듯 보였다.

"잠깐만요. 이건 정말 가관이라니까요. '기절한 척을 해요.'"

칼스트럼은 서류나 사진들을 들여다보지 않고 그대로 책상 위 파일 더미에 내려놓으며 말을 이었다.

"욘, 내 말 듣기나 한 건가?"

그는 브론크스 뒤로 보이는 벽시계를 가리켰다.

"한 시간 하고도 7분 전에 파슈타에서 현금수송 차량 한 대가 털렸어. 피해액은 1백만 크로나가 넘고. 자동소총이 사용됐다고. 차는 강탈당한 채 쉔달 해변으로 끌려갔고, 거기서 추가로 총격이 발생했는데 복면 차림의 2인조 무장 강도가 차량 금고를 강제로 열려고 했다는군."

경감은 조서와 사진 뭉치를 흔들며 말을 이었다.

"그러니까 이런 건 좀 잊고 있으라고. 다 종결된 사건들이니까. 밖으로 나가서 이 사건을 처리해. 지금 당장."

그는 미소를 지었다.

"지금은 금요일 밤이라고, 욘. 토요일 하루 종일 매달릴 수도 있어. 어쩌면 일요일도 그럴 수 있고. 운이 좋다면 말이지."

칼스트럼 경감은 종이봉투 두 개를 들고 사무실 밖으로 나가려다 생각을 바꿔, 그 안에 든 생물 가재를 꺼내 들었다.

"내 저녁상일세. 집에서 만든 라비올리를 먹을 생각이거든. 파스타 위에 바질도 뿌려서 말이야. 거기다가 신선한 가재 살, 살짝 구운 송로버섯, 소금, 올리브유로 양념도 할 거야. 둥글게 만 파스타를 초승달 모양으로 접고 가장자리를 단단히 눌러주면 아이들이 정말 좋아하거든."

그는 상관을 쳐다보며 미소를 지었다. 상관은 매주 금요일 오후면 외스테말름 시장으로 발걸음을 옮겨 싱싱한 갈빗살 생고기를 산 다음, 카페에 앉아 EU가 옥수수 사료로 방목한 닭고기 수입을 금지한 사실을 애도하는 사람이었다.

집게를 고무 밴드로 묶은 가재를 들고 있는 남자. 무장 강도 사건을 수사해야 하는 또 다른 남자.

경감님은 경감님이 원하는 주말을 보내고, 전 제가 원하는 주말을 보내게 되겠군요.

펠릭스는 알몸 상태로도 추위를 느끼거나 떨지 않았다. 그랬기 때문에 트럭을 뒤따르던 검은색 승용차가 방향을 틀기 전에 사격하지 않았던 것이다.

내면의 평온 덕분이었다.

만약 자신보다 세 살 많은 레오 형이 그 언덕 위에 엎드려 있었다면 사격을 가했을 것이다. 안전을 보장하기 위해서라도. 언제나 보호의 대상이 되는 네 살 아래 동생, 빈센트가 그 자리에 있었다면 공황에 빠져 방아쇠를 당겼을 것이다. 그리고 그토록 네 번째 형제가 되기를 원하는 야스페르였다면 주저하지 않고 총을 갈겼을 것이다. 단지 기회가 생겼기 때문에.

펠릭스는 어두운 숲 주변을 둘러보고 검은 수면 쪽으로 시선을 돌렸다.

맨발로 축축한 돌멩이 위에 선 그는 부력을 줄이기 위해 팔다리가 짧고 신축성이 강하고 얇은 잠수복을 착용했다. 곧 물속으로 들어가 수영을 해야 했기 때문이다.

그는 불을 켜지 않은 손전등을 손에 들고 어느 지점으로 들어가야 하나 수면을 살펴보았다. 하지만 보이는 거라고는 산들바람에 출렁이며 거품을 머금은 물마루가 전부였다.

지나칠 정도로 고요했다.

바람이 고무보트의 머큐리 엔진 소리까지 잠재워버릴 정도로 강했던 걸까?

그는 이상 없다는 뜻으로 손전등을 짧게 세 번 깜빡였다.

신호였다.

가장 먼저 눈에 들어온 건 완만하게 원호를 그리는 만이었다. 그 다음에는 돌출된 곶, 그리고 머리 위로 마치 두꺼운 빨랫줄처럼 양쪽 해안을 이어주는 전력선이었다. 조금 더 가자 가파른 절벽이 나왔다.

비록 먼 거리에 해변의 나무들이 시야를 가리고 있지만 레오는 알아볼 수 있었다. 아무 이상 없다는 신호. 짧게 세 번 깜빡이는 손전등 불빛.

"빈센트?"

"어, 왜?"

"나랑 자리 바꿔."

레오는 칠흑 같은 어둠 속에서도 방향을 잡아나가는 연습을 미리 해두었다. 육지가 가까워진 마지막 구간에서는 육안으로 식별하기도 힘든 날카로운 바위 틈 사이를 요리조리 피해 가야 했다. 키를 손에 쥔 레오는 속력을 늦추고 방향을 틀고 또 틀었다.

"우리가 해냈어!" 야스페르는 빈센트의 목을 감싸며 소리쳤다. "이렇게 완벽하게 현금수송 차량을 턴 인간은 지금까지 없었을 거라고! 뭐야, 왜 그래 너, 빈센트? 괜찮은 거야?"

"왜 그러냐고? 형이 나 쏴 죽일 뻔했잖아."

"넌 보트에 남아 있었어야 했잖아. 네가 거기까지 뛰어올지 내가 어떻게 알았겠냐!"

"내가 위험을 알리지 않았으면, 그러지 않았으면……."

"둘 다 조용해." 레오가 말했다. "야스페르, 넌 그 가발부터 가방에 넣고 얼굴이나 씻어."

레오는 속력을 조금 더 늦췄다. 검은 수면을 때리던 프로펠러의 움직임이 느려지자 그는 바위 하나를 끼고 크게 한 바퀴 돈 다음 곧이어 절벽을 피해 갔다. 세 번씩 깜빡이는 손전등 불빛이 점점 더 밝아졌다. 레오는 불빛을 향해 배를 몰았다. 목적지는 앙상한 소나무 두 그루가 서 있는 높지 않은 곳이었다. 맨발에 잠수복 차림의 펠릭스는 그 위에서 신호를 보내고 있었다.

드디어 목적지에 도착했다.

일행은 자동소총 세 정과 현금 가방을 들고 뭍으로 뛰어올랐다. 위에 있던 펠릭스는 높이 자란 풀숲에서 똑같이 생긴 아디다스 더플백 네 개를 들고 나왔다. 안에는 청바지와 셔츠, 재킷, 그리고 하키스틱이 들어 있었다. 그는 오리발과 마스크를 착용했고, 일행은 펠릭스가 굴려 온 바윗돌들을 기다란 줄로 하나씩 묶은 다음 그 끝을 보트 엔진에 단단히 묶었다.

레오와 빈센트, 그리고 야스페르는 검은 물속으로 보트를 끌고 갔고, 펠릭스는 그 옆에서 헤엄을 치며 따라갔다. 그리고 충분히 뭍에서 멀리 떨어졌다는 판단이 서자 펠릭스가 보트 한쪽 위에 올라타 큼지막한 칼로 고무에 구멍을 내기 시작했다. 공기 빠지는 소리와 함께 보트가 가라앉기 시작했다.

펠릭스는 멀리까지 바라볼 수 없었다. 고작 팔 길이 앞밖에 보이지 않았지만 참고한 해도에 따르면 그 지점의 수심은 10여 미터 정도였다. 그래서 가라앉는 보트를 따라 3~4미터 정도 잠수했다가 다시 수면 위로 올라왔다. 어렸을 때 틈만 나면 그곳을 찾아 수영이나 다이빙을 하고, 있지도 않은 보물을 찾아다니며 놀곤 했었지만 호수 바닥까지 가본 적은 없었다. 그곳은 침몰한 고무보트가 가라앉기에 완벽한 지점이었다.

그들은 다시 뭍으로 돌아온 다음 새 옷으로 갈아입고 하키스틱이 비죽 튀어나온 가방을 하나씩 들고 서두르지 않고 평상시처럼 발걸음을 옮겼다. 거기까지 정확히 18분이 소요되었다. 그들은 한쪽은 높은 절벽으로 이어지고 다른 한쪽으로는 드레비켄 호수로 이어지는 좁은 길을 거쳐 숲을 통과해 목초지와 학교 운동장을 지나쳤다. 실내 하키장이 갖춰진 운동장이었다. 마가목 나무들이 덤불처럼 모여 있는 지점에서 뿔뿔이 흩어진 다음 구름다리 양쪽 방면에서 다시 만났다.

브론크스는 현금수송 차량 강탈 사건 보고서를 들고 주차장에 세워둔 자신의 차로 황급히 발걸음을 옮겼다. 그는 편의점에 잠시 멈춰 핫도그 하나를 샀다. 핫도그 한 개의 열량이 400칼로리인데 이는 가재 라비올리 요리법에 소개된 열량과 동일한 수치였다. 그가 스칸스툴을 지나 굴마슈플란, 뉘네스베겐을 거쳐 남쪽으로 향하는 동안 금요일 밤을 즐기러 나온 차량이 꼬리에 꼬리를 물었다. 기존의 생활 방식에서 또 다른 유형의 생활 방식으로 넘어가는, 일종의 집단 보상 체계 분위기였다.

사건 보고를 받은 건 사건 발생 후 한 시간 7분이 지난 뒤였다. 차를 타고 이동하는 데 걸린 시간은 22분. 2인조 복면강도들은 이미 사라지고 난 뒤였다.

그는 힘주어 가속페달을 밟았다. 하지만 머릿속에서는 책상에 두고 온 사건 파일들이 여전히 그를 따라다녔다. 아내를 살해하고는 외로움이 초래한 공포를 주체할 수 없어서, 아내를 폭행할 때만큼

외로움을 느껴서 경찰이 올 때까지 앉아서 기다린 남편. 아들을 의사에게 데려가 몸에 난 상처가 두툼한 양장본으로 얻어맞은 게 아니라 스케이트보드를 타고 난간을 내려오다 다친 거라고 억지로 거짓말하게 했던 아버지. 심하게 구타당한 여종업원 사진 앞에서 침묵을 지키면서도 자신이 원하기만 했으면 언제든 폭행을 멈출 수 있었다고 확신하는 고용주. 이번 주에 그가 직접 만나 조사했던 가해자들이었다. 그들은 모두 폭행 사실을 자백했다.

브론크스는 점차 혼잡한 금요일 밤에서 주말 수준으로 교통량이 줄어드는 고속도로를 빠져나와 스톡홀름 시 외곽에 위치한 쉔달로 들어가는 작은 도로를 탄 다음, 아파트 단지와 주택 단지를 차례로 지나 한산한 해변에 도착했다. 한산할 수밖에 없는 곳이었다. 그곳에 순찰차 세 대와 구급차 한 대, 그리고 현금수송 차량이 문이 열린 채 서 있었다.

경감님은 경감님이 원하는 주말을 보내고, 전 제가 원하는 주말을 보내게 되겠군요.

헬기 한 대가 머리 위에서 날아다녔고 멀리서 수색견들이 짖는 소리가 들려왔다. 경찰들은 나중에 만나도 된다. 그는 먼저 흰색 현금수송 차량으로 다가가 측면 유리창에 난 다섯 발의 총알구멍을 발견했다. 핏자국이 턱에서 목으로 줄무늬처럼 엉겨 붙은 채 바닥에 드러누워 있는 경비원과 그 옆에서 부상을 치료하는 구급대원도 보였다. 부상이 심한 것 같아 보이지는 않았다. 제대로 된 치료가 필요하지만 결코 쉽게 치유되기 힘든 건 내면의 상처일 것이다.

"아직 안 됩니다."

가슴에 빨간색 명찰을 단 초록 제복을 입은 젊은 여성이 브론크스를 쳐다보며 고개를 가로젓고는 바닥에 누워 있는 경비원에게 시선을 돌렸다. 경비원은 주변을 두리번거렸지만 초점 없는 눈빛이었다. 뇌가 정상적으로 작동하지 않는다는 뜻이었고, 기능을 멈춘 터라 더 이상의 뇌 손상은 없을 것 같았다.

"언제 가능합니까?"

"지금 쇼크 상태라니까요."

"언제 가능합니까?"

"어쨌든 아직은 안 됩니다."

브론크스는 혼자 트럭 주변을 빙글빙글 맴돌고 있는 다른 경비원에게로 다가갔다.

"안녕하십니까. 전 욘 브론크스 형사입니다. 가능하면……."

"제가 그랬습니다. 제가 놈들을 차 안으로 들여보낸 겁니다."

그는 차 앞에서 점점 더 빠른 속도로, 더 넓은 원을 그리며 걷기 시작했다.

"그러지 않았으면 분명 우리 둘 다 죽였을 겁니다. 무슨 말인지 아시겠습니까? 놈들은 이미 차창에 대고 총질을 했단 말입니다. 그런데 그 순간 강철 문이, 그러니까 린덴이 문을 잠가버렸습니다. 놈들은 현금이 든 화물칸으로 들어가려 했습니다. 그 안에 들어가려고……. 그래서 또다시 총질을 했습니다."

"강철 문이라고요?"

"금고가 든 화물칸이요. 나머지 현금이 보관된 곳 말입니다."

브론크스는 열린 앞문을 통해 현금수송 트럭 내부를 살펴보았다. 핏자국과 깨진 유리, 탄피가 좌석과 바닥에 어지럽게 뒤섞여 널려 있었다. 계기판 위에는 얇은 유리 조각 아래로 환전 내역이 적힌 영수증 한 장이 놓여 있었다.

"놈들은 더 많은 현금이 있다는 사실을 알고 있었습니다. 그러고는 총질을 해대기 시작했습니다. 과격한 녀석이 우리한테 고함을 질러댔고…… 기를 쓰고 저 문을 열려고 했습니다."

경비원은 그의 뒤에 서 있다가 또다시 빙글빙글 돌기 위해 발걸음을 옮겼다.

"두 아랍 놈들 중 하나였습니다."

"아랍이라고요?"

"그렇습니다. 얄라, 얄라, 샤르무타. 그렇게 말했습니다. 그 외에는 영어를 썼는데 강한 외국인 억양이었습니다."

운전석과 조수석에 비닐 재질 더플백이 놓여 있었다. 전에도 본 적 있었다. 또 다른 무장 강도 사건에서.

"얼마였습니까?"

경비원은 계속해서 원을 그리며 돌았다.

"저기…… 그러니까, 현금이 얼마나 들어 있었던 겁니까?"

거친 목소리였지만 등 뒤에서 들린 소리는 분명하고 또렷했다.

"여덟 지점에서 회수한 현금 가방이 여덟 개입니다. 각각 현금 1백만 크로나 정도 되는데, 놈들이 가져간 건 하나였습니다."

현장에 나온 순찰차 세 대. 수색견 두 마리. 헬기 한 대. 군데군데 설치한 바리케이드. 과학수사대. 아랍계로 추정되며 영어를 사용하는 2인조 무장 강도가 현금수송 트럭을 탈취해 인적이 드문 해변으로 온 뒤, 굳게 닫힌 금고를 열기 위해 총격을 가한 다음 홀연히 사라졌다.

사무엘손이라는 경비원은 계속해서 트럭 주변을 맴돌았다. 브론크스는 눈으로 그를 좇았다. 경비원은 아예 방향감각을 상실한 사람처럼 보였다. 그때 구급대원이 큰 소리로 브론크스를 불렀다.

"이제 질문하셔도 되겠습니다. 5분 드리지요."

브론크스는 들것 위에 누워 있는 경비원에게 되돌아가 그와 악수를 나누었다. 그의 손은 차갑고 축축하고 수동적이었다.

"시경에서 나온 욘 브론크스 형사입니다."

"얀 린덴입니다."

린덴은 몸을 일으키려다 팔을 헛디디며 중심을 잃었다. 브론크스는 그의 손을 잡고 다시 눕게 도와주었다.

"좀 괜찮으십니까? 혹시……."

"강도가…… 놈이…… 몸을 구부리면서……."

"구부리다니요?"

"그 빌어먹을…… 그걸 흔들던 녀석이 입에다……."

"구부리다니, 어떻게 말입니까?"

"놈은…… 그러니까 몸을 구부려 무게중심을 아래로 깔고……. 왜 그런 거 있지 않습니까? 조준할 때, 저를 겨누면서……."

경비원은 다리를 뻗고 무릎을 굽히며 동작을 흉내 내려 했다.

"이렇게 말입니다……. 총을 이렇게 들고 무릎을 구부리고 말입니다. 한쪽 워커가 보이지 않도록 이렇게요……."

"워커라고요?"

경비원은 다시 들것에서 몸을 일으켰다. 전보다 상태가 나아진 듯했다.

"한쪽 워커가 보이지 않게 무릎을 구부렸다고 했습니까?"

그런데 경비원이 갑자기 걷기 시작했다.

"집으로 돌아가야 합니다."

구급대원과 브론크스가 뒤따라가 양쪽에서 각각 그의 팔을 붙잡았다.

"놈들이 제 사원증을 가져갔습니다. 어디 사는지도 알고 있단 말입니다.”

그는 팔을 빼려 했지만 그럴 기력이 남아 있지 않았다.

“아이들이 있단 말입니다. 아시겠습니까? 난 아이들 때문이라도 집으로 가야 합니다!”

그러더니 울먹이기 시작했다. 구급대원은 그를 다독이며 다시 들것으로 데려갔다.

브론크스는 혼자 남았다. 못다 한 질문은 아무래도 다음 날로 넘겨야 할 것 같았다.

그의 앞에 있는 현금수송 트럭은 마치 그 자체가 야외무대가 된 듯 집중 조명을 받고 있었고 과학수사대 요원 하나가 차량 안팎을 드나들며 조사 중이었다. 그의 뒤로 펼쳐진 해변에서는 희미한 불빛이 흘러나왔다. 또 다른 요원이 이쪽 부교에서 저쪽 부교로 옮겨 다니고 있었다.

과도한 폭력.

사람들을 이 정도로 공포에 떨게 만드는 인간들은 도대체 누구일까? 어떤 인간들이기에 공포를 이런 식으로 사용하는 걸까?

그 공포를 몸소 체험해본 사람일 것이다.

그 감정이 어떻게 작용하는지 잘 아는 인간. 이번 사건에서도 잘 먹혔으니까.

브론크스는 물가로 다가가 빛을 따라 이리저리 돌아다녔다. 놈들은 시간과 장소를 고려해 철저한 사전 계획하에 움직였다. 자동화기로 중무장까지 했다. 과도한 폭력 행위를 수반했다. 차를 탈취하는 과정에서 침착한 반응을 보였다. 외진 곳을 골랐다. 초범은 분명 아니다. 이전에도 비슷한 일을 해본 전과자들의 솜씨가 분명했다.

브론크스는 두툼한 갈대로 둘러싸인 기다란 부교로 다가갔다.

그곳에는 또 다른 과학수사대 요원이 손전등을 들고 무언가를 살피고 있었다.

때론 그냥 보기만 해도 알 수 있는 게 있다.

손전등 불빛만 빼면 사방은 캄캄했다. 이 세상에 그런 식으로 움직이는 사람은 단 한 명뿐이었다. 그는 더 가까이 다가갔다. 그녀의 모습이 명확히 보였다.

"휘발유네요."

여전히 젊어 보였다. 자신은 그러지 못하다는 사실을 잘 알고 있었다.

"여기, 이 지점이에요. 첫 번째 널빤지 몇 장에 잔디와 흙이 묻어 있거든요."

그녀는 몸을 구부리고 손전등을 수면으로 향해 희미하게 빛나는 물방울이 있는 곳을 비추며 말을 이었다.

"놈들은 이 방향으로 도주했네요."

그 말이 전부였다. 그녀는 더 이상 아무런 말도 하지 않고 그를 남겨둔 채 뒤돌아갔다. 그러고는 현금수송 차량으로 향해 무릎을 꿇고 특수 적외선 조명으로 내부를 살폈다.

그녀는 마치 모르는 사람처럼 그를 외면했다.

첫 몇 년간은 매일같이, 하루에도 몇 번씩 그녀를 생각했다. 걱정하고, 바라고, 희망에 부풀어 꿈까지 꿨었다. 그러다 '매일'이 줄어들어 '거의 매일'이 되어버렸다. 그리고 지금 이렇게 다시 만나게 된 것이다……. 미소는커녕 안녕이라는 말 한 마디조차 없이…….

묘한 기분이 들었다. 존재감이 사라진 것처럼.

브론크스는 밤이슬에 젖어 미끄러운 나무 부교 위로 올라갔다. 호수 건너편 나무 너머가 파슈타였다. 다른 쪽은 남부 외곽 도시가 이어지는 곳이었다. 작은 배 하나만 있으면 다다를 수 있는 지점이 수천 곳이 넘는다는 뜻이었다.

그녀는 현장을 제대로 읽었다.

놈들이 도주로로 활용한 곳. 기습 작전을 장난처럼 실행에 옮기는 범죄자 집단. 전에도 무장 강도 전과가 있는 전문가들이 분명했다.

그리고 머지않아 또다시 일을 벌일 것이다.

6

아넬리는 추위에 떨면서도 발코니에서 꼼짝도 하지 않았다. 발코니에서도 아래쪽의 어두운 불빛이 보였다. 그곳이 레오가 모습을 드러낼 지점이었다. 기분이 편안해지는 박하 향 담배를 연달아 피운 덕에 조금이나마 온기를 느낄 수 있었다.

그녀는 주차장에 차를 세우고 집으로 들어갔다. 코트도 벗지 않고 그대로 발코니로 나온 터였다. 그리고 거기서 사이렌 소리를 들었다.

무슨 일이 벌어지고 있는지 알 길이 없었다. 그곳에 경찰이 나타났을지, 경찰이 그들에게 총을 쐈을지, 레오가 총에 맞아 그녀도 모르는 사이 죽어가고 있을지도 모를 일이었다.

그녀는 몇 달에 걸쳐 그들이 어떻게 병기창고를 날려버릴지, 어떻게 현금수송 차량을 강탈할지에 대해 이야기하는 내용을 고스란히 들어왔다. 일원으로 가담하지는 않았고 간간이 끼어들어 몇 마디 자기 의견을 던지기는 했지만 그녀의 이야기를 귀담아 들어주지는 않았다. 레오조차 귀 기울여주지 않았다. 네 사람은 보는 것만으로도 유대감이 느껴질 정도로 단단히 결속되어 있었지만 그녀는 그 사이에 낄 수 없었다. 레오는 그녀와 함께 있는 동안에는 마치 그 자리에 없는 사람처럼 반응했고, 두 형제와 또 다른 형제가 되고 싶어 하는 남자와 함께 있을 때는 활기가 넘쳤다. 더 이상 같이 밥 먹을 기회도 없었다. 안 그래도 비쩍 마른 그녀는 최근 들어 체중이 4킬로나 더 빠지며 보기에도 안쓰러울 정도였지만 레오는 그 사실도 모르는 눈치였다.

아넬리는 담배 한 대를 더 물었다. 그리고 연기를 깊이 들이마셔 텅 빈 내면을 채웠다.

여러 개의 사이렌 소리가 어지럽게 뒤섞였다. 그리고 점점 더 커졌다. 귀를 틀어막는데도 머릿속에서 사이렌 소리가 윙윙거렸다. 그녀는 발코니 문을 닫고 집 안으로 들어와 남은 와인 반병을 다 마셔버리고 TV를 틀었다. 7시 30분. 뉴스 시간이었다. 그녀는 뉴스를 즐겨보지 않는 편이었다. 전부 자신과 상관없는 이야기들이었기 때문이다. 적어도 스코고스의 그 집에서는 그랬다. 주요 사건들을 소개하는 뉴스 첫머리의 배경음악이 바깥에서 들리는 사이렌 소리 같았다. 금이 가고 말라버린 땅 위에서 배만 불룩 튀어나온 사람들, 주식시장 앞에 서 있는 정장 차림의 사람들, 치열한 교전 중에 카메라 앞으로 뛰어드는 사람들, 다른 사람들에게 총을 쏘는 사람들.

미소 짓는 앵커 얼굴이 나왔다. 그녀도 잘 아는 유명 앵커였다.

"한 시간 반 전, 스톡홀름 남부에서 중화기로 무장한 2인조 강도가 현금수송 차량을 탈취해 1백만 크로나에 달하는 현금을 훔친 사건이 발생했습니다."

입. 아넬리의 시선을 끌어당긴 것은 앵커의 입뿐이었다. 서서히 움직이는 입술.

"총기로 위협당한 경비원들은 차량과 함께 납치되었고 총상 환자가 한 명 발생한 것으로 전해지고 있습니다."

총상.

누가?

아넬리는 TV 가까이 다가갔고 앵커도 따라서 가까워졌다. *못 들었어, 못 들었다고! 누가? 다시 말해봐! 말하라고! 누가 총에 맞았다는 거야?* 아넬리는 커피 테이블 위에 있던 리모컨을 집어 들었다.

"경찰은 방대한 지역에 제지선을 설치하고 수사 중이지만 2인조 무장 강도를 비롯해 혹시 있을지 모를 공범에 대한 단서는 여전히 오리무중입니다."

그 순간 그녀의 귓전을 때리는 단어가 있었다. 1백만 크로나에 달하는 현금. 평생 처음으로 그녀와 연관된 이야기가 뉴스거리가 되고 있었다. 단서는 여전히 오리무중. 화면에서 보여준 유일한 장면은 버려진 현금수송 차량이었다. 그 옆에는 제복을 입은 사람들이 무슨 일이 있었는지 알아내기 위해 조사하는 모습이 방송되고 있었다.

그게 전부였다.

스웨덴 의회 건물 이미지에서 뉴욕의 UN 본부 이미지로 넘어갔다.

그 뉴스가 얼마나 이어졌는지는 알 수 없었다. 30초, 아니면 45초? 하지만 화면 속 트럭은 바로 그 트럭이었고, 그들에 관한 이야기였으며, 그녀에 대한 이야기였다.

아넬리는 또다시 발코니로 나가 아래로 보이는 길을 더 자세히 내려다보기 위해 바닥에서 거의 발이 떨어질 정도로 난간에 몸을 기댔다.

사이렌 소리가 사라지자 바람 소리와 아랫집에서 흘러나오는 음악만 들렸다.

아넬리는 자신이 깃털처럼 가볍게 느껴졌는지 난간 아래로 몸을 더 내렸다. 그러다 아래로 떨어져버리면? 아마 고통스러울 것이다.

어딜 가야 가발 전문점을 찾을 수 있는지 레오에게 말해준 사람이 그녀였다. 그들을 이민자처럼 만들어줄 수 있다고 장담한 것도 그녀였다. 몇 번은 그저 포복절도하며 웃기만 했었다. 마스크가 되는 터틀넥 스웨터를 디자인하고 손수 만든 것도 그녀였다. 레오는 그 물건을 보자 다른 강도들에게 팔아도 될 정도로 획기적이라고 찬사를 보냈었다.

저기 그들이 보였다.

아넬리는 발코니에 꼿꼿이 서서 구름다리에서 나오는 그들을 내려다보았다. 희미한 가로등 불빛이 그들을 비추고 있었다. 네 사람은 하키스틱이 삐져나온 가방을 각자 하나씩 어깨에 둘러멨는데 그 안에 자동소총과 1백만 크로나가 넘는 현금이 숨겨져 있을 것이다.

저기 그들이 보였다.

사랑을 나눌 때만 느꼈던 온기, 세바스티안을 낳고 끈적이는 신생아를 처음으로 배 위에 올렸을 때 느꼈던 그 온기가 아넬리의 온몸을 감싸고 돌았다.

그녀는 문밖으로 뛰어나가고 싶었지만 그러지 않았다. 자신이 얼마나 걱정하고 있었는지 레오에게 보여선 안 되기 때문이다. 좋아하지 않을 테니까.

야스페르가 먼저 들어왔다. 그는 마치 폭발하기 일보직전인 것처럼 흥분한 상태였고, 필사적으로 무언가를 말해야만 하는 사람처럼 행동했다. 그는 거실로 들어가 바닥에 가방을 내려놓고 TV를 켰다. '빨리, 레오! 젠장, 얼른 와서 보라고!' 그러고는 뉴스에서 흘러나오는 단어 한 마디, 한 마디에 반응했다. '우리가!' 남아 있는 아드레날린을 여전히 끌어모으려는 듯. '드디어!' 총구를 다른 사람의 입속에 밀어 넣을 때 느꼈던 '일면을!' 찢어내듯 벗은 재킷과 셔츠, 티셔츠에서 땀 냄새가 진하게 배어 나왔다. '장식했어!' 그러고는 워커 끈을 풀고 바지를 벗어 던지자 팬티 안에서 불끈 솟아오른 남근이 도드라졌다.

곧이어 펠릭스와 빈센트가 들어왔다. 경기에 승리한 사람처럼 머리 위로 팔을 들어 올리고 활짝 웃으며 번갈아 그녀를 끌어안고는 소리를 죽여 기쁨의 탄성을 내질렀다. 두 사람의 옷에서도 야스페르처럼 진한 땀 냄새가 풍겼다. 그들은 뿌듯한 동시에 안도한 표정으로 안락의자에 몸을 던졌다. 그러고서야 그의 발소리가 들렸다. 레오였다.

그녀는 그에게 키스하며 속삭였다. "우리에 대한 단서는 하나도 못 찾았대. 방금 들었어, 뉴스에서."

"강철 문을 잠가버릴 시간적 여유가 있었어."

그는 휴대전화가 가득 담긴 비닐봉지를 들고 부엌으로 가 하나씩 꺼내기 시작했다.

"강철 문이라니?"

그는 휴대전화에서 심 카드를 꺼내 펜치로 하나씩 잘라버렸다.

"금고가 들어 있는 문."

그러고는 작은 컵에 아세톤을 절반 정도 따라 붓고 그 안에 심 카드 조각을 집어넣어 녹였다.

"하지만 뉴스에서는…… 당신들이 1백만 크로나 정도를 챙겼다던데."

"대신 9백만을 놓쳤지."

"놓쳤다니?"

"그 강철 금고 속에 있는 9백만 크로나 말이야. 내 잘못이었어. 내가……. 다시는 이런 일 없을 거야."

그는 심 카드를 제거한 휴대전화를 천 가방 안에 도로 집어넣었다.

"그럼 나머지는?"

"나머지라니?"

레오는 천 가방이 완전히 닫힐 때까지 끈을 꽉 졸라맸다.

"내가 만든 터틀넥 스웨터."

"완벽했어."

"분장은…… 그건 어땠……."

"제대로 먹혔어."

그는 싱크대 아래 서랍에서 망치를 꺼내 천 가방을 도마 위에 올려놓고 강하게 내리찍었다. 네 대의 휴대전화기 잔해를 누가 발견하더라도 다시는 이어 붙일 수 없도록 산산조각 날 때까지 계속해서.

"당신, 오늘 아주 잘해줬어. 작업하는 내내 함께 있는 기분이었다니까. 안 그래?"

그는 두 손으로 그녀의 뺨을 어루만져주었다. 하지만 그녀는 그의 눈빛을 읽을 수 있었다. 그가 거짓을 말하고 있다는 사실을. 자랑스러워하고 기뻐해야 했지만 공허한 눈빛이라는 사실을. 이미 그녀 곁이 아닌 다른 곳에 가 있다는 사실을 그녀는 알고 있었다. 작업을 마치고 방금 집에 돌아와서는 다음 일에 대한 생각 속에 빠져들고 있다는 사실을.

안락의자에 나눠 앉은 펠릭스와 빈센트, 그리고 거실 소파에서 야스페르와 그녀 가운데 앉아 있던 레오는 만족스러운 척은 하고 있었지만 표정은 변함없었다. 펠릭스가 있지도 않은 휠체어를 뒤집어엎고 담을 뛰어넘는 동작을 해 보이며 모두의 웃음을 자아낼 때도, 빈센트가 텅 빈 커다란 어항을 들고 그 안에 현금 뭉치를 쏟아 부을 때도, 야스페르가 환심을 사기 위해 그를 끌어안고 "레오, 너 트럭 보닛 위에 뛰어올랐을 때 어땠는지 알아? 그 경비원 새끼가 어떤 식으로 우리를 쳐다봤는지 봤냐고! 그 새끼 눈빛 말이야" 하고 말할 때도 그의 표정은 한결같았다. 야스페르는 다시 아랍인이 된 것처럼 큰 소리로 외쳤다. "We know your names(우린 네 이름 알고 있어)." 그러고는 사원증을 빼앗는 동작을 해 보이며 말을 이었다. "Sharmuta, I will come for you(개자식, 각오하고 있어)."

그 광경을 지켜보던 아넬리의 머릿속에 떠오르는 생각 하나가 있었다. 그들은 마치 한 편의 영화에 대한 이야기를 하는 것 같았다. 일행 넷이 새로 개봉한 영화를 보고 난 뒤 바에서 맥주 한 잔씩 걸치며 각자 마음에 들었던 장면을 비교하고, 누가 더 잘 따라 하나 경쟁이라도 벌이는 모습 같았다. 하지만 아넬리는 그 영화를 보지 못했다. 그래서 레오의 손만 꼭 붙잡고 있었다. 그녀가 소외감을 느낀다는 것을 그가 알아차리고 자리에서 일어나 현금이 든 어항으로 걸어가 조용해지기를 기다릴 때까지. 모두가 분위기를 파악하고 조용해지자 레오는 어항에서 20크로나, 100크로나, 500크로나 등이 뒤엉켜 있는 지폐 뭉치를 한 움큼 꺼내 세어본 다음 각자에게 1만 크로나씩 돌렸다.

"지금 장난하는 거야?"

펠릭스는 바에 앉아 영화 이야기를 풀어놓다 현실로 돌아왔다.

그는 낡은 콘크리트 동네, 낡은 아파트 안에 놓인 의자에서 벌떡 일어나 어항에 든 현금을 꺼내기 시작했다.

"펠릭스! 지금 뭐 하는 짓이야?" 레오가 막아섰다. "각자 1만 크로나씩이야."

"그래서 묻는 거야. 지금 장난하냐고!"

"1인당 1만 크로나야."

"젠장, 저기 든 게 1백만이 넘어. 그리고 난 오늘 밤 나가서 놀 거야. 적어도 5천은 쓸 거라고. 난 그럴 자격 있으니까. 내일은 임대료도 내야 하고, 그리고……."

"그건 그때 가서 얘기해. 내일."

"젠장, 1만 크로나는 열여덟 살짜리가 맥도날드에서 버는 돈이라고!"

"내일 얘기해!"

펠릭스는 돈뭉치를 손에 든 채로 다른 사람들을 차례로 쳐다보면서 결정할 시간을 벌어보려다 결국 들었던 지폐를 한 번에 한 장씩 어항에 도로 집어넣었다.

"다 됐어?" 레오가 물었다.

한 번에 한 장씩.

"다 넣었냐고!"

모두가 다시 제자리에 돌아가 앉을 때까지 계속해서 천천히.

레오는 부엌에서 종이 한 장을 가져와 무언가를 적기 시작했고 나머지 일행은 가만히 지켜보았다.

"맞아, 저 어항에 든 건 1백만 크로나야. 그런데 우리가 예상했던 건 1천만이었어. 일단 성공했으니 파티를 벌이든 자축을 하든, 빌어먹을 뭐라도 하는 게 맞긴 맞아. 하지만 다음 작업 때까지 차질

없이 일상을 지속해야 해. 그것 역시 내 책임이라고."

레오는 볼펜으로 자신이 적은 숫자를 가리키며 말을 이었다.

"저 밖에 있는 주차장에 회사 차 두 대가 있어. 저거 사는데 이만큼 돈이 들었어. 알아들어, 펠릭스? 우린 건축 회사를 운영하고 있고, 회사는 계속 운영돼야 해. 매일 일하러 나가는 사람처럼 보여야 한다고. 차, 작업복, 그리고 장비. 비용은 계속 들어가. 이 일을 위해서 말이야. 가발도 사야 하고, 콘택트렌즈, 작업복, 워커, 잠수복은 한 번 쓰고 다 불태워야 하고, 장비 보관할 컨테이너 임대 비용도 들어가는 데다 보트 역시 한 번 쓰고 물속에 처박아 버려야 한다고. 딱 한 번 쓰고 말 것들이 한두 개가 아니야. 다음번에는 더 많은 돈이 들어간다고. 사업이라는 게 어떻게 굴러가는지 알잖아? 돈을 벌려면 투자를 해야 해. 그 빌어먹을 돈이 충분히 많이 모일 때까지 말이야. 그렇게만 되면 투지 넘치는 사업가들 방식을 그대로 따르는 거야. 빌어먹을 이윤을 내고 회사를 통째로 팔아버리는 거라고."

펠릭스와 레오는 서로를 쳐다보았다. 그리고 또다시 어린 시절로 되돌아갔다. 형에게 도전하는 동생과 동생의 도전을 받아들이는 형. 책임을 져야 하는 한 절대로 동생에게 지지 않는 형.

하지만 현금으로 가득 찬 어항을 두고 경쟁한 적은 없었다.

"동의하는 거야?"

대답이 없었다.

"동의하냐고?"

펠릭스는 대답으로 입술을 오므리고 소리만 냈다.

"음."

레오는 동생에게 가까이 다가가 끌어안았다.

"새끼, 머리는 빨리 돌아간다니까!"

아넬리는 그들 곁에 있었지만 좀처럼 거리감을 좁힐 수 없었다. 이런 식으로 결속력을 다지는 형제들의 심리를 도대체 이해할 수 없었다. 그녀에게도 언니와 남동생이 있었지만 관계가 이렇지는 않았다. 게다가 지금은 서로 거의 말도 하지 않고 지냈다. 하지만 이들 형제는 서로가 서로를 믿었다. 그리고 서로를 필요로 했다. 그녀는 그들의 관계가 마음에 들지 않았다. 이렇게 가까운 사람들 틈바구니를 뚫고 들어가 소속감을 느낀다는 건 결코 쉬운 일이 아니니까.

7

레오는 침대 끄트머리에 앉아 있었다. 얼굴과 등줄기에 땀이 흘렀다. 새벽 3시 5분. 계속해서 쏟아지는 빗물이 창턱을 때렸다. 침대에 드러누울 때만 해도 한기를 느꼈지만 지금은 더워서 숨이 막힐 지경이었다.

침대 반대편에 누워 있는 아넬리는 코를 골며 훌쩍이는 게 자는 것 같았다. 이따금 뭐라고 웅얼거리기도 했다. 그가 집에 돌아왔을 때 그녀는 지나치게 긴장한 모습이었다. 그녀에게 다가갔을 때는 거의 쓰러지기 일보직전이었다. 자신이 무슨 생각을 했는지, 어떤 느낌이었는지조차 설명하기 싫어하는 사람처럼.

굳이 설명할 필요도 없었다.

새로운 계획을 세우기 위해 시간을 보내면서 그녀와의 사이에 균열이 생겼다는 것을 알고 있었다. 하지만 바로잡을 자신이 있었다.

사랑하는 사람에게는 받은 만큼 돌려주는 법이니까.

레오는 그녀의 콧잔등에 살짝 입을 맞추고 자신의 얼굴을 그녀 가까이 가져갔다. 아넬리의 잔잔한 숨결이 따뜻하게 느껴졌다. 불안과 초조가 사라지고 결국 잠든 모습을 보면서 전날 밤, 혹은 그 전날 밤에는 이해할 수 없었던 게 무언지 알 것 같았다.

당신을 사랑하지만 난 당신을 떠날 수도 있어, 레오.

그녀의 말을 뒤집어봐도 나아질 건 없었다.

내가 당신을 사랑한다 해도 난 당신한테 버림받을 수도 있구나.

너무나 단순한 논리였다. 그래서 더더욱 무시무시하게 느껴졌다.

다시 한 번 그녀의 뺨에 입을 맞추었다. 하지만 짧은 입맞춤이 아니었다. 마치 그녀를 잠에서 깨워 뭐라고 속삭이고 싶은 것처럼.

당신도 함께 무장 강도 행위에 동참하면 절대 떠날 수 없을 거야.

그는 정색하면서 침대 반대편으로 돌아가 섰다. 내가 지금 무슨 생각을 하는 거야? 역경이 의심을 초래해선 안 된다. 그리고 가족을 의심해선 절대로 안 된다.

현금 9백만 크로나가 강철 문 뒤에 고스란히 잠들어 있다. 도무지 잠을 이룰 수 없었다. 아넬리와는 아무런 상관도 없었다. 그들은 언제나 함께할 것이고 서로를 배신하지 않을 테니까. 그는, 아니 세상 사람 그 누구라도 사랑하는 사람 곁을 떠나면 어떤 일이 벌어질지 잘 아니까.

레오는 창가로 다가가 잠시 서서 자신이 자라온 변두리 시내를 내려다보았다.

똑같은 아파트. 똑같은 아스팔트 도로.

하지만 지금 그는 다른 길을 선택했다. 그리고 그 누구보다 잘할 자신이 있었다. 그 누구보다 잘해야만 했기 때문이다. 실패는 용납되지 않았고, 붙잡히는 건 선택 사항이 아니다. 동생들도 가담한 일이었다. 모두가 경제적으로 독립을 하게 될 것이다.

내 잘못이었어.

그래서 잠을 이룰 수 없었다. 제대로 했어야만 했으니까.

다시는 이런 일 없을 거야.

레오는 소파와 모퉁이 수납장 사이에 있는 책상에서 서류철 하나를 꺼내 테이블 위에 펼쳤다.

은행과 주변을 그려놓은 그림이었다.

도주로 네 곳이 네 개의 원형교차로로 연결되고, 각 원형교차로는 또다시 네 개의 출구로 이어졌다. 결과적으로 총 64개의 도주로가 수색 범위에 포함된다는 뜻이었다.

그때 현관 벨 소리가 울려 퍼졌다.

그는 어항 위로 담요 하나를 던지고 자동소총 네 자루가 든 공구상자를 닫았다.

또다시 벨 소리가 울렸다.

레오는 자리에서 일어나 창문 너머로 보이는 주차장과 스코고스 중심가에서 이어지는 도로를 살펴보았다. 텅 빈 상태였다. 차도로 이어지는 출입구 역시 비어 있었다. 그는 조심스레 현관으로 걸어가 문구멍을 들여다보기 위해 허리를 숙였다.

펠릭스였다. 레오는 자신이 얼마나 긴장하고 있었는지 새삼 놀랐다.

"시내 나갔던 거 아니었어? 5천은 쓸 자격 있다고 큰소리치더니?"

"크레이지 호스 근처도 못 갔어. 야스페르 형은 이상한 클럽에 갔고, 빈센트는 웬 여자하고 나갔어. 나 여기서 자도 돼?"

레오는 문을 활짝 열어주며 침실 쪽으로 고개를 돌리고 조용하라는 뜻으로 검지를 입술 위로 올렸다. 그러고는 어항을 덮었던 담요를 펠릭스에게 던졌고 동생은 그대로 소파에 털썩 주저앉았다.

"이건 또 뭐야?" 펠릭스는 테이블 위에 놓인 그림을 들어 올리며 물었다.

"다음 작전."

"어딘데?"

"스베드뮈라에 있는 한델스 은행. 일단 잠이나 좀 자둬."

"자라고? 축배를 들어야지, 형! 경제적 독립 프로그램이 눈앞에 있는데!"

"단순한 돈 문제가 아니야."

"그럼 저 어항에 든 건? 돈뭉치가 가득 차 있잖아!"

"그 어떤 개자식들한테 이거 해라, 저거 해라 다시는 명령받을 일 없게 만드는 게 목적이라고. 그렇게 해야 너나 나, 그리고 빈센트가 더 이상 누구에게든 기대지 않게 되는 거야."

펠릭스는 큰형을 쳐다보았다. 큰형은 질문을 피하려는 듯 창가로 다가가 블라인드를 살짝 들고 바깥 상황을 살폈다.

"큰형."

"왜?"

"형이 어떻게 여기서 살 수 있는지 난 도대체 이해가 안 가."

레오는 목소리를 통해 동생이 어느 정도 취했는지 알 수 있었다. 하지만 진심으로 묻는 질문이었다.

"어디에 어떤 관목이 있고, 어디에 어느 계단이 있는지 다 아는 곳이 있잖아."

"그래서 이해가 안 간다고!"

"우린 여기서 자랐잖아.

"여기서 자라긴 했지. 그런데 형은 자발적으로 다시 돌아왔잖아!"

주차장에서 차 한 대가 후진으로 방향을 틀었다. 자전거 탄 사람이 고가도로 아래를 지나고 있었다. 마지막 뉴스 속보와 조간신문이 오기 전까지의 평화로운 시간이 흐르고 있었다.

"조만간 이사 갈 거야."

"내가 이해가 안 가는 건, 첫 번째 이사지가 왜 여기였냐는 거야."

"때론 그래야 할 때도 있어."

"그런데 그게 여기냐고!"

"어쨌든 이사 갈 거야. 그때는 제대로 된 집으로 갈 거야. 아넬리가 주택에서 살고 싶어 해. 그리고…… 이미 골라놓은 집도 있어."

"주택?"

"그래."

"정원 딸린 주택? 잔디도 깎고? 형이?"

"잔디는 없어. 지하실도 없고. 그게 중요한 거야."

4인조 '초보' 강도의 첫 경험이었다. 현금수송 트럭 화물칸의 강철 문 암호. 그건 미처 예상치 못했었다. 그 결과 1천만 크로나가 1백만으로 줄어들었다.

하지만 다음에는 모든 게 완벽할 것이다.

어느새 펠릭스의 숨소리가 깊어지고 느려졌다. 아넬리처럼. 레오는 길 잃은 빗방울이 흐르는 창문 앞에서 스코고스를 내려다보았다. 스톡홀름 남부 외곽. 60년대에서 70년대 사이, 스웨덴 어느 지역에서나 세워졌던 비슷비슷한 건물들이 모여 있는 곳.

그곳에 깔린 아스팔트가 그에게는 세상의 전부였다.

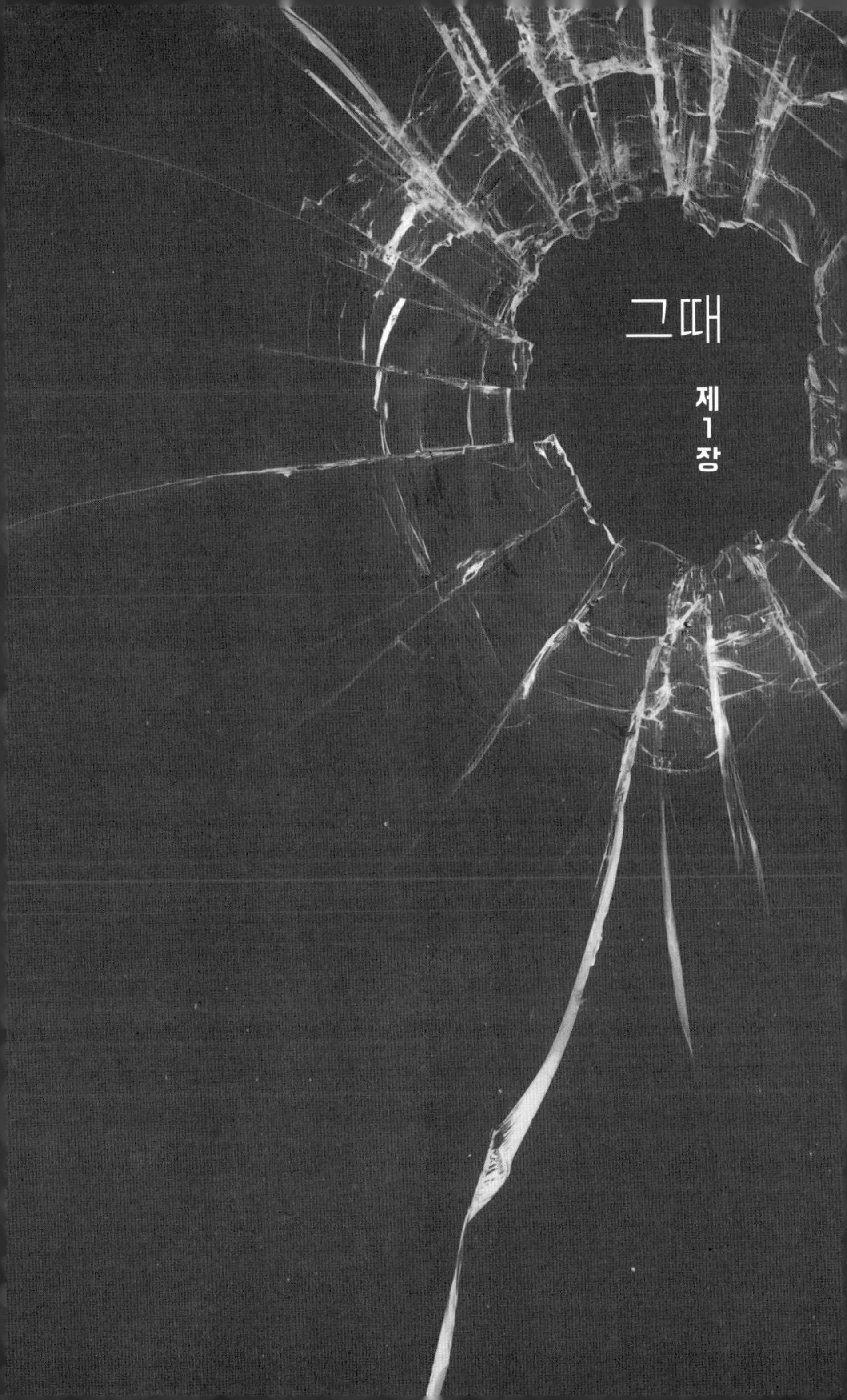
그때
제1장

8

바깥 날씨는 제법 쌀쌀했다.

어둠이 깔린 겨울의 늦은 밤, 큼지막한 흰색, 밤색, 회색 얼룩이 눈 내린 아스팔트 도로를 덮었다. 심호흡하는 횟수를 세는 동안 입김이 흘러나왔다.

코트를 챙겨 입진 않았지만 춥지는 않았다. 위아래를 오르락내리락한 지 제법 시간이 흐른 터라 이마와 양 볼에 땀이 송골송골 맺혔다. 손으로 얼굴에 난 땀을 닦고, 그 손을 다시 바지에 닦았다.

평범해 보이는 3층 건물. 로프트베겐 15번지. 문까지는 다섯 계단. 고개를 돌려 옆 건물을 바라보았다. 로프트베겐 17번지. 경쟁자는 그 자리에 서서 그를 바라보고 있었다.

펠릭스. 어느덧 초등학생이 된 7살짜리 동생.

레오는 한 팔을 살짝 들어 올려 가로등 불빛을 가렸다. 연한 갈색 가죽끈, 짧고 흉측하게 생긴 시곗바늘이 보이는 손목시계. 돈만 모으면 남들이 부러워할 새 손목시계를 살 생각이다.

그는 기다렸다. 초침이 9를 지나갔다. 10초. 11초. 그는 손을 머리 위로 뻗었다.

"시작!"

정확히 12초에 달리기 시작했다. 15번지 건물 문을 여는 동안 펠릭스는 17번지 건물 문을 열었다.

어느 계단이나 짝이 맞지 않는 맨 마지막 칸을 제외하고 한 번에 두 칸씩 뛰어올라간다. 손에는 집 거실 바닥에서 분류해 한 뭉치씩 묶어놓은 각기 다른 일곱 개 회사의 전단지 일곱 묶음이 들려 있다.

레오는 첫 번째 우편함을 열면서 손목시계를 들여다보았다. 계단을 올라가 첫 번째 전단지 묶음을 돌리고 오는 데 24초가 걸렸다. 각 층에 우편물 투입구가 달린 현관문은 총 네 개였는데 전단지를 밀어 넣을 정도로 충분히 열려면 손바닥으로 밀어야 했다. 한 번에 한 뭉치씩, 최대한 신속하게. 작업을 끝내면 소리가 나게 투입구를 닫고 옆문으로 옮겨가는 동안 검은색 워커가 바닥을 때리는 소리가 울려 퍼졌다.

레오가 지금까지 살아온 곳이었다. 스톡홀름 남부 변두리에 위치한 스코고스. 고만고만하게 생긴 고층 아파트 수천여 채가 일렬로 나란히 서 있는 곳.

겉으로 보면 모든 문이 똑같아 보이지만 사실은 그렇지 않다. 이름, 특유의 향, 고유의 소리 등 모든 게 다 다르다. 주로 들리는 소리는 TV 소리다. 이따금 음악 듣는 사람들도 있다. 열린 우편물 투입구를 통해 저음과 고음이 뒤섞여 흘러나왔다. 간혹 벽에 구멍을 뚫는 사람도 있지만 서로에게 고함을 지르는 경우가 대부분이다. 그중에서 개 짖는 소리는 정말 끔찍했다. 이번 계단에도 한 마리 있었다. 녀석은 전단지를 밀어 넣으려는 순간 투입구로 뛰어든다. 전단지는 밖으로 삐져나오면 안 된다. 홍보 회사에서 전단지가 제대로 돌아갔는지 무작위로 검사하기 때문이다. 작은 건 장당 1센트, 큰 건 2센트, 한 집에 총 7센트를 벌 수 있다.

레오가 다가가자마자 개가 짖기 시작했다. 육중한 몸을 문 바로 앞에 착 붙인 채로. 투입구를 살짝, 아주 살짝 열자 기다란 혓바닥과 날카로운 송곳니가 먼저 보였다. 그래서 6초의 시간을 허비할 수밖에 없었다. 침을 질질 흘리는 주둥아리 때문에 한 번에 한 장씩 밀어 넣어야 했다.

그러고 나면 맨 아래층, 항상 12초의 추가 시간이 걸리는 집이 남는다. 펠릭스가 담당하는 17번지에는 없기 때문이다.

레오는 펠릭스가 어디까지 마쳤을까 생각했다.

그래서 한 번에 세 칸씩 뛰어올랐다. 하지만 그 빌어먹을 개와 그 빌어먹을 아래층 때문에 1분 30초 만에 끝내야 한다. 펠릭스가 15초 먼저 밖으로 나와 거들먹거리며 웃고 있을 테니까.

과연 그랬다. 동생이 이겼다. 하지만 웃고 있지 않았다.

펠릭스에게는 동행이 있었다. 파란색 두툼한 파카 차림의 얼간이 하세였다. 학교에서 수업 종이 울려도 운동장 구석에서 담배를 피우는 7학년. 원래 하세를 졸졸 따라다니는 키 작은 녀석이 있었다. 한겨울에도 청재킷만 걸치고 다니는 케코넨. 추위를 타지 않는 핀란드 녀석이다.

오늘은 하세 혼자였다. 그리고 팔을 쭉 뻗어 펠릭스를 감싸 안듯 붙잡고 움직이지 못하게 막았다.

"뭐 하는 짓이야?" 레오는 버럭 고함을 질렀다.

괴롭힘을 당하는 건 자신의 동생이었다.

"놔줘!"

하세가 씩 웃었다. 승리의 미소는 펠릭스가 짓고 있어야 했다.

"얼간이가 하나 더 있었네."

"놔주라고 했잖아!"

"어라, 모자란 새끼가 고함도 지르네? 그런데 모자라서 그런지 말을 제대로 못 알아듣나 보지? 지난번에 분명히 경고했잖아, 안 그래? 한 번만 더 여기서 어슬렁거리면 죽여버린다고."

레오는 거친 숨을 몰아쉬었다. 계단을 한 번에 세 칸씩 뛰어내려온 탓이 아니었다. 두렵기 때문이었다. 그리고 화가 났다. 격렬한 두 감정이 가슴속에서 강하게 일었다.

"이 전단지를 어디에 배달할지 결정하는 건 우리가 아니라고!"

분노와 두려움에 레오는 점점 더 빠르게 하세에게 다가갔다. 하세는 여전히 펠릭스를 놓아주지 않았다. 가까이 다가갈수록 개자식 얼굴에 그려진 미소가 점점 커졌다. 레오는 점점 속력을 줄였다. 이해할 수 없는 상황이었다. 하세가 저렇게 웃고만 있을 수는 없었다. 키는 크지만 힘이 세지 않기 때문에 레오처럼 무서워해야 정상이었다.

그런데도 웃고 있었다. 무언가를 쳐다보면서……. 레오의 뒤에 있는 무언가를…….

이미 늦었다.

정체 모를 퀴퀴한 냄새가 레오를 휘감았다. 선생님의 명령에 따라 딱 한 번밖에 벗지 않았던 그 더러운 청재킷에서 풍기는 악취였다. 냄새는 감지했지만 자신의 목과 뺨으로 날아드는 주먹은 미처 알아차리지 못했다. 눈 덮인 아스팔트가 뺨과 이마를 향해 돌진했다. 바닥에 부딪히자 눈앞이 흐릿해졌다. 누군가가 얼굴 옆에 서 있었다. 하세보다는 작고 다부진 체구. 결코 추위를 타지 않는 케코넨이 덤불 사이에 숨어 있다가 하세가 여유를 부리며 웃고 있을 때 뒤에서 레오를 덮쳤던 것이다.

바닥이 차갑다고 느낄 시간은 있었다. 하지만 몸을 일으킬 여유는 주어지지 않았다.

첫 번째 발길질이 뺨을 강타했다. 두 번째는 아래쪽 턱으로 날아들었다. 마지막으로 기억나는 건 어둠이 가로등 불빛 속으로 빨려 들어가는 것 같은 묘한 장면이었다. 하얀 불빛이 검게 변했다.

9

극심한 통증은 왼쪽 갈비뼈 부위에 집중되었다. 얇은 스웨터를 걷어 올리고 손가락으로 살갗을 만지며 살펴보았다. 부기는 여전했다.

레오는 발끝이 닿을 만큼 비좁아진 침대에 누워 있었다. 창밖은 여전히 어둑어둑했지만 잠을 청했을 때만큼 어둡지는 않았다.

담요와 매트리스를 끌어올리느라 몸을 살짝 드는 순간 머리 중앙에 생긴 큼지막한 멍 자국으로부터 통증이 퍼져나갔다. 책상 위에 거울이 걸려 있었다. 시뻘겋게 변했던 얼굴의 거의 절반이 이제는 푸르스름하고 노란빛을 띠기 시작했고 옆구리처럼 부어올랐다. 살짝만 만져도 끔찍하게 아팠다.

레오는 까치발로 방 밖을 나갔다. 펠릭스는 양손을 베개 아래로 넣고 엎드린 채 뭐라고 투덜거리며 자고 있었다. 레오는 전날 몰래 기어들어왔을 때와는 달리 복도로 걸어나갔다. 전날 밤 아버지가 방문을 열고 고개를 들이밀자 얻어맞은 흉터를 가리기 위해 고개를 벽으로 돌리고 자는 척을 했다.

레오는 빈센트의 방문을 닫아주었다. 세 살짜리 막냇동생은 자신이 어렸을 때 썼던 작은 침대에서 머리와 다리를 거꾸로 하고 베개에 발을 올린 채 자고 있었다. 지나가는 길에 부모님 침실의 문도 닫았다. 그러고는 늘 그랬듯, 독특한 향이 풍기는 그 자리에 잠시 서 있었다. 아버지의 숨결에서 풍기는 레드 와인 냄새, 엄마의 박하 담배 향, 그리고 복도 철제 옷걸이에 걸린 아버지의 커다란 작업복 바지 냄새가 주를 이루었다. 그 바지에 달린 길쭉한 주머니 한쪽에는 모라 나이프와 접자가 들어 있었다. 언제나 그 자리에 달라붙어 있는 냄새였다. 마치 말라버린 페인트 혹은 햇볕에 그을린 살 냄새처럼. 이제 케코넨의 청재킷 냄새가 그런 식으로 레오의 머릿속에 각인되었다. 레오는 작업복으로 조심스레 손을 뻗었다. 벌써 2주째 그 자리에 그대로 걸려 있는 목수의 작업복 바지였다. 그 바지는 휴지기가 길어지는 겨울철에는 언제나 그 자리를 지켰다.

닫힌 문 안에서 무슨 소리가 들려왔다.

레오는 아무 일도 없기를 바라며 눈을 감고 조용히 기다렸다. 한쪽 귀를 벽에 가져다 댔다. 다시 잠잠해졌다. 아마 엄마였을 것이다. 엄마는 퇴근하고 집에 돌아와 잠들기 전까지, 혹은 요양원에서 며칠 동안 연속 근무를 하고 돌아왔을 때 제대로 잠을 못 이루고 잠꼬대를 하곤 했다. 레오는 그렇게 아침에 나는 소리의 정체를 파악하는 법을 배웠다. 아버지의 숨소리가 방 밖으로 들릴 정도로 깊고 크다면 좋은 신호였다. 하지만 그 소리가 들리지 않을 때는 조심해야 한다. 레오는 조금 더 기다렸다. 그러다가 부엌으로 향해 시럽 맛이 나는 흰 빵과 구멍 뚫린 치즈, 그리고 오렌지 마멀레이드를 꺼냈다. 토스터는 꺼내지 않았다. 달그락거리는 소리가 나기 때문이다. 그러고는 노란색 주스 가루에 찬물을 부어 오렌지 주스 석 잔을 만들었다. 싱크대 가까이 다가갈 때는 와인이 엉겨 붙은 팬에 부딪히지 않으려 각별히 조심했다. 팬에 묻은 시커먼 얼룩은 잘 지워지지도 않았다. 조리대 위에는 1번부터 15번까지, 그리고 15번부터 30번까지 숫자에 각기 다른 패턴으로 체크해놓은 복권이 수북이 쌓여 있었다. 오래전부터 아버지가 습관처럼 즐기는 복권이었다. 레오는 재떨이에 놓인 꽁초를 세어보았다. 아버지는 밤늦게 잠자리에 든 터라 지금 당장 일어날 일은 없었다. 레오는 다시 침실로 돌아가 펠릭스의 팔을 흔들어 깨운 다음 빈센트도 깨우고 검지를 입술에 올린 후 침실을 가리켰다. 형제들은 언제나 그러듯 고개를 끄덕였다.

형제들은 밥을 먹는 동안 아무런 말도 하지 않았다. 오렌지 마멀레이드와 치즈를 얹은 시럽 맛 빵 한 덩이와 오렌지 주스 한 잔. 레오는 복도와 침실 쪽에서 나는 소리에 귀를 기울이기 위해 의자를 슬쩍 옮겼다. 더 이상 거친 숨소리가 들려오지 않았다. 뒤척이다 몸을 돌린 걸까? 아니면 음식 씹는 소리가 너무 커서 깨운 걸까? 레오는 비닐봉지에 든 마지막 빵 조각을 한 번 턴 다음 버터를 발라 빈센트에게 건넸다. 막냇동생의 손가락과 볼, 그리고 머리카락에 마멀레이드가 묻어 있었다.

문소리. 확실했다. 빌어먹을 문소리.

그리고 아버지의 발소리가 들렸다. 침실에서 화장실로 이어지는 무겁고 느린 발걸음. 화장실 문은 닫혀 있었지만 볼일 보는 소리가 들렸다.

샌드위치 반쪽에 주스 두 모금만 마시면 끝이다.

아버지가 거기 서 있었다. 길고 핼쑥한 상체, 두툼한 팔뚝, 단추를 채 잠그지 않은 청바지, 끝없이 길어 보이기만 한 맨발. 아버지는 문과 한 몸이라도 된 듯 문지방 앞에 버티고 서서 아들들을 바라보았다.

그러다가 빗질하듯 한 손으로 머리를 쓸어 넘겼다. 언제나 그런 모습이었다.

"잘들 잤냐."

레오는 빵을 씹고 있었다. 음식을 씹을 때는 대답할 수 없다. 그래서 펠릭스 쪽으로 고개를 돌렸다. 오른쪽 뺨만 목소리가 들리는 쪽으로 살짝 돌리면 그만이니까.

"아빠가 잘들 잤냐고 묻지 않냐."

"안녕히 주무셨어요."

레오는 두 동생이 합창하듯 한목소리로 대답하는 걸 들었다. 두 녀석 모두 이 순간이 가능한 한 빨리 끝나기만을 바라는 눈치였다. 아버지가 레오의 등 뒤로 다가와 섰다. 그런 다음 찬장에서 컵 하나를 꺼내 물을 따랐다. 소리만으로는 컵의 반 정도 따라 마신 것 같았다. 그러고는 다시 테이블 쪽으로 몸을 돌렸다.

"무슨 일 있었냐?"

레오는 멀쩡한 쪽으로 살짝 고개만 돌렸다.

"레오. 넌 아빠를 쳐다보지 않는구나."

그 말에 고개를 조금 더 돌렸다. 엉망이 된 얼굴은 최대한 가리면서.

"얼굴 좀 돌려봐라."

레오는 재빨리 반응하지 않았다. 펠릭스가 선수를 쳤다. 샌드위치 접시 소리에 이어 큰 소리가 들려왔다.

"2 대 1이었어요, 아빠. 그 녀석들이……."

그는 더 이상 싱크대 앞에 서 있지 않았다. 어느새 아버지의 맨살이 레오의 어깨에 와 닿았다.

"이건 뭐야?"

레오는 고개를 더 멀리, 옆으로 돌렸다.

"아무것도 아니에요."

그는 큰아들의 얼굴을 붙잡았다. 꽉 붙잡지는 않았지만 적당히 힘이 들어간 상태였다. 큰아들 얼굴을 위로 들어 올렸다. 퍼렇고 노란 멍이 든 볼과 부풀어 오른 눈이 결국 모습을 드러냈다.

"이건 뭐냐?"

"레오 형이……. 맞서 싸웠어요. 형이요. 아빠! 형이……."

펠릭스는 레오가 뭐라고 말을 꺼내기도 전에 또다시 선수를 쳤다. 평소에는 입안 가득히 할 말을 달고 사는 레오였다. 그런데 그 순간만큼은 그러지 않았다. 할 말이 생기자마자 그대로 집어삼키기만 했다.

"그런 거냐?"

아버지는 그렇게 서 있었다. 큰아들을 내려다보며. 그러다 펠릭스를 한 번 쳐다보고는 다시 레오 쪽으로 시선을 돌렸다. 큰아들과 눈을 마주치기 위해서. 눈빛을 읽기 위해서.

"레오?"

"아빠, 형이 그랬다니까요! 내가 봤어요! 형이 여러 차례……."

"형에게 묻고 있다."

뚫어버릴 듯 무서운 기세로 노려보는 눈빛. 계속해서 대답하라 다그치는 입.

"아니요. 받아치지 않았어요."

"놈들은 둘이었어요, 아빠……. 그리고 덩치도 컸어요. 열세 살,

열네 살이었을 거예요. 게다가…….”

“됐다. 그만해라.”

큼지막한 아버지의 손은 얻어맞아 엉망이 된 레오의 얼굴을 조금 더 들어 올리더니 조심스레 손가락으로 더듬기 시작했다.

“이제 알겠다. 어쨌든 늦지 않게 학교들 가라. 그리고 레오…….
이 문제는 집에 와서 해결하자.”

10

거리상으로는 잘 구분이 가지 않았다. 키가 큰 금발 머리는 배낭을 메고 있었고, 키가 작은 까만 머리는 어깨에 운동 가방을 걸치고 있었다.

둘이 함께 학교로 걸어가는 모습을 거의 본 적 없었기 때문이리라. 등교 첫 주에 레오 옆에 서서 걸어가며 이것저것 설명해주고, 경고하고, 명령했던 게 전부였다. *학교는 사바나 같은 곳이야. 사냥꾼이 되거나, 사냥감이 되거나. 거기선 네가 받아들이는 것만 너한테 주는 거라고. 넌 뒤브냐 사람이야. 어떤 자식도 네가 앉으려는 자리에 앉을 수 없게 해.* 둘째 주가 되자 레오는 그에게 조금 더 떨어진 뒤에서 걸어오라고 부탁했고 그다음 주부터는 굳이 학교에 데려다주지 않아도 된다고 말했다. 둘째인 펠릭스는 학교에 데려다줄 생각조차 한 적 없었다. 녀석에게는 형, 레오가 있었으니까. 큰형 하나로도 충분하니까.

그런데 그 큰형이 충분하지 않은 모양이었다.

큰아들은 자기 몸 하나 스스로 보호하지 못했다.

이반은 화분 두 개를 한쪽으로 밀고 두 손을 창턱에 대고 기대섰다. 부엌이라고 식물 놓을 자리가 충분하지는 않았다. 좁은 복도에 아담한 크기의 부엌, 그리고 창밖으로 스코고스 시내가 내려다보이고 아래로 보이는 머리 두 개가 아주 작아 보일 정도로 높은 8층 아파트. 그의 집이었다. 방이 네 개 딸려 있고 동네로 들고나는 길이 두 개나 있는 스톡홀름 변두리에 위치한 아파트. 하지만 그 아파트는 몇 년 전까지만 해도 이 세상에 없었다. 똑같이 생긴 수백만 채의 아파트를 통해 극심한 주택난을 해결하겠다고 생각한 양복쟁이 공무원들이 종이 위에 그려놓은 스케치 속에만 존재했던 건물이었다.

그는 첫 번째 계란을 깼다. 이어서 두 번째, 세 번째, 네 번째 계란을 깼다. 언제나 바삭바삭하게 익히고 언제나 소금 범벅으로 만드는 프라이. 그는 레인지 앞에 서서 포크로 계란을 휘젓고 있었지만 그의 눈에 보이는 거라고는 아들의 얼굴뿐이었다. 시퍼렇게 멍든 얼굴이 도저히 뇌리에서 지워지지 않았다.

이반은 유아용 의자에 정신을 집중해보려 애썼다. 빈센트가 앉아 요리하는 아빠를 향해 손을 흔들고 있는 의자. 그는 컵에 물을 가득 채워 벌컥벌컥 들이켰다. 그러고는 주전자에 물을 끓이고 인스턴트커피를 여러 숟가락 떠 담았다.

그것만으로는 해결할 수 없었다. 눈앞에서 아른거리는 큰아들의 얼굴이 지워지지 않았다.

멍 자국이 선명한 뺨, 부어올라 제대로 떠지지도 않는 눈, 얻어맞은 얼굴.

"아니야, 아니야!"

테이블에 접시를 올려놓고 한 손에 커피 잔을 들고 있을 때, 빈센트가 몸을 기울이면서 그 옆에 있던 볼펜과 복권을 집어 들더니 이미 숫자를 표시해놓은 종이에 그림을 그리기 시작했다.

"그건 안 된다고……. 그건 아빠 거거든. 낙서는 금지라고."

"아빠 거 많아요."

"안 된다니까, 그만!"

이반은 끝까지 복권 종이를 놓지 않은 막내아들을 쳐다보았다. 고사리 같은 손에서 상상 이상의 힘이 넘쳐났다. 세 살 꼬마였지만 얼굴은 열 살 형하고 똑같았다. 이반은 고개를 돌리고 눈을 감았다 다시 떴지만 오히려 멍든 얼굴은 점점 커지기만 했다. 얻어맞은 레오, 바닥에 쓰러져 뒹굴면서 일어나 받아치지 않았던 레오.

다섯 번째 계란, 인스턴트커피 한 잔 더. 이반은 이미 오래전에 식사를 마친 상태였지만 여전히 그 자리에 앉은 채로 부엌 창밖만 내다보고 있었다. 두 아들이 반나절 이상을 보내는 하얀 벽돌 건물 학교까지 이어지는 보도블록만 멍하니 쳐다보면서……. 초등학교와 중학교가 붙어 있는 2층 건물에는 멍들고 부어오른 얼굴로 책상에 앉아 선생님의 질문에 답하면서도 수시로 창밖을 힐끔거리며 자신을 때린 놈들을 찾고 있는 학생이 하나 있었다. 또다시 싸움을 걸기 위해 밖에서 기다리고 있을지 모를 놈들…….

이반은 갑자기 서두르기 시작했다.

그는 빈센트를 의자 아래에 내려놓고 방으로 돌아가 엄마가 깨지 않도록 조용히 있으라고 일렀다. 그러고는 벽장에서 갈색 가죽 신발을 꺼내 신었다. 처음에는 제법 괜찮았지만 이제는 여기저기 닳고 해진 데다 끈도 사라진 낡은 신발이었다. 그는 엘리베이터를 타고 지하로 내려갔다. 그리고 불 꺼진 복도를 지나 보관창고로 향했다.

파란색 누비 커버가 씌워진 매트리스는 말갈기와 말총으로 속을 채운 물건이었다. 푹신하고 편안한 매트 위에서 잠자고 싶어 하는 요즈음은 보기도 힘든 옛 물건이었다. 도시 생활을 시작한 첫 몇 년간 썼던 매트리스였다.

무거운 데다 엘리베이터에 꽉 들어찰 정도로 크기도 컸다. 이반은 통로에 장식된 물건들을 쓰러뜨리고 부엌으로 가는 길에는 코트 걸이에 있는 옷가지들도 떨어뜨리며 매트리스를 끌고 갔다. 20년 된 말갈기 매트리스는 냉장고와 식탁 사이 바닥을 통째로 차지할 정도로 컸다. 그는 왼쪽 무릎으로 매트리스를 누르고 둥글게 말아 단단히 싼 다음 양쪽 끝을 끈으로 묶고 부엌에서 자신의 작업실로 가져가 벽에 기대 세워둔 뒤 의자를 작업실 중앙으로 밀고 갔다. 그러고는 의자에 올라 커다란 전등을 떼어내고 그 자리에 있던 고리에 매트리스를 걸어 고정시켰다.

"그게 뭐예요?" 속삭이는 빈센트의 목소리가 들려왔다.

구경꾼이 있다는 사실을 미처 발견하지 못했다. 이반은 미소를 짓고는 막내아들을 들어 올렸다.

"새 전등이지."

막내아들은 호기심 어린 눈초리로 한참 동안 그를 쳐다보았다.

"전등 아니에요, 아빠."

"그래, 아니다."

"그럼 뭐예요, 아빠?"

"비밀이야."

"비밀?"

"아빠하고 레오 형만의 비밀이지."

이반이 부엌으로 걸어가자 빈센트도 따라갔다. 그는 막내아들을 유아용 의자에 다시 앉힌 다음, 싱크대 아래 선반에서 새 레드 와인을 꺼냈다. 그 자리에는 아홉 병이 더 들어갈 빈 공간이 남아 있었다. 결코 무너뜨릴 수 없는 검은색 종마 한 마리가 앞다리를 들고 서 있는 상표가 붙은 브라나츠 와인은 그가 가장 좋아하는 와인이었다. 이반은 와인 반병을 프라이팬 위에 쏟아붓고 설탕 몇 숟가락을 넣은 다음, 설탕이 녹을 때까지 젓다가 다시 맥주잔에 따라 부었다.

"밤세(스웨덴 어린아이들이 좋아하는 만화영화 주인공 곰돌이로, 만화 속에서 천둥꿀을 먹으면 천하장사가 된다)가 먹는 천둥꿀이다, 빈센트!"

그는 빈센트 앞으로 잔을 올려 들었다. 막내아들은 씩 웃으며 손가락으로 잔을 만져보았다. 잔 위에 작고 선명한 지문이 남았다.

"천둥꿀 만세, 아빠!"

이반은 입으로 잔을 가져가며 눈을 감았다. 뜨거운 와인을 벌컥벌컥 들이켜는데도 파란색과 노란색으로 얼룩덜룩 멍이 들어 부풀어 오른 큰아들 얼굴이 지워지지 않았다.

11

긴 하루. 하지만 생각만큼 그렇게 길지는 않았다. 레오는 초등학교 운동장에 있는 낮은 벤치에 걸터앉아 자신보다 수업이 늦게 끝나는 동생을 기다렸다. 둘은 앉아 이야기하고, 기다리고, 또 이야기를 나눴다. 아무 의미 없는 이야기. 형과 동생은 시간이 흐르기만을 기다리고 있었다. 그렇게 시간을 보내다 집으로 돌아가면 아버지가 와인에 취해 곯아떨어져 있을 것 같았기 때문이다.

한 번에 한 걸음씩, 그렇게 8층까지 걸어 올라갔다.

마지막 몇 걸음은 특히 느릿느릿 발걸음을 옮겼다.

형제가 사는 집 현관문은 다른 집 현관문과 다를 바 없었다. 손가락으로 슬쩍 밀기만 해도 소리 내며 움직이는 우편물 투입구. 나지막이 길게 이어지는 소리를 내는 검은색 현관 벨 버튼. '외판원 사절'이라는 문구가 적힌 철판. 아버지는 모르는 사람이 벨을 누를 때마다 그 철판을 가리키곤 했다.

레오와 펠릭스는 흘낏 눈짓을 주고받았다.

집에 들어가고 싶지는 않았지만 문가에 가까이 기대서서 아버지의 발소리가 들리는지 확인했다. 그렇다고 문에 귀를 갖다 대지는 않았다.

두 형제는 현관문에 붙은 명판을 쳐다보았다. 뒤브냑. 그러고는 세 번에 걸쳐 크게 심호흡을 한 뒤 현관문을 열고 안으로 들어갔다.

"레오!"

한 걸음 내딛자마자 낮은 목소리가 날아들었다. 레오의 두 다리는 좁은 복도를 지나가려 했지만 더 이상 움직이려들지 않았다. 그래서 그대로 멈춰 섰다.

"레오, 이리 와라!"

아버지는 부엌에 앉아 있었다. 상체에는 여전히 아무것도 걸치지 않은 청바지 차림이었다. 복권 옆에는 빈 맥주잔이 놓여 있었고, 레인지 위에 놓인 프라이팬도 비어 있었다. 바닥을 내려다보는 게 훨씬 쉽고 편했다. 자신을 노려보는 두 개의 눈을 피해 노란 리놀륨 바닥을 내려다보며 집중하는 게.

"이리 와라."

레오는 앞으로 걸어나갔다. 펠릭스는 형이 제지하기 전까지 형

바로 옆에 서 있었다. *빈센트한테 가봐.* 형은 동생이 즉시 반응하지 않자 슬쩍 떠밀었다. *빈센트랑 방에 가서 문 닫고 있어*. 한 걸음 더. 레오는 그저 바닥만 내려다보고 있었다.

"네?"

"네 얼굴 말이다."

레오의 시선은 바닥에서 살짝 올라가 아버지의 두 다리로 옮겨갔다.

"얼굴 상태 좀 보자."

레오의 시선은 아버지의 두 다리에서 다시 배, 가슴, 그리고 눈까지 올라갔다. 아버지의 생각을 읽는 건 좀처럼 쉽지 않았다.

"아프냐?"

"아니요."

아버지의 손이 잔뜩 부어올라 쑤시는 살갗을 쿡쿡 찔렀다.

"거짓말하지 마."

"조금 아파요."

"조금?"

"조금 많이요."

"같은 학교에 다니는 녀석들이냐?"

"네."

"이름은 알아?"

"네."

"그런데 받아치지 않았다고?"

"그게……."

"같은 학교에 다니고, 이름도 알고, 그런데도…… 아무것도 안 했다고?"

아버지는 자리에서 일어나 레오를 내려다보았다.

"겁을 집어먹었구나. 내 아들이…… 겁을 집어먹었다? 뒤브냑 가문 사람이? 뭐, 누구나 두려워할 수는 있어. 그렇다고 모두가 꽁무니를 빼는 건 아니지. 두 다리로 버티고 서서 두려움을 통제해야지. 그래야 크는 법이다."

그는 커다란 몸을 흔들었다. 그러고는 작업실로 향하는 통로를 가리켰다.

"저기로 가자."

"저기라뇨?"

"당장."

다시 시작이다. 아까 걸어 들어올 때처럼 두 다리가 움직임을 거부했다.

"당장!"

레오는 천천히 움직이기 시작했다. 순간, 방문이 열렸다. 엄마였다. 헝클어진 머리에 이제는 잘 맞지도 않는 노란색 나이트가운 차림이었다.

"왜 이렇게 큰 소리가 나는 건데?"

"당신은 방에 들어가 있어."

아버지는 여전히 힘이 들어간 목소리였다.

"무슨 일인데 그래, 이반? 왜 이렇게 흥분한 거야?"

"당신은 참견하지 마."

"아니, 무슨 일인지 알아야…… 세상에, 레오! 얼굴이 이게……."

"이건 나하고 레오 사이의 문제야. 내가 책임질 일이라고."

이반은 큰아들의 어깨에 팔을 올리고 가까이 끌어당겼다. 힘을 주지는 않았지만 자신의 작업실로 가자는 뜻을 명확히 알릴 정도는 되었다.

"이제 들어가자."

12

펠릭스는 닫힌 문 뒤에 서서 귀를 기울였다. 무슨 일로 이렇게 흥분한 거냐고 묻는 엄마의 목소리와 당신이 상관할 바 아니라고 대답하는 아버지의 목소리를 들었다.

아무리 문 가까이 귀를 대고 들어보았지만 큰형의 목소리는 들리지 않았다. 별로 마음에 들지 않았다. 상황이 좋지 않다는 느낌이 들었다. 하세 그 개자식이 팔을 뻗어 붙잡고 있어서 옴짝달싹할 수 없는 그런 기분이었다. 아니, 그보다 더 끔찍했다. 어제 케코넨의 주먹이 형을 향해 날아들던 순간을 미리 경고하지 못했던 것처럼.

펠릭스는 방문을 열고 복도로 나갔다. 그래야만 했다. 더 이상 가만히 있을 수만은 없었다.

엄마는 둘째 아들이 걸어오는 소리를 들었지만 쳐다보지는 않았다. 엄마의 눈은 문 닫힌 작업실을 뚫어지게 노려보고 있었다. 펠릭스는 바로 옆에 서서, 엄마와 함께 방 안에서 이루어지는 대화에 귀를 기울였다.

마치…… 무언가가 떨어지는 소리 같았다. 다시 한 번. 혹시…… 무언가를 때리는 소리일까? 마치 누군가 주먹을 휘두르는 것처럼. 한 번. 다시 한 번. 또 한 번. 다시 한 번.

어제 그 일을 다시 겪는 기분이었다. 아무것도 할 수 없었던 어제. 하세의 두 팔에 붙잡혀 고함을 지르고 비명만 질렀던 어제.

펠릭스는 엄마에게 채 말릴 틈도 주지 않고 방문을 열어버렸다. 기이한 분위기였다.

아버지가 바닥에 무릎을 꿇고 있었다. 그런 모습은 처음이었다. 아버지는 둘둘 말아놓은 널찍한 파란색 매트리스에 상체를 기대고 있었다. 마치 끌어안듯 붙잡은 자세로. 한 번도 누군가를 끌어안아 준 적 없는 그였다. 큰형도 웃통을 벗고 청바지만 입고 있었다.

"체중을 실어야지, 이렇게." 아버지가 말했다. "체중 전체를 실어."

그제야 펠릭스는 그 파란색 매트리스가 전등이 걸려 있던 천장에 매달려 있음을 깨달았다.

"펀치는 체중을 실어야지 손만 쓰는 게 아니야. 주먹에 네 체중 전체를 실어야 해."

그리고 펀치를 날리는 건 큰형, 레오였다. 아버지가 끌어안고 있는 매트리스를 향해서. 한 번 두 번 세 번 그리고 네 번.

"널 해치려 드는 녀석이 있으면 코를 노려. 딱 한 방이면 충분해. 덩치가 큰 녀석부터 손을 봐줘. 그 자식 코를 날리면 찔끔하고 눈물을 흘릴 거야."

아버지는 일어나더니 재빨리, 날쌔게 뛰어오르며 천장에 매달린 매트리스에 펀치를 날렸다. 아주 강력한 펀치였다.

아버지는 펀치를 멈추고 오른쪽 주먹을 문지르고 있는 레오를 향해 고개를 끄덕였다. 큰아들의 주먹은 벌써 시뻘겋게 달아오른 상태였다.

"코에 한 방 날리면 상대는 앞으로 몸을 기울일 거야. 멍청한 새끼들은 항상 그래. 눈물샘이 자극을 받아 질질 짜면 상체를 앞으로 기울인다고. 코를 제대로 노렸을 때 그런 기회가 생기는 거야. 가드가 풀리고, 상대는 이런 상태가 된다고. 봐라, 레오. 이마를 네 가까이 들이대게 되는 거야."

그는 큰아들 가슴 가까이 상체를 숙였다. 마치 숫양이 뿔을 세우고 다른 숫양을 들이받으려는 자세로. 그때였다. 자신을 구경하고 있는 모자를 발견한 건. 그는 대답을 원하지만 원하는 답을 얻을 수 없었던 엄마를 쳐다보다가 결국 펠릭스에게로 시선을 돌렸다.

"가서 물 좀 가져와라. 큰 잔으로. 형이 갈증을 느낄 수도 있거든."

그러고는 머리로 큰아들의 가슴을 슬쩍 찔렀다.

"자, 다시 쳐봐. 대신, 절대로 정면은 노리지 말아야 해. 그러면 이마를 치게 되는데 거기는 우리 몸에서 가장 단단한 뼈가 있는 부위야. 손을 보호해야 해. 그러니 다음 펀치는 여기를 노려."

아버지는 손가락으로 턱과 뺨을 차례로 가리켰다.

"바로 아래턱을 노려. 팔을 구부려야 해. 옆에서 대각선으로 한 번, 그리고 아래에서 위로 또 한 번."

이반은 주먹을 쥐고 자신의 턱과 뺨을 한 번씩 건드렸다.

"여기를 잘 노려. 광대뼈 쪽은 약한 편이거든. 온몸의 체중을 실어서 펀치를 날리는 게 중요해. 아래쪽에서 짧은 라이트훅을 날리는 것도."

레오는 펀치를 날렸다. 주먹을 휘두르고, 또 휘둘렀다. 팔을 비스듬히 꺾었다가 설명대로 펀치를 휘둘렀다.

"물이라도 마셔야겠구나. 펠릭스, 넌 가서 물을 가져와야 하는 거 아니냐? 아빠가 말하지 않았어? 당장!"

펠릭스는 부엌으로 달려가 언제나 미지근한 물이 먼저 나와 차가워질 때까지 시간이 걸리는 수도꼭지를 틀고 커다란 잔에 물을 받아 천천히 돌아왔다.

“잘했다. 지금부터 이게 네 일이다. 넌 30분마다 찬물을 떠와서 형한테 주는 거야. 이제…… 문 닫고 나가라.”

그는 엄마와 둘째 아들에게 등을 돌리고 큰아들에게 팔을 뻗었다.

“넌 코를 제대로 노렸어. 그럼 상대는 앞으로 몸을 기울일 거고. 그다음에는 계속해서 펀치를 날리는 거야. 놈이 쓰러질 때까지. 만약 상대가 한 놈 이상이라도 놈들은 포기할 거야. 한 명이든, 둘이든, 셋이든, 수는 상관없어. 이건 말이야, 뭐랄까……. 곰하고 춤을 추는 것 같은 거다, 레오. 가장 큰 곰부터 시작하는 거야. 코를 정확히 노리고 펀치를 날리면 나머지 놈들은 꽁무니를 뺄 거야. 스텝 한 번에 펀치 한 번, 그리고 또 스텝, 펀치. 상대의 얼을 쏙 빼놓는 거라고. 얼이 쏙 빠진 상태가 되면 겁을 집어먹게 되는데, 그때도 계속해서 펀치를 날려. 스텝을 밟고 펀치 날리는 한, 넌 무슨 게임이든 이길 수 있는 거야!”

펠릭스는 엄마가 문을 닫아주기를 기다렸지만 엄마는 오히려 퀴퀴한 냄새가 나는 후텁지근한 방 안으로 발걸음을 옮겼다.

“이반. 당신, 지금 이게 무슨 짓이야?”

“나가라고 했잖아.”

“나도 레오 얼굴 봤어. 나도 봤다고. 하지만 이건…….”

“이 녀석은 싸우는 법을 배워야 해.”

엄마의 목소리는 아버지와 달랐다. 펠릭스는 그렇게 생각했다. 엄마가 소리를 지르면 날카로운 고음이 고막을 찔렀다.

“이게 무슨 짓이야! 레오는 당신하고 다르다고. 이런 식으로 행동하면 어떤 결과가 생길지 당신이 누구보다 더 잘 알잖아!”

"젠장! 이 녀석은 어떻게 자신을 보호해야 하는지, 그걸 배워야 한다고!"

"우리 방으로 와, 당장. 이건 당신하고 나하고 얘기할 문제니까!"

분위기상으로는 언성을 높이며 되받아칠 것만 같았지만 이반은 한동안 묵묵부답으로 일관했다.

마침내 그는 엄마를 방 밖으로 밀어내며 말했다.

"무슨 말을 하자는 건데? 저 녀석이 다음에 또 얻어맞으면 바닥에 드러눕기라도 해야 한다는 거야, 뭐야? 더 세게 얻어맞기 위해 어느 부위를 내밀어야 하는지 그런 걸 가르치라는 거야? 레오는 스스로 보호하는 법을 깨우쳐야 한다고! 이 녀석이…… 빌어먹을 악셀손 가문 사람이 되라는 거냐고!"

엄마는 아무런 대꾸도 하지 않았다.

아버지가 문을 닫아버리자, 펠릭스는 그저 엄마 손만 꼭 쥐었다.

13

선반 맨 위에 있는 구급상자를 꺼내려고 까치발을 한 펠릭스의 두 다리가 부들부들 떨렸다. 펠릭스는 변기 커버 위에 앉아 구급상자를 열고 붕대와 반창고를 꺼냈다. 펠릭스는 복도에 깔린 갈색 카펫을 지나고 걸을 때마다 삐걱거리는 차가운 거실 마룻바닥을 통과했다.

더러운 청재킷을 걸친 빌어먹을 핀란드 놈.

펠릭스는 하세와 케코넨이 어떤 식으로 다른 아이들을 괴롭혔는지 키득거리며 떠벌리는 이야기를 숱하게 들어왔다. 약한 아이들을 붙잡아 겨드랑이에 피가 나도록 뾰족한 돌로 찌르고는 그 상처에 소금을 뿌렸다는 이야기를. 같은 건물 4층에 사는 부다라는 아이를 어떻게 괴롭혔는지도. 부다는 거미를 죽도록 무서워했다. 땅따먹기를 하다가 포로로 잡히자 놈들은 부다를 꽁꽁 묶은 다음 천장에 사는 거미들을 모조리 붙잡아 상자 속에 넣고, 꼼짝도 못 하는 부다의 머리 위로 가져가 하세는 상자의 바닥을 뜯고, 케코넨은 그 상자의 열린 부분을 부다의 목에 테이프로 단단히 고정해버렸다. 거미를 비롯한 온갖 벌레들이 얼굴 위로 기어 나와 머릿속은 물론 귀, 코, 입속을 깨물고 파 들어갔다. 펠릭스는 그렇게 당하고 난 뒤 자신의 동네로 걸어가는 부다의 모습을 똑똑히 기억했다. 자신이 어디에 붙잡혀 있었는지, 자신이 누구인지조차 모르는 진짜 전쟁 포로처럼 느린 걸음으로 걸어가는 부다의 모습을.

어쩌면 형과 자신은 그나마 운이 좋은 것 같기도 했다.

펠릭스는 발코니로 나가 얼굴에 찬바람을 쏘였다. 붕대와 반창고를 아버지에게 건네고 난간 끝에 기대서 아스팔트 도로를 내려다보았다.

“펀치 날리는 연습을 해야 해. 그래야 주먹이 세지는 법이야.”

아버지는 레오가 앉아 있던 줄무늬 캠핑용 의자 쪽으로 돌아서 있었다. “하지만 지금은 주먹을 보호해야 해. 앞으로는 더 자주, 그리고 더 오래 연습해야 하거든.”

아버지는 레오의 손을 잡고 주먹에 붕대를 감아주었다.

“주먹이 상대에게 닿는 순간 팔을 계속 뻗어서 네 체중 전체가 실릴 때까지 휘두르라고. 그래야만 상대를 무너뜨릴 수 있어.”

주먹을 감은 붕대는 엄지와 검지 사이로 내려가 사선을 그리며 손목을 감아 올라갔다.

“주먹 한번 쥐어봐라.”

레오는 붕대가 감긴 오른손 주먹을 꽉 쥐고 아버지가 손바닥으로 툭 칠 때까지 기다렸다.

“느낌이 어떠냐?”

“좋아요.”

왼손도 똑같은 과정을 거치자 레오는 펠릭스가 보는 앞에서 허공에 대고 주먹을 몇 차례 휘둘러보더니, 거실과 복도를 뛰어다니고 깡충거리며 계속해서 허공에 주먹질을 했다. 이반은 집 안을 한 바퀴 돌아다닌 큰아들을 따라 방으로 돌아와 다시 무릎을 꿇고 매트리스를 툭툭 건드리고 이동시켜 자리를 잡았다.

“그놈들 이름이 뭐냐?”

“하세요.”

“다른 놈은?”

“케코넨이요.”

아버지는 허공에서 이리저리 흔들리는 매트리스에 주먹을 날리고 어깨로 밀었다.

“이게 바로 그 하세와 케코넨이라는 녀석들의 동작이야. 녀석들 주먹은 여기, 바로 어깨로 날아들게 돼 있어. 모든 동작이 이 지점에서 멈추게 된다고.”

그는 매트리스를 향해 오른팔을 들어 올리고 상체 오른쪽으로 매트리스를 끼고 파고들었다.

“넌 이렇게 펀치를 날리는 거야. 멈추지 말고 안을 파고들어서 놈들을 노리는 거라고. 이렇게.”

그는 한 번에 한 걸음씩 짧은 보폭을 옮기며 어느새 큰아들의 등 뒤에 섰다. 펠릭스는 두어 번 정도 아버지가 뒤로 도는 모습을 볼 수 있었지만 방 안으로 더 들어갈 엄두는 내지 못했다. 그래서 문지방 한가운데서 까치발을 하고 고개만 들이밀었다. 아버지가 큰형의 팔을 붙잡고 있는 것 같았다.

"코에 정확히 펀치를 날리면 빌어먹을 물 풍선처럼 펑 터진다고! 그 녀석들 뇌는 어항 속에 들어 있는 금붕어들처럼 물속에서 떠다니게 되는 거야! 코를 먼저 노리고 그다음은 턱……. 그러면 뇌가 출렁거리게 돼 있어. 하세와 케코넨, 코딱지 정도밖에 안 되는 놈들 뇌가 어항 벽에 부딪히면서 출렁일 거다."

레오는 다시 한 번 주먹을 날렸다.

"코! 턱!"

다시 한 번 더.

"코! 턱!"

또 한 번.

"코! 몸을 뒤로 빼고! 턱! 그리고 파고들어! 코! 뇌를 뭉개버려! 턱! 출렁거리다 펑 터뜨려버리라고!"

얼마 지나자 까치발을 한 펠릭스의 발가락이 쑤시기 시작했다. 그래서 바닥에 앉아 형의 주먹에 움직이는 매트리스를 올려다보았다. 나름 보는 재미도 있었다. 진짜 상대가 있는 건 아니었으니까.

아버지가 부엌으로 걸어가 밤세 한 잔을 더 만들어 마실 때까지 펠릭스는 자리를 지키고 앉아 있었다. 한동안 복도 옷걸이에 걸려 있던 작업복을 다시 줄기차게 입고 다녀야 할 시기가 돌아오기 전에 최대한 많이 마시자는 게 그의 생각인 것 같았다. 펠릭스는 현관 밖으로 나가는 아버지의 발을 쳐다보았다. 곧이어 엘리베이터 문이 열리고 닫히는 쾅 소리가 두 번 들려왔다. 비로소 집 안에 평온이 찾아온 것 같았다. 그제서야 마치 방 하나가 더 생기기라도 한 것 같은 느낌마저 들었다.

14

레오는 파란 매트리스를 향해 주먹을 날리고 또 날렸다. 이제는 스스로 주먹에 붕대도 감을 수 있게 되었다. 그뿐만 아니라 통증에 시달리지 않고 더 강하고 빠른 펀치를 날릴 수 있게 되었다. 매일 아침, 아침 식사와 등교 전 시간을 정해두고 펀치 연습을 했고, 점심시간에는 집까지 뛰어와 점심도 거르고 다시 펀치 연습을 한 다음, 하교하고 돌아오면 오후 내내, 저녁 내내 펀치를 날리는 것으로도 모자라, 밤중에 잠이 깼는데 다시 잠이 오지 않을 때도 연습을 이어나갔다.

오늘은 오후에만 벌써 진공청소기 돌아가는 소리가 두 번째로 들렸다.

레오는 연습을 멈췄다.

엄마가 서 있었다. 엄마가 슬쩍 엿보며 이미 수차례 지나다녔다. 레오는 엄마의 표정을 읽을 수 있었다. 엄마는 큰아들의 펀치 연습을 못마땅하게 여기고 있었다.

레오는 다시 주먹을 휘둘렀다. 코, 그리고 턱. 하세와 그 똘마니 케코넨은 언제, 어디서든 레오를 기다릴 놈들이었다. 그래서 준비가 될 때까지는 놈들을 피해 다녔고, 심지어 숨어 다니기까지 했다. 코와 턱, 하세와 핀란드 개자식. 이제는 몸이 거의 자동으로 반응했다. 체중 전체를 주먹에 싣는 법도 터득했다. 어깨를 돌리고, 정면으로 주먹을 날리고, 파고들어 아래에서 위로 한 방.

"이젠 그거 내릴 때도 됐잖니?"

엄마는 진공청소기를 껐다.

"저 고리는 용도가 따로 있어. 전등이 걸려 있어야 하는 곳이라고."

엄마는 다리 셋 달린 스툴을 가져오더니 그 위에 올라서서 매트리스를 내려놓기 위해 팔을 뻗었다. 하지만 큰아들은 아랑곳하지 않고 계속해서 펀치를 날렸다.

"이제 그만 좀 할래?"

강력한 펀치였다. 막연히 상상한 것 이상으로 훨씬 강한 힘이 매트리스를 위로 밀어 올렸다.

"엄마 말 못 들었어? 그만하라니까!"

펀치는 점점 더 강해졌다.

"레오!"

"코하고 턱이에요, 엄마."

레오는 몸을 움직이는 동시에 대답했다. 한 마디, 한 마디에 펀치 한 방을 실어서. 엄마는 매트리스를 붙잡아 세웠다.

"레오, 엄마 얘기 잘 들어! 네 얼굴 이렇게 만든 게 누구야? 개네들 이름이 뭐야?"

엄마가 매트리스를 단단히 붙잡고 앞을 막아서는 바람에 레오는 주먹질을 멈출 수밖에 없었다.

"하세랑 케코넨이에요."

"성까지 전부 말해."

"왜요?"

"그 아이들 부모한테 연락할 거니까."

"안 돼요! 엄마가 그러면……. 그러면 무슨 일이 벌어질지 정말 몰라서 그러시는 거예요?"

레오는 엄마가 밟고 선 스툴 한쪽 구석에 털썩 주저앉았다.

"레오, 엄마가 다 알아서 할 거야."

"상황을 더 나쁘게 만들 뿐이에요! 그걸 모르세요?"

엄마는 붙잡고 있던 매트리스를 뒤로하고 큰아들을 꼭 끌어안았다.

"걔들 이름이 어떻게 되니?"

레오는 엄마의 가슴에 파묻고 있던 고개를 절레절레 흔들었다.

"네 뜻이 정 그렇다면……."

엄마는 다시 스툴 위로 올라가 매트리스를 떼어내 바닥에 내동댕이쳤다.

"엄마, 제가 알아서 잘할 수 있다고요! 비키세요!"

"그 우스꽝스러운 붕대부터 풀어."

"연습해야 해요!"

"당장 풀어, 레오."

"아빠가 그러셨어요. 전 연습이 필요하다고요!"

"엄마가 말하는데, 이제 그만해."

레오는 더 이상 말이 없었다. 아무런 대꾸도 하지 않았다. 엄마가 진공청소기를 다 돌릴 때까지, 펠릭스가 집으로 돌아와 부엌에서 같이 간식을 먹는 동안, 그리고 평소처럼 아버지를 모시러 가기 위해 엄마가 코트를 입으라고 말했을 때도 레오는 묵묵부답으로 일관했다.

차를 타고 가는 동안에도 마찬가지였다.

레오는 조수석에 앉았다. 펠릭스와 빈센트는 기다란 가운데 자리를 차지했고, 맨 뒤에는 페인트 도구들이 놓였다. 엄마는 운전 담당이었다. 아침에 아버지를 데려다주고 저녁에 다시 데리러 가는 게 일이었다. 어딘가로 향하는 가족. 레오는 그 순간을 좋아했다. 온 가족이 차에 올라타 어딘가로 가는 것. 아마 이 세상에서 가장 좋아하는 일이었을 것이다.

고층 아파트 밀집 구역에서 주택단지로 이르는 길은 불과 몇 분에 지나지 않았다. 엄마는 비슷비슷하게 생긴 어느 집 앞에 차를 세우고 아버지가 문밖에 내다놓은 물건들을 실었다. 비닐봉지에 든 붓, 롤러, 소제용 솔, 향이 강해 코를 자극하는 시너, 롤러와 페인트 통, 도배용 풀 등이었다. 그동안 이반은 나이 든 아주머니와 이런저런 이야기를 하다가 봉투 하나를 받았다.

레오는 조수석을 차지한 아버지가 엄마의 볼에 입을 맞추는 동안 뒷자리로 돌아가면서도 아무런 말을 하지 않았다. 아버지는 신이 난 상태였다. 방금 전, 고객과 이야기를 나누면서 껄껄대며 웃었던 것처럼 싱글벙글한 표정이었다. 5월이면 더 많은 일이 있을 거라고, 온 집안을 다시 칠해야 한다는 소식을 전해들은 터였다. 아버지는 그 소식을 들으면서 레오를 쳐다보았다. 레오는 그 이유를 알고 있었다. 공사 규모가 커지면 그만큼 일손이 필요했기 때문이다.

"손은 어떠냐, 아들? 괜찮냐?"

레오는 손바닥으로 붕대를 감지 않은 주먹을 만져보았다.

"레오, 아빠가 묻는 거 못 들었어?"

"손은……."

엄마가 대화를 가로막았다.

"내가 아까 매트리스 떼어냈어."

아버지는 엄마 쪽으로 고개를 돌렸지만 표정은 변하지 않았다.

"뭐라고?"

"떼어냈다고. 우리가 처음 만났을 때 썼던 그 낡은 매트리스 말이야."

그제야 표정이 달라지기 시작했다. 볼이 팽팽해지고 입술이 점점 더 오므라들었다. 가장 큰 변화는 눈빛이었다. 쏘아보는 눈빛.

"당신, 지금 뭘 했다고 말했어?"

"차 안에서 이런 얘기 안 했으면 좋겠어, 이반."

"정확히 차 안에서 어떤 이야기를 하지 말자는 건데? 우리 큰아들 얼굴이 시퍼렇게 멍이 들었다는 거? 스스로 보호하는 법을 배울 필요가 있다는 거?"

"제발, 이반. 나중에 이야기하면 안 될까? 그냥 장 보고 집에 가서 평범한 금요일 저녁 시간을 보낼 수 없는 거야? 그런 얘긴 아침에 다시 하자고."

아버지의 침묵은 뒷자리에 앉은 삼 형제를 위축시켜 다닥다닥 붙어 앉게 만들었다. 벌써부터 작업 막바지 시간에 마시기 시작한 블랙 와인 냄새가 풍겼다.

"연습은 충분히 했어요. 아빠는 모르시……."

"손 좀 보자."

레오는 오른손을 내밀었다.

"아직 멀었어."

아버지는 큰아들의 손을 잡아당겼다가 다시 밀어냈다.

"물러터졌잖아."

레오는 아버지를 쳐다보지 않았다. 소년은 룸미러에 비친 엄마를 쳐다보았다. 엄마의 두 눈은 자신들이 들어가려는 스코고스 쇼핑센터 주차장 밖으로 빠져나오는 차량을 향하고 있었다.

"하지만 전 준비됐어요, 아빠. 코하고 턱을 노리고 펀치에 체중을 실어서…….”

“내가 됐다고 말을 해야 진짜 된 거야.”

모두가 차에서 내렸다. 하지만 마음이 편안하지는 않았다. 레오는 쇼핑센터로 들어가는 출입구 밖에서 들려오는 왁자지껄 떠드는 목소리에 아버지를 흘낏 쳐다보았다. 아버지가 그런 사람들을 싫어한다는 걸 잘 알고 있었기 때문에 조금 더 미적거리며 시간을 끌었다.

고성으로 떠드는 사람들은 지난번에 봤을 때와 똑같은 자리에 앉아 있었다. 가장 목소리가 큰 사람들은 벤치에, 그나마 조금 덜한 사람들은 낮은 철조망 위에 자리를 잡았다. 그들은 초록색 맥주 캔을 손에 들고 일렬로 쪼르륵 앉아 있었다. 성인이긴 했지만 부모님만큼 나이가 들지는 않아 보였다. 아버지는 이따금 그 사람들 앞에 멈춰 서서 왜 거기 그러고 앉아 있는지, 왜 다른 사람들처럼 일자리를 찾으려 하지 않는 건지를 묻고는 그들을 기생충이라고 불렀다. 그런데 이번만큼은 아무런 말도 하지 않았다. 일단 그 덕에 불안감이 사라지며 속이 편해졌다. 주류 판매점으로 들어가기 위해 왼쪽으로 방향을 틀자 금발 머리 사내가 일가족을 향해 뭐라고 소리를 질렀다. 레오와 펠릭스, 그리고 빈센트는 엄마를 따라 슈퍼마켓 안으로 들어갔다. 엄마는 돈 봉투에 든 현금으로 쇼핑백 일곱 개에 달하는 물건을 샀다. 아들들은 엄마를 도와 쇼핑백을 들고 차로 걸어갔다. 심지어 막내 빈센트도 커다란 화장지 뭉치를 양팔에 안고 형들을 따라갔다.

엄마와 삼 형제는 물건들을 아버지의 작업 장비 옆이나 위에 차곡차곡 내려놓았다. 아버지는 역동적으로 움직이는 검정색 말 상표가 붙은 와인병을 손에 들고 조수석에 앉아 창밖을 내다보고 있었다. 벤치와 철조망에 앉아 있는 사내 일곱 명. 기생충들.

엄마가 주차장에서 빠져나가기 위해 막 후진을 시작하던 순간 아버지가 자동차 열쇠를 잡더니 시동을 꺼버렸다.

"레오, 차에서 내려라. 넌 나랑 가자."

엄마가 다시 시동을 걸었다.

"우리 지금 집에 가는 길이야."

"거기까지만 해!"

이반은 자동차 열쇠를 다시 반대로 돌렸다.

"당신은 집으로 가. 펠릭스하고 빈센트 데리고."

그는 발걸음을 옮겼다. 큰아들도 뒤를 따랐다. 두 부자는 쇼핑센터로 되돌아갔다. 레오가 마지막으로 엄마 쪽으로 시선을 돌렸지만 엄마의 시선은 다른 곳으로 향해 있었다. 차는 비좁은 주차장 밖으로 빠져나갔다.

"저 녀석, 저기 앞에, 가운데 앉은 녀석 보이냐? 저 녀석이 리더야. 기생충 무리를 이끄는 우두머리."

그는 곱슬곱슬한 금발 머리에 검은색 누비 재킷을 걸친 남자를 가리켰다. 무리 중에서 목소리가 가장 컸고 누가 봐도 철조망 위에 걸터앉아 있을 인물 같아 보이지는 않았다.

"아빠 생각에는……. 내가 저 친구랑 얘기를 좀 해야 할 것 같다. 네 생각은 어떠냐, 레오?"

부자는 금발 머리 앞에서 걸음을 멈췄다.

"자네들, 내 얘기 잘 들어둬."

만약 그냥 쇼핑센터 안으로 들어갔다면. 소란 떨던 무리가 갑자기 포기하고 그 자리를 떠났더라면. 그것도 아니면 차라리 핵폭탄이라도 떨어졌다면. 그랬으면 그 자리에 서 있을 일도 없었을 텐데……. 레오는 어깨를 움츠리며 눈을 감았다. 핵폭탄이 떨어질 일은 없었으니까.

"저기 피자집 보이지? 난 지금 저기 들어가서 아들하고 뭘 좀 먹을 생각이야. 대략 45분 정도 걸릴 것 같은데, 우리가 밖으로 나왔을 때 또다시 자네들 볼 일 없었으면 좋겠어."

"이 양반이 지금 장난하나?"

"더 이상 자네 목소리를 안 들었으면 하거든. 꼬락서니도 안 봤으면 좋겠고."

금발 머리 사내는 맥주 캔 든 손을 휘두르며 받아쳤다.

"이 양반 장난이 심하네. 다들 들었어? 이 꼰대가 정신이 나갔나 봐. 정신 나간 사람이 말도 안 되는 소리를 지껄이면 어떻게 해야 하지? 당연히 웃어줘야지."

금발 머리 사내는 두 팔을 동원해 과장된 손동작까지 해 보였다. 마치 관객들로부터 큰 웃음을 끌어내려는 지휘자 같았다.

"진짜 그렇게 생각하나? 내가 지금 농담하는 거라고? 글쎄…… 이거 하나는 분명히 해두지. 내가 다시 밖으로 나왔을 때, 너하고 버러지 같은 네 조무래기들이 그 맥주들 챙겨서 사라지지 않으면 네 모가지를 엉덩이에 쑤셔 박아주겠어."

레오는 아버지 옆에 서 있으려고 조금 움직였다. 하지만 몸은 피자 가게를 향하고 있었다. 그렇게 서 있으면 자신의 모습을 전혀 드러내지 않을 수 있었다. 상대는 무려 일곱 명이었다. 누비 재킷과 청재킷. 하세나 케코넨의 큰형들일 수도 있었다. 지금 그들이 소리를 지르고 있었다. 특히, 금발 머리 사내의 목소리가 가장 컸다. "꺼져, 이 터키 새끼야." 바로 옆에 앉아 있던 부츠 신은 사내는 침을 뱉으며 양손으로 손가락 욕을 했다. "맞아 죽고 싶어 환장했구나,

이 그리스 양아치가 아들 앞에서 죽으려고 기를 쓰네!" 그러면서 옆에 있던 흙을 한 움큼 집어 부자에게 던졌다.

"우리 아빠는 터키 사람 아니에요."

레오는 한 발 앞으로 나왔다. 그렇다고 정면에 나선 건 아니었지만 숨고 싶었던 방금 전에 비하면 달라진 반응이었다. 뭐라도 한마디 해야 할 것만 같았다.

"그리스 사람도 아니에요. 우리 아빠는 세르비아계 크로아티아 사람이라고요. 우리 엄마는 스웨덴 사람이고. 그래서 난…… 난 이민 3세대예요."

침을 뱉고 흙을 집어 던진 사내가 맥주 캔을 바닥에 내려놓고 이제는 아예 대놓고 비웃기 시작했다.

"뭐? 그리스 새끼 3세라고? 어이 꼰대, 아들놈 데리고 여기서 꺼져버려!"

그다지 큰 식당은 아니었다. 아홉 개의 테이블은 빨간색, 흰색 체크무늬가 들어간 식탁보로 싸여 있었고 그 위에는 작고 어두운 공 모양 스노랜턴이 놓여 있었다. 혼자 온 남자 손님 셋이 각각 테이블을 하나씩 차지하고 맥주를 마시고 있었고, 커플 두 쌍이 테이블을 하나씩 차지하고 접시보다 커다란 피자를 먹고 있었다. 아버지는 바텐더인 무하마드 아저씨한테 맥주 한 잔, 핀란드 보드카 스트레이트 한 잔과 오렌지 환타를 주문한 다음 창가 테이블에 자리를 잡았다.

전에도 몇 번 온 적 있는 곳이었다. 레오는 그곳을 좋아했다. 어두운 분위기에서 환타를 마시는 게 마음에 들었기 때문이다. 하지만 지금은 상황이 달랐다. 목이 바싹 말라버린 탓에 음료수를 마시는 것조차 힘이 들었다. 가슴과 위장 사이 어딘가가 콱 막힌 기분이었다.

"아무것도 안 마시는구나. 목이 탈 텐데? 한 모금 마셔라."

레오는 고개를 흔들었다.

"그거 좋아하지 않았나?"

한 모금 마셨지만 역시나 식도 아래로 내려가다 심장 근처 어딘가에 착 달라붙었다.

"레오. 너, 여기 얼마나 들어 있는지 아니?"

현금 뭉치가 두둑이 들어 있는 돈 봉투였다.

"8천 크로나다. 아빠는 일을 해야 해. 엄마도 마찬가지고. 다들 돈이 필요하거든. 그런데 내가 일을 하고 있으면 널 보호해줄 수가 없어. 나 자신을 스스로 보호할 수 있어야 해. 네 동생들도 보호해줘야 하고."

그는 어느새 맥주 반 잔과 보드카를 다 비워버렸다.

"엄마는 이해를 못 해. 네가 스스로를 보호할 수 있어야 한다는 걸 말이야. 그리고 저 밖에 있는 기생충들은 말이지, 사람이 일을 해야 한다는 걸 이해 못 한다고."

아빠는 손가락으로 창밖을 가리키며 말했다. 밖에서 그 장면을 지켜보던 기생충 무리가 반응을 보였다. 그중 그리스 새끼라고 욕했던 장발의 남자가 벌떡 일어섰다.

"저 양아치 새끼들이 철조망에 모여 앉아 고래고래 떠드는 이유는 할 일이 없어서 그런 거야. 지들끼리는 친구라고 생각하겠지. 똑같은 맥주를 처마시니까. 그런데 말이다, 레오. 형제, 가족, 그건 차원이 다른 거야! 친구보다 훨씬 강한 끈으로 이어져 있다는 뜻이라고! '함께'라는 소속감 말이다. 가족은 서로를 보호해주는 거야. 무슨 일이 있어도 함께하는 거라고. 저런 새끼들? 웃기지 말라 그래!

한 놈만 본보기로 코뼈를 날려버리면 나머지는 오합지졸이 돼버린다고."

창문 밖에 있던 장발의 사내는 더 이상 큰 소리를 내지 않았다. 대신, 단호한 걸음걸이로 식당 문을 향해 걸어오고 있었다. 또 다른 무리가 있었다. 레오는 길 건너 빌딩 사이로 뛰어오는 무리를 보았다. 야스페르와 투르크스, 그리고 쿨스티겐 아이들이었다. 언제나 그랬다. 야스페르는 귀신같이 싸움판을 찾아내 가장 먼저 달려가는 구경꾼이었다. 항상 무언가가 부족한 사람처럼. 사실 야스페르는 천장에 매트리스를 매달아주는 아버지가 없기는 했다.

하지만 이반은 다른 아이들을 쳐다보지 않았다. 오로지 장발의 사내만 노려보았다. 그러고는 턱과 아랫입술을 앞으로 내밀고 이마를 살짝 아래로 숙이며 미간에 힘을 주고 상대를 노려보았다. 중요한 결정을 할 땐 항상 그런 표정이었다. 그리고 그럴 때마다 꼭 무슨 일이 벌어졌다.

"잘 봐라, 레오. 아빠가 어떻게 일을 처리하는지. 우린 가족이다. 가족은 서로를 지켜주는 거야."

문이 열리고 장발에 부츠 신은 사내가 들어왔다. 앉아 있을 때만 해도 체격을 예상하기 힘들었는데 막상 서 있는 모습을 보니 키가 어마어마했다.

발걸음을 옮길 때마다 긴 머리가 어깨 앞뒤로 출렁거렸다. 그가 멈춰 서서 아빠를 노려보자 아빠는 들고 있던 맥주잔을 내려놓았다.

"어이, 형씨. 라이터 있어?"

그는 담배를 입에 문 채로 테이블 옆에 서 있었다. 이반은 자리에 그대로 앉아 있었다.

"어이, 이봐. 라이터 있냐고!"

사내의 긴 머리가 맥주잔 바로 위에서 찰랑거렸고 몸을 기울이자 머리카락이 잔 속으로 쑥 들어갔다. 사내는 그 상태로 머리카락을 흔들어 맥주를 휘저었다. 일은 순식간에 벌어졌다. 훗날, 레오는 당시 일을 떠올리면서 진짜 그 일이 벌어졌는지조차 확신이 들지 않았다.

아버지는 순식간에 작업복 바지에서 빨간 자루가 달린 모라 나이프를 꺼내 상대의 머리카락을 꽉 붙잡는 동시에 확 잘라버렸다.

"너, 이 빌어먹을……."

장발의 사내는 뒤로 휘청거리더니 한 손으로 머리카락이 붙어 있던 부위를 더듬거렸다.

"이 새끼가……."

빌어먹을 문이 다시 열렸다. 이번에는 셋이었다. 금발 곱슬머리와 그 옆에 서 있던 조무래기 둘. 이반은 그 머리카락을 마치 장미에서 떨어지는 꽃잎처럼 바닥에 떨어뜨렸다. 머리카락은 의자 다리 근처에 내려앉았다. 그러고는 자리에서 일어나 레오에게 가르쳐준 동작을 그대로 실행에 옮겼다. 사실, 전에는 그냥 막연하기만 했었다. 그런데 지금은 이해할 수 있었다. 오른손 펀치가 코를 가격했고, 왼손 펀치는 턱에 명중했다. 어깨가 돌아가면서 상체가 주먹처럼 틈을 파고들었다. 우지끈 소리와 함께 상대의 코뼈가 부러졌다. 레오는 다 큰 성인이 바닥에 고꾸라질 때 얼마나 큰 소리가 나는지 다시 한 번 절감했다.

두 번째도 순식간에 벌어졌다. 철조망에 앉아 있던 다른 사내는 코를 한 방 얻어맞고 평소 사람들이 잘 앉지 않는 화장실 근처 테이블 위로 쓰러졌다.

세 번째, 금발 머리 사내는 가만히 서 있었다. 무언가를 기다리는 사람처럼. 아버지가 한 걸음 발을 내딛자 금발 머리는 고개를 돌리면서 두 팔을 번쩍 들었다.

"알겠어요!"

그는 가만히 서 있었다.

"다시는…… 저기 앉아 있지 않겠습니다. 다시는……."

"앉아. 여기."

그는 자신이 앉아 있었던 의자를 당겨 빼냈다. 밖에 남아 있다 안으로 들어오려 했던 무리는 방향을 바꿔 달아나고 있었다.

"여기 바닥에, 내 아들 옆에. 무릎 꿇으라고."

금발 머리는 주춤거렸다.

"당장!"

그제야 다리를 구부렸다. 바로 뒤에 바텐더인 마흐무드 아저씨가 서 있었다. 바에서 황급히 달려 나온 모습이었다.

"이반?"

"금방 끝납니다."

바텐더 아저씨는 아버지의 어깨에 손을 올렸다.

"이반, 세상에. 여기서 이러면……."

"손해배상은 해드릴 테니 진정하세요. 돈 드린다고요."

두 사람은 잠시 동안 서로를 쳐다보았다. 결국 바텐더는 고개를 끄덕이며 붙잡고 있던 이반의 어깨에서 손을 뗐고, 아버지는 무릎을 꿇은 사내를 향해 돌아섰다.

"넌 리더 자격이 없어."

아버지는 자격 없는 리더 바로 앞에서 모라 나이프를 손에 쥐고 있었다.

"진정한 리더는 멍청한 아랫놈을 보내서 내 맥주에 머리카락을 집어넣게 하지 않아."

그리고 칼을 더 가까이 가져갔다.

"진정한 리더는 약한 녀석을 보내지 않아. 자신이 먼저 가는 거라고. 자신이 이끌어야 하니까."

아버지의 칼이 사내의 입과 코를 건드렸다. 금발의 사내는 울먹이기 시작했다. 펑펑 운 건 아니었지만 분명히 울음소리가 들릴 정도였다.

"너도 들었냐, 레오?"

아버지는 손에 쥔 칼을 금발의 사내 얼굴 앞에 들이민 채 아들을 쳐다보며 물었다.

"뭐를요?"

"제대로 들어!"

"뭘 들어요?"

"진정한 리더는 무리를 이끄는 거라고!"

금발의 사내는 칼에서 떨어지기 위해 고개를 돌렸다. 칼날에는 하얀 페인트 얼룩이 묻어 있었다.

"제대로 무릎 꿇고 있어! 내 아들 옆에서!"

아버지가 곱슬곱슬한 머리카락을 움켜쥐자 땀범벅이 된 목이 쑥 딸려 올라왔다.

"레오?"

"네."

"너도 봤지? 언제나 첫 방으로 코를 노려야 해. 체중을 실어서."

"봤어요."

이반은 주먹 관절이 하얘질 정도로 세게 금발 머리를 잡아당겼다.

"진정한 리더는 강하게 치고 나오는 거야. 동생들 얻어맞는 걸 구경하는 게 아니라 책임감을 갖고 그들을 이끄는 거라고. 이 기생충 새끼는 아랫것들을 대신 내보내는 멍청한 놈이야. 리더는 언제나 선두에 선다는 걸 이해 못 하는 놈이라고."

반 정도 남은 맥주잔은 그대로 테이블 위에 남아 있었다. 그는 고갯짓으로 환타가 가득 든 잔을 가리키며 말을 이었다.

"마셔라. 이제 그만 가자."

레오는 고개를 가로저었다. 가슴과 위장 사이가 꼬이고 뒤틀린 느낌이었다. 마치 누군가가 식도를 잡아당겼다가 푸는 그런 느낌.

두 부자가 자리에서 일어나자 금발 머리도 따라 일어나려 했다.

"넌 여기 계속 있어! 내 아들하고 내가 저 문을 열고 나간 다음, 우리가 보이지 않을 때까지 그러고 있어!"

바깥 날씨는 더웠다. 적어도 그렇게 느껴졌다.

스코고스 쇼핑센터 입구가 보였다. 하지만 벤치와 철조망은 텅 비어 있었다. 불이 다 꺼지지도 않은 담배꽁초 몇 개와 초록색 맥주 캔들만 바람에 이리저리 뒹굴고 있었다.

레오는 심호흡을 했다. 그제야 속이 좀 편안해졌다.

15

두 사람은 고층 건물을 가로지르는 아스팔트 도로를 걸었다. 문 닫힌 학교와 썰렁한 주차장을 지나 집으로 이어지는 고갯길 하나가 나오자 이반이 걸음을 멈추고 뒤돌아섰다.

"들리냐, 레오?"

들리는 거라곤 오직 바람 소리뿐이었다.

"뭐가요?"

"안 들려?"

"안 들려요."

"적막감 말이다."

아버지는 쇼핑센터 쪽으로 고개를 돌렸다.

"벤치, 철조망 말이다, 레오. 반 시간 전만 해도 기생충들이 나란히 앉아 소란스럽게 떠들던 그 자리. 이제 녀석들은 사라졌어. 왜냐고? 내가 그렇게 만들기로 결심했기 때문이야."

두 사람은 며칠 전, 레오가 쓰러져 있던 곳과 비슷한 자리에 섰다. 덤불, 가로등, 계단통으로 이어지는 아스팔트. 아버지가 그 사실을 알고 있는 건지, 그냥 어쩌다 그렇게 된 건지는 알 수 없었다.

"의지라는 거다, 알겠냐? 중요한 건 그거야. 충분한 의지가 있으면 넌 뭐든 원하는 대로 바꿀 수 있어. 결정을 내리는 건 나 자신이야. 다른 사람이 아니라고! 결정을 내리면 그대로 밀고 가는 거야."

레오는 엘리베이터를 타고 올라가는 아버지와 경쟁하기 위해 8층까지 계단으로 뛰어올라갔다. 한 번에 두 칸씩 계단을 오르면 엘리베이터 문을 열고 나오기 전에 현관문을 먼저 열고 들어가게 될 것이다. 그리고 그렇게 했다. 부엌을 지나가다 보니 엄마가 등을 돌린 채 조리대 앞에서 스테인리스 볼에 손을 집어넣고 무언가를 만지작거리고 있었다. 미트볼 아니면 스테이크다. 동생들은 카펫 위에 앉아 정확히 장난감 병정 77개를 공들여 세워놓고 놀고 있었다. 영국 특수부대원들과 US 해병대원들이 대치를 벌이듯 서로 마주보고 있었다. 레오는 병정들을 엉터리로 배치했다고, 두 진영은 서로 싸우지 않는다고 속삭였다. 펠릭스는 빈센트도 그건 아는데 이게 빈센트가 노는 방식이라고 형처럼 속삭였다.

그제야 뒤에서 걸어오는 아버지의 발소리가 느껴졌다. 빠른 발걸음은 그대로 작업실로 이어졌다. 매트리스는 작업실 벽에 놓여 있었다. 아버지는 한 손에 매트리스를 들고 스툴 위로 올라가 다른 손으로 전등을 떼어내고 다시 매트리스를 걸었다.

"이반?"

엄마가 문지방에 서서 말했다.

"이미 말한 걸로 아는데. 난 매트리스가 거기 걸려 있는 게 싫어."

"이건 그냥 매트리스가 아니야. 펀칭백이라는 거야. 그리고 이제는 여기 걸려 있어. 앞으로도 그럴 거고. 우리 큰아들이 준비될 때까지는."

엄마는 한 손으로 이마를 닦았다. 하지만 고기 반죽이 이마에 줄을 남긴 건 모르는 눈치였다.

"한스 오케베리, 야리 케코넨. 그 녀석들 이름이야. 7학년이고 스코고스 중학교에 다녀. 그 녀석들 부모하고 얘기하자고. 대화를 해, 이반. 그렇게 해결하라고."

"대화? 빌어먹을 녀석들 부모하고 대화할 필요 없어."

"왜 그럴 필요가 없는데?"

"왜냐하면 그런다고 이런 거지 같은 상황이 달라지지 않기 때문이야! 이런 부류들은 우리 손으로 막기 전에는 절대 멈추지 않는다고. 세상은 그렇게 돌아가는 거야. 그런데 당신은 그걸 이해하려 들지 않는다고, 브릿 마리."

엄마는 다시 한 번 손을 올려 이마를 문질렀다. 더 선명하게 고기 줄이 그어졌다. 이번에는 엄마도 알아차렸다. 레오는 그 사실을 눈치챘지만 엄마는 이마에 묻은 고기 따위는 아랑곳하지 않았다.

"당신은 아이가 어쩌다 다른 아이와 싸우고 갈등을 빚는지, 내가 그 부분에 대해 뭘 알고 있는지, 그런 건 관심도 없잖아. 당신은 그런 거엔 전혀 관심이 없었다고, 이반. 나랑 관계된 사람에 대해서는 전혀 들으려고 하지도 않잖아. 우리 부모님, 내 친구들 전부! 당신이 관심 있는 건 오로지 부딪힐 일뿐이라고! 당신은 우리를 고립시키고 있어. 가족이라는 울타리에 가두고 있다고. 이 빌어먹을 가족이라는 울타리!"

"그 자식들이 내 아들을 때렸어."

"우리를 이 세상 전부와 등 돌리게 하고 있다고."

"그 새끼들이 비겁하게 우리 아들을 뒤에서 치고, 발길질을 해댔어! 그런데 그런 새끼들 애비하고 대화를 하라고? 그 인간을 저녁 식사에 초대라도 해야 한다는 거야?"

이반이 매트리스에 주먹을 날렸다. 매트리스는 두 사람 사이에서 춤을 추며 흔들거렸다.

"자기들 스스로 멈추게 하는 게 최선이야. 우리가 끼어들 일 없이."

레오는 아버지의 작업실에 들어가기 위해 기다리고 있었다. 하지만 고개는 빈센트 방으로 향해 있었다. 77명의 장난감 병정들, 원래 같은 편이지만 쓰러질 때까지 서로에게 총질을 하게 될 병정들, 그리고 다시 꼿꼿이 일어서게 될 병정들.

아버지는 여전히 그 자리에 서 있었다. 엄마는 부엌으로 돌아갔다.

레오는 펀칭백을 향해 걸어가 셔츠를 벗고 왼발에 체중을 싣고 서서 첫 번째 주먹을 날렸다.

"오른손으로 오른쪽 뺨을 막는 거다, 레오."

레오는 오른손을 적당한 높이로 올리지 않았고 이반은 흑표범처럼 재빠른 발놀림으로 다가와 손바닥으로 툭 큰아들의 얼굴을 쳤다.

"오른손으로 오른쪽 뺨을 막아라, 레오."

레오는 아버지의 움직임을 살폈다. 하지만 아버지는 오른손 주먹을 꽉 쥐고는 왼손으로 가격했다. 역시 손바닥이었다. 이번에는 턱이 살짝 따끔했다. 오른손은 여전히 낮은 위치에 있었다.

레오는 다시 자세를 잡았다.

16

레오는 얇은 팬티 차림으로 하품을 하며 찬 바닥에 맨발을 디뎠다. 뒤로 보이는 선반에는 소중한 보물들이 진열돼 있었다. 포장 상태 그대로인 펠릭스의 폭스바겐 비틀 자동차 모형, 학교에서 받은 은상 트로피, 그리고 하키스틱처럼 생긴 시곗바늘에 시끄럽게 울리는 뉴욕 레인저스 알람 시계. 시계는 4시 45분을 가리키고 있었다. 허름한 블라인드 뒤로 여전히 어둠이 가시지 않은 아침이 내다보였다.

이번 주 내내 하루에도 여러 차례 연습에 연습을 거듭했고 저녁에는 아버지와 한 번, 그리고 나서 또 새벽같이 일어나 연습했다.

오늘이 마지막이리라.

레오는 작업실로 들어가 상대의 코와 턱을 상상하며 펀치를 날렸다. 오늘이다. 팔, 가슴, 위장, 그리고 가랑이 사이로 확신이 강하게 퍼져나갔다.

레오는 발코니에 나와 멀리 보이는 학교를 내려다보다가 아침거리를 꺼냈다. 잠에서 깬 펠릭스는 빈센트를 깨웠다.

"형, 뭐야?"

"뭐가 뭐야?"

"뭔가 있잖아."

"있긴 뭐가 있어."

"형 이상해. 평소 같지 않아. 말투도 다르고."

펠릭스는 요구르트 속에 숟가락을 찔러 넣었다.

"그러니까…… 몸은 여기 앉아 있는데, 딴 데 가 있는 것 같다고. 혼자 앉아 있는 사람 같아."

"오늘 끝장낼 거야."

"끝장낸다고?"

"하세랑 케코넨 말이야."

펠릭스는 요구르트에 담근 숟가락을 휘젓기만 했다. 요구르트 따위가 문제도 아니고, 먹고 싶지도 않았다.

"형?"

펠릭스는 형을 따라 복도로 나갔다. 레오는 거울 앞에 서서 왼발에 체중을 싣고 오른손으로 펀치를 날려보았다.

"형?"

그러고는 모자가 걸린 선반 쪽으로 돌아서서 조심스레 아버지의 작업복 바지를 집었다. 아버지가 평소에 즐겨 입는 옷이었다. 사실, 다른 옷을 입는 경우는 거의 본 적 없었다. 누군가를 심하게 때린 일로 교도소 생활을 할 때를 제외하고는.

"형?"

두 형제는 아버지가 칼을 어디에 넣어두는지 잘 알고 있었다. 작업복 바지에 달린 가늘고 긴 주머니 속이었다. 그런데 레오가 그 주머니의 단추를 풀고 있었다.

"형, 뭐 하는 거야?"

레오는 생각 속에 빠져 닿아서는 안 될 곳까지 손을 뻗었다.

"아까 말했잖아. 오늘이라고. 그 자식들 끝장을 내버릴 거야."

형제는 나란히 서서 같은 길을 내려갔다. 하나는 4년째, 다른 하나는 1년째 매일같이 다니는 길이었다. 주차장을 가로지르고 덤불을 통과한 다음, 길 하나만 건너면 몇 백 미터 만에 학교 운동장에 도착할 수 있었다.

형제는 아무런 말도 하지 않았다. 그렇게 운동장에 서서 기다렸다. 수업 시작을 알리는 종이 울린 뒤에도. 펠릭스는 더 이상 기다릴 수가 없었다.

"형, 그 칼로……."

"종 울렸어."

"설마……."

"정확히 40분 후에 종이 다시 울릴 거야. 그러면 넌 집으로 달려가서 아빠랑 같이 발코니로 나와."

"그게 무슨 말이야?"

"종 울리면 집으로 가서 아빠랑 발코니로 나오라고. 알았어?"

레오는 발길을 돌리지 않으려는 동생을 다시 한 번 쳐다보았다.

"알았냐고!"

동생은 마지못해 고개를 끄덕였다.

"지금처럼 종이 울리면 집으로 가는 거야."

듣기 싫은 긴 종소리였다. 레오는 주변을 둘러보았다. 몇 분 전까지 활기가 넘쳤던 초등학교, 중학교 운동장이 쥐 죽은 듯 고요해졌다. 달리고, 뛰고, 소리 지르고, 웃고, 더 빨리 뛰어다니던 아이들은 온데간데없이 사라졌다. 여섯 개의 교실로 이어지는 여섯 개의 입구가 마치 진공청소기처럼 아이들을 순식간에 빨아들였다. 그리고 정확히 40분 후에 다시 뱉어낼 터였다.

레오는 벽돌 담벼락 옆에 기대서서 언덕 아래로 보이는 중학교 쪽 운동장을 쳐다보았다. 운동장에는 여전히 일부 학생들이 돌아다니고 있었다. 중학생들은 느릿느릿 교실로 돌아갔다. 그중에서도 가장 느리게 교실로 돌아가는 7학년 학생이 보였다. 청재킷을 입은 녀석 하나, 파란색 두툼한 파카를 걸친 녀석 하나. 하세와 케코넨이었다. 레오는 부들부들 떨었다. 얼마나 심하게 떨었는지 등 뒤의 담벼락 벽돌이 등을 긁을 지경이었다. 두려움과 기대로 인한 떨림이었다. 하세와 케코넨은 깃대 근처, 하얀 선이 칠해진 안쪽의 운동장 한가운데 서서 담배를 피우며 교실로 돌아가는 다른 학생들에게 고래고래 소리를 지르거나 지나가는 아이들에게 주먹질을 해대고 있었다. 멀리서 봐도 큰 덩치가 두드러져 보였다. 하지만 이번만큼은 레오에게도 생각이 있었다. 이번만큼은 자신이 그 두 녀석을 기다리게 될 테니까.

레오는 중학교 건물과 가까운 곳에 서 있었다. 벽에 바싹 기댄 채로 녀석들이 언제 교실로 돌아가는지를 살피며 시간을 계산해보았다. 지금쯤은 교실에 들어갔을 것이다. 굳이 시계가 따로 필요하지는 않았다. 5분이라는 시간이 어떻게 지나가는지 잘 알고 있었다. 레오는 언덕 아래로 부리나케 달려 내려가 운동장을 지나 중학교 건물 안으로 들어갔다. 전에도 몇 번 들어가 본 적은 있었다.

레오는 재킷 안주머니에 든 칼을 만지작거리며 학생들이 사용하는 사물함을 따라 걸었다. 아버지의 손에 매일같이 길든 것처럼 매끈한 나무 칼자루가 한 손에 완벽하게 들어왔다.

레오는 복도로 걸어 내려가 누군가 악기를 연주하고 있는 첫 번째 교실을 지나쳤다. 두 번째 교실에서는 누군가 길게 휘파람을 불고 있었다. 그다음 복도, 그리고 더 많은 교실 문을 지나 다섯 번째 복도에 들어서고 나서야 목표물을 발견했다. 과학 실험실 옆으로 옷걸이에 걸린 재킷이 보였다. 레오는 가슴 부위에 기름얼룩이 묻어 있고 담뱃불에 소매가 탄 두툼한 파란색 파카와 혓바닥을 입 밖으로 내민 패치가 붙어 있는 청재킷 앞에 멈췄다.

더 이상 떨리지 않았다. 마음이 평안하고 차분해졌다.

두 벌의 옷에 거의 직선에 가까운 구멍을 내놓는 동안 손에 쥔 칼마저 부드럽게 느껴졌다.

그러고는 스무 걸음 정도 걸어갔다. 그 정도면 충분했다. 레오는 바닥에 앉아 기다렸다.

이제 대략 25분 정도 남은 것 같았다. 레오는 숫자를 세기 시작했다. 1초 간격으로 60까지. 그리고 다시 1로 돌아와 60까지 셌다. 그렇게 스물다섯 번을 반복해서 세고 나니 길고 성가신 종소리가 온 복도에 울려 퍼졌다. 레오는 자리에서 일어나 두 다리를 벌리고 서서 갈기갈기 찢긴 재킷을 정면으로 노려보았다.

나온다. 곧 나온다.

교실 문이 열렸다.

학생 여러 명이 우르르 밖으로 몰려나왔다. 무릎은 가볍게 움직인다. 중학생들이 하나씩 지나갔다. 상체는 살짝 앞으로 숙이고.

놈들은 맨 마지막으로 나왔다.

그들은 갈기갈기 찢긴 자신들의 외투를 발견했다.

그리고 레오를 발견했다.

레오가 양손을 들고 흔들자 두 녀석들이 달리기 시작했다. 레오도 달리기 시작했다. 복도, 학생들 사물함, 입구, 그리고 운동장.

레오는 뒤를 돌아보았다. 놈들이 가까워지고 있었다.

종이 울리자 펠릭스는 자신도 놀랄 정도로 빠르게 달렸다. 내려올 생각이 없는 엘리베이터를 뒤로하고 그대로 계단을 타고 8층까지 올라갔다.

다음번 종이 울릴 때.

집으로 들어가 부엌으로 가는 통로를 따라가다 식탁에 앉아 있는 아버지를 발견했다.

정확히 40분 후에.

아버지는 피곤해 보였다. 그는 한 손에 들고 있던 커피포트를 찻잔에 따르는 중이었다.

집으로 달려가서 아빠랑 발코니로 나와.

"너…… 지금 여기서 뭐 하는 거냐?"

펠릭스는 아무런 대답도 하지 않았다. 묻는 말을 듣지 못했기 때문이다. 펠릭스는 그대로 발코니 문으로 향했다. 문이 열리지 않았다. 빨리, 빨리, 젠장……. 문이 미끄러지며 열리자 펠릭스는 난간에 매달려 까치발로 섰다.

놈들은 뒤에서 고함을 질렀다.

하지만 달리는 발소리가 고함을 덮어버렸다.

레오의 호흡은 배 속에서 올라와 폐를 꽉 채우고 온몸으로 퍼져 나갔다. 날아가는 것 같다는 게 어떤 건지 전에는 전혀 알 수 없었다. 주차장을 지나자 건물 입구로 향하는 아스팔트 도로가 나왔다.

레오는 갑자기 걸음을 멈추고 주변을 살펴보았다.

저기다. 분명하다. 발코니 난간 사이로 보이는 건 펠릭스의 머리다.

레오는 뒤로 돌아 '추격자'들을 기다렸다. 무릎이 흔들렸다. 휘청거리는 기분도 들었다.

레오는 두 팔을 추켜올렸다. 오른손으로 오른뺨을 막는다.

펠릭스는 다가오는 레오를 발견했다. 그리고 현관 입구에서 멈추는 형을 보았다. 그리고 뒤로 도는 모습까지.

그다음…….

형의 뒤를 따라오는 두 녀석이 보였다. 재킷을 걸치지 않았지만 누구인지 바로 알 수 있었다.

"아빠!"

펠릭스는 부리나케 부엌으로 되돌아왔다. 커피 잔을 들고 식탁에 앉아 있던 아버지에게로.

"이리 오세요! 빨리요, 아빠! 발코니로요!"

이반은 뜨거운 커피를 벌컥벌컥 들이켰다.

"빨리요, 아빠!"

하지만 그는 커피 잔을 손에 들고 여전히 식탁에 앉아 있었다. 그 사이 하세와 케코넨이 드디어 형 앞에 나타났다.

"아빠!"

펠릭스는 아버지의 팔을 붙잡고 당기고, 당기고, 또 당겼다.

"아빠! 아빠!"

이반은 그제야 일어나서 맨발로 발코니에 나가 난간에 기대섰다.

그리고 펠릭스가 본 장면을 그도 보았다.

"아빠! 레오 형이 저 아래 있어요!"

"그렇구나. 레오가 저기 있구나."

"그리고 그 녀석들도 있어요! 그 녀석들이요, 아빠! 우리가 가서……."

"우린 아무것도 해선 안 된다."

"안 돼요, 아빠! 하세와……."

"레오는 스스로 해결할 수 있어야 해. 그리고 네 형은 그렇게 할 거다. 자기 힘으로."

레오는 발코니에서 잘 보이는 지점을 택했다. 덤불과 가로등 근처. 하세가 먼저 도착했다. 녀석은 레오처럼 미친 듯이 숨을 헐떡이고 있었다. 둘은 서로를 노려보았다. 청재킷 없는 하세, 키가 큰 하세, 레오를 내려다봐야 하는 하세.

두 발은 벌리고, 손을 들어 올린다.

마지막으로 다시 8층 발코니를 쳐다보았다. 펠릭스는 난간에 제대로 매달리기 위해 뛰고, 붙잡고, 당기기를 반복하고 있었다. 그리고 그 옆에는 아버지가 서 있었다.

펀치 한 방. 오른손. 정확히 코를 노렸다.

하세는 자신이 뭐에 얻어맞았는지도 모르는 사람처럼 그대로 무릎을 꿇고 주저앉았다. 왈칵 눈물이 튀어나오고 쏟아진 피가 입과 턱, 그리고 목을 따라 흘러내렸다. 그러고는 얼마 전, 레오가 쓰러졌던 바로 그 자리에 드러누웠다.

뒤이어 도착한 케코넨은 짧고 거친 숨을 몰아쉬었다.

하세보다 키는 작지만 체격은 더 우람하고 힘도 셌다. 케코넨은 레오의 턱을 향해 오른손을 날렸다. 하지만 유연하게 움직인 무릎과 가볍고 빠른 스텝 덕분에 레오는 케코넨의 두 번째, 세 번째 펀치를 유유히 피해갔다.

레오가 던진 첫 번째 펀치가 상대를 가격했다. 하지만 코가 아니라 뺨에 가까운 부위에 맞았다. 다부진 체구는 여전히 버티고 서 있었다. 그리고 되받아쳤다.

방금 전처럼 유연하고 빠른 무릎과 스텝을 통해 레오는 상대의 관자놀이를 가격하고 어깨, 뒤이어 다른 쪽 뺨을 강타했다. 연타를 얻어맞은 케코넨은 비틀거렸고, 눈빛마저 달라졌다. 분노에 차 있던 케코넨의 눈빛은 어느새 멍해지더니 두려움에 떨며 흔들렸다.

레오는 발코니로 몸을 돌리려 했다. 아버지와 펠릭스가 지켜보는 곳으로. 바로 그 순간, 전세가 뒤집히고 말았다. 어떻게, 아니 왜 그런 일이 벌어졌는지 레오는 알아차릴 수 없었다. 하지만 이반이 갑자기 고래고래 소리를 지르며 손가락으로 무언가를 가리켰다.

누군가 뒷덜미를 붙잡았다. 레오는 움찔하며 몸을 움직였다. 하지만 붙잡은 손이 다시 잡아당겼다. 벗어나야 한다! 그렇게 거의 손아귀에서 빠져나오기 직전…….

문제의 물건이 재킷 안주머니에서 떨어져 나왔다.

모라 나이프.

레오는 재빨리 반응하지 못했다. 칼을 줍기 위해 몸을 숙였지만 이미 그 자리에 없었다. 한발 빨랐던 케코넨이 칼을 손에 쥐고 코앞에서 흔들고 있었던 것이다.

눈앞에서 칼이 번뜩이면 칼날만 보이는 법이다.

특히, 그 칼이 자신을 향해 날아들 때는.

"저 개자식, 그냥 찔러버려!" 마치 코를 제자리에 붙이려는 듯 양손으로 코를 붙잡은 자세로 드러누워 있던 하세가 소리쳤다.

첫 번째 공격은 레오의 왼쪽 어깨를 스쳤다. 정확히, 두툼한 누비 재킷의 왼쪽 어깨 부분이었다. 모라 나이프가 지나가자 재킷의 겉감이 터지며 안에서 하얀 솜뭉치가 툭 튀어나왔다.

두 번째 공격에 레오는 상체를 살짝 돌려 옆으로 비켜섰다. 칼날은 바로 옆, 허공을 찔렀다. 세 번째 공격은 보다 빠르고 직선으로 날아들었다. 이번에도 역시 재킷에 맞았다. 하지만 크게 찢어지지는 않았다.

하세는 계속해서 소리쳤다. "그어버려, 찌르라고!" 케코넨은 칼날을 휘두를 때마다 경멸조의 눈빛으로 레오를 노려보았다. 그러고는 레오의 얼굴을 노리며 두 차례 칼을 휘두르려던 찰나, 뒤에서 건물 현관문이 열렸다.

레오는 뒤돌아보지 않았다. 칼날이 코앞에서 춤추고 있었기 때문이다. 뒤를 돌아보는 순간, 다음번 칼날을 피할 수 없을 것이다.

그 순간 귓전을 파고드는 소리. 그제야 알 수 있었다.

아스팔트를 밟는 발소리. 맨발의 발소리.

아버지의 발소리였다.

아버지의 숨소리.

그리고 들려온 목소리.

"그 칼 당장 버리지 못해, 이 버러지 같은 놈아!"

케코넨은 명령대로 칼을 놓았다. 모라 나이프는 바닥에 떨어져 뒹굴었다. 그리고 두 녀석은 도망치기 시작했다. 하세는 여전히 양손으로 코를 붙잡은 채였고, 케코넨은 다부진 체구를 앞으로 숙인 자세로 주차장을 가로질러 덤불을 지났다. 다음 수업을 알리는 종소리가 울릴 때는 길 건너편에 도달한 뒤였다.

17

두 부자는 서로 가까이 붙어선 채로 낙서로 더러워진 거울을 쳐다보았다.

한 사람은 190센티미터의 장신에 뒤로 빗어 넘긴 검은 머리였고, 다른 하나는 150센티미터에 헝클어진 머리를 하고 있었다.

"칼 말이다."

아버지는 손을 내밀었다. 펼친 손바닥 위에는 페인트가 묻은 모라 나이프가 올려져 있었다.

"칼 말이다, 레오나르드!"

엘리베이터는 3층을 지나 4층으로 올라가고 있었다. 레오는 거울에 비친 모습을 보며 아버지의 분위기를 읽어보려 애썼다. 그는 부들부들 떨고 있었다. 대게 설탕을 녹여 와인에 타 마시기 전이나 부랑자나 '기생충'들 때문에 신경이 날카로워졌을 때 보이는 반응이었다. 하지만 그건 집 밖에서나 그랬다. 집 안에서는 절대 그런 일이 없었다.

"난 너한테 싸우는 법을 가르쳐줬다. 두 주먹으로! 그런데…… 칼을 가지고 나가?"

"칼을 쓸 생각은 없었어요."

"칼 같은 건 필요 없다고!"

"싸움을 걸기 위해 필요했던 거예요. 놈들을 불러들여서 아빠가 볼 수 있게요."

이반이 칼을 꽉 쥐었다. 화가 나는 만큼 두려웠고, 또 두려운 만큼 화가 치밀었다.

"무슨 짓을 벌였는지, 젠장, 알기는 하는 거냐? 넌, 넌……."

"아빠도 칼을 쓰신 적 있잖아요. 아빠가……."

"그래도 난 주먹으로 싸우는 법을 배웠어!"

7층, 8층. 드디어 도착했다. 하지만 두 사람은 비좁은 엘리베이터 안에 그대로 서 있었다. 엘리베이터 문을 열지 않는 한, 낙서로 도배된 거울에 비친 서로의 모습을 더 이상 들여다보지 않는 한, 이 좁은 세상에 함께 머무는 한…….

"빌어먹을 놈……."

아버지는 목소리까지 떨고 있었다. 레오는 스프레이가 많이 묻지 않아 그나마 거울 역할을 하는 윗부분을 통해 그를 제대로 쳐다보았다.

"하지만 펀치를 명중시켰어요, 아빠. 코에요. 그렇지 않아요?"

아버지는 미소를 짓고 있었다. 두툼한 돈 봉투를 받을 때나, 가끔 블랙 와인을 마실 때 큰 소리로 웃곤 했다. 하지만 미소를 짓는 일은 거의 없었다. 그런 아버지가 지금 미소를 짓고 있었다.

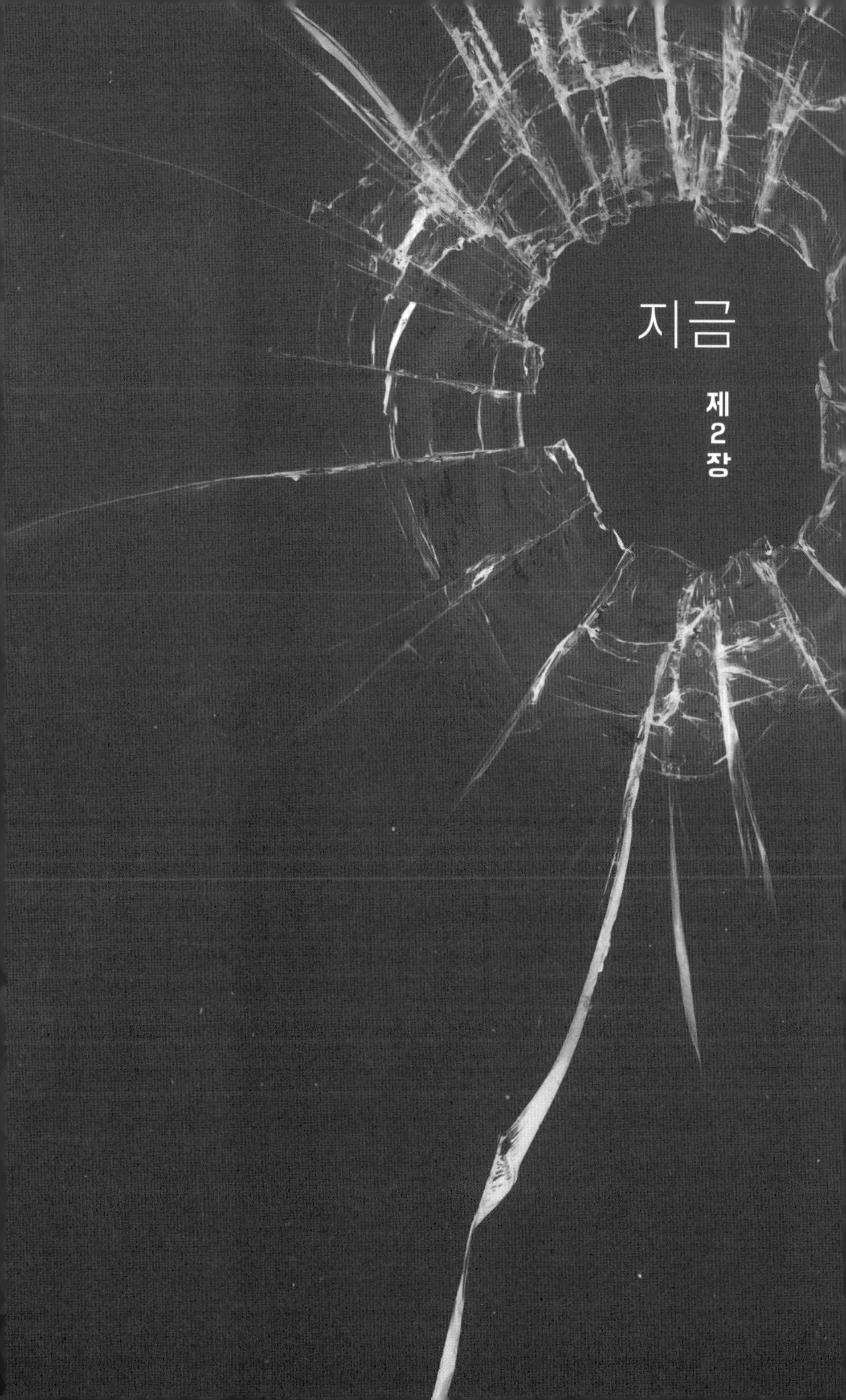

지금

제2장

18

벌써 몇 주째 비 내리는 날이 이어졌다. 빗방울이 지속적으로 지면을 때리면 회색 콘크리트 구조물 앞에 메워놓은 구멍의 실체가 드러날 수도 있었다. 레오는 아무것도 생각하지 않으려 했지만 불안감은 언제나 그를 따라다녔다.

스코고스 쇼핑센터 주차장에 세워둔 자동차 운전석에 앉아 기다리는 동안 빗물 때문에 앞이 잘 보이지 않았다. 예전에는 실외에 설치된 쇼핑센터였지만 실내로 바뀐 곳이었다. 똑같은 자리에 있는 똑같은 상점들. 슈퍼마켓은 주류 판매점 옆에 그대로 있었고 마흐무드 피자 전문점은 쇼핑센터 출입구 왼쪽을 차지했다. 레오가 기억하는 것과 달라진 게 있다면 빨간색과 흰색 체크무늬 식탁보에 묻은 얼룩들이 더 커 보인다거나, 바 뒤의 선반에 진열된 맥주의 종류가 늘어났다는 것뿐, 주인도 그대로였고, 오가는 길에 눈길이 마주치면 서로 알아보고 고갯짓으로 인사 정도는 나누곤 했다. 뻥 뚫려 있던 하늘에 희멀건 천장이 씌워졌고 거친 석판이 석고보드 타일 바닥으로 교체되었다. 양아치들이 앉았던 벤치와 철조망은 이제 자동문으로 바뀌었다. 아넬리가 그 자동문으로 나오고 있었다.

몇 걸음 나와 걸음을 멈추더니 출입문 처마 아래서 담배 한 대를 꺼내 불을 붙이고 깊이 빨아들였다. 긴장하고 흥분하면 언제나 그랬다. 아름다웠다. 레오보다 나이는 조금 더 많았지만 나이트클럽이라도 가는 날에 신분증 요구를 받는 당사자는 언제나 그녀였다. 아넬리는 단순히 걷는다기보다는 언제나 산책하듯 거니는 걸음걸이로 다녔다. 레오는 그녀와 함께 거니는 모습이 좋아 보인다는 생각을 자주 했다.

"남쪽으로 가는 거야?" 그녀가 차에 올라타며 물었다.

"아니."

"그럼 서쪽?"

"조만간."

"북쪽이야?"

"가보면 알아. 여기저기 판다고 내놓은 집이 많더라고."

레오는 먼저 북쪽에 있는 파슈타 쪽으로 차를 몰았다. 아넬리는 기대에 찬 표정으로 창밖을 바라보았다. 그러고는 서쪽에 있는 후딩예를 쳐다보다가 커다란 집을 손가락으로 가리켰고, 남쪽의 툼바로 향하자 기어를 잡고 있는 레오의 손 위에 자신의 손을 올렸다. 차는 작은 주택과 고층 아파트, 공장들이 뒤섞여 있는 익숙한 지역을 서서히 지나쳐 갔다. 그러고 나자 대규모 주택단지가 나왔다. 노동자나 영세 자영업자들이 모여 사는 곳. 스톡홀름의 비주류들이 모여 사는 세상.

그곳이 레오가 속한 세상이었다. 드레비켄 해안을 오가는 배에서 나무들 사이로 보이던 주택을 쳐다보며 상상했던 그런 분위기와는 걸맞지 않은 사람들이 사는 세상. 하지만 아넬리는 배에서 봤던 그런 집을 간절히 바랐다.

레오가 속력을 줄이자 아넬리는 사과나무와 배나무가 서 있는 널찍한 정원 딸린 아름다운 고택을 유심히 살피며 레오의 손을 더 꽉 쥐었다. 하지만 그는 차를 세우지 않았다. 그러고는 옆집으로 넘어갔다. 높다란 철문 달린 진입로, 차 다섯 대는 들어갈 정도로 넉넉한 차고, 낡고 우중충한 벽돌로 지어진 작은 집 한 채.

"여기야?"

그녀는 혼잡한 도로 사이에 박혀 있는 모양새에다, 울퉁불퉁한 돌바닥이 깔린 정원에 생긴 물웅덩이를 애써 쳐다보지 않으려 시선을 이리저리 돌리기만 했다.

아파트 단지에 있는 4층 집 대신 선택한 집은 공동 대피소 같은 주택이었다.

"담장도 없네."

아넬리는 실망감을 드러내며 나지막이 속삭였다.

"없긴 왜 없어."

레오는 차 문을 열고 나와 아스팔트 정원으로 걸어 들어갔다. 아넬리가 그의 뒤를 따랐다.

"전에는 자동차 전시장으로 쓰였던 곳이야. 여기까지 찾아올 사람은 없어."

"그 말은, 그러니까…… 여기가…… 우리가 이사 올 곳이라는 거야? 같이 살려고?"

"아넬리, 여기는……."

"쓸데없이 크기만 한 차고에서 살자는 거야? 흉측한 돌바닥 깔린 정원에서? 철조망까지 달린 담장 속에서? 난 이런 데서 살기 싫다고! 하얀 말뚝 울타리에 진짜 나무, 화단도 있고 잔디밭에 루바브잎이 떨어지는 그런 집에서 살고 싶다고……. 저런 집 말이야, 레오. 자갈길이 나 있고 예쁜 판석 깔린 통나무집 같은 그런 집!"

아넬리는 말끔하고 커다란 옆집을 가리켰다. 그때 두 사람 뒤로 작은 집 현관이 열리며 잿빛 줄무늬 정장에 흰 셔츠, 물방울무늬가 들어간 넥타이 차림의 남자가 나타났다.

"부동산 중개인하고…… 약속했어?"

"이리 와."

아넬리는 꼼짝도 하지 않고 가만히 서 있었다. 머리가 젖고, 코트, 바지, 신발이 다 젖는데도.

"몇 주 동안 별별 상상을 다 하게 만들어놓고, 데려온 곳이…… 고작 여기였던 거야?"

레오는 그녀의 손을 잡았다.

"일단 여기 와 있잖아."

"난 이런 데서 살기 싫어. 이해 못 하겠어?"

레오는 나머지 손도 붙잡았다.

"아넬리, 우리한테 괜찮은 곳이야. 지금으로서는."

"이런 데서 살기 싫다고. 난……."

"저하고 통화하신 분 맞습니까?" 중개인이 물었다.

정장, 넥타이, 숙련된 미소. 악수를 나눌 때 손에 힘을 꽉 주는 게 신뢰를 쌓는 것이라 생각하는 그런 사람. 레오는 그를 향해 미소를 지어 보였고 아넬리는 그런 그를 쳐다보았다. 레오는 다시 그녀에게 고개를 돌렸다. 일단 여기 온 이상, 들어가서 보기라도 하자고. 레오는 중개인으로부터 화려한 색감의 광택지 전단지를 건네받았다. 중개인은 부동산 거래의 걸림돌이 어디서 오는지를 감지하고 즉시 아넬리 쪽으로 관심을 돌렸다.

"뭐, 여름 별장으로 사용하거나 고택의 풍취가 느껴지는 집은 아닐 수 있습니다."

중개인은 두 사람이 타고 온 차량을 가리킨 다음 레오의 재킷에 붙은 회사 로고를 가리키며 말을 이었다.

"하지만 적절한 가격으로 일터에서 가까운 곳에 거주하실 계획이 있으시다면 최적의 주택입니다."

레오는 고갯짓으로 길 건너편의 커다란 파란 건물을 가리켰다.

"솔보 센터 재건축 현장에 참여했던 업체를 운영 중입니다."

구석을 차지한 타이어 회사, 인도 식당, 꽃집, 태닝 숍, 로반스 피자 전문점이 들어선 건물. 그리고 그 옆을 차지하고 있는 굳게 잠긴 컨테이너 박스. 그 안에는 2개의 보병 중대가 쓸 수 있을 정도로 다량의 중화기가 가득 들어차 있었다. 차를 타고 지나다니는 사람은 누구라도 한 번쯤은 봤을 법한 위치였다.

하지만 그 안에 뭐가 들었는지는 아무도 모른다.

"그러시다면 여기 정말 잘 오신 겁니다."

비에 흠뻑 젖은 부동산 중개인은 아스팔트 정원 쪽으로 팔을 뻗으며 말을 이어나갔다.

"여기 이 7백 제곱미터 부지에 부속으로 딸린 부지가 3백 제곱미터이고, 주거 공간으로 쓸 수 있는 면적이 90제곱미터 정도 됩니다."

그들은 물웅덩이 근처에서 벗어나 철조망을 지나 부엌으로 들어갔다. 부동산 중개인은 설치된 기기들이 거의 새것과 다를 바 없다면서 기회니 잠재성이니 하는 모호한 설명을 곁들였다. 난방장치 역시 가격 대비 성능이 탁월하다고 늘어놓았다. 두 사람은 중개인의 설명을 귀담아듣지는 않았다. 아넬리는 그의 이야기를 듣고 싶지 않았다. 그곳에 살고 싶은 마음이 없었기 때문이다. 레오는 애초에 귀 기울일 마음이 없었다. 이미 마음의 결정을 내렸으니까.

텅 빈 부엌을 지나 텅 빈 복도로 옮겨왔다. 역시 텅 빈 위층으로 올라가는 계단이 설치되어 있었고, 위층으로 올라가자 왼쪽으로 문이 닫힌 빈방 하나가 나왔다.

부동산 중개인은 방문을 활짝 열었다.

"확대 증축한 공간입니다."

그러고는 대략 10여 제곱미터 정도 되는 허름한 공간을 보여주었다.

"원래는 사무실로 쓰이던 곳이었습니다."

레오는 석고보드로 된 벽 여러 군데를 두드려보고 바닥을 덮고 있는 플라스틱 매트 이곳저곳에 코를 대고 킁킁거렸다. 하지만 그의 귀를 자극하는 소리는 집 밖으로 나가는 아넬리의 구두 굽 소리뿐이었다. 그는 중개인에게 잠시 양해를 구하고 부리나케 그녀를 쫓아 나갔다. 아넬리는 약해진 빗줄기 아래서 한 손에 담배를 들고 짧고 깊게 빨아들이고 있었다. 무언가에 실망할 때면 그런 식으로 담배를 피우곤 했다.

"아넬리?"

그녀는 대꾸는커녕 고개도 돌리지 않았다.

"내 말 들어봐, 내가 생각해둔 게 있어서 그래. 당신 아들…… 내 말은, 세바스티안이 여기 놀러 오면 지금처럼 소파에서 잘 필요가 없어지는 거라고."

"여기 남는 방이 어디 있다고?"

"왜 없어? 있어. 내가 보여줄게. 게다가 바깥에 저 아스팔트는 축구장으로도 딱 좋아. 차고 문에는 농구대도 달 생각이야. 내가 다섯 살 때 집에 그런 게 있으면 정말 좋겠다고 생각했었다고."

"여섯 살이야. 세바스티안은 여섯 살이라고."

"당신은 아들이 더 자주 찾아와주기를 바랐잖아. 이제는 그럴 수 있어."

레오는 아넬리를 끌어안았다.

"1년만 더 참으면 당신이 원하는 어떤 집이라도 살 수 있어. 그게 어디든, 가격이 얼마든."

그는 그녀의 뺨을 어루만져주었다.

"하지만 지금은 이 집이 필요하다고. 알겠어? 원하는 집을 얻기 위해서 말이야. 이 집은 우리 회사를 위해서도 완벽한 집이야. 사무실로도 그렇고 리허설 용도로도 그렇고, 창고로도 마찬가지야. 여기는 옛날 호수가 있던 자리에 지어진 거야. 그래서 다들 지하가 없는 거라고. 스컬 케이브 말이야."

그녀의 앞머리와 이마, 뺨이 빗물에 젖었다. 레오는 자신의 셔츠 소매로 정성스레 닦아주었다.

담배 한 개비 더.

"여긴 레저 센터가 되는 거야."

가랑비도 점점 잦아들었다.

"지금 우리 집보다 더하면 더하겠지. 당신 동생들이 수시로 들락거릴 테니까."

레오는 그녀의 어깨를 감싸 안았다. 몇 안 되는 방이 눈에 들어왔다. 그러고는 그녀를 조심스레 자신의 쪽으로 돌려세웠다.

"당신이 기대했던 게 아니라는 거 나도 알아. 딱 1년만 줘, 아넬리."

"1년?"

"그래, 1년."

"어느 집이든? 원하는 집이 어디에 있든?"

"집값이 얼마라도 상관없어."

레오는 그녀의 손을 잡고 확장된 방 쪽으로 발걸음을 옮겼다.

"이 방은 세바스티안이 쓸 방으로 만들 거야."

"그럼 우리랑 더 자주 있을 수 있는 거야?"

"세바스티안은 방을 쓰고, 난 그 아래 지하창고를 만들고."

부동산 중개인은 위로 올라가는 계단 앞에서 두 사람을 기다리고 있었다. 레오와 아넬리는 그를 지나쳐 침실로 향했다. 침실 창문으로 이웃집이 내다보였다.

"1년이라고 했지?"

그는 아넬리를 바라보며 손을 잡았다.

"1년. 약속할게. 1년 후엔 다 그만둘 거야."

19

레오는 아넬리를 툼바 역에 내려준 다음, 남쪽으로 숲이나 농경지 인근으로 이어지는 길을 따라 30여 분 정도 달렸다. 평소 거짓말을 하지 않는 그였다. 어렸을 때는 수도 없이 거짓말을 할 수밖에 없었다. 사실대로 말했다가는 참담한 결과가 뒤따를 수 있었기 때문이다. 그런데 이번에 그녀에게 거짓말을 했다. 그는 주택을 구매하기로 합의를 하고 그녀의 손을 잡으며 자신은 들를 곳이 있다고 말했다. 가베 영감을 만나러 가야 하기 때문이라고. 거짓말을 했다.

자신도 이해할 수 없는 진실이었기 때문에 거짓말을 할 수밖에 없었다. 그는 빚을 청산하러 가야 했다. 실질적으로 신세 진 적도 없는 그 누군가에게.

4년 반 전이었다. 아버지와 아들은 똑같은 건설 회사에서 일했었다. 당시, 아들은 장비벨트를 벗어 던지고 공사 현장을 떠났다. *레오, 넌 3만5천 크로나를 선금으로 받은 상태야. 떠나기 전에 그건 벌어놓고 가야 해.* 단지 돈 문제가 전부는 아니었다. *넌 나한테 빚진 거야, 이대로는 못 가!* 적어도 그에게는 그랬다. 적어도 한 사람에게는 그랬다. 떠나기 위해서였다. 벗어나는 것. 자유롭게.

암울한 풍경이 펼쳐지면서 레오는 속력을 점점 줄여나갔다. 왼쪽으로 말름쉐 호수가 나타났다. 옅은 안개가 수면을 감싸는 듯했다. 희고 검은 얼룩소들과 말 네 마리가 뛰노는 목초지가 나온 뒤 두 번째로 보이는 악사렌 호수 역시 잔잔했다.

돈이 떨어지면 나한테 기어들어올 녀석이야! 넌 내가 없으면 그냥 아무것도 아니야, 레오, 넌 절대로 성공할 수 없어!

몇 킬로미터를 남겨두고 그는 버려진 주유소에 차를 세웠다. 주유소 부지 가운데 설치된 주유기의 숫자는 예전에 힘차게 돌아갔을지는 몰라도 지금은 76.40 크로나에 멈춰서 있었다.

레오는 차창을 내리고 축축한 공기를 들이마셨다.

전에도 아버지 곁을 떠난 적은 있었다. 하지만 언제나 돌아왔다. 돌아와서 느낀 거라고는 아버지가 가지고 있는 가족이라는 사진 속에서 도구의 역할, 버팀목의 역할에 지나지 않는다는 사실에 대한 환멸뿐이었지만……. 그날 그는 진심으로 떠났다. 몇 년이 지나자, 펠릭스가 형과 일을 시작했다. 그리고 또 몇 년이 지나면서 빈센트가 고등학교를 중퇴하고 삼 형제가 모여 일을 시작했다.

가족. 모두 함께. 당신은 시도만 했지. 난 성공했어.

목적지에 이르는 마지막 구간 동안 보이는 거라고는 벌판과 호수, 그리고 비좁은 도로뿐이었다. 간간이 헛간 같은 건물도 보였고, 농가, 학교, 상점도 보이긴 했다. 외스모 광장은 스톡홀름의 심장부에서 불과 30여 분 거리에 불과했지만 전혀 다른 세상이었다.

레오는 천천히 목적지로 다가갔다.

큼지막한 벽돌집은 어제 떨어진 나뭇잎들을 잘 쌓아둔 걸로 보아 정원 관리가 주기적으로 이루어지는 것 같았다. 레오는 우편함 앞에 차를 세웠다. 창문을 통해 아래층에 불이 들어온 걸 확인할 수 있었다. 평소대로라면 아버지가 집에 있을 시간이었다.

마지막 양파 한 조각을 한 손에, 마지막 훈제 돼지고기 한 조각을 다른 손에 쥔 그는 한꺼번에 삼키고 배 속으로 밀어 넣었다. 커피 테이블 위에는 칸을 다 채운 복권이 어지럽게 널려 있었다. 추첨은 매일 오후 6시 55분이다.

이반은 몸을 숙여 리모컨을 들고 TV 볼륨을 키웠다.

첫 번째 노란 공은 30번이었다. 두 번째는 40번. 세 번째는 39번. 비슷한 숫자가 몰려나왔다. 좋은 징조였다. 네 번째는 아래 칸 왼쪽 구석의 61번. 다섯 번째 역시 아래 칸 51번. 칸이 달라졌다. 엉뚱한 조합이었다.

그는 TV 볼륨을 줄이고 의자에 등을 기댔다. 나머지 노란 공의 행방을 굳이 기다릴 필요도 없었다. 게임은 이미 끝났으니까. 61번은 결코 그의 조합에 들어오지 않는 숫자였다. 나름의 셈법에 따르면 그 숫자는 당첨 번호에 등장할 일이 거의 없었다.

절대다수의 사람들은 패턴을 읽는다는 게 정확히 무슨 뜻인지 이해하지 못한다. 패턴 속에는 결코 우연이란 없다. 패턴은 언제나 반복되는 법이니까. 모든 숫자는 순환하는 주기의 일부이며 유기적으로 연결돼 있다.

이반은 무용지물이 돼버린 복권 40장을 손에 쥐었다. 미래로 가기 위한 그만의 지도였다. 열한 개의 십자표는 그 미래로 가기 위한 방향이었다. 그는 복권들을 구겨서 바닥에 던져버렸다.

다음 추첨은 다음 날 오후 6시 55분이다.

그는 TV 소리를 아예 꺼버리고 의자에서 일어나려다 평소에 듣지 못한 소리를 들었다. 창문 바깥에서 나는 소리였다. 집 앞에 차가 멈추고 차 문이 열리는 소리였다. 그는 커튼을 걷어냈다.

측면에 건축 회사 로고가 찍힌 커다란 픽업트럭 한 대가 서 있고 웬 청년 하나가 집을 향해 걸어오고 있었다. 키가 제법 큰 편이었다.

청년이 힘찬 발걸음으로 걸어와 자신의 현관문 앞에 다가와 서기 전까지는 누구인지 알 수 없었다. 짧아진 머리, 각진 턱, 널찍해진 어깨. 유년기의 모습을 털어버린 청년.

레오였다.

이반은 부엌을 둘러보았다. 복도까지 무언가가 꽉 찬 상태였다. 그는 우선 테이블 위에 빈 와인병들을 싱크대 아래에 있는 쓰레기 봉투에 밀어 넣고 구겨버린 복권은 쓰레기통 속에 던져 넣었다.

초인종이 울렸다.

그는 허둥지둥 신발을 구겨 신고 페인트칠 작업용 셔츠 위에 회색 재킷을 걸쳤다. 생활 습관이 변하지 않았으니 정리를 하고 살 시간도 없었다.

현관문을 열었다. 두 사람은 그렇게 서 있었다. 내려다보는 이반, 올려다보는 레오. 두 사람 사이의 물리적 거리는 계단 네 칸과 4년 하고도 6개월이라는 시간이었다.

"새로 산 트럭이냐?"

"네."

"차가 아주 반들반들한 걸 보니 일자리 찾느라 고생 좀 하나 보구나, 레오."

"아버지와 달리 저는 제 일 알아서 잘합니다."

"건축업자 차량은 원래 지저분한 법이다. 일이 많은 만큼 흙먼지 묻을 일도 많은 법이니까."

이반은 자신이 되고 싶었던 모습을 갖춘 한 남자를 바라보았다. 레오는 자신이 결코 닮고 싶지 않았던 모습을 가진 한 남자를 바라보았다. 웬만해서는 구멍 날 일 없는 튼튼한 작업용 워커나 주머니 덮개에 단추까지 달려 있고 회사 로고까지 새겨 넣은 두툼한 셔츠까지 전문용품점에서 구입한 게 분명했다. 아들은 그런 모습이었다. 반면, 아버지는 예전에는 광이 났을지는 몰라도 지금은 허름해진 정장용 구두에 변두리 할인점에서 49크로나를 주고 구입한 여름용 반팔 티셔츠 차림이었다.

"흙먼지요? 전 아버지랑 다릅니다. 흙먼지 묻히면서 고객들 만나러 다니지 않거든요."

"차가 딱히 큰 것도 아니고…… 일손이 더 필요할 때는 태우고 다닐 자리도 없으니 일하는 사람이 둘뿐이라는 거겠지. 그래서 여기까지 찾아온 건 아니냐? 그런 게 아니면 노가다 할 사람이라도 찾는 중이겠지. 안 그러냐, 레오?"

"똑같은 트럭을 두 대 더 가지고 있어요. 엄밀히 말하면, 우리 차라고 해야겠지요. 우리 회사 소유니까."

대단한 반응은 없었다. 눈 한 번 깜빡이고 뺨 한 번 씰룩이고, 아랫입술을 한 번 살짝 앞으로 내밀었을 뿐. 하지만 레오는 그 순간을 놓치지 않았다.

"그렇다면…… 회사에 직원도 있다는 소리냐?"

"셋이에요."

"셋? 그럼…… 노조 같은 것도 조심해야겠군. 건설 노조 같은 것 말이다. 그놈들은 네가 뭘 하든 사사건건 시비를 걸 테니까. 게슈타포처럼 말이지. 그리고 너도 알겠지만, 직원들은 언제나 문제를 일으킨다."

"우리 회사 직원은 그럴 것 같지 않은데요. 그리고 툼바에서 대형 공사 한 건도 마무리 지었습니다. 솔보 센터라고 규모가 7백 제곱미터 정도 되는 상업 시설인데, 돈벌이가 좀 되더군요. 얼마 전에 우리가 그 공사를 마쳤습니다."

"우리 회사? 우리가 마쳤다고?"

"그래요."

아버지는 답을 듣게 될 것이다. 충분히 기다린 다음에.

"그리고 일손이 필요해서 찾아온 건 아니에요. 어떻게 그런 생각을 하시는 건지……. 이거 드리러 온 겁니다."

레오는 앞주머니에 들어 있는 봉투를 만졌다. 수도 없이 꺼내서 세어보고 확인한 봉투였다.

"4만3천 크로나예요."

이반은 겉봉이 다소 구겨진 흰 봉투를 받아 열어보았다. 손때가 묻은 500크로나 지폐 뭉치. 마치 현금수송 차량 금고에 담겨 있던 돈처럼.

"아버지가 저한테 받을 빚이라고 생각하시는 3만5천에, 이자로 5천 더 얹었습니다."

이반은 양파 냄새가 나는 손가락으로 돈을 한 장씩 세어보았다.

"그리고 거기다 3천 더 넣었어요."

"무슨 명목으로?"

"갈비뼈 한 대에 1천씩 쳤어요."

4년 전, 레오는 고함을 지르는 아버지를 등지고 현장을 떠나버렸다. 이후의 일은 기억나지 않았다. 아니, 서로 뭐라고 고함을 질렀는지를 잊었을 것이다. 아버지는 큰아들을 붙잡았다. 하지만 큰아들은 몸을 돌리며 아버지에게 배운 대로 펀치를 날렸었다. 코가 아니라 몸을 향해서.

"그 정도 여유는 있어요, 아버지."

레오는 아버지의 눈을 똑바로 쳐다보면서 어깨, 팔, 주먹에 체중을 실었다.

"그러니까 받아두세요. 필요하시잖아요."

그리고 그 즉시 느낄 수 있었다. 무너져 내리는 아버지의 내면을.

두 부자는 한동안 그렇게 말없이 서 있었다. 아버지는 오른팔을 올리며 몸을 앞으로 숙였었다. 큰아들이 먼저 자신에게 주먹을 날릴 거라고는 전혀 생각지 못했으니까.

"그래, 사업은 어떠냐?"

"성가실 정도로 일거리는 충분해요. 아버지는 제 갈비뼈 세 대를 부러뜨리셨지만, 절 무너뜨리지는 못 하셨어요."

이반은 한 손에 돈 봉투를 들고, 다른 손으로는 닫혀 있는 문을 짚고 서서 중심을 잡으려 애썼다. 영하에 가까운 날씨에도 여름용 짧은 소매 셔츠에 얇은 재킷 차림이었다.

"그러니까 내가 제대로 이해한 거라면…… 그때, 그냥 그렇게 떠나버린 게 아무 상관 없다, 이런 말이냐? 그리고 이 돈은, 그러니까 네 녀석이 정산하지 않았던 선금이고 말이야."

"아버지 밑에서 4년을 일했는데 매주 받은 건 쥐꼬리만 한 주급뿐이었어요."

"넌 받을 만큼은 받았어. 더도 덜도 아니고 네 능력만큼."

"그런 시시비비 따지러 온 게 아닙니다. 빌어먹을 아버지 돈 갚으려고 온 거예요. 이제 피차 빚진 거 없는 겁니다."

레오는 세워둔 차로 발걸음을 돌렸다.

"도…… 네 동생들은 어떻게 지내고 있냐?"

레오는 뒤돌아보며 대꾸했다.

"다 잘 지냅니다."

같이 온 건지를 묻는 말이었다.

"그러니까…… 자주 본다는 말이냐?"

"네."

"여전히 거기 사는 거냐? 어머니랑 같이…… 팔룬에서?"

"여기 살아요, 스톡홀름."

"여기 산다고?"

"네."

"녀석들은……. 무슨 공부를 하고 있냐?"

"일하고 있습니다."

"무슨 일?"

"저랑 같이 일해요."

"너랑 같이?"

"저랑 같이요."

"막내…… 빈센트도?"

양말도 없이 신발을 신은 쉰한 살의 남자가 갑자기 훨씬 더 늙어 보였다. 턱과 아랫입술은 더 아래로 늘어진 듯 보였고 얼굴은 창백한 게 정말로 추위에 떠는 듯했다.

"당연히 빈센트도 같이 일하죠."

아버지는 물에 젖은 철제 계단 난간을 꽉 붙잡았다. 스스로 서 있을 힘이 없는 것처럼.

"겨우 열여섯, 열일곱밖에 되지 않았을 텐데, 아니냐?"

"제가 아버지 밑에서 일하기 시작했을 때랑 같아요."

"녀석은 거기 살 거라 생각했는데……. 제 어미랑 말이야."

손에 들린 돈 봉투가 어색하고 거북했는지 그는 앞주머니에 봉투를 집어넣었다.

"녀석, 키는 좀 컸냐?"

"아버지 정도는 될 거예요. 저랑 비슷할 테니까요."

"우성인자를 물려받았으니까."

"몇 년 안에 더 클 거예요."

"아주 탁월한 유전자야."

더 이상 추위도 느껴지지 않았다. 이반은 레오에게 다가갈 힘이 생겼다.

"펠릭스는?"

"아주 잘 지내요."

"참 오래됐구나."

레오는 무슨 말이 따라올지 알고 있었다.

"녀석들 본 지 말이다……."

"레오, 아들아……. 젠장, 녀석들한테 내 얘기는 안 한 거냐?"

"펠릭스는……."

"다 같이 만날 수도 있는 거 아니냐, 우리 네 부자가!"

"아버지를 만나고 싶어 하지 않아요. 전혀요. 평생."

부자간의 거리가 점점 더 가까워졌다. 그 덕에 레오는 아버지가 어제 마신 브라나츠 와인 냄새를 감지할 수 있었다.

"녀석이 원치 않는다고?"

"네."

"하지만 그건 네가……."

"그 녀석 성격이 어떤지는 아버지도 아시잖아요. 펠릭스는 일단 결심하면 바꾸지 않아요."

"젠장, 14년 전 일이라고!"

"그 14년 동안…… 미안하다고 사과는 하신 적 있으세요?"

두 사람의 거리가 훨씬 가까워졌다. 와인 냄새에 커피, 양파 냄새까지 풍겼다.

"꼭 이렇게까지 해야 하는 거냐? 그 녀석, 그냥 넘어가면 안 되는 거냐고!"

"그건 자기 얼굴에 침 뱉는 거하고 마찬가지예요. 안 그래요, 아버지?"

"녀석하고 가서 한번 얘기라도 해보거라. 다 같이 만나자. 그래 주겠냐?"

그 눈빛. 확신에 찬 눈빛이었다.

"어쨌든 나도 요즘 한창 일하는 중이다. 큰 건이야. 호텔 일인데 객실 55개에 도배하고 목조부에 페인트칠하는 일이다. 창문도 포함되고. 객실 하나당 최소한 1만3천씩 벌 수 있는 일이야. 어마어마

한 거지. 안 그래도 네 생각을 하던 터였다. 같이 해볼 수 있는 일 아니냐. 너랑 나랑, 이제 네 동생들까지."

레오는 그 빌어먹을 검은 눈동자의 위협을 받으며 자라왔고, 그 눈빛으로부터 도망쳤었다.

"아버지……."

"그래."

"전 더 이상 아버지 잔심부름꾼 아닙니다."

더 이상 그 검은 눈동자의 위협은 통하지 않았다.

"잔심부름꾼?"

"그래요."

"넌 여전히 네 생각만 하는구나!"

레오는 세월과 함께 나이를 먹고 잔뜩 위축돼 보이는 남자를 바라보았다. 더듬이처럼 불거져 나온 눈썹과 허름한 옷차림. 거리가 가까워진 탓에 느껴지는 땀 냄새가 과거의 냄새를 떠올리게 했다.

"넌 항상 그런 식이었어. 자기 자신만 우선시한다고."

레오는 아무런 대꾸도 하지 않았다.

"자기만 살겠다고 말이야."

레오는 무시하고 넘기리라 다짐했었다.

"뒤통수나 치는 배신자처럼."

하지만 결국은 그대로 넘기지 못했다.

"지금 뭐라고 하셨어요?"

"자신만만한 모습으로 여기 찾아온 것도 그래. 몇 년간 소식 한 번 없다가 말이야. 난 너한테 욕먹을 이유가 없는 사람이야. 도대체 4만3천 크로나를 갖고 찾아온 이유가 뭐냐? 4만3천 크로나를! 하늘에서 갑자기 뚝 떨어지기라도 한 거냐? 나한테 그 말을 믿으라고? 천만의 말씀! 도대체 어디서 난 돈이냐? 내 도움도 없이 도대체 네가 하는 일이 뭐길래 이런 거액을 벌 수 있는 거냐고!"

이반은 앞주머니에서 말아놓은 담배 하나를 꺼내 불을 붙였다.

"네 녀석이 무슨 생각인지 내가 모를 것 같으냐? 새 차 뽑았다고 기껏 여기까지 끌고 와서 한다는 말이 동생들은 지 애비를 만나고 싶어 하지 않는다고? 내가 네 말을 꾸역꾸역 받아 처먹는 그런 거위 새끼인줄 알아? 네놈이 나보다 낫다는 걸 보여주고 싶은가 본데, 넌 빌어먹을 배신자 새끼야! Potkazivanje(배신자라는 뜻의 크로아티아어)!"

"전 아무 말도 안 했다는 거 잘 아시잖아요!"

"넌 날 배신했어."

매번 그랬다. 고래고래 소리를 지르든, 또다시 갈비뼈를 부러뜨리든 아무래도 상관없었다. 어차피 계속 이런 식일 테니까. 레오는 천천히 심호흡을 하며 손을 뻗어 손가락으로 아버지의 싸구려 셔츠 앞주머니를 툭툭 치며 말했다.

"이제 다 갚은 겁니다."

그는 주택가를 벗어나자 점점 가속페달을 힘주어 밟았다. *배신자.* 학교를 지나치고 수영장, 도서관이 순식간에 뒤로 사라졌다. *배신자.* 그러다 갑자기 속력을 줄였다. *배신자.* 아버지의 그 한 마디가 여느 때처럼 사라지지 않고 귓전을 맴돌았다.

레오는 외스모 광장의 빨간색 저층 건물 바깥으로 보이는 텅 빈 주차장에 잠시 차를 세우고 가게, 은행, 카페, 구두 전문점, 세탁소,

꽃집을 쳐다보았다.

난 아무 말도 안 했어요. 고작 열 살이었다고요. 그 빌어먹을 돼지 같은 경관 앞에 앉아 있었을 뿐이었어요.

좀 더 먼 곳으로 시선을 돌리자 작은 가판대를 끼고 있는 구석 너머에 벽돌로 된 굴뚝이 달린 집 한 채가 보였다. 아버지가 살았던 집. 같이 일하던 시절 함께 살았던 집. 그게 가능했던 그 시절.

당시 기억이 그리 많이 남아 있지는 않았다. 떠올리려 애를 써도 소용없었다. 레오는 허리에 차고 있던 장비벨트를 던져버리고 자신보다 다섯 살 많은 미혼모를 만나 하그세트라에 있는 단칸방 아파트에서 함께 살기로 결심했었다.

배신자는 현금수송 차량 같은 걸 털 수가 없거든요.

3달 후, 레오와 아넬리는 공동 명의로 스코고스에 있는 방 셋 딸린 아파트를 임대했다. 그에게는 그곳이 세상의 전부였다. 적어도 지금까지는.

레오는 차 문을 열고 밖으로 나와 구석에 있는 가판대로 걸어갔다. 담배와 신문, 즉석 복권 등을 판매하는 가판대였다. 그는 캐멀 담배 한 갑을 카운터에 올려놓고 옌손과 굳이 눈을 마주치지 않으려 시선을 피했다. 옌손은 예나 지금이나 삭발에 가깝게 바짝 깎아 올린 스타일을 고집했다. 원래 있지도 않았지만 그나마 남은 머리는 모두 잿빛이었다.

"다른 건?"

"없어요. 그게 다예요."

"아버지 갖다 드릴 거는? 마는 담배나 담배 종이는?"

"오늘은 됐습니다."

레오는 초조한 사람처럼 담배를 피우며 광장을 이리저리 돌아다녔다. 배신자. 아버지의 그림자가 여전히 그를 괴롭히고 있었다.

레오는 갑자기 발걸음을 멈췄다.

전에도 와본 적 있는 곳이었다. 그런데 지금은 마치 처음 온 곳 같았다.

은행 두 개가 나란히 붙어 있었다. 마치 사랑하는 연인처럼.

두 은행은 슈퍼마켓과 꽃집 사이에 벽과 벽을 맞대고 세워진 구조였다. 그쪽으로 차를 몰고 지나가면 광장 전체에 대한 시야 확보도 가능해 보였다.

두 개의 표적. 동일한 장소. 동일한 시간대. 똑같은 위험 부담.

초조하게 담배를 피우던 모습은 어느새 사라졌다. 이따금 뜻하지 않게 밀려오는 차분함이 온몸을 감쌌다. 아버지조차 방해할 수 없는 차분함이었다.

20

브론크스는 떨어지는 빗방울 수를 세어보려 했다. 처음에는 어느 정도 가능했다. 바깥세상이 흐릿하게 보일 정도로 한꺼번에 쏟아져 내리기 전까지는. 경시청 앞마당에서 이리저리 오가는 동료들의 움직임이 우둔하고 어설퍼 보였다. 그의 뒤로 보이는 책상에는 색색의 폴더에 들어 있는 열여덟 개의 사건 파일들이 쌓여 있었다. 맨 위에 놓인 사건 파일을 집어 든 날 이후로, 비가 그친 적이 있었는지 기억이 가물가물했다. 창문을 때리는 빗방울처럼 머리를 어지럽게 하는 사건이었다.

막스 바킬라(이하 바킬라): 그 구멍가게 주인아저씨처럼 말했어요.

욘 브론크스(이하 브론크스): 그게 무슨 뜻이니?

바킬라: 알리 아저씨처럼 말을 했는데, 아저씨가 아니더라고요. 하지만 알리 아저씨랑 똑같았어요.

유일한 목격자 진술이었다. 범인을 가장 가까이서 본 경비원 두 명을 제외한 목격자는 6살짜리 꼬마였다. 얼굴을 보고, 목소리도 들을 정도로 접근했던 목격자.

브론크스: 휠체어에 앉아 있던 남자 옷차림이 어땠니?

바킬라: 침을 흘리고 있었어요.

브론크스: 침을 흘렸다니…….

바킬라: 고박이라는 사람이요. 턱이 젖어 있었어요.

브론크스: 고박?

바킬라: 이름이 고박이에요.

어린아이는 어른이 놓친 부분을 목격했다.

브론크스: 얼굴 나머지 부분은 어땠니?

바킬라: 탄 얼굴이었어요.

브론크스: 그러니까 얼굴색이…… 벌겋다는 뜻이니?

바킬라: 갈색이었어요. 여름처럼요.

브론크스: 그렇구나. 아주 잘하고 있구나. 혹시 기억나는 게 또 있니?

바킬라: 다리요.

브론크스: 그래?

바킬라: 삐져나와 있었어요. 밖으로요. 담요 아래로.

브론크스: 네가 봤니?

바킬라: 네. 그리고 아래 신발이 있었어요.

하지만 어린아이는 종종 현실과 상상을 혼동하기도 한다.

브론크스: 휠체어를 밀던 사람은?

바킬라: 그 사람은 잘 못 봤어요.

브론크스: 그래도 기억나는 게 있지 않을까?

바킬라: 화가 난 상태였어요.

브론크스: 화가 났다?

바킬라: 말이 빨랐어요.

브론크스: 다른 건 더 없니?

바킬라: 눈이요. 눈이 위험해 보였어요.

브론크스: 위험해 보였다고?

바킬라: 까만색이었어요. 아주 까만색. 《알라딘》에 나오는 자파르처럼요.

자동소총으로 중무장한 2인조 강도는 아랍계 영어를 구사했다. 그들은 정말 아랍계였을까? 아니면 그렇게 보여야만 하고 그렇게 들려야만 했을까? 특유의 외국인 억양. 그들이 구사한 아랍어 감탄사. 얄라 얄라, 샤르무타, 알라후 아크바르. 브론크스 자신도 아랍 사람처럼 보일 의도였다면 사용하고도 남았을 단어들이다.

브론크스는 사건 파일 앞에 앉아서 하품을 한 번 하고 백차를 만들기 위해 복도에 있는 커피머신으로 걸어갔다. 그리고 그 옆에 있는 자동판매기에서 습관처럼 17번을 눌렀다. 말랑말랑한 롤빵 속에 마가린과 치즈 한 장, 그리고 스펀지처럼 흐물흐물해진 토마토가 들어간 샌드위치였다. 그는 얇게 썰린 토마토를 꺼냈다.

그들은 누군가를 무력화시키기 위해 폭력을 사용했다.

살해 협박까지 했다.

정확하게 계산된 과도한 폭력 행위는 목적을 이루기 위한 수단이었어. 나 같은 형사가 아니라도 알 수 있어. 성인의 손이 순응을 거부하는 상대를 반복적으로 때리는 것처럼 말이지. 폭력 행위는 성과가 따라와. 원하는 걸 얻게 해주니까.

브론크스는 토마토 맛만 보고 샌드위치는 그대로 쓰레기통에 던져버리고는 평소처럼 상관의 사무실 문틀을 두드렸다.

"시간 좀 있으세요?"

칼스트럼 경감은 읽고 있던 책을 덮더니 옆으로 밀었다. 적어도 책처럼 보였다. 브론크스는 사무실 안으로 들어가 빈 의자에 앉아 상관이 읽던 책 제목이 뭔지 보려 했지만 책등밖에 보이지 않았다. 보퀴즈라는 이름으로 보아 프랑스 사람이 쓴 책 같았다.

"무슨 일인데?"

"현금수송 차량 사건 말입니다."

브론크스는 경감의 책상 위에 사건 관련 파일을 내려놓으며 말을 이었다.

"이 사건을 우선적으로 처리하고 싶습니다."

"우선적으로 처리하고 싶다……. 어떻게?"

"최소 몇 주 동안 이 사건에만 집중하고 싶습니다."

경감은 책장에서 바인더 하나를 꺼내 펼치더니 브론크스에게 들이밀었다.

"자네가 수사해야 하는 사건만 18건이야. 다른 사건 말이지. 다른 용의자들이 있는 사건."

"맞습니다."

"카페 오페라 화장실에서 발생한 폭행 및 강도. 우덴가탄 보석상에서 발생한 강도 사건. 메드보리아플라첸의 밍 가든 방화 사건."

"그런데요?"

"비타베리 공원에서 발생한 강간 미수, 레예링스가탄 마약 밀매 사건. 칼라플란 매춘, 릴라 뉘가탄 살인 공모 등등……."

경감은 바인더를 닫았다.

"계속하길 바라나? 자네가 맡고 있는 이 사건들을 도대체 누구에게 넘겨야 한다고 생각하는 건가?"

"이 사건 범인들은 경험자들입니다. 전에도 이런 짓을 벌인 경험이 있는 놈들입니다."

"누구에게 넘기라는 건가, 욘. 다들 담당하는 사건들이 열여덟 개씩 되는 자네 동료 중 누구에게?"

"놈들은 또다시 범행에 나설 겁니다."

"난 말이야……."

"재범에 나설 거라니까요. 파슈타 때보다 훨씬 더 폭력적으로 행동할 겁니다. 그다음에도 또 일을 벌이고, 더 폭력적으로 나올 겁니다."

그는 상관을 쳐다보았다. 그는 자신과는 다른 사람이었다. 경감의 사무실은 브론크스의 사무실과 달리 딱딱한 기관의 분위기가 느껴지지 않는 곳이었다. 경감은 자신의 삶을 자랑스럽게 여기는 사람이다. 뒤로 보이는 벽에는 일종의 직업 인생 역정이 주르르 걸려 있었다. 로스쿨 학위증, 경찰사격클럽 인증서, 액자에 끼워 보관하는 형사과 경감 임명장. 책상에는 개인사를 엿볼 수 있는 물건들이 늘어서 있었다. 뒷면만 보이는 사진 세 장은 콜롬비아에서 입양한 5살인가 6살짜리 경감의 딸 둘과 아내 사진이었다. 브론크스는 경감이 아내를 험담하는 걸 들어본 적이 없었다. 그 사진들 옆으로 경감이 거의 20분 간격으로 어깨를 문지르고 비비는 플라스틱 돌고래 모양 안마기, 경찰 노조 로고가 찍힌 페이퍼 칼, 그리고 그제야 저자와 제목이 제대로 보이는 책 한 권이 있었다. 폴 보퀴즈라는 사람이 쓴《프랑스 요리》였다.

"놈들은 AK4 자동소총과 m/45 기관총을 사용했습니다. 군용 장비란 말입니다. 그래서 보안경비업체나 사격장, 군 시설 등에서 혹시 도난 신고가 있었는지 확인해봤습니다. 관련 전과가 있는 사람들 중 형기를 마쳤거나 가석방 상태의 전과자들도 살펴봤고요. 개인적인 생각이지만 내부자의 소행일 가능성은 없어 보입니다."

상관이 자신의 말을 귀담아듣는 것 같지 않아 보였다. 경감이 폭력을 접하는 건 단지 공무 집행 중일 때뿐이었다. 반면, 브론크스는 폭력 속에서 성장했고, 폭력과 함께 살았으며, 그 폭력에 맞서기 위해 경찰이 되기로 결심한 사람이었다.

"우리가 쫓는 녀석들은 한 치의 오차도 없이 한마음 한 몸으로 움직이는 2인조 강도단입니다. 놈들은 현금수송 차량을 강탈해 정상적인 속도로 파슈타에서 드레비켄 해안까지 이동했습니다. 그리고 나머지 현금이 화물칸 금고에 있다는 사실에 주저하지 않고 탄창이 빌 때까지 일제사격을 가했단 말입니다. 놈들은 훈련을 거쳤고 고도의 집중력을 보였을 뿐만 아니라, 20여 분에 걸친 급습 과정에서 맡은 바 역할을 충실히 수행했습니다."

"맡은 바 역할?"

"석연찮은 게 한두 가지가 아닙니다. 저는 경비원들의 진술처럼 강도단이 아랍계라고 생각하지 않습니다. 놈들 중 하나가 휠체어에 앉아야 할 장애인이 아니었던 것처럼 말입니다. 놈들은 아마 여기서 태어난 스웨덴 국민일 수도 있습니다. 극도의 긴장 속에서 그럴듯한 쇼를 연출해내고 총을 장난감처럼 다루는 놈들입니다. 폭력 행사가 직업이라도 되는 듯 과도한 무력에 길든 놈들이 분명합니다."

경감의 아내와 두 자녀 사진은 두 사람 사이에 놓여 있었다. 브론크스는 자신이 마치 사진 속 인물들과 잘 알고 지내는 사이처럼 느껴졌다. 경감은 언제나 가족에 관한 이야기를 늘어놓는 사람인 반면, 브론크스는 자기 가족에 대한 이야기를 입 밖으로 꺼내본 적도 없었다. 그 누구에게도.

"2인조 외에도 이번 사건에 연루된 공범이 더 있을 거라 생각합니다. 그런 경우라면 이 강도단은 범행 수법을 진화시켜 나갈 게 분명합니다. 현금수송 차량 금고에 9백만 크로나가 더 들어 있었습니다. 놈들은 이번 일을 실패로 간주할 겁니다. 원하는 걸 얻어내지 못했기 때문입니다. 이번에는 말이지요."

"그러니까 자네 말은…… 놈들이 특수 강도 기술에 길든……."

"아닙니다. 과도한 무력에 길든 놈들이라고 했습니다."

"그게 정확히 무슨 뜻이지?"

"학대와 폭력 속에서 자랐다는 뜻입니다."

브론크스는 황급히 복도로 나갔다. 현금수송 차량 강탈 사건 수사를 우선으로 진행할 수 있게 된 것이다. 이제 한 달간, 한 가지 사건에 집중할 수 있다. 그는 계단을 네 칸씩 건너뛰며 과학수사대 실험실로 향했다. 첫 번째 방은 컴컴했다. 두 번째 방은 가해자 옷가지들이 보관된 방이었다. 세 번째 방은 피해자 옷가지들이 보관된 방이었다. 산나는 어디에도 보이지 않았다.

산나는 그날, 범죄 현장을 둘러보면서 마치 그를 모르는 사람처럼 대했었다. 산나는 그의 곁을 떠날 때와 마찬가지로 어느 날 갑자기 불쑥, 시경으로 돌아왔다. 몇 년 전, 그렇게 피해 다녔던 그녀를 쿵스가탄에서 우연히 마주친 적이 있었다. 멀리서부터 그녀임을 알아본 그는 길을 건너려고 한참을 기다린 터라 어쩔 수 없이 계속 걸어야 했다. 마주치는 순간에는 일부러 먼 곳으로 시선을 돌리면서…….

널찍한 실험실에 놓여 있는 여러 개의 테이블 위에 그녀의 검은색 가방이 올려져 있었다. 그 옆에는 젤라틴 필름 한 롤, 면봉 상자, 플라스틱 용기 몇 개, 시험관, 핀셋, 그리고 현미경이 줄지어 있었다. 산나는 연기로 가득 찬 철제 캐비닛 앞에 서 있었다. 다른 사건 수사에서 검출된 지문 감식 작업이 한창이었다.

"나 왔어." 그가 말했다.

산나는 뒤로 돌아 그를 바라보았다. 아무런 감정도 드러나지 않았다.

"안녕하세요."

"당신이 작성한 보고서는 읽어봤어. 여러 번."

정확히 그가 피하고 싶은 상황이었다. 무표정한 그녀와 마주 보고 서야 하는 상황.

"단서가 전혀 없어. 그래도 칼스트럼 경감님하고 얘기했어. 시간을 더 줄 수 있다더라고."

산나는 계속해서 무언가를 적어 내린 다음 철제 캐비닛 문을 열어 연기를 빼내고 결과물을 꺼냈다.

"욘, 당신도 알다시피 덧붙일 건 전혀 없어요."

"다시 한 번 조사해보고 싶어. 당신과 함께."

두 사람은 주차장으로 통하는 계단을 걸어 내려갔다.

브론크스는 그날, 쿵스가탄에서 그녀가 먼 곳으로 시선을 돌리던 자신을 본 건 아닐까 잠시 생각했다. 어쩌면 그의 얼굴을 보지 않고도 그를 알아보았을 수도 있다. 두 사람은 함께 증인 보호 프로그램을 진행한 적이 있었다. 그리고 새로운 신분으로 살아가기 위해서 가장 먼저 바꿔야 하는 게 보행 방식이라는 것도 잘 알고 있었다. 내가 피하고자 하는 대상이 군중 속에 섞인 나를 구분해내는 가장 첫 번째 방법이기 때문이다.

주차 공간 네 칸을 차지하고 있는 작은 사각형 건물은 주차장 속의 주차장으로, 과학수사대가 압수한 차량들을 보관하는 곳이다. 산나가 문을 열자 중앙에 서 있는 차 한 대가 시야에 들어왔다. 흰색 현금수송 트럭. 브론크스는 문을 열고 차 안에 올라탔다. 좌석은 모두 비닐로 덮여 있었다. 깨진 유리 파편이나 서류, 현금 가방 등은 이미 치워진 상태였다. 브론크스는 파슈타와 쉔달 인근에서 발생한 차량 도난 사건, 선박 도난 사건 등을 일일이 조사해 범위를 좁혀나갔다. 2인조 강도단은 제3의 인물이 운전하는 그들 소유의 차량을 타고 첫 번째 범죄 현장에 도착했고, 제3의 인물이 운전하는 그들 소유의 배를 타고 두 번째 범죄 현장을 빠져나갔다는 결론을 내렸다.

그는 금고가 설치된 화물칸으로 기어들어갔다. 금고는 열려 있었다. 감식 보고서에 따르면 차 안에서는 혈흔, 섬유 조각, 지문 등이 검출되었는데 모두 습격 당시 무력으로 제압당한 경비원 둘과 그 차량을 사용했던 다른 경비원들의 것이었다. 용의자와 관련된 건 아무것도 나오지 않았다.

산나는 늘 가지고 다니는 검은색 가방을 열어 앞에 있던 벤치에 실탄 다섯 발을 일렬로 늘어놓았다.

"탄착각이 90도예요."

그녀는 브론크스에게 운전석 차창을 뚫고 들어온 구멍과 조수석 문으로 이어지는 탄도의 체적을 보여주었다.

"여기 뚫린 부위 사이에 있는 이 지점, 여기서 흠집이 생긴 탄환 다섯 발이 발견됐어요. 모두 9밀리 장갑탄이고 트럭 문을 관통하지 못하고 멈춘 것들이에요. 동일한 무기에서 발포된 것들이고요. 스웨덴제 m/45 기관총이에요."

기계적인 접근 방식. 브론크스가 머릿속으로 찾던 단어였다. 그녀가 업무에 관련된 내용을 설명하는 방식이 그랬다. 원래 그녀의 말투가 그렇게 들리는 건지, 아니면 산나가 자신에게 무심하게 보이려고 애쓰는 건지 생각해보았다.

휠체어는 차 뒤에 세워져 있었다. 용의자 한 명이 다리에 담요를 덮고 앉아 있던 그 휠체어였다. 후딩에 병원에서 훔친 것으로 감식

반원의 설명에 따르면 일곱 개의 지문이 검출됐는데, 데이터베이스로 보관하고 있는 12만 개의 지문과 대조해보았지만 일치하는 건 나오지 않았다.

"용의자들은 장갑을 착용했거나, 경찰 조사를 받은 적이 없는 인물들이에요."

경비원이 입고 있었던 제복 셔츠는 초록색이었다. 사진상으로는 확실히 구분할 수 없었다. 산나는 비닐장갑으로 감싼 손가락을 오른쪽 옷깃에 난 구멍 속으로 조심스레 밀어 넣었다.

"이 사람, 운이 좋았어요. 만약 조금만 더 몸을 앞으로 기울였으면 총알이 광대뼈를 그대로 관통했을 테니까요."

"그 인간들은 손에 넣으려 했던 물건을 얻지 못했어." 브론크스가 말했다.

"그 인간들이라뇨?"

"자파르하고 고박이라는 녀석."

"자파르? 고…… 박?"

"확보된 최선의 목격자 증언이야. 여섯 살짜리 꼬마였어. 우린 지금 이 세상에 존재하지 않는 용의자를 찾고 있는 거야. 꼬마와 몇몇 사람이 용의자를 그렇게 기억하고 있는 건, 놈들이 그렇게 보이도록 만들었기 때문이야. 난 안 속아. 난 2인조 강도가 자파르와 고박이라고 생각하지 않아."

브론크스는 그녀가 어떻게 걷는지, 무언가를 적을 때 수첩을 어떻게 붙잡고 있는지, 의식하지는 않지만 그녀가 항상 어떤 향기를 찾아다니는지를 알고 있었다. 그녀가 미소를 지을 때 기분이 어떤지도 알고 있었고, 심지어 지금처럼 멀찍이 떨어져 있을 때도 그 기분을 고스란히 느낄 수 있었다.

"섬유 조각하고 혈흔, 지문을 분석했어요. 구체적인 사실에 해당하는 부분 말이에요. 실존하고 증명할 수 있는 부분이요. 맞아요. 당신 말대로 자파르와 고박이란 사람은 존재하지 않아요. 실존 인물이 아니라는 거예요. 당신과 나 사이에 아무것도 없는 것처럼 말이에요. 무슨 말인지 알겠어요?"

브론크스는 그녀가 주차장을 떠나고서도 한동안 그 자리에 머물렀다. 휘발유 냄새와 먼지 맛만 느껴지는 썰렁한 공간에서. 그는 계속해서 현금수송 차량 주변을 맴돌았다. 하지만 그의 머릿속은 여전히 두 경비원에게 질문을 던지고 있었다. 차분히 듣고 기다리는 자제력을 지닌 한 사람에 대해 이야기하는 경비원에게.

얼굴에 마스크를 쓴 채 예리하고 정확하게 총구로 경비원들의 머리를 내리찍은 강도.

중화기를 장난감처럼 다루고, 폭력을 기술처럼 활용하는 용의자.

자파르는 가상의 인물이다. 고박은 실존 인물이 아니다.

과도한 무력에 길든 용의자.

하지만 너희들은 엄연히 이 세상에 존재해.

21

레오는 잠에서 깨면 늘 그러듯 잠시 가만히 누워 있었다. 아넬리는 곁에서 거친 숨소리를 내며 자고 있었다. 그녀는 깊이 잠드는 사람이었다. 반면, 그는 선잠을 자고 쉽게 깼다. 언제나 그랬다. 잠에서 깨면 밤늦게까지 일하다 곯아떨어진 엄마와 아빠를 깨우지 않으려고 속옷 차림으로 두 동생, 빈센트와 펠릭스의 아침을 차려주곤 했었다.

지금도 그는 아넬리보다 먼저 일어나 아침 식사를 차렸다.

배신자.

그 단어가 그의 방어 체계를 뚫고 들어왔다. 날카롭고 뾰족한 단어는 가끔 그런 힘을 발휘한다. 하지만 더 이상 깊이 파고들어 그를 흔들어놓지는 못했다.

이사용 포장 박스가 침대 옆에 놓여 있었다. 일곱 개였다. 거실과 복도에도 그만큼 많은 포장 박스가 있었다.

독자적인 길로 가는 박스. 커다란 차고 옆에 있는 허름한 주택으로 가게 될 박스. 팬텀의 스컬 케이브와 보관 문제에 대한 해결책으로 향하는 박스. 구겨진 복권으로 가득 찬 남의 집 1층에 세 들어 살 일 없는 박스.

밤새 내리던 비는 이른 아침까지 이어졌다. 시간이 더해갈수록 철통 같은 보안 체계가 갖춰진 건축물 앞에 메워놓은 구멍 속으로 빗물이 계속해서 흘러들었다. 젖은 자갈들이 쓸려 내려갈지도 모를 일이고, 담배를 피우는 감독관이 그 위치를 발견할 수도 있었다.

아넬리는 몸을 뻗으며 알아들을 수 없는 말을 중얼거리고는 등을 돌리더니 다시 코를 골기 시작했다. 그녀에게 말해야 했다. 그녀도 같이 가야 한다고. 오직 그녀만이 할 수 있는 일이라고.

레오는 복도를 지나가다가 현관 밖에서 누군가의 목소리를 들었다. 잠시 조용해지는 것 같더니 갑자기 초인종 소리가 이어졌다. 그 즉시 펠릭스라는 걸 직감했다. 동생은 언제나 생각하고 행동하는 녀석이었다.

"너 옷차림이 왜 이 모양이야?" 레오는 현관문을 열며 다그쳐 물었다.

펠릭스는 빨간 체크무늬 플란넬 셔츠에 헐렁한 청바지, 베이지색 팀버랜드 부츠 차림이었다. 뒤에 있던 야스페르는 5천 크로나에 달하는 가죽 재킷에 새 청바지, 그리고 검은색 리복 운동화 차림이었다.

"평일 아침에 여기 올 때는 파란 셔츠에 파란 작업복 바지, 낡은 부츠를 신고 와야 하잖아!"

레오는 펠릭스와 야스페르가 갓 내린 커피를 마시기 위해 부엌으로 가는 동안 침실 문을 닫았다.

"위장 전술이라고 했잖아, 젠장! 남들은 우리를 공사 현장에서 일하는 사람으로 봐야 한다고. 야스페르, 네가 무슨 경호하는 비밀요원이야? 그리고 너, 펠릭스. 여행은 나중에 언제든 갈 수 있어. 형이 약속할게. 시드니 가서 머스탱 중고로 뽑고 서핑도 하고 시원한 맥주도 마시게 해준다고."

하루하루가 모여 한 주가 되고 그렇게 시간이 흘러가면서 그들은 슬슬 해서는 안 될 행동을 하기 시작했다. 안도감에 취하는 것.

레오는 빵과 버터, 치즈, 주스, 요구르트를 비롯해 쟁반과 커피잔을 꺼냈다.

"우린 건설 현장에서 일하는 사람들이라고. 꼭 그렇게 보여야 해. 그 누구도 우릴 보면서 저 인간들이 어떻게 돈을 버는지, 궁금해하게 만들어선 안 된다고. 이제 우리는 망치 들고 못 하나 박을 필요도 없어. 하지만 계속 그 일을 해야 해! 여기 가서 부엌 고치고, 저기 가서 새 지붕도 만들어야 해. 우린 회사가 필요해. 완벽한 위장을 위해서 꼭 필요한 거라고."

또다시 초인종 벨 소리가 들렸다. 짧고 조심스런 신호처럼. 그러고는 현관문이 열렸다.

"나야." 빈센트의 목소리가 들렸다.

"우리 부엌에 있어. 아침도 있고."

빈센트는 문간에 멈춰 섰다. 파란 작업복 바지, 파란 셔츠, 허름한 부츠 차림이었다. 모두가 아무런 말 없이 빈센트만 쳐다볼 뿐이었다.

"왜들 그러고 있어?"

"누군가는 제대로 이해했네." 레오가 말했다.

"뭘 이해해?"

레오는 커피 필터를 빼낸 다음 진한 커피를 잔 네 개에 따라 붓고 야스페르와 펠릭스 쪽으로 고개를 돌렸다.

"아침 다 먹으면 너희 둘은 픽업트럭 가지고 일단 집으로 가. 가서 여기 어린 녀석이 입고 온 작업복과 똑같은 옷으로 갈아입어. 그 다음에 켄타 목공소로 가서 두께 8미리짜리 떡갈나무 바닥재 150제곱미터 싣고 시스타에 있는 그런란드스곤엔 32번지로 배달해. 가베 영감이 고치고 있는 컴퓨터 사무실이야. 거기 가서 나랑 빈센트가 도착할 때까지 기다려."

야스페르는 방금 받은 커피 잔을 내려놓았다.

"진심이야? 우리가…… 공사판에 가야 한다고?"

"지금부터 이런 일 조금씩 맡아서 해야 해, 알았어? 150제곱미터 바닥재야. 이런 건 이틀이면 할 수 있어. 그리고 계속해서……."

"젠장, 그럼 우린……."

"고정가를 받고 일할 거야. 그러니까 적어도 일주일 동안은 끌 수 있어. 대규모이긴 하지만 단순한 일이야. 목수 넷이면 금방 할 수 있어. 우린 4일 동안 일하면서 정해진 돈을 받게 될 거야. 현장을 들락거리면서 주기적으로 일하는 사람처럼 보이도록 신경 쓰고."

레오와 빈센트는 스코고스를 거쳐 학교와 어릴 때 살았던 집을 지나갔다. 크긴 했지만 밀실처럼 느껴졌던 아파트였다.

레오는 차를 세우고 막냇동생과 함께 잔디가 높게 자란 언덕길을 내려갔다. 축구장과 학교 운동장 사이에 있는 길로, 지난번 현금수송 차량을 턴 다음 똑같은 더플백을 하나씩 들고 걸었던 길이었다.

숲으로 들어가 언덕을 지나면 지난 몇 주간 여러 차례 걸었던 똑같은 길이 나왔다. 혹시 강바닥에 침몰시킨 보트가 수면 위로 떠오른 건 아닌지 확인하기 위해서였다. 형제는 그곳을 지나 예전에는 훨씬 넓어 보였던 반도로 걸어갔다. 레오는 어렸을 때 그곳에서 외롭고 깡마른 소나무 두 그루가 보이는 반대편 해안까지 수영으로 왕복하곤 했었다.

"아직 아래에 있나 봐."

커다란 바위 몇 개와 일렬로 늘어선 낮은 가시덤불, 시든 채 웅크린 고사리 밭을 지나자 그 소나무 뒤로 해안이 보였다. 지난번에 그들이 보트를 타고 내린 지점이었다.

형제는 주변을 비롯해 강물을 이리저리 살펴보았다.

"그래, 아직 강바닥에 가라앉아 있어."

레오는 빈센트의 어깨에 손을 올렸다.

"넌 그날 저기서 자리를 지켜야 했어. 그렇지? 그런데 넌 자리를 벗어났어."

"난……."

"분명히 저기서 기다리기로 약속을 했는데도 말이야."

빈센트는 상체를 흔들어 형의 손을 떨쳐냈다.

"젠장, 경찰이 오고 있었다고. 형한테 알려야 했어. 난……."

레오는 피하려는 동생의 어깨를 다시 붙잡았다.

"아주 잘했어, 내 동생."

그러고는 씩 웃었다.

"넌 그 칠흑 같은 어둠 속에서 스스로 결정을 내렸어. 우리를 위해서. 난 널 믿기로 했고 넌 그 결정이 옳았다는 걸 몸소 보여줬어. 하지만 다음번에는 양상이 전혀 달라질 거야. 다음 목표는 현금수송 차량이 아니라 은행이거든. 사람들에게 둘러싸일 수도 있는 상황이라고."

"나도 알아."

"그리고…… 나로서는 네가 상황을 정확히 이해하고 있다는 확신이 절대적으로 필요해. 네가 원하지 않으면 빠져도 괜찮아. 지금 당장. 앞으로는 더 이상 이 문제에 대해 말할 생각 없어. 펠릭스나 야스페르도 마찬가지야. 이건 전적으로 네 권리이자 권한이야. 그리고 너한테 이런 설명을 하는 건 내 의무이고."

빈센트는 형을 향해 쓴웃음을 지었다.

"나도 끼고 싶어."

"난 네 큰형이야. 넌 내가 책임져야 하는 동생이라고. 난 이 일을 끌어가야 하고 나중에 돌이킬 수도 없어. 그러니까 가담하고 싶지 않으면 기회는 지금뿐이야."

"나도 알아. 난 빠지기 싫어."

돌풍이 살짝 일자 하얀 거위들이 급한 일이라도 있는 듯 부산스레 움직였다.

레오는 막냇동생을 끌어안았다. 형제는 같은 길을 가고 있었다.

"그래, 알았어."

형제는 구불거리는 숲길을 따라 나란히 걷기 시작했다. 어둠 속에서 걸어나갔던 바로 그 길을 향해.

"넌 케블라라는 방탄조끼를 입게 될 거야. 경찰들이 사용하는 것보다 훨씬 좋은 거야. 장전된 자동소총도 사용하게 될 거고. 검은색 워커에 파란 점프슈트를 입고 얼굴은 마스크로 가려야 해. 사람들 눈에 훨씬 크게 보여야 해. 말라깽이 같은 두 다리도 감춰야 하고. 그리고 무엇보다 걸음걸이에 신경 써."

레오는 걸음을 멈추고 빈센트가 따라 멈출 때까지 기다렸다.

"넌 지금 열일곱 살 먹은 애처럼 걷고 있어. 그게 무슨 뜻인지 알아? 네가 어둠 속에서 우리한테 위험을 알리려 뛰어왔을 때, 야스페르가 너한테 총구를 겨눴던 그 순간, 내가 녀석을 제지했던 건 네 걸음걸이를 알아봤기 때문이었어."

레오는 다시 숲길로 내려갔다. 하지만 느린 걸음으로, 두드러지게 발을 길게 벌리며 성큼성큼 걸어나갔다.

"이번 일을 제대로 하려면 넌 성인처럼 보여야 해. 은행원들의 눈에 성인 남성 세 명으로 보여야 한다고. 경찰들이 보게 될 몇 초 분량에 화질도 엉망인 감시 카메라 영상 속에서도 넌 성인처럼 보여야 하는 거야. 인간의 동작은 식별이 가능하고 남들의 머릿속에 남기 마련이거든. 그들은 우리를 평생 다른 일은 해본 적 없고 은행만 털고 다닌 전문 은행 강도단으로 봐야 해. 우리를 보면서 도대체 어디서 튀어나온 사람들일까, 정체가 뭘까, 무슨 짓을 할 수 있을까, 이런 생각을 하게 만들어야 하고 두려움까지 느끼게 해야 해. 그런데 네가 계속 평범한 10대처럼 걸어 다니면 그들은 그렇게 생각하지 않아."

두 사람이 나란히 걷기 힘들 정도로 길이 좁아졌다.

"따라와."

레오는 풀밭으로 들어가 목초지를 가로질렀다.

"힘줘서 걸어. 발에다 체중을 다 실어. 발끝은 앞으로 향하게 하고 벌리지 마."

레오는 뒤로 돌아서 어른처럼 걷기 위해 연습하는 동생을 쳐다보았다.

"좋아, 잘했어! 이제 네 체중이 지금보다 더 나간다고 상상해봐. 네가 거구라고 생각하고, 어디로 향하고 있는지 정확히 알고 있다고 생각해. 10대들은 상상도 못 할 그런 장소."

레오가 걸음을 멈추자 동생도 따라 멈췄다. 다리를 길게 벌리고 거의 달리던 중이었다.

"정확한 위치를 알고 갈 때와 자리를 잡으려 할 때는 큰 차이가 있어."

"알겠어."

"그리고 무게중심을 아래쪽으로 낮춰. 이렇게."

레오는 양쪽 무릎을 유연하게 살짝 굽혔다. 빈센트는 형의 동작을 따라 했다.

"위로 올리지 마. 고개도 돌리지 말고. 거시기가 바닥에 거의 닿을 정도로 자세를 낮추라고. 거기가 네 무게중심이야, 빈센트. 상체를 낮춰. 감이 와?"

두 사람은 벌판에 나란히 서서 위아래로 흔들거렸다.

"느낌이 와."

"확실해?"

"확실해."

레오는 빈센트의 가슴을 강하게 밀었다. 동생은 거의 흔들리지 않았다.

"어떤 느낌인지 알겠어? 중심 잘 잡고 있지?"

"어."

"좋아, 한 가지 더. 네 목소리."

"목소리가 왜?"

"변성기 지나는 애들처럼 들리면 안 돼. 목소리를 확 내리깔아. '열쇠'라고 해봐."

"열쇠."

"그렇게 말고. 소리를 더 아래쪽에서 끌어와. 아랫배에서 끌어온 소리를 가슴에서 터뜨리는 식으로. 나한테 명령하는 것처럼 다시 말해봐. '열쇠 내놔.'"

"열쇠 내놔."

"다시 한 번!"

"열쇠 내놔! 열쇠 내놔! 열쇠……."

"단호하게 들리는 게 관건이야. 음역대는 괜찮아. 지금부터는 그걸 잘 활용해. 알았어?"

형제는 벌판을 지나 언덕을 올라 세워두었던 차로 돌아갔다. 빈센트는 무릎을 살짝 굽히고 몸을 흔들며 오른쪽 발을 땅에 디딜 때마다 '열쇠 내놔'라는 문장을 반복했다.

시스타에 위치한 컴퓨터 회사 사무실. 레오는 측면에 똑같은 로

고를 단 똑같은 트럭 옆에 차를 세우고 문을 열고 나왔다. 빈센트는 하루 종일 조수석에 있었고, 여전히 그 자리에 앉아 있었다.

"얼른 내려." 레오가 말했다.

"지금 하는 거야?"

"뭘 해?"

"은행 터는 거."

레오는 열린 문을 잡은 채로 빈센트를 바라보았다. 빈센트는 아직 내릴 준비가 되지 않은 듯 보였다. 레오는 다시 차에 올라탔다.

"빈센트."

"어?"

"로터리 옆에 있는 목표물은 은행 한 군데야. 단지 연습에 불과한 거라고. 다음에는 두 곳을 털 거야. 한꺼번에."

"그래서 연습을 하는 거라고? 그다음에는?"

"그다음에는 세 곳을 터는 거지."

같은 장소, 같은 시각, 똑같은 위험.

"지금까지 이런 일을 벌인 사람은 아무도 없었어. 그렇기 때문에 그런 일이 벌어질 거라고 상상하는 사람도 없어. 우리는 제대로 날을 잡아서 일을 벌일 거야. 은행에 돈이 가장 많이 모이는 날 말이야……. 무슨 뜻인지 알겠어?"

"은행 세 곳을……. 한꺼번에?"

"동시에 세 곳이야. 적절한 날을 노리는 게 관건이야. 1천만, 1천 5백만, 아니 3천만 크로나를 쓸어올 수도 있어. 그다음엔 남은 총들을 다시 팔아서 또 돈을 챙길 수 있어. 그것만 지나면 모든 게 충분해져. 더 이상 은행 털 일이 없게 되는 거라고. 단, 우리가 필요한 만큼은 계속할 거야."

"그런데 무기를 어떻게 판다는 거야? 누가 산다고?"

"경찰이지."

건물 현관문이 열렸다. 제대로 복장을 갖춘 펠릭스와 야스페르가 나왔다. 두 사람은 트럭으로 걸어와 화물칸 덮개를 걷어 올리며 재촉하듯 손짓했다.

"갈 시간이야, 나와!"

두 사람은 트럭에서 바닥재를 꺼내 아스팔트 바닥에 내려놓았다. 그때까지도 레오와 빈센트는 차에서 내리지 않았다. 야스페르가 다가와 차창을 두드렸다.

"나오라니까. 그렇게 중요하다고 해놓고 왜 꾸물거려."

"금방 나가."

"아침에 한 말이랑 다르잖아."

"금방 내린다고."

레오는 자신을 똑바로 쳐다보고 있는 막냇동생을 바라보았다. 동생은 형의 이야기를 듣고 자신이 이해해야 하는 내용을 속으로 끌어안고 있었다.

"빈센트, 곰을 이기고 싶다면 함께 춤을 춰야 하는 거야. 절대로 가까이 다가가선 안 돼. 그럼 살아남을 수가 없거든. 곰은 너보다 훨씬 덩치가 크잖아. 널 갈가리 찢어버릴 거라고. 하지만 곰 주변을 돌면서 춤을 출 수는 있어. 그리고 기다려. 먼저 한 방을 날리는 거야. 제대로 날렸으면 계속 춤을 추면서 다음 펀치 날릴 준비를 할 수 있어. 은행 터는 것도 마찬가지야. 소규모로 은행을 털면 경찰 전체를 무너뜨릴 수 있어. 넌 계속해서 곰을 찌르는 거야. 곰을 짜증 나게 하고 혼란스럽게 만드는 거지. 단, 곰에게 정신 차릴 여유를 절대 주면 안 돼. 한 방, 한 방, 짜증이 극에 달할 때까지 계속 찌르고 혼란스럽게 만들어야 해. 곰과의 춤이라고, 빈센트. 펀치, 혼란, 그리고 사라지는 거야. 그리고 다시 한 번 반복하는 거야. 이 은행에서 저 은행으로."

레오는 좌석 밑으로 손을 넣어 두툼하고 누더기 같은 비닐봉지를 꺼내 동생에게 넘겼다.

"받아. 필독서야."

빈센트는 봉투를 받아 뒤적이며 책을 한 권씩 꺼냈다.

《부비트랩-야전부대지침서》. 한 번도 읽어본 적 없는 책이었다. 《폭약A-부엌에서 만드는 뇌관》. 들어본 적도 없었다. 《무정부주의자의 요리책》. 대부분 얇은 책들이었다. 《집에서 만드는 C4-생존비결》. 이따금 두툼한 소책자들도 나왔다. 《소음기 만드는 법-일러스트》. 모조리 영어로 돼 있었다. 《폭약B-부엌에서 만드는 비료 폭탄》.

빈센트는 아무 곳이나 펼쳐보았다. 알아들을 수 없는 용어로 꽉 들어찬 문장과 소형폭탄 제조법을 보여주는 그림 설명이 나왔다. 그동안 레오는 차 문을 열었다.

"이번 주 동안 네가 해야 할 숙제야."

빈센트는 큰형을 멀뚱히 쳐다보았다. 레오는 쌓아놓은 바닥재 위로 올라가더니 마치 포장을 뜯어낼 것처럼 서 있다가 야스페르의 목을 붙잡고 레슬링 하듯 장난을 쳤다. 큰형은 가끔 그런 장난을 치곤 했다. 그러자 펠릭스도 바닥재를 내려놓고 두 사람 사이에 끼어들었다. 보는 사람 입장에서는 큰형 레오를 상대로 결투를 벌이는 건지 야스페르를 상대하는 건지 알 수 없었지만 아마 자신도 누구를 상대하는지 몰랐을 것이다.

큰형과 작은형, 그리고 형의 친구.

빈센트는 손잡이가 하나밖에 남지 않은 비닐봉지에 책을 도로 집어넣었다. 그러고는 미소를 지었다.

빠지고 싶지 않았다. 끼고 싶었다. 형들과 함께.

22

브론크스는 부교의 마지막 널빤지 위에 서 있었다. 한 걸음만 옮기면 강물 속으로 빠지는 위치였다. 오래전, 멜라르 호수의 작은 섬에서 여름을 보냈을 때 본 다른 부교가 머릿속에 떠올랐다. 널빤지를 밟는 발소리, 돌아오라고 소리치던 어머니 목소리가 들리는 것 같았다. 삼은 그보다 반 발짝 앞서서 비가 쏟아지는 가운데 호수로 뛰어가고 있었다. 그러고는 염수가 흐르는 호수에 누워 떨어지는 빗방울을 쳐다보며 얼굴로 받았다.

브론크스는 책상다리를 하고 널빤지 위에 앉아 11월의 시커먼 강물을 손으로 휘저어보았다. 기억 속에 남아 있던 것에 비해 훨씬 차가웠다. 한두 달 정도만 지나면 살얼음이 얼 것 같았다.

"욘? 거기 있어요?" 산나가 그를 불렀다.

브론크스는 뒤에서 부교의 널빤지 밟는 소리를 들었다. 그 덕에 널빤지가 앞뒤로 흔들거렸다.

"여기 있어."

"그런데 우리…… 뭘 하러 온 거예요?"

산나는 부교에 묶여 있는 8마력 엔진의 보트를 턱으로 가리키며 물었다.

"놈들이 어디로 갔는지를 알아내야지. 어디에 내렸는지, 지금은 어느 테이블에 앉아서 어디를 털 계획을 짜고 있는지, 뭐 그런 것들."

무심한 말투. 무표정한 얼굴. 기계적인 목소리.

"비 오는 날 드레비켄 호수에서, 그것도 불안정하게 출렁이는 보트에 앉아 있어야 그걸 알아낼 수 있다는 거예요? 게다가 여기 찾아온 게 처음도 아니잖아요?"

"놈들이 무슨 생각을 하는지 알아내기 위해서는 당신 도움이 필요해."

그는 한 발은 부교에, 그리고 다른 한 발은 보트 가운데로 밀어 넣었다. 산나는 우비용 판초 두 벌을 팔에 걸고 뒤따라와 그에게 하나를 넘겼다.

"이거 필요할 거예요. 기상 상태가 더 악화될 테니까."

브론크스는 엔진에 걸린 코드를 두 번 잡아당겨 프로펠러를 가동시켰다. 그러자 배가 부교에서 밀려 나가기 시작했다. 배는 더 이상 여름이 아니라는 사실을 잘 안다는 듯 아무런 저항 없이 고개 숙인 지친 갈대를 뚫고 강 한복판으로 나아갔다.

거의 보이지도 않는 표지판에 따르면 카닌홀멘과 뮈르홀멘이라는 이름의 섬을 서서히 지나갔다. 브론크스는 키를 살짝 조절해 전나무와 소나무로 뒤덮인 해안을 통과했다. 이따금 해안가에 건축허가가 나던 시절 지어진 잿빛 고층 건물 상부와 간간이 보이는 빌라 기와지붕이 경관을 가리고 있었다. 강이 좁아지면서 드레비켄 호수는 어느새 식물이 무성하고 사람이 살지 않는 좌현 쪽 만으로 이어졌다. 침엽수림과 낙엽수림이 숲을 이루는 평온한 플라텐 자연 보호 구역과 소규모 지역공동체 정원이 나왔다. 우현 쪽으로는 촘촘히 늘어선 주택이 보였고, 도로와 주택, 콘크리트 건물들이 어지럽게 뒤엉킨 풍경이 눈에 들어왔다. 도주하는 보트가 어둠 속에 숨어 해안으로 진입하기에는 확실히 비좁았고 선택할 방향도 많지 않았다.

"놈들이 어디를 택했을 것 같아?"

산나는 먼저 지도를 살펴본 다음 눈앞의 현실로 시선을 돌리고는 건물들이 보이는 해안 쪽을 가리켰다.

"저쪽이에요."

"내 생각도 그래."

브론크스는 키를 조정해 산나가 가리킨 방향으로 배를 몰았다. 도주 중인 범죄자는 최대한 방향을 이리저리 틀다가 그 부근에서 도주로를 선택했을 것이다.

"확인해봤는데 인근에서 보트 도난 신고는 없었어요."

"만약 보트가 놈들의 것이었다면?"

산나는 다시 지도로 시선을 옮겼다.

"여기 정박지가…… 다섯, 여덟, 열하나……. 열다섯 군데 있네요. 적어도요. 만약 용의자들이 보트를 가지고 있었다면 어디든 갈 수 있었을 거예요."

"보트를 두고 갈 녀석들이 아니야. 자신들의 흔적을 철저히 감추고 지우는 녀석들이라고. 도주에 사용한 차량까지 없애는 놈들이야. 만약 놈들이……."

호기심에 몰려든 갈매기들이 날카로운 소리를 내며 두 사람을 잠시 방해했다.

"……보트를 강 속에 가라앉힌 거라면 말이야……. 내포, 만, 부두, 수영이 가능한 구역 등 아무 데나 착륙할 수 있다고. 누군가 놈들을 기다리고 있었을 거야. 또 다른 도주 차량을 가지고."

"아닐 수도 있어요."

브론크스는 미소를 지었다. 두 사람은 여전히 비슷한 생각을 하고 있었다. 적어도 경찰로서는.

"아닐 수도 있어. 빨리 달아날 필요가 없었다면 말이야. 여기가 최종 목적지였다면…… 놈들이 집이라고 부르는 장소가 여기라면 말이지……."

그는 울퉁불퉁한 나무 뒤로 보이는 좁은 해안 쪽으로 고개를 돌리며 말을 이었다.

"아마 7시나 8시 정도였을 거야. 해안이 검은 장막에 가려진 것처럼 어두웠을 테니까. 놈들이 어디로 왔든 또 다른 공범이 놈들에게 손전등 같은 걸로 신호를 보내 방향을 지시해줬을 거야."

토끼 두 마리가 다가오는 보트 소리에 화들짝 놀라 미친 듯이 제방 위로 뛰어올라갔다.

"그래서…… 당신은 어떻게 됐다고 믿어?" 그가 물었다.

"어떻게 됐다고 믿느냐고요?"

"그래."

"알잖아요, 욘. 난 뭔가를 믿는 사람 아니라는 거. 난 지루한 사람이라서 기술적인 수사를 통해 확신할 수 있는 내용만 보고서로 작성하는 거 알잖아요."

"그래도 뭐가 보일 거 아니야? 생각하는 게 있을 거고? 당신이 추측을 해야 한다면?"

"당신은 추측을 할 수 있어요. 아니, 추측하는 게 당신 일이니까요. 난 아니에요. 단지 사실과 증거의 관계를 밝힐 뿐이에요. 그게 내 일이고요."

"만약 내가 알고 싶은 게 과학수사대 감식반이 밝히는 내용이 아니라 산나가 믿는 거라면?"

"난 이런 거 싫어요. 추측하고 짐작하는 거." 산나는 잠시 생각하다 고개를 절레절레 흔들었다.

"우린 지금 호수 한가운데 있어. 당신 이야기를 듣는 건 나 혼자고."

"산나는 두 사람이 있었다고 믿어요. 우리가 아는 건 용의자들이 2인조 강도였다는 거니까요. 현금수송 차량을 강탈한 용의자들은 전에도 이런 일을 벌였을 거고 동종 전과로 형을 살았을 수도 있어요. 그들의 행동 하나하나가 그런 정황을 뒷받침한다고 믿어요. 사격 솜씨, 잔혹성, 목적의식, 의지, 위험을 감수한 것까지 전부요."

두 사람은 해안을 향해 나아갔다. 바위가 주변을 감싸자 브론크스는 키를 움직여 배를 뒤로 다시 뺐다.

"그리고⋯⋯ 산나는 알고 있어요. 이런 이야기는 그 안에서 돈다는 걸."

그녀는 처음으로 브론크스를 똑바로 쳐다보았다. 자신이 한 이야기가 무슨 뜻인지 그가 이해했다는 걸 산나는 알았다.

"철창 안에 있는 사람들은 별로 할 일이 없잖아요. 안 그래요?"

그녀는 그에게 그런 이야기를 할 수 있을 만큼 가까운 몇 안 되는 주변 사람 중 하나였다.

"이런 이야기를 할 상대가 내가 아니라는 건 당신도 잘 알고 있고요. 직접 찾아가서 얘기를 해봐요."

"싫어."

"왜죠?"

"그래 봐야 나올 게 없으니까."

"그래도 가서⋯⋯."

"싫다고."

두 사람은 고층건물이 늘어선 스코고스 해안으로 이르는 숲길을 지나갔다. 확연히 대비되는 분위기였다. 고요하고 아름답고 한없이 여린 배경이 들썩이고 어수선한 데다 차가운 배경과 맞닿은 느낌이었다.

"당신은 변한 게 없어요, 욘."

"당신도 마찬가지잖아."

아무리 그녀를 피하려 애써도 산나는 매일같이 그의 머릿속에, 그의 가슴속에 살아 숨 쉬고 있었다. 지난 10년간 그녀를 보낼 수가 없었다. 둘이 함께한 시간은 2년이었다. 그중 1년을 같이 살았다. 하지만 그때는 젊었고, 그 1년은 길었다.

"난 기뻤어. 넋 나간 그 경비원 곁을 떠나 부교로 내려가다 당신을 발견했을 때 말이야."

브론크스는 다른 사람을 만나려 몇 차례 시도했었다. 특히, 첫 몇 년간은 필사적이었다. 하지만 산나는 언제나 그의 앞에 있었고 그와 함께했던 여성 역시 그 사실을 느낄 수 있었다. 그가 만났던 여성들은 눈에 보이지 않은 그림자와 경쟁해야 했다.

"당신은 정말 변한 게 하나도 없어요, 욘. 세상에……. 설마 그것 때문에 이 비 오는 날, 망할 보트에 날 태운 거예요?"

"난 당신 생각을 해. 매일같이."

"난 당신 생각 전혀 안 해요. 단 하루도."

떠난 건 그였다. 그리고 슬퍼한 건 그녀였다. 슬픔이 멈춘 뒤, 그녀는 그를 보내주었다.

"할 얘기 다 했어요?"

그는 아무런 말도 하지 않았다. 마치 대화를 어떻게 해야 하는지 전혀 모르는 철부지 어린아이처럼. 의사소통에 능하고, 이성적이면서 탁월한 분석력을 지닌 형사와는 전혀 다른 모습으로.

"다시 경찰 대 경찰로 얘기하면 안 될까요? 당신이 이 보트 여행을 제안한 건 수사의 단서를 찾기 위해서였다고 일단 속아줄 테니까."

그는 힘없이 고개를 끄덕였다.

"그렇다면……."

그녀는 대화 도중 떨어뜨렸던 지도를 다시 집어 들었다.

"놈들이 어느 지점에서 내렸는지 확인해줄 목격자는 없어. 수색견에 헬기, 길에는 바리케이드를 치고 감식반까지 와서 뒤졌는데도 놈들의 흔적은 전혀 발견하지 못했지. 놈들은 분명 이 지역을 잘 알고 있는 거야. 익숙한 지역이라는 게 놈들이 가질 수 있는 유일한 장점이었어."

수로가 넓어지면서 두 사람이 탄 배는 다시 망망대해 같은 강 한복판으로 나왔다. 부교에서 45분 거리였다. 그는 이 보트 여행 중 처음으로 산나에게서 눈을 돌려 자신들이 지나쳐온 곳을 되돌아보았다.

"저기로 다시 돌아가야 해요, 욘. 가서 계속 찾아봐요."

23

아넬리는 묵직한 자물쇠가 채워진 바리케이드 앞에 렌터카를 세웠다. 도로에서 얼마 떨어지지 않은 거리였다. 빨간색 볼보 240. 그 모델과 그 색깔을 고른 이유는 따로 있었다. 스웨덴에서 가장 평범한 차였기 때문이다. 레오는 이삿짐을 옮기기 위해 대형 화물차를 빌리면서 볼보 승용차도 한 대 빌렸다.

아넬리는 핸드브레이크를 좀 더 세게 당겼다. 평소 쓰던 차에 비해 핸드브레이크가 다소 부드러웠다. 그녀는 언덕 지점에 차를 세웠다. 뭐든 확실히 해야 했다.

부엌 찬장에서 필요한 모든 걸 챙긴 그녀는 종이 상자가 쌓여 있는 좁은 틈 사이로 방마다 돌아다녔다. 이사를 하긴 했지만 그녀가 꿈꿨던 곳은 아니었다. 하지만 딱 1년 만이라는 그의 약속이 있었다. 아넬리는 레오 몰래 버스를 타고 슬루센까지 가서 다시 기차로 갈아탄 다음, 살트쉐바덴의 대형 주택단지를 돌아다녔다. 그런 집에서 살게 된다면 아들 세바스티안도 그녀와 함께 살고 싶어할 것 같았다.

그녀는 휴대전화를 꺼내 번호를 눌렀다.

"잘 지내, 우리 아들? 오늘은 뭐 할 계획이야?"

"자전거 타려고."

"비 오는 날?"

"여기는 비 많이 안 와."

아넬리는 이따금 이런 기분이 들 때면 세바스티안에게 전화를 걸었다. 그러면 언제나 마음이 차분해졌다.

"여긴 비가 좀 내리네."

"어."

"엄마 지금 숲에 나와 있어……. 버섯 따는 중이거든. 그런데 아들 생각이 나더라고. 뭐 하나 알려줄까? 다음에 우리 집에 오면, 네 방을 가질 수 있게 됐어."

"알았어."

"그리고 레오가 널 위해서 마당에 농구대도 달아준대."

"알았어. 엄마, 나 이제 나가야 해."

"하지만……."

"아빠는 벌써 신발 신었어. 끊을게."

"그래, 사랑해. 조만간……."

잠잠한 전화기. 끔찍한 기분이 들었다.

"……만나."

그녀는 다시 혼자가 되었고 숲은 여전히 음울했다. 더럽고 썩은 과일의 악취가 진동하는 끝없는 관 속에 들어온 느낌.

개 짖는 소리가 점점 더 커지고 있었다. 분명히 한 마리 이상이었다. 자신이 어디로 향하고 있는지 인식하기도 전에 아넬리는 어느새 넓게 탁 트인 자갈밭으로 가까이 다가갔다. 숲에서 벗어날수록 더 많은 공기와 빛이 그녀를 감싸기 시작했다. 병기창고가 그녀의 목적지였다.

그곳에서 무언가가 움직이고 있었다. 나무와 높은 덤불 사이로 초록색 옷을 입은 사람들이 돌아다니는 걸 언뜻 본 것 같았다. 그뿐만 아니라 바람에 실려 오는 목소리도 들었다.

그들이 뭔가 발견한 것이다.

밤새도록 레오를 잠 못 들게 하고 진땀 흐르게 만들었던 그 두려움. 그 일이 실제로 벌어진 것이다.

아넬리는 순간적으로 자신이 걸어온 방향으로 뒷걸음질 쳤다. 레오에게 알려야 한다. 레오도 알고 있어야 한다. 그러다 갑자기 걸음을 멈췄다. 사실, 그녀는 아는 게 없었다. 군인으로 보이는 사람들이 개를 데리고 다니고 있다는 사실이 전부였다. 아직 주어진 임무도 완수하지 못했다. 그녀도 관련자였다.

아넬리는 다시 방향을 틀어 목표 지점으로 서서히 다가갔다.

날카로운 송곳니를 드러낸 개들이 침을 질질 흘리며 짖었다. 아넬리는 다섯 살 때 겪은 일이 떠올랐다. 복서 한 마리가 그녀에게 뛰어들어 왼쪽 뺨을 물은 적이 있었다. 개 주인은 단지 같이 놀고 싶어 한 것뿐이라고 어물쩍 넘어가버렸고 그 일로 인해 지금은 트라우마로 남았다. 개들은 그녀가 자신들을 무서워한다는 걸 귀신같이 알아차렸다.

숲을 지나와 나무도 듬성듬성해진 마당에…… 사냥개 두 마리가, 아니 세 마리일지도 모른다. 거기다 초록색 제복 차림의 남성이 다섯, 여섯…… 일곱 명씩이나. 그대로 계속 걸어나가 자갈밭에 발을 들이면 개들이 그녀의 두려움을 감지하게 될 터였다. 하지만 다른 대안이 없었다. 만약 그들이 구멍과 터널, 텅 빈 병기창고를 발견했다면 레오도 그 사실을 알고 있어야 했다.

아넬리는 가지가 무성한 나무들 사이로 걸어가 자갈밭에 다다랐다. 그곳에서는 콘크리트 구조물의 상태를 명확히 확인할 수 있었다.

문은 굳게 잠긴 듯 보였다.

이상 징후 하나 없이 문은 닫혀 있었다.

조심스레 돌아 나오려던 찰나, 발을 헛디뎌 미끄러지고 말았다. 느린 속도로 그녀의 고무장화 밑창이 돌조각과 맞닿으며 날카로운 마찰음이 허공을 갈랐다.

사냥개들이 흥분해서 짖어대기 시작했다. 녀석들은 목줄을 당기며 앞으로 달렸다.

아넬리는 가까스로 몸을 일으켜 바로 서려다가 또다시 미끄러졌다.

"도움이 필요하십니까?"

초록색 제복의 남성들은 여덟 명이었다. 개들은 추측한 대로 독일산 셰퍼드였고 그녀가 움직일 때마다 사납게 짖으며 달려들려 했다.

"저기…… 단단히 묶여 있는 건가요?"

"여긴 군 관할 지역입니다."

"제가 개를 많이 무서워해서요……."

구부러지고 희끗희끗한 콧수염으로 미루어 보아 책임자로 보이는 장신의 군인이 날카로운 눈매로 그녀를 노려보고 있던 개를 향해 명령했다.

"칼리버, 거기 앉아!"

어깨에 걸친 갈색 가죽끈에는 총이 걸려 있었다. 나름 친절해 보였다.

"아마…… 저 녀석에게 인사 정도는 하실 수 있을 겁니다."

아넬리, 넌 앞으로 더 다가가야 해.

"저 녀석 코에 손을 뻗어보세요. 그냥 냄새만 맡게 해보세요."

막아놓은 구멍이 무너져 내렸는지 확인해야 해.

"보셨죠. 친절하게 대해주면 녀석도 똑같이 친절하게 굽니다."

군인은 그제야 미소를 지어 보였다. 아넬리는 그가 쓰고 있는 군모로 시선을 돌렸다. 헌병이었다. 그러고는 군인의 검은색 워커 옆에 서 있는 개를 쳐다보면서 혹시 그 개가 두려움의 종류까지 구분해내는 능력이 있는 건 아닐까 생각했다. 무의식적으로 느끼는 본능적인 두려움과 의식적으로 예측하고 느끼는 두려움을.

"저기…… 저기로 가로질러 가도 될까요? 자갈밭 쪽으로요."

"그건 좀 어려울 것 같습니다. 말씀드렸듯이 여긴 군 관할 지역이라…….”

“아…… 네.”

“저희는 헌병입니다. 지금은 훈련 중이고요. 죄송하지만 다른 곳으로 이동해주시면 좋겠습니다.”

“전 몰랐어요…….”

“저기 오시다 보면 '출입 금지'라는 안내판이 있었을 겁니다.”

“못…… 못 봤는데요. 숲 속으로 걸어와서…… 차를 세워둔 곳이…….”

“그런데 여기서 뭘 하고 계셨던 겁니까?”

“그게…….”

여덟 명의 군인이 머뭇거리는 그녀를 주시했다.

아넬리는 넘어졌을 때 떨어뜨린 바구니를 들어 보였다.

“버섯이요.”

“많이 따지는 못하셨군요.”

“네. 그게…….”

“아, 그건 뿔나팔버섯이네요. 희귀종인데…… 어디서 찾으신 겁니까?”

아넬리는 초조한 표정을 감추려 인위적인 미소를 지었다. 적어도 덜 긴장한 것처럼 보이기를 바라면서 말을 이었다.

“그게…… 영업상 비밀이라……. 무슨 뜻인지 아시죠? 많지는 않더라고요. 비 때문인 것 같은데…….”

“어쨌든 여기에 계시면 안 됩니다.”

아넬리는 다시 미소를 짓고 한쪽으로 고개를 살짝 기울이며 물었다.

“그냥 저기로 가로질러도 될까요? 그럼 더 빨리 여기서 벗어날 수 있을 것 같은데……."

헌병이 그녀를 쳐다보았다. 아넬리는 먹히길 바라는 간절한 마음으로 계속 미소를 머금었다.

"물론이죠. 가로질러 가십쇼."

그들은 경계의 시선으로 그녀를 주시했다. 콘크리트 구조물 앞에 멈춰 서서 뒤돌아볼 때까지 계속해서.

"그런데, 이건 뭐죠? 건물 같은 거요……. 개집인가요?"

"아닙니다."

"아니라고요? 그래 보여서……."

"보관창고입니다."

그녀는 자신이 서 있는 바로 그 지점이 얼마 전까지만 해도 구멍이 뚫려 있던 곳이라고 생각했다. 손만 뻗으면 잿빛 콘크리트 벽이 닿을 거리였다. 레오는 안이 텅 빈 병기창고를 껍데기라고 불렀다. 콘크리트 껍데기.

"보관창고라고요?"

그녀는 오른발에 더 힘을 주며 딛고 있던 자갈을 밟아보았다.

"전시에 사용하는 시설입니다. 부대에 장비가 필요할 경우를 대비해서요."

바닥이 무르거나 구멍이 뚫릴 것 같지는 않았다. 레오의 형제들이 덮어놓은 터널의 정체가 드러날 것 같지는 않았다.

아넬리는 다시 발걸음을 옮겼다. 날카롭고 예리한 시선이 그녀의 등을 쏘아보고 있었다.

임무 완수. 침을 질질 흘리는 사냥개들이 지켜보는 가운데 가슴이 터질 것 같고, 우비 속 등 뒤로 식은땀이 줄줄 흘러내리는 와중에도.

"저기요."

헌병의 목소리가 그녀를 따라왔다. 방금 전보다 훨씬 큰 소리로.

"저기요!"

그녀는 자신을 부르는 소리를 들었지만 머뭇거렸다. 마침내 발걸음을 멈추고 눈을 질끈 감았다.

"네?"

"아까 버섯 따러 오셨다고 했었죠?"

"네……. 버섯을 찾고 있긴 했어요."

고개를 돌리자 심각한 표정의 얼굴이 그녀를 쳐다보고 있었다.

알아챈 거야.

"혹시 독버섯인지 아닌지 구분은 하십니까?"

알아챈 거야.

"독버섯이라고요?"

처음부터 눈치채고 있었던 거야.

"그 황갈색이요. 중간에 들어 있던 얇은 버섯이요. 확인해보셔야 할 겁니다."

"그게…… 그러니까……."

"뿔나팔버섯이 아니라 녹슨끈적버섯일 수도 있습니다. 사람들이 적잖이 혼동하는 종이거든요."

그는 미소를 짓고 있었다.

"조심하셔야 합니다."

여전한 미소. 그 미소는 진심이었다. 헌병은 그녀에게 되돌아오라고 말하지 않았다. 바닥에 난 구멍이나 병기창고 약탈 사건에 대한 어떤 질문도 하지 않았다.

아넬리는 고개를 끄덕이고는 잠시 뒤 손까지 흔들었다. 자갈밭을 지나가는 내내 뒤돌아서 멀어져가는 그들을 확인해보고 싶었지만 그러지 않았다.

그녀는 나무뿌리와 돌부리를 건너뛰며 숲 속을 달려 차에 올라탄 뒤, 평소에는 상상조차 할 수 없었던 속도로 툼바까지 내달렸다.

24

아넬리는 속으로 크게 웃었다. 짜릿했다. 자신이 사랑하는 남자에게 무슨 일이 벌어질지 모른다는 두려움에 애간장을 태웠었다. 그 자리에 직접 찾아가지 않고서는 도저히 잠재울 수 없었던 두려움. 이제 자신도 공범이 되었다. 누구도 수행할 수 없는 임무를 완수했다. 게다가 모든 공범들이 상상한 것 이상으로 잘해냈다.

새로 이사 온 집 앞에 트럭이 서 있었다. 뒷문은 열려 있었는데 텅 빈 상태였다. 모든 박스가 집 안으로 옮겨진 뒤였다. 그녀는 집으로 들어가며 펠릭스와 빈센트, 야스페르가 평소처럼 집에 있어서 자신이 레오에게 전하는 이야기를 함께 들어주기를 바랐다.

차고에서 나오는 레오를 발견한 그녀는 거의 뛰다시피 그에게 다가갔다.

"레오, 나 왔어!"

펠릭스, 빈센트, 그리고 야스페르도 듣고 있어야 한다. 그녀가 전하려는 이야기를.

"지금부터 난 당신이 결성한 강도단의 여왕이야!"

그녀는 레오를 끌어안고 뺨에 입을 맞춘 다음 키스했다.

"거기 사람들이 있었어." 그녀는 속삭이며 말을 이었다.

"사람들이라니?"

"헌병들이 여덟 명이나 됐어. 수색견까지 있었는데 그냥 훈련 중이었다고 하더라고. 난 당신이 시킨 대로 했고."

그의 표정이 달라졌다.

"시킨 대로…… 했다고?"

"거기 가서 그 병기창고 문 앞에 자갈을 확인했어. 내 발로 직접 밟아가면서. 아무런 의심도 안 하더라니까!"

레오의 반응이 은근슬쩍 자기 생각 속에 빠져들 때처럼 변하기 시작했다. 그녀가 전혀 알 수 없는 생각을 할 때처럼.

"그러니까 당신이 거기 서서…… 그 무기 보관소 앞에서 수색견을 데리고 나온 헌병 여덟 명이 보는 앞에서 직접 땅을 밟고 파봤다는 거야?"

"그렇다니까. 그런데 그 사람들……."

레오가 옆집 쪽으로 고개를 돌렸다가 즉시 도로를 쳐다보았다. 한 차선에 멈춰선 차로 인해 뒤로 긴 줄이 늘어선 상태였다.

"안으로 들어가서 얘기해."

그는 아넬리를 잡아끌었다. 거친 손길은 아니었지만 평소에 비해 강했고 끌려들어갈 만큼 셌다. 레오는 들어가자마자 현관문을 닫았다. 복도는 기다란 전선 아래 매달린 전구가 전부인 탓에 그리 밝지 않았다. 레오가 치고 지나가자 전구가 앞뒤로 흔들거렸다.

"헌병이라고 헌병! 그 사람들은 당신이 발견하지 못한 것까지 감지하도록 특수 훈련을 받은 군인이야. 그런데 그런 군인들이 보는 앞에서…… 볼일 본 걸 숨기는 고양이처럼 발로 땅을 긁고 문질렀다는 거야?"

흔들리는 전구로 인해 밝지만 불편한 불빛이 이어졌다.

"레오, 내가 한 건……."

"당신 이름 물어봤어? 헌병한테 당신 이름 말한 거야?"

"아니, 난……."

"군인들이 당신 차도 봤어?"

"난……."

"당신 차를 봤으면 추적도 가능하다고!"

평소 화를 내지 않으려 애쓰는 레오였다. 이성을 잃고 흥분하는 경우도 거의 없을 정도로 자제력이 넘치는 사람이었다. 그가 이런 반응을 보일 때는 자신에게 시비 거는 사람들을 대할 때뿐이었다. 오히려 그런 모습이 좋기도 했다. 안전하다는 생각이 들었기 때문이다. 하지만 자신을 비롯해 그의 형제, 하다못해 가까운 사람에게는 한 번도 그렇게 직접적으로 반응한 적이 없었다.

"아니야, 아무것도 의심 살 만한 건 없었어."

"아무것도?"

"정말이라니까."

"만약 그들이 텅 빈 병기창고를 발견하는 날, 당신까지 수사 대상이 될 수 있어. 당신을 잡아다 놓고 신문을 할 거라고. 무슨 말인지 알겠어? 돼지같이 뚱뚱한 형사 새끼가 당신 앞에 앉아서 당신이 하는 모든 말을 일일이 반박하고 원하는 답을 얻어낼 때까지 당신을 흔들어댈 거라고. 감당할 수 있겠어? 감당할 수 있겠냐고……. 그런데 뭐? 강도단 여왕님?"

"도대체 왜 이러는 거야? 그만해!"

"왜냐하면 지금 날 감당해내지 못하면, 형사 앞에서는 절대 못 버틸 테니까."

"난 절대로 당신을 불지 않을 거라고!" 아넬리는 레오의 손을 잡았다. "레오, 날 좀 봐봐……. 당신, 내 마음 알지? 난 절대로 당신을 배신하지 않아."

"당신 역할을 제대로 했으면 경찰에 붙잡혀 조사받을 일은 없을 거야."

레오는 박스 두 개와 커피머신을 치워 부엌과 냉장고로 갈 수 있도록 좁은 길을 냈다. 그러고는 냉동실 위 칸을 열고 얼음틀을 꺼냈다.

"이제부터 이중생활을 하는 거야, 아넬리. 6주 전만 해도 난 건축회사를 운영하는 사람이었어. 펠릭스와 빈센트, 야스페르는 회사 직원이었고. 그리고 당신은 내가 사랑하는 여성이자, 약혼자, 여자 친구였어."

레오는 얼음틀을 비틀고 쳐서 네모난 얼음조각을 얼음통에 모조리 담았다.

"우리는 무기를 훔쳤어. 그다음에는 현금수송 차량을 털었고."

그러고는 냉장고 문을 열어 그 안에 들어 있던 유일한 물건을 꺼냈다. 냉장실 상단에 놓인 병 하나.

"우린 지금 추격당하는 중이야, 무슨 말인지 알아? 경찰이 우리를 찾아다니고 있다고."

그는 하얀 테리클로스 수건으로 아름다운 병을 감싼 다음 다시 얼음통 속에 밀어 넣었다.

"당신은 절대로, 무슨 일이 있어도 흔적을 남겨선 안 되는 거야. 남 앞에 보이는 위험을 감수해서도 안 되고. 저들은 아는 게 없고 가진 것도 없어. 경찰이 추격하게 될 단서는 오직 내가 남기기로 결정한 것들이고, 또 그래야만 해. 우린 범죄 전과가 전혀 없는 다섯 명의 범죄자야. 이건 유례가 없는 경우라고. 중범죄를 저지른 무자비한 범죄자들인데 전과 기록으로는 전혀 나타나지 않는 존재들이라고. 우리는 경찰이 상상할 수 있는 가장 끔찍한 악몽이야. 이 세상에 없는 사람들이거든!"

레오는 다시 그녀를 붙잡았다. 하지만 방금 전과는 달리 부드럽게 자신 쪽으로 끌어당겼다.

"이중생활을 하는 거야, 아넬리. 한쪽은 평범한 이웃 그리고 다른 한쪽은 신문에서 언급하는 은행 강도."

레오는 잔 두 개를 싱크대 위에 나란히 내려놓고 샴페인 병 코르크 마개를 땄다. 영화 속에서 듣던 소리뿐만 아니라 잔을 채우자 거품이 생기면서 살짝 흘러넘치는 것까지 똑같았다.

"건배, 아넬리! 새집을 위하여!"

내가 자기 동생들을 원치 않는다는 걸 알기 때문에 동생들을 보낸 거야.

값비싼 돔페리뇽 샴페인을 냉장고에 넣어둔 건 내가 이런 분위기를 로맨틱하다고 생각한다고 여겼기 때문이야.

"건배!" 레오는 잔을 들어 올렸다.

그녀도 잔을 들어 올리고 레오를 쳐다본 다음 샴페인을 들이켰다. 아무런 맛도 느껴지지 않았다. 목구멍을 타고 내려가는 게 아니라 오히려 밖으로 흘러나오는 느낌이었다. 왜 그런지 알 수 없었다.

아넬리는 차를 타고 집으로 돌아오면서 그간 자신이 어떤 기분이었는지를 깨달았다. 소속감을 느낄 수 없다는 두려움. 그녀가 숲에서 가져온 것은 무언가의 일원이 됐다는 바로 그 소속감이었다. 그런데 레오가 그녀로부터 그 느낌을 앗아가버렸다. 이제 그 느낌은 다시 돌아오지 않을 것이다. 아무리 미소를 짓더라도.

25

산나는 알몸으로 반들반들한 마룻바닥 위를 돌아다니기 좋아했다. 그에게 알몸으로 자거나 이 닦는 게 이상하지 않다는 걸 가르쳐준 것도, 앙상하고 희멀건 그의 몸에게 노출을 허락해야 한다고 가르쳐준 것도 그녀였다. 브론크스가 지금 앉아 있는 그 낡은 식탁은 옛날과 똑같은 자리였다. 수줍음이 침묵으로 변해가던 첫날 아침, 그녀는 그의 맞은편에 앉아 있었다. 눈 마주칠 일 없게, 아무런 이야기도 하지 않고 있던 터에 그녀의 발이 불쑥 그에게 와 닿았다. 별것 아닌 발길 하나만으로도 전날 밤 가졌던 친밀함과 믿음이 되살아나기 충분했다. 비록 아주 오랫동안, 다른 사람 앞에 알몸으로 설 수 없을 거라 생각했었지만…….

이런 이야기 하고 싶지 않다는 거 잘 알잖아요. 내겐…… 다 지나간 일이에요, 욘. 당신도 알잖아요.

그는 빈 컵을 싱크대에 넣고 옷을 입은 다음 원룸에서 나와 정원을 지나갔다. 스톡홀름의 쇠데르말름 서부에 위치한 곳이었다. 때는 11월이었지만 여전히 가을인 것처럼 아침 공기가 훈훈했다. 겨울이 늦잠을 자는 사이 마치 늦여름이 잠시 되돌아온 분위기였다. 브론크스는 정원을 지나 회갈리즈가탄에 있는 100년 넘은 고택과 언제나 문을 지켜보고 있는 듯 우뚝 솟은 탑 두 개가 딸린 커다란 교회 쪽으로 걸어갔다. 매 시간마다 네 번씩 둔탁한 종소리가 울려 퍼졌다. 첫 몇 년은 성가셨지만 이제는 종소리가 울리고 있는지조차 모르고 지냈다. 그는 언제나 창문 너머로 스톡홀름 라디오 채널의 뉴스나 지역 교통정보 소식이 요란하게 들리는 곳을 지나, 작은 테이블 두 개에 갓 구운 빵 냄새가 나는 카페로 들어갔다. 이탈리아

오페라 아리아를 흥얼거리며 이탈리아 빵을 내놓는 카페 주인은 그가 좋아하는 음식을 잘 알고 있었다. 토마토 없는 호밀 빵이었다.

그녀가 집으로 들어와 산 지 2년째 되던 어느 날, 브론크스는 욕실에서 그녀가 쓰는 무취의 샤워젤과 치약 같은 물건들을 꺼냈다. 《제2의 성》이나 《퍼플 레인》같이 누군가와 살림을 합칠 때 하나씩 가지고 들어오는 생필품들이었다. 그는 현관 카펫 위에 노란색 이케아 가방을 내려놓은 다음 그녀에게 떠나라고 말했다. 산나는 그 이유를 이해하기 위해 애썼다. 그녀가 떠나던 날, 그는 한 블록 떨어진 그 카페, 그 자리에 앉아 있었다. 그녀가 떠났다는 확신이 들 때까지 시간을 때우며 허브 차를 마셨다.

브론크스는 오렌지 주스 잔 하나와 널찍한 베이킹 트레이 위에 남아 있던 작고 딱딱한 과자 몇 개를 집어 들었다.

난 당신 생각을 해. 매일같이.

그녀에게 나가라고 먼저 요구한 건 그였다. 그녀가 너무나 가깝다고 느꼈기 때문이었다. 그때는 그런 힘이 있었다. 하지만 그런 힘과 의지가 제아무리 강하다 해도 소중히 다루는 법을 모르면 10년이 지난 어느 날, 보트에 앉아 있다 한 방 얻어맞을 수 있다는 사실을 깨닫지 못했다. 그가 오직 공허함만을 느끼고 있을 때, 산나는 그런 힘을 지니고 있었다.

난 당신 생각한 적 없어요. 단 하루도.

레오는 이른 아침, 한 손에 컵을 들고 더러운 부엌 창문을 통해 바깥을 내다보았다. 어둠을 뚫고 나오려는 햇살의 움직임을 응시

했다. 어딘가 잘못된 것 같은 기분이 들었고 비는 좀처럼 멈출 기미를 보이지 않았다. 창턱을 때리는 단조로운 빗소리를 듣고 자란 그였다. 바닥에는 박스가 쌓여 있었고 천장에는 전구만 달랑 붙어 있었다. 창문을 활짝 열자 신선한 공기가 들어오면서 몇 달간 비어 있던 탓에 집 안에 밴 악취를 몰아냈다.

그는 상자 위에 놓여 있던 샴페인 잔 두 개를 싱크대로 옮겼다.

아넬리는 행복해 보이지 않았다. 하지만 그에게는 달리 선택권이 없었다.

옆에 있던 상자 더미 맨 위에는 그림 세 장이 놓여 있었다. 레오는 맨 위에 있던 그림을 들고 찬찬히 살펴보았다. 컨베이어 벨트, 배수펌프, 시멘트 관. 자신이 직접 고안하고 단계별로 그림까지 그린 터라 그 물건들이 어떤 역할을 하는지, 어떻게 그만의 스컬 케이브로 변신하게 될지 누구보다 잘 알고 있었다.

레오는 그림들을 박스가 없는 방으로 가져갔다. 현관 왼쪽 방으로 전 주인이 사무실로 썼던 확장된 공간이었다.

레오는 어렸을 때, 등굣길에 지나치는 새 주차 요금 징수기를 그림으로 그리며 시간을 보냈었다. 그 덕에 끌과 망치를 사용해 징수기 뒤에 달린 리벳 두 개를 제거하고 덮개에 틈을 만들어 동전을 꺼내는 법을 터득할 수 있었다. 수업 시간에는 연필을 날카롭게 깎는 척하며 창문 사이에 끼워 잠기지 않게 만들어놓고는 한밤중에 비몽사몽 상태의 펠릭스를 데리고 다시 학교로 돌아가 커다란 쓰레기봉투를 들고 밖에 서 있게 했다. 그런 다음 연필을 끼워놓았던 창문으로 들어가 선생님이 주문한 건물 모형을 비롯해 2차 대전 때 활약한 조립식 비행기나 영화 〈아메리칸 그래피티〉에 등장한 조립식 자동차 모형을 모조리 들고 나오기도 했다.

그는 너무나 자명한 사실을 나중에야 깨달았다.

다른 사람들이 전혀 기대하지 못한 일을 해낼 경우,

겉으로 드러내지 않고도 자신의 한계를 넘어설 경우,

자신만의 규칙을 만들어낼 경우,

세상을 통제할 수 있다는 사실을.

레오는 아버지처럼 살지 않겠다고 마음먹었다. 큰 소리를 내고 남들의 이목을 끌다가 결국은 붙잡히는 신세가 되지 않겠노라고. 레오는 아버지처럼 자신만의 규칙을 세웠다. 하지만 아무도 들여다볼 수 없고, 알 수 없도록 속으로만 간직했다.

브론크스는 언제나 베리스가탄을 거쳐 크로노베리의 경시청으로 출근했다. 매일 아침, 1년 내내 작은 이탈리아 빵집에서 시작해 보스테르브론 다리를 건너는 데 걸리는 20여 분의 시간은 버스나 지하철 소음에서 해방돼 평화로운 생각을 온연히 누리는 기회를 제공해주었다. 그는 경찰 제복을 벗고 사복을 입기 시작한 뒤로 계속해서 같은 사무실을 썼다. 장전된 총을 들고 현장에 먼저 나타나는 순경이 아니라, 사건이 벌어진 이후에 현장을 찾는 형사가 되었다. 위협하는 목소리의 울림, 도주하는 범죄자의 체온 등 현장에 남아 있는 조각들을 맞춰 서서히 폭력의 지도를 만들어가는 형사.

그는 파일을 펼치고 목격자 증언, 보고서, 전문가 소견 등을 살펴보았다. 마지막에 나온 밤색 봉투 안에는 자동차 좌석 안에 흩어져 있는 깨진 유리 조각, 차 문에 난 총탄 자국의 확대 사진이 들어 있었다. 브론크스는 그 사진을 비틀어 보고, 뒤집어 보고, 가까이 들여다보고, 멀리 떨어뜨려 보다 결국 포기하고 전과기록 등록부를 열었다. 그는 산나의 제안에 따라 자파르와 고박이 마지막으로 목격된 장소로 찾아갈 생각이었다. 더 이상 사람이 찾지 않는 쉔달의 수영 구역과 관련이 있는 사람, 물리적 증거를 세심히 지우고 감춘 사람, 하지만 흔적을 명확히 남긴 사람.

두 번째 서랍 안에는 커다란 지도 한 장이 들어 있었다. 그는 지도를 펼치고 빨간 매직으로 드레비켄 호수의 해안을 따라 길게 선을 그었다. 그런 다음 검은색으로 표시된 도로로 선을 잇고 그 선이 시작 지점인 해안으로 돌아올 때까지 이어나갔다. 놈들의 움직임이 멈춘 지점이었다. 반경 7제곱킬로미터 정도 되는 구역이 나왔다.

그는 손가락으로 각 제곱킬로미터 구역을 짚어가며 새로운 길이 나올 때마다 멈추고 주소를 컴퓨터 자판에 적어 넣었다. 그 구역 거주자들 중 폭행 전과가 있는 사람들을 찾기 위해서였다.

"안녕하세요."

그는 검색 조건을 수정했다. 거주자는 아니지만 그 지역에서 발생한 폭력 사건과 연관 있는 인물까지 확대했다.

"욘?"

브론크스는 그제야 스크린 위로 얼굴을 들어 올렸다. 그녀의 발소리조차 듣지 못했다.

"자는 거 깨운 거예요?"

산나가 문틀에 살짝 기대서며 물었다. 그녀는 두툼한 종이 뭉치를 손에 들고 있었다.

"수거된 실탄 뒷면에 '80 700'이라는 숫자가 찍혀 있고, 확인된 바는 우리가 이미 아는 사실이에요. 전부 스웨덴에서 제조된 군용 제품이라는 거요."

그녀는 호기심 어린 눈초리로 방 안을 둘러보며 그에게 종이 뭉치를 넘겼다. 전형적인 공공기관 사무실. 벽을 따라 늘어선 종이 상자들. 아직 이사가 끝나지 않은 분위기가 풍겼다.

"이 사무실 사용한 지…… 얼마나 됐어요?"

"여기서 근무 시작했을 때부터."

"그럼 거의 10년 된 거네요. 그런데 어딜 봐도 당신 흔적은 없어요. 개인 물품도 하나 없고, 사진 한 장도……. 아무것도요."

"그렇지."

"욘…… 심지어 당신 체취조차 느껴지지 않아요."

"그게 내가 원한 거거든."

브론크스는 종이 뭉치를 들춰보지 않고 휘리릭 넘겨보기만 했다.

"그럼 우리는 여기까지인 건가, 산나?"

그는 돌아서서 걸어나가는 그녀를 쳐다보지 않았다.

"맞아요. 여기까지예요, 욘."

하지만 복도 아래로 멀어져가는 익숙한 발소리는 들었다.

그는 모니터를 들여다보았다. 전과기록 검색 결과와 자신이 설정한 두 가지 조건의 결과.

총 17건이었다.

첫 번째 스케치는 여전히 손에 들려 있었다. 그만의 스컬 케이브이자 보관 문제의 해결책.

그들은 현관문 앞에 차를 세웠다. 낮은 계단과 임시로 만들어놓은 현관 지붕 옆자리였다. 약속된 시간에 도착했고 복장 상태도 완벽했다. 펠릭스는 트럭 화물칸 덮개를 열었고 야스페르와 빈센트는 30킬로그램짜리 착암기와 삽 네 자루, 부삽 네 자루, 공구 상자, 수술용 마스크와 장갑이 들어 있는 가방, 그리고 콜라 한 상자를 내려놓았다.

그들이 방으로 장비들을 옮기는 동안 레오가 말했다.

"한계를 옮기고 원칙을 바꾸는 건 바로 우리들이야. 그 한계와 원칙은, 병기창고에 들어 있던 자동화기 221정이 모조리 사라졌다는 게 밝혀지는 그날까지만 유효한 거야."

그는 공구 상자에 들어 있던 쇠 지렛대 중 긴 것을 펠릭스에게 건네고 자신은 짧은 것을 들었다. 두 사람은 먼저 바닥에 붙어 있는 얇은 걸레받이 몰딩을 떼어내고 노란 리놀륨 바닥, 그리고 마지막으로 두툼한 하드보드와 합판을 차례로 걷어냈다. 야스페르와 빈센트는 떼어낸 목제들을 방에서 꺼내 트럭 옆에 차곡차곡 쌓아두었다.

"이제 우리는 그 한계를 조금 더 멀리 밀어낼 거야. 그리고 원칙을 다시 만드는 거야. 그렇게 하면 경찰에서 도난 사실을 알아냈을 때쯤, 우리는 우리만의 무기 보관소가 생기게 될 거야."

레오는 무릎을 꿇고 접자와 굵은 연필로 마루 정중앙 너비 2미터에 높이 1.6미터의 직사각형을 그렸다.

"일단 상황은 우리가 유리해. 그 점을 이용할 거야. 기습 작전으로 정확히 13일 뒤."

트럭 화물칸에 있던 컨베이어 벨트는 어느새 야스페르와 빈센트의 손에 들려 방 안에 놓였다. 돌멩이나 시멘트 덩어리 등을 밖으로 빼내기 위한 장비였다.

"목표는 로터리에 있는 은행이야."

그들은 직사각형의 공간을 부수고 파내기 시작했다.

"만에 하나 근처에 순찰차가 나타나면 한 치의 망설임도 없이 우리가 필요 이상으로 과격한 수단을 동원할 수 있는 사람들이라는 걸 깨닫게 해줘야 해."

26

브론크스는 이곳이 전에 와본 곳인지 확신이 서지 않았다. 교회, 통근 열차가 다니는 역, 실내 수영장, 도서관까지 대다수의 사람들이 멈추지 않고 차를 타고 지나가는 그런 외곽 도시 같았다. 그는 손잡이를 돌려 차창을 내렸다. 날이 더워지고 비가 안개로 바뀌며 시야 확보가 어려워졌다.

낮은 건물들이 주차장으로 둘러싸여 있었다. 외스모 광장과 바로 그 뒤, 3층 벽돌 건물이 보였다. 그의 목적지였다.

크로노베리 경시청 지하에 보관된 기록에 따르면 검색 결과는 열일곱 건이었다. 다만, 이미 오래전에 기소가 이루어졌고 종결된 사건들이었다.

관련자 중 두 명은 이미 사망했다. 세 명은 스톡홀름이 아닌 예테보리, 베를린, 스페인의 코스타 델 솔 해안에 거주하고 있을 뿐만 아니라 현지 경찰에 의해 알리바이도 확인되었다. 네 명은 사건 당시 교도소에 수감 중이었다. 또 다섯 명은 강간, 특수 강간, 아동 성폭행 등의 혐의로 유죄판결을 받은 인물들이었다. 이번 사건과 맞지 않는 유형이었다.

그는 우편함을 지나 속력을 줄여 차를 세웠다. 아마 주인이 직접 페인트칠을 한 듯 보였다. 창문 너머로 누군가가 그를 지켜보는 것 같았다.

남은 사건은 세 건이었다. 일대일로 직접 만나 해결해야 했기에 관련 파일을 차에 싣고 전과자들을 만나러 가는 중이었다.

첫 번째 상대는 경찰서와 두 블록 거리인 상트 에릭스가탄에 거주하는 사람이었다. 마약 관련 중범죄로 실형을 산 전과자로 실제 나이는 마흔이었지만 몸은 거의 80대에 가까울 정도로 구부정했다. 머리는 듬성듬성한 데다 양 볼은 움푹 들어갔고, 두 눈은 퀭해 보였다. 브론크스는 더러운 아파트에 사는 그를 보자마자 20여 분에 걸쳐 진행되는 강도 사건의 용의자에서 제외시켰다. 그는 즉시 시내의 아파트를 뒤로하고 칼베리스카날을 내려다보며 차를 몰았다. 그러고서야 방금 만난 사람이 자신과 동년배이며, 만약 서로 다른 선택을 했더라면 처지가 뒤바뀔 수도 있었을 거라는 생각에 이르렀다. 시간은 단지 시간과 초 단위로만 흐르지 않는다.

널찍한 정원이 딸린 벽돌집은 베란다와 창문의 형태로 보아 대략 1920년대에 지어진 주택 같았다. 그리고 이제는 추측이 아니라 확신할 수 있었다. 누군가가 창문 앞에 앉아 있다는 것을.

그는 상트 에릭스가탄에서부터 야콥스베리로 차를 몰아 두 번째 상대를 만나러 갔었다. 그 역시 용의선상에서 제외했다. 살인죄로 복역한 마흔일곱 살의 남성이었다. 연립주택에 거주하는 그는 몸집이 비대한 데다 뚜렷한 직업도 없었다. 머리는 다 빠진 상태에 거의 속삭이다시피 중얼거리며 커피만 마셔댔다. 범죄를 저지를 당시에는 두 다리가 멀쩡했지만 지금은 무릎 아래로 의족을 하고 다녔다. 보복 폭행을 당한 것으로 보고되었지만 목격자가 진술을 철회하는 바람에 수사가 중단되었다.

남은 용의자는 한 명. 그는 지금 누더기 같은 커튼 뒤에 앉아 있다.

브론크스는 지난 15년간 경시청 문서 보관실에 파묻혀 있던 사건 파일을 펼쳤다. 상대는 1960년에 유고슬라비아에서 스웨덴으로 넘어온 이민자로, 현재 51세의 남성이었다. 여러 차례 교도소를 들락거렸으며 마지막 전과 기록은 가중 폭행으로, 18개월 형을 선고받고 노르텔예 교정 시설에 수감되었다. 파란 배경 앞에 서 있는 여성의 사진 여러 장이 첨부되어 있었다. 사진 속 여성은 상처가 잘 보이도록 긴 금발 머리를 하나로 묶은 상태였다. 눈 주변은 심하게 부었고 두개골 전면 부위에 골절상을 입었으며 상처가 잘 보이도록 검시관이 닦고 소독해준 이마에는 깊게 팬 자상이 뚜렷하게 남아 있었다. 얼굴의 나머지 부위는 더 심각했다. 살갗이 아예 거대한 혈종으로 덮인 듯했고 터져버린 모세혈관은 퍼렇고 노란빛을 띠었다. 마지막 사진들은 얼굴 아래로 내려와 신체 오른쪽을 찍은 사진이었는데 하얀색 브래지어 주변으로 겨드랑이부터 둔부까지 내려오는 창백한 피부 전체가 진갈색 핏자국으로 범벅이었다. 거의 체계적인 수준의 폭행이었다.

브론크스는 사진을 덮었지만 이미 때는 늦었다. 불현듯, 물론 빈번하게 겪는 일이지만 어머니의 모습이 머릿속을 뒤덮기 시작했다. 어쩌면 어머니가 검시관이 들이댄 카메라 앞에서 그렇게 서 있었을지도 모른다는 생각까지 들었다. 검은 머리를 뒤로 질끈 동여매고 다른 멍 자국과 부은 얼굴을 한 모습으로. 만약 어머니가 신고하는 쪽을 택했었더라면 가능한 이야기겠지만…….

다시 비가 내리기 시작했다. 보슬비였지만 눈앞에 보이는 집이 흐릿해 보일 정도로 내리고 있었다. 브론크스는 와이퍼를 작동시키려다 생각을 바꿨다. 자신이 앞을 볼 수 없다면 창문 뒤에 앉아 있는 남자도 마찬가지일 거란 생각 때문이었다.

수사 대상이 된 것도, 유죄판결을 받은 것도 여러 차례. 혐의는 언제나 폭행과 가중 폭행이었다. 외스테로켈 중앙교도소를 비롯해 아스프투나, 예블레 교정 시설에서 복역한 경험이 있었다. 후딩예에서는 재건축 공사 현장의 감독관을 폭행했었고 슬루센과 위르고덴을 오가는 페리호에서는 검표원을 폭행했다. 레예링스가탄의 어느 클럽에서는 손님 두 명을 폭행한 것으로도 모자라 신고를 받고 그를 체포하러 온 경관 두 명까지 때려눕혔다. 지독한 폭행 흔적을 담은 여성의 사진에도 불구하고 마지막 상대는 단순히 아내를 폭행하는 못난 남자의 수준 이상이었다. 그는 다른 사람들까지 무자비하게 폭행하는 사람이었다.

폴더에 남은 사건 파일은 하나였다. 컴퓨터가 검색 조건과 일치한다고 지목해준 파일.

한덴 법원 사건 번호 301-1

피고: 뒤브냑, 이반

혐의: 방화

형법 제8조 6항 적용

형량: 4년 형

브론크스는 이전과는 전혀 다른 유형의 범죄에 대해 깨알같이 적어놓은 내용을 들춰보았다. 방화라……. 수영 구역과 부교, 그리고 누군가의 여정이 끝나는 지점에서 불과 몇백여 미터 떨어진 곳에 위치한 쉔달의 어느 주택이었다. 마지막 용의자는 그 일로 어스테로케르 중앙교도소에 수감되었다.

다수의 폭력 전과를 가진 전과자인 데다 수색 지역과 연관이 있어 보이는 용의자인 터라 자파르와 고박이 될 수도 있었다.

브론크스는 차에서 내려 주택으로 들어가는 문을 열었다.

커튼 뒤에서 지켜보던 남자는 여전히 그 자리에 앉아 있었다.

그들은 새로 타일을 깐 바닥을 보강하고 몰딩을 맞췄다. 특히 깊이 파낸 구덩이 주변에 신경을 썼다. 그리고 바닥부터 천장까지 토벽 위에 브리즈 블록을 끼워 넣고 그 위에 다시 시멘트를 발랐다. 구덩이 아래에는 배수펌프를 장착하고 물이 높게 차오르면 신호를 보내도록 프로그램된 플로트 스위치에 연결했다.

스컬 케이브 바닥과 벽의 구조를 보여주는 첫 번째 스케치가 완성되었다.

레오는 설계도를 접어 공구 박스에 넣고 그다음 스케치를 꺼냈다. 너무나 평범한 바닥형 금고로 드나드는 입구 설계도. 하지만 누구도 찾아낼 수 없는 구조였다. 그는 발굴 현장처럼 바닥을 2미터 정도 파놓은 방에서 나와 마당을 거쳐 차고로 걸어갔다.

예리한 날이 우는 소리를 냈다. 레오가 차고 문을 열자 불똥이 그를 반겼다. 펠릭스는 기다란 작업대 위에 올려놓은 무쇠 금고 위에서 작업 중이었다. 얼굴은 땀으로 범벅된 데다 폴리아미드 재질의 검은색 내열 마스크를 쓴 상태였다.

"펠릭스, 다 정했어."

마지막으로 불똥이 한 번 튀자 금고의 뒷면이 완전히 떨어져 나갔다.

"스베드뮈라에 있는 은행이야. 12월 11일, 수요일."

레오는 자물쇠 번호를 돌려 문을 열었다. 그리고 뻥 뚫린 뒷면으로 펠릭스를 바라보았다.

"그다음에는 두 은행을 동시에 털 거야. 1월 2일, 목요일."

레오는 작업대 위 남은 공간에 검은색 벨벳 천을 펼친 다음 치수를 재고 흰 초크로 뒷면에 표시했다. 그리고 얼마 전 날을 간 가위로 천을 잘랐다.

"제격인 장소를 물색해뒀어. 벽 하나를 사이에 둔 은행 두 곳이야. 작은 동네 중심지에 있는 작은 광장인데 말 그대로 현관 앞까지 차로 갈 수 있을 정도야."

"퇴로는?"

"네가 골라. 주도로는 73번 고속도로고 국도도 많아. 모두 여기로 되돌아오도록 연결돼 있고."

파이프 위쪽이 다소 마른 상태라 레오는 딱딱하게 굳은 덩어리를 긁어내고 금고 안쪽 벽에 접착제를 발랐다.

"어디?"

"외스모."

"외스모?"

"그래."

"그러면…… 선택권이 많은 국도가 낫겠어. 베가뢰와 순네뷔, 아니면 소룬다 정도. 국도를 타고 툼바까지 가는 거야."

사각형으로 자른 벨벳 천이 접착제를 칠해놓은 금고 내벽에 달라붙었다.

"외스모라고? 거기는 뭐 하러 간 거야?"

형제는 뒷면이 뻥 뚫린 커다란 금고를 사이에 두고 섰다.

"그냥 둘러본 거야."

"거기 갔었잖아."

펠릭스는 너무나 익숙한 형의 눈빛을 읽으려 애썼다.

"형!"

자신과 눈을 마주치지 못하는 그 눈빛.

"거기 갔던 거잖아. 늙어빠진 영감탱이한테!"

"그래, 갔었어."

"도대체 왜?"

"빚진 게 있어서. 너도 알잖아. 그거 갚으러 갔었어. 다시는 그 얘기 듣기 싫어서."

"그 인간한테 빚진 게 뭐가 있어? 도대체 언제가 돼야 그걸 깨달을 거야? 언제든 그깟 돈 갚을 수 있었잖아!"

이제 천 조각 하나만 남았다. 레오는 금고 벽면에 다시 접착제를 발랐다.

"그냥 그렇게 됐어."

"그냥 그렇게 됐다고? 그 인간한테 얘기하고 싶었던 거겠지!"

"아니야."

"맞잖아. 얘기하고 싶었던 거잖아!"

"내가 왜?"

"왜? 왜냐고? 난 형을 알아. 형하고 그 인간하고 어떤 관계인지도 알고. 그 인간은 형 머릿속에 되도 않은 생각을 일으키는데 형은 매번 그냥 넘어가버린다고."

"너야말로 되도 않은 생각 그만해! 젠장, 그만하자."

"좋아. 그 빌어먹을 과거 다 잊어주지. 대신 스베드뭐라 건도 잊으라고, 망할 외스모도 잊고. 난 지금부터 빠질 테니까."

펠릭스가 차고 문을 향해 걸어나가자 레오는 동생의 어깨를 붙잡았다.

"펠릭스, 진정해."

"형, 내가 왜 이러는지 몰라서 그래? 정말 모르겠어? 내가…… 그 빌어먹을 문만 열지 않았더라도……."

"무슨 빌어먹을 문?"

"내가 열었다고, 그때. 그 미친 인간이 엄마를 죽이려 들었을 때, 염병할 문을 연 게 바로 나였다고. 내가 들여보냈다고."

"네가 그런 게 아니야."

"그 문은 내가 열었어. 그리고……."

"문을 연 건 나였어."

"형, 지금 장난하는 거 아니라고."

"나도 장난하는 거 아니야. 네가 무슨 이유로 그 인간한테 문을 열어줬겠어?"

"그 인간인 걸 몰랐을 테니까."

"문을 연 건 네가 아니었어. 넌 항상 무슨 일이 일어날까 걱정하는 녀석이었어. 네 기억이 잘못된 거야. 그때 문을 연 건 나였어."

"형이었다고? 형은 원숭이처럼 그 인간 등에 올라탔고, 그 인간과 엄마 사이에 끼어들었어. 하지만 난…… 난 문을 열어서 그 인간이 들어오게 했다고! 하나만 약속해……."

"무슨 약속?"

"내가 운전을 책임지는 한, 다시는 그 인간 만나지 않겠다고 약속해!"

"난……."

"약속하라고. 약속해!"

형제는 걷다가 멈춰 선 자세로 한참 동안 서로를 쳐다보았다. 레오는 나머지 손을 둘째 동생의 어깨에 얹었다.

"좋아, 약속할게. 됐어? 그 양반한테 다시는 연락하지 않겠다고 약속할게."

레오는 자신보다 살짝 넓어진 어깨에 올린 손을 조심스레 잡아당기며 입가에 미소를 띠었다.

"이제 된 거지, 펠릭스? 다시는 연락 안 한다고."

"형, 그 인간을 다시 받아주면 모든 걸 다 무너뜨릴 거야. 우리가 이룬 이 모든 걸."

브론크스는 꽃처럼 생긴 작고 귀여운 현관 초인종을 눌렀다. 야콥스베리에 살고 있는 뚱뚱한 사내나, 상트 에릭스가탄에 살고 있는 약쟁이를 만났을 때와 다를 것도 없었다. 자신의 의도와 상관없는 질문을 던지면 원하는 답이 저절로 나오게 될 테니까. 지금은 개과천선한 사람이 되었는지, 무슨 짓을 벌일 능력이 있는지, 지난 10월 19일, 오후 5시 54분부터 6시 14분 사이에 어디에 있었는지.

묵직한 발걸음 소리에 이어 현관 창유리 앞에 그림자 하나가 나타났다. 그리고 잠금장치 돌아가는 소리가 들렸다.

"안녕하십니까, 저는……."

"스테베 집에 없습니다."

상대는 그의 예상보다 덩치가 훨씬 컸다. 키가 크거나, 강해 보이는 게 아니라 단지 가까이 서니 덩치가 크다는 게 실감 나는 그런 사람이었다. 뒤로 빗어 넘긴 검은 머리는 아직 씻기 전인 듯 보였고 풍성한 구레나룻이 마치 장발의 엘비스 프레슬리 같은 인상을 풍겼다.

"그 친구가 집주인이요. 난 아래층 세입자니, 나중에 다시 오시던가."

남자의 거친 손이 현관문 손잡이를 잡고 닫을 준비를 하고 있었다. 손가락 마디 두 개에 움푹 파인 흔적이 두드러졌다. 소싯적에 주먹 좀 휘두른 사람들의 공통점이었다.

"그분을 찾아온 게 아닙니다. 이반 뒤브냑 씨를 만나러 온 겁니다."

브론크스가 경찰 배지를 내보이자 상대는 그쪽으로 흘깃 시선을 돌렸다.

"시경 소속, 욘 브론크스 형사입니다."

그는 건장한 사내를 한 번 쳐다보고는 똑같이 널찍한 정원이 딸린 왼쪽, 오른쪽의 이웃집을 한 번씩 쳐다보았다.

"최근 몇 주 사이에 인근에 주거침입 신고가 여러 건 접수되었습니다. 혹시 평소와 다른 점 못 느끼셨습니까?"

"그런 일로 형사 양반이 일일이 찾아다니며 방문을 하신다?"

약쟁이나 뚱뚱한 사내와 똑같은 말투였다. 자신을 찾아온 경찰에게 현관문을 열어주고, 법정에서 형량을 거래하고, 교도소로 향하는 게 익숙한 사람들의 말투. 언제나 의혹에 찬 시선으로 상대를 바라보고, 실제로 피의자가 되기 전부터 스스로를 피의자로 여기는 사람들. 브론크스는 그들이 다른 반응을 보일 거라고 예상해본 적조차 없었다.

"그렇게 생각하셔도 무방합니다."

"그래서 나한테 원하는 게 뭐요?"

"제가 신분증을 보여드렸으니 선생 신분증도 봤으면 하는데요."

"그딴 거 없습니다."

"여권도 없습니까?"

"내가 그런 걸 왜 가지고 있어야 합니까? 그런 법이라도 있습니까? 형사 양반이 현관문을 두드릴 때마다 신분증을 들고 나와야 한다는 겁니까?"

두 사람은 비좁은 포치 아래서 가까이 마주 보고 섰다. 바로 전에 만났던 두 사람은 벌써 그의 질문에 답을 하고 신분증을 찾아왔을 시간이었다. 물론, 그 두 사람 모두 피의자처럼 행동하기는 했지만 어떻게든 용의선상에서 제외되고 싶어 했다.

"글쎄요, 사회의 일원이 되시려면 그래야 하지 않을까요?"

"이 집에 세 들어 살긴 하지만 내가 그 빌어먹을 사회의 일원은 아닌 것 같소."

불필요한 적대감이었다. 그 자리에 서서 평생 욕을 해대고, 매 순간을 새로운 도전으로 받아들일 그런 사람들의 전형적인 반응.

"저기, 저 차 보이십니까?"

브론크스는 차도 쪽으로 손을 뻗어 뒷좌석에 넣어둔 페인트 롤러와 접이식 사다리가 보이는 낡은 사브 한 대를 가리켰다.

"선생 차입니까? 면허증은 가지고 계시죠?"

남자는 손으로 엘비스 같은 머리를 쓸어 올렸다.

"내가 절도범으로 보인다, 이 말입니까? 진심입니까?"

"전 선생이 지난 10월 19일, 오후 다섯 시 반에서 여섯 시 반 사이에 어디 계셨는지 알고 싶을 뿐입니다."

피식거리는 웃음소리가 튀어나왔다. 결코 화기애애한 분위기는 아니었다.

"그 시간에 남의 집에 들어가 도둑질하는 절도범도 있습니까?"

비좁은 포치 아래 공간 대부분을 차지하고 있던 건장한 사내가 한 발짝 앞으로 걸어나왔다.

"내가 한 짓은 인정합니다. 자제력이 없었으니까 말입니다. 그런데 절도라니…… 아니, 정말로 형사 양반 눈에는 내가 남의 물건이나 훔칠 사람으로 보인다는 겁니까? 난 그런 거 취미 없습니다. 주먹을 쓰면 또 모를까…… 당신들이 가지고 있는 그 빌어먹을 기록에도 나와 있을 거 아니요?"

브론크스는 꿈쩍도 하지 않았다. 상대가 신분증을 제시하기 전까지는 그럴 생각이 없었다.

당신은 아내를 폭행한 사람이야.

당신은 처갓집에 불을 지른 사람이야.

통제력을 행사하기 위해 폭력을 동원하는 인간이라고.

그따위 기록 같은 건 필요 없어. 안 봐도 다 아니까.

"좋습니다, 좋아요. 젠장. 신분증 보여주면 당장 저 빌어먹을 경찰차로 돌아가는 겁니다."

사내는 현관을 등지고 통로로 사라졌다. 식탁 위에는 복권이 쌓여 있었고 와인병 두 개가 놓여 있었다.

"고맙습니다."

브론크스는 지갑에서 플라스틱 카드를 꺼냈다. 이반 조란 뒤브냑. 7년 전에 발급된 면허증으로 갱신 기간까지는 3년이 더 남아 있었다. 그는 면허증을 주인에게 돌려주었다.

"그냥 바로 보여주셨어도 되지 않았습니까?"

"내가 왜 그래야 합니까? 형사 양반이 편견에 가득 차서 집까지 이렇게 찾아왔는데 내가 왜요? 지난 십 년이 넘도록 아무런 기록도 없다는 걸 잘 알면서도 말입니다. 쥐새끼처럼 남의 집을 기웃거린 적도 없다는 걸 알면서……."

"그 사실을 확인해줄 사람이 있습니까?"

두 남자는 가까이 붙어 서 있었다. 그렇다고 달라붙은 상태는 아니었다. 이반 뒤브냑은 한 걸음 더 가까이 다가와 머리를 들이밀고 턱을 내밀며 상대를 응시했다. 근무 중에 힘겨루기라도 하듯 상대와 신경전을 벌이는 상황은 실로 오래간만이었다.

"이런 식으로 찾아와서 내 평정심을 잃게 만들려고 쑤셔대는데, 뭐 계속 그렇게 찌르면 아마 그렇게 될 거요."

"지금 협박하는 겁니까?"

"마음대로 생각하시든지."

"지난 10월 19일, 오후부터 저녁 시간까지 어디서 무얼 하고 계셨는지 확인해줄 사람이 있습니까?"

"스테베라면 해줄 거요."

"스테베가 누굽니까?"

"여기 집주인 말이요. 위에 살 거든. 그 친구가 확인해줄 거요. 전화 한번 해보시게나. 지금 근무 중이긴 할 텐데…… 빌어먹을 고틀란드 페리에 연락해보소."

계단을 내려와 판석이 깔린 길을 지나 문을 거쳐 차로 돌아온 브론크스는 굳이 뒤돌아보지 않았다. 커튼 사이로 자신을 주시하는 시선을 느꼈기 때문이다.

총 열일곱 건의 사건에 연루돼 유죄판결을 받거나 풀려난 범죄자와 전과자들을 일일이 만나 용의선상에서 제외시켰다. 이번이 마지막 상대였다. 그리고 그는 상대의 말을 믿었다. 이반 뒤브냑은 사람을 치기는 하지만 도둑질을 할 사람은 아니었다.

자파르와 고박은 다른 곳에 있다는 뜻이었다.

왜 그런지는 몰라도 계단을 올라갈 때는 항상 삐걱거리지만 내려올 때는 아무런 소리도 나지 않았다. 스테베의 부엌은 위층이었다. 훨씬 깨끗하고 식탁에 의자도 더 많을 뿐만 아니라 창턱에는 화분도 놓여 있었다. 스툴 위에는 신문이 놓여 있었다. 며칠 된 신문이었지만 이반은 싱크대 아래 선반에 쌓아두었던 다른 신문들과 함께 그것들을 챙겨 들었다. 원래는 분리수거함으로 향해야 할 것들이었다.

망할 형사 하나가 집까지 찾아왔었다. 청바지에 검은 가죽점퍼 차림으로 쥐새끼처럼 남의 집 물건을 훔치는 잡범들 핑계를 댔다.

그는 다시 아래층으로 내려와 복권과 와인병들을 한쪽으로 밀고 지난 2주치 국내외 소식을 전하는 신문을 넘겨보기 시작했다. 인근에서 발생한 주거침입 대한 기사는 볼 수 없었다.

다시는 주먹을 쓰지 않겠노라 다짐하지만 않았어도 그 빌어먹을 놈의 턱을 날려버렸을 것이다. 하지만 그는 다른 것을 발견했다. 굳이 교도소까지 가지 않더라도 사람들을 공포에 떨게 만드는 방법을. 언성을 높이고 무섭게 노려보면 이 거지 같은 나라 사람들 대부분은 주춤거리며 뒤로 물러선다. 멍하니 서 있는 사람의 얼굴에 주먹을 한 방 날리는 것과 같은 효과를 냈다. 눈을 내리까는 동시에 경계를 풀고 포기해버리니까.

지난 십 년간 주먹 한 번 휘두른 적 없었다.

그럼에도 불구하고 형사 하나가 불쑥 나타나 마치 그간 참고 살아온 시간은 아무 의미 없다는 듯, 사람은 변하지 않는다는 듯 그를 범죄자처럼 대했다.

회색 블레이저 재킷에 로퍼 차림으로 보슬비가 내리는 밖으로 나왔다. 외스모 광장에 이르자 땅이 질퍽이고 미끄러웠다. 게다가 낡은 로퍼 밑창까지 닳아 걷는 게 쉽지 않았다. 그는 상점과 은행, 카페를 지나쳐 갔다. 옌손의 담배 가게 문 위에 달린 벨이 성가시게 울려댔다. 도대체 손님들이 찾아와 누를 때마다 저 날카로운 벨 소리를 어떻게 견디고 사는 건지…….

이반은 주변을 둘러보았다. 담배 선반 옆에 스낵들이 진열된 선반이 있고, 그 옆에는 신문 가판대가 있었다. 카운터에는 아무도 없었다. 잠시 후, 가게 뒤편에서 변기 물 내리는 소리가 들려왔다. 지난여름, 화장실 물이 새어 담배 몇 보루를 받는 대신 직접 고쳐준 적이 있었다.

"이반."

커튼을 열고 나온 옌손이 손을 뻗어 마치 수건 대용으로 사용하듯 얼마 남지 않은 머리를 쓸어 올렸다.

"석간신문이요. 두 개 다."

"오늘은 복권 당첨자 발표 없는 날이잖아. 화요일이라는 거 알면서 그러나."

"신문이나 줘요."

그는 셔츠 앞주머니에서 접히고 구겨진 봉투를 꺼냈다. 그리고 500크로나 지폐 한 장을 카운터 위에 내려놓았다.

"큰돈밖에 없네요."

가게 주인은 거의 쓸 일 없는 안경을 닦더니 지폐를 들고 천장에 달린 불빛에 비춰보았다.

"별일이 다 있군그래."

"요즘 일이 많아요."

"이 동네 페인트칠하고 목공일은 자네가 다 하는 건가? 내가 직업을 잘못 택했나 보군그래. 자넨 이런 지폐를 봉투째 가지고 다니는데 난 거슬러줄 지폐 한 장도 충분하지 않으니. 어딜 가야 그렇게 후하게 돈을 주는 사람을 만나는 거야?"

"나도 가끔은 똑같은 생각을 합니다. 그건 스스로 알아내야지요."

엠손은 카운터 위에 잔돈을 내려놓았다. 이반은 거스름돈을 챙긴 다음 복권 긁는 테이블 쪽으로 걸어가며 신문을 훑어보았다.

"한마디도 없잖아."

"뭐가?"

"절도 사건 말입니다."

"절도 사건?"

"일대에 여러 차례 주거침입이 있었다던데."

"금시초문이야. 여기 오는 사람들은 다들 입이 근질거려 오는 사람들인데 알았으면 내가 벌써 알고도 남았지."

이반은 신문을 둘둘 말아 각각 재킷 주머니에 찔러 넣었다.

그 개자식은 현관 초인종을 누르기 전에 이웃집에 찾아간 적도 없었다. 더욱이 혼자 찾아왔다. 정말로 절도 사건에 대해 알아보기 위해서라면 자신의 집 창문 앞이 아니라 광장에 차를 세우고 주변을 돌아다니며 탐문을 했어야 했다. 그리고 경찰을 때려눕힌 전력이 있는 전과자를 만나러 올 때는 최소한 경관 둘 정도는 대동하는 게 상식이다. 언제나 하이에나처럼 짝을 이뤄 돌아다니는 인간들 아닌가. 그는 다른 이유 때문에 찾아왔던 것이다.

"신문 다 읽었나?"

"뭐 읽을 게 하나도 없네요."

"그럼 그냥 제자리에 둬. 돈 낼 필요 없어. 담배나 사 가라고."

이반은 둘둘 말았던 신문을 다시 펼쳐 최대한 곧게 핀 다음, 선반 아래에 있던 담배 몇 갑을 챙기고 발걸음을 돌리려 했다.

"자네 아들이 찾아왔었어."

이반은 걸음을 멈췄다.

"키도 큰 게 자네랑 똑같더라고 금발인 것만 빼면 말이야. 다시 같이 일하게 된 건가?"

옌손은 답을 듣고 싶었지만 그럴 수 없을 것이다. 이반의 큰아들은 이제 자신의 사업을 시작했으니까. 동생들과 함께.

이반은 미소에 가까운 표정을 지었다.

적어도 아들들에게 한 가지만큼은 제대로 가르쳐줬다는 생각이 들었다. 누구를 상대하더라도 형제끼리 꼭 붙어 다니라는 것. 심지어 그 상대가 아버지인 자신이더라도.

아넬리는 옷을 입은 채로 침대에 엎드려 잠들어 있었다. 최근 들어 잠이 좀 늘어난 듯했다. 레오는 그녀를 깨우기 위해 손등으로 조심스레 뺨을 어루만졌다.

"몇…… 시나 됐어?"

그녀는 게슴츠레 눈을 뜨고 불빛으로부터 시선을 돌렸다.

"여섯 시 반."

"그것밖에 안 됐어? 난 더 자고 싶은데."

"저녁 여섯 시야."

그는 아넬리의 손을 잡고 부드럽게 끌어당겼다.

"일어나."

아넬리는 그를 바라보고 있었지만 꿈쩍도 하지 않았다.

"지금 일어나야 해. 가서 팬텀을 만나볼 시간이라고."

아넬리는 침대에서 일어났다. 팔은 힘없이 축 늘어진 상태에 두 다리는 여전히 감각도 없었지만 영문도 모른 채 부엌 맞은편 방으로 향했다. 레오 형제들이 하루의 대부분을 보내는 그 방.

"상상해봐, 아넬리. 도망자 하나가 여기 숨어들었다고. 이 집에. 그리고 경찰이 쫓고 있어."

별다를 것 없는 평범한 방이었다. 갓 칠한 페인트의 톡 쏘는 냄새가 목구멍 뒤쪽까지 쑥 밀고 들어왔다. 모두가 그 자리에 모여 있었다. 레오, 펠릭스, 빈센트, 그리고 야스페르가 스스로 만족스러운 표정으로 그녀를 쳐다보았다.

"그게 도대체 무슨 소리야?"

바닥에는 직사각형 모양의 검은색과 흰색 비닐 장판이 깔려 있었다. 위에는 두툼한 매트가 놓여 있었고 형제들이 그 위에 서 있었다. 레오는 그녀의 손을 놓고 쪼그려 앉았다.

"여긴 당신 방이야, 아넬리. 세바스티안과 함께 지낼 방."

그녀가 입가에 미소를 띠었다. 레오는 여전히 만족스런 표정으로 그녀를 쳐다보면서 매트를 둘둘 말고는 다시 검은색과 흰색 비닐 장판 네 칸을 걷어냈다. 그러자 고리 손잡이가 모습을 드러냈다.

"경찰이 여기를 수색하는 거야. 그러다 바닥에 깔린 장판이 헐겁다는 사실을 발견하는 거지. 그리고 바닥을 걷어내고 나면 이 손잡이를 발견하게 된다고."

레오가 둥근 고리를 위로 잡아당기자 시멘트 블록이 딸려 올라왔다.

"경찰은 이런 걸 보게 될 거야. 바닥에 단단히 박혀 있는 금고. 경찰들이 얼마나 신이 나겠어. 이제 잡았다고 생각할 테니까!"

레오는 금고의 번호 자물쇠를 서서히 돌렸다.

"그다음 어쩌다 운이 좋아 금고 번호까지 알게 된 거야. 이렇게 상상해봐. 무슨 수를 써서 알아냈다고."

레오는 금고 손잡이를 붙잡고 돌려 강철 문을 열었다. 금고 안은 검은색 벨벳으로 깔끔하게 모서리를 댄 공간이 나왔고 그 안에는 500크로나 지폐가 가득 든 작은 비닐봉지가 들어 있었다. 카메라 한 대, 낱개로 된 실탄 몇 개, 증명서나 계약서로 보이는 서류 뭉치도 있었다. 레오는 금고를 비우고 바닥에 있던 물건들을 문 옆으로 꺼냈다.

"그러고 나면 경찰들은 이걸 보게 될 거야. 더 이상 아무것도 없다는 걸. 끝이라는 걸. 그러면 또 다른 방을 뒤질 거야. 현금은 물론, 중요해 보이는 서류에 실험할 필요도 없는 소총용 실탄까지 나왔다는 사실에 흥분을 감추지 못한 채로 말이야."

레오는 그 방에 유일한 창문으로 다가가 벽에 붙어 있는 접속 배선함 앞에 섰다. 그러고는 나사를 풀어 뚜껑을 들어냈다. 빨간색과 파란색 전선이 나왔다. 그는 아넬리를 쳐다보며 전처럼 웃고는 전선 끝을 서로 맞물렸다.

"금고로 가서 아래를 내려다봐."

기계 돌아가는 소리가 들렸다. 그들이 지켜보는 가운데 바닥에 들어 있던 금고 뒷면이 서서히 사라지기 시작했다.

"경찰은 이미 떠난 뒤야. 그리고 이걸 놓친 거지. 모든 게 저 금고 뒤에 있는데도 말이야!"

레오는 그녀의 볼에 살짝 입을 맞추고 금고 밑에 생긴 구멍으로 다가가 쪼그려 앉은 다음, 아래에 붙어 있는 철제 사다리를 밟고 내려가 불을 켰다. 갑자기 아래쪽으로 전에 없던 공간이 드러났다. 벽을 따라 두 줄로 된 목제 선반이 이어졌다. 총기 보관함이었다. 위 칸에는 기관총, 아래 칸에는 AK4 자동소총이 나란히 놓였다.

"팬텀이 사용하는 스컬 케이브야."

사다리 옆에는 자동소총 다섯 정이 놓여 있었다.

"알겠어? 이건 팬텀의 금고라고. 정글 패트롤에게 보내는 메시지를 남기는 곳."

아넬리는 맨발로 좁다란 계단의 가로대를 밟고 아래로 내려갔다. 처음에는 휘청거렸지만 이내 중심을 잡고 바닥까지 내려갔다.

"팬텀은 경찰서 금고로 연결되는 비밀 통로를 만들어놨기 때문에 정글 패트롤 본부에 메시지를 전할 수 있었어. 팬텀과 서장은 서로의 메시지를 주고받을 때 이런 식으로 소통했던 거야."

방은 그들이 턴 병기창고와 비슷한 크기였고 자동화기가 꽉 들어차 있었다. 아넬리는 자신이 방금 밟고 내려온 계단을 올려다보았다.

"느껴봐."

레오는 그녀의 손을 잡고 콘크리트 벽 쪽으로 가져갔다.

"다 말라서 건조하잖아, 그렇지? 습기도 없고, 물도 없어."

레오는 무릎을 꿇고 바닥에 있는 뚜껑을 들어 올렸다. 굵직한 시멘트 관이 나타났다. 펌프가 연결된 배수관이었다.

“여기는 옛날에 호수 바닥이었어. 그래서 지하실을 만들 수 없어. 하지만 이 시설로 수위를 조절할 수 있는 거야. 물이 들어차고 수위가 한계치를 넘어가면 펌프가 작동해.”

레오와 아넬리는 바닥이 차가운 비밀 지하실 안에서 서로 손을 맞잡았다. 221정의 자동화기가 2열로 늘어선 가운데. 다음 작전에 필요한 모든 게 준비되었다. 그다음 작전에 필요한 것, 또 그다음 작전에 필요한 것, 그다음까지도.

27

검은색 복면을 쓰고 바라본 세상은 마치 옛날 영화에서 쌍안경으로 바라본 장면 같았다. 시야를 감싼 검은색 테두리는 현실에 집중하게 만들었다. 색이 훨씬 밝게 보였다.

“60초 남았어.” 그가 말했다.

처음으로 시야에 들어온 것은 파란색 점프슈트 소매와 육중하고 기다란 회색 경기관총을 든 손이었다.

“50초 전.”

다른 팀원들과 마찬가지로 블루 1은 중고로 구입해 뒷좌석 시트를 뜯어낸 다지 밴 바닥에 웅크려 앉아 있었다. 자동화기로 무장하고 빈 배낭을 진 그들은 파란색 점프슈트와 워커, 그리고 복면으로 얼굴을 가린 상태였다. 적막감이 마치 손에 잡히기라도 할 듯 고요했다.

“40초 전.”

블루 2는 운전을 담당했다. 침착할 뿐만 아니라 돌발 상황 발생 시, 어떻게 대처해야 하는지도 잘 알고 있었다.

"30초 전."

블루 3은 뒤쪽 감시 카메라를 무력화시키는 임무를 맡았다. 몸이 근질거려 벌써 며칠째 잠도 제대로 못 이루었다.

"20초 전."

블루 4는 카운터를 넘어 은행원들 사이로 뛰어 들어가 열쇠를 빼앗아야 한다. 두려움을 감추려 애쓰고 있었지만 자신이 성인 남자처럼 움직이고 행동할 수 있을지 자신이 없었다.

"10초 전."

그는 마스크에 뚫린 동그란 구멍으로 일행을 살펴보았다. 모두가 자신과 마찬가지로 총 한 자루씩 끌어안고 혹시 은행에 있는 사람들 중 누군가 죽는 일이 발생하지 않을까 생각하는 분위기였다. 결과의 문제이긴 하지만 혹시 시민들을 상대로 발포해야 할 상황에 몰리지는 않을까……. 그들은 자신들의 운명을 스스로 결정해야 했다.

"5초 전. 4초, 3초, 2초, 1초…… 작전 개시!"

밴의 옆문이 열렸다. 은행까지 여덟 걸음. 현관으로 이르는 길목, 위쪽 사선 방향으로 정문 감시 카메라가 달려 있었다. 그는 몸을 돌리고 카메라를 향해 방아쇠를 당겼다. 총성은 울리지 않았다. 그래서 입으로 소리를 냈다. 팡! 팡! 팡!

블루 3은 총을 겨눈 자세로 계속해서 안으로 진입했다. 몸을 앞으로 살짝 숙이며 두 번째 감시 카메라를 조준할 때는 온몸의 체중을 개머리판에 실었다. 그의 총에서도 역시 소리는 나지 않았다. 대신 강렬한 목소리로 크게 소리쳤다. 팡! 팡! 팡!

바로 뒤에 서 있던 블루 4가 바닥에 엎드려 있던 여성 둘을 뛰어넘어 계획한 대로 창구로 달려갔다.

"직원이 창문을 잠갔다."

달려들던 블루 4가 갑자기 걸음을 멈췄다. 블루 1은 마이크에 대고 계속해서 소리쳤다.

"블루 4, 움직여라! 해결해! 창문이 잠겼다!"

블루 4는 창구를 가리고 있는 창문을 쳐다보며 머뭇거렸다.

"창문이 잠기면 총으로 쏴서 열어!"

블루 4는 진땀을 흘리다가 결국 은행 직원이 앉아 있는 창문 아래쪽을 조준했다. 팡! 팡! 팡! 다른 팀원들에 비해 낮은 소리인 데다 감정도 거의 묻어나지 않았다.

"좋아. 몇 분간 휴식한다."

레오는 복면을 이마로 밀어 올렸다. 그들은 차고에 만들어놓은 가상 은행에서 네 시간째 이리저리 뛰어다니며 연습을 거듭하고 있었다. 레오는 총과 가죽 장갑을 작업대 위에 내려놓고 옷깃에 걸었던 마이크를 빼 주머니 속에 넣었다.

"빈센트, 은행 직원이 창구 창문을 잠가버리면 어떻게 해야 한다고 했지?"

블루 4가 복면을 벗었다.

"총을 쏴서 열라고."

"그다음에는?"

"안으로 뛰어들라고."

"우린 무슨 일이 있어도 절대 움직임을 멈춰선 안 되는 거야, 알았어? 시간을 잃는 거라고. 그렇게 되면 모든 게 지옥이 될 거야. 시간은 우리가 통제해야 하는 거야. 그들이 아니라."

더러운 바닥 위에 테이프를 길게 이어 붙여 커다란 직사각형 공간이 만들어졌다. 한델스 은행 스베드뮈라 지점의 실제 면적이었다. 테이프는 건물 벽을 의미했고 널빤지는 현관문이었다. 합판에 못질을 해 창구도 만들었고 마네킹 다섯 개로 고객까지 배치했다. 몇몇은 서 있고, 몇몇은 창구 앞에 엎드려 있고, 또 다른 마네킹 세 개는 창구 안 의자에 앉아 일하는 직원의 역할을 했다.

남자아이가 방바닥에 늘어놓고 가지고 놀던 카우보이와 인디언 장난감들이 진화해 차고에서 은행 강도 연습에 필요한 소품이 된 셈이었다.

과거에서 현재로 시간이 흐르면서 장난은 심각한 게임이 되었다.

팀원 중 그 누구도 해당 은행 지점 안에 들어가 본 적은 없었다. 비록 작은 광장을 터벅터벅 걸어가 슈퍼마켓 안으로 들어가거나, 바로 옆에 붙은 피자 전문점에서 여러 차례 식사를 하긴 했지만 은행 현관문을 열고 들어간 적은 없었다. 누구도 그 은행에 발을 들이지 않는 게 철칙이었다. 그들의 신장, 체중, 그리고 보행 방식이 인근 감시 카메라에 포착돼선 안 되기 때문이었다. 유일하게 은행 안으로 들어가 실제 감시 카메라 앞에 서고, 실제 고객들에게 둘러싸여본 건 아넬리뿐이었다. 아넬리는 은행을 찾을 때마다 사용하지 않은 예금 전표 뒷면에 은행 내부 구조를 조금씩 그려왔고, 레오는 그 그림들을 하나씩 모아두었다가 도면으로 완성시켰다.

펠릭스가 가상 은행 밖에 세워둔 차 운전석에서 나왔다.

"빈센트, 왜 움직이기도 전에 머뭇거렸어? 왜 그래?"

"내가 전에도 말했었잖아!" 여전히 복면을 쓰고 있던 야스페르가 끼어들었다. "저 녀석은 못 한다니까! 강화유리를 날려버려야 했는데 못 했잖아!"

펠릭스는 바닥에 엎드려 있던 고객용 마네킹을 들고 창구를 대신하는 합판 근처로 옮겼다.

"창문이 열려 있었을 거 아니야?"

"레오가 말했잖아, 직원이 창문을 잠가버렸다고!" 야스페르가 소리쳤다.

펠릭스는 그냥 웃기만 했다. 소리 지르는 걸 별로 좋아하지 않는 펠릭스는 대신 3번 창구라고 적힌 합판을 두드렸다.

"하지만 이걸 봐. 이 정도면 창문이 열려 있다는 건 확실히 알 수 있어."

"우린 지금 연습 중이라고!"

"그런데 왜 자꾸 있지도 않은 걸 보인다고 우겨? 그만 괴롭히라고."

"괴롭히는 게 아니야! 빈센트는 직감에 따라 행동해야 해. 절대로 머뭇거려선 안 된다고! 총을 못 믿는 게 아니라면 머뭇거릴 이유도 없잖아. 안 그래?"

야스페르는 감시 카메라 1, 감시 카메라 2라고 적고 끈으로 묶어 천장에 매달아둔 나무판 쪽으로 거의 달리다시피 다가가 총으로 쿡 찔렀다.

"여기, 이 카메라는 무력화됐어. 왜 그런 건지 알아?"

"거긴 뭐라고 휘갈겨 쓴 판자밖에 없잖아."

야스페르는 총구로 판자를 쿡쿡 찌르며 고개를 절레절레 흔들었다.

"실외에서 총을 쏘면 사람들이 겁을 집어먹어. 자동소총은 큰 소리를 내거든. 그런데 실내에서는 상황이 달라. 고막이 터질 때까지 칼로 벽을 때리는 것 같은 소리가 들려. 그리고 귓속에서 퍼지는 그

울림소리가 평형감각을 상실하게 만든다고. 한마디로, 실내에서 울려 퍼지는 총성은 두려움 이상의 파급효과가 있는 거야. 너도나도 닥치는 대로 바닥에 몸을 날려 엎드리게 된다고. 단지 보호 본능 때문이 아니라 그것만이 살길이기 때문이야."

야스페르는 아무런 말 없이 서 있는 펠릭스와 빈센트를 쳐다보았다. 레오는 소극적으로 고개를 끄덕였다.

"여기서부터가 가장 중요한 부분이야." 야스페르가 말을 이어나갔다. "빌어먹을 경찰 새끼들은 우리가 '작업'하고 있는 장소에 접근하는 게 위험천만한 행동이라는 걸 알아야 하거든. 그런데도 접근하겠다면 그땐 스스로 무덤 속에 기어들어가겠다고 작정했다고 봐야 하는 거야."

"야스페르 말이 맞아." 레오가 말했다. "놈들이 우리를 겨냥하면, 우리도 같이 겨누는 거야. 우리를 사살할 계획이라면 우리도 살상할 각오로 총을 쏠 거야. 그놈들이 죽든지 아니면…… 무슨 말인지 알겠어?"

레오는 동생들의 눈을 들여다보았다. 자신을 믿고 있다는 걸 알 수 있었다. 이제는 자신이 동생들을 믿을 수 있을지 결심할 순간이었다. 아직 군 복무도 해본 적 없는 열일곱 막내, 입대했다가 의가사제대한 스물한 살 둘째, 그리고 해병대라도 다녀온 듯 설치는 스물두 살 동네 친구. 그들을 한 몸처럼 움직이도록 만드는 게 그의 일이었다.

"자, 다들 차에 올라탄다. 한 번 더 해보는 거야. 힘내라고! 지금부터 3분 후에 작전 개시한다."

46시간 후에는 연습이 아닌 실전이었다.

28

일행은 정상으로 복원된 다지 밴 트럭에 앉아 있었다. 새벽녘이었고 차는 E4 고속도로를 따라 북쪽으로 향했다. 밴에서 내려 창구 너머에 있는 금고를 털고 다시 밴으로 돌아오는 연습만 스물여덟 번이나 했다. 어디서 어떻게 움직여야 하는지 동선이 머릿속에 각인될 정도였다.

비좁아진 아스팔트 도로가 점점 더러워졌다. 얼마 남지 않았다는 뜻이었다.

레오의 재킷 앞주머니에 들어 있던 휴대전화가 울렸다.

"여보세요?"

"레오, 그 봉투 말이다……."

이 목소리는…….

"지금 그런 얘기 할 시간 없어요."

"네가 말한 그 빌어먹을 빚 말이다, 봉투에 든 돈. 넌 나한테 빚진 게 없다고 하지 않았냐?"

"지금은 통화 못 합니다."

"그러니까 네 녀석이 이제 와서 그 많은 돈을 들고 찾아왔다는 건, 더욱이 나한테 빚진 것도 없다면서……. 그건 돈 나올 구석이 있다는 뜻이겠지. 마지막 한 푼까지 털어서 나한테 줄 리는 없을 테니까. 도대체 어디서 나온 돈이냐?"

레오는 전화를 끊어버렸다.

"누군데 그래?" 펠릭스가 물었다.

"별것 아니야."

"별것 맞는 거 같은데."

"운전에 집중해."

펠릭스는 여느 때처럼 운전석에 앉았다. 펠릭스는 가속페달을 밟을 때의 반응, 제동 거리, 핸들의 움직임까지 완벽히 숙지했다. 은행으로 향할 때 사용하고, 현장에서 도주할 때 중간에 갈아타고 갈 때도 사용할 차량. 펠릭스는 밴에 익숙해질 때까지 운전 연습도 했지만 해체와 조립도 가능한 수준에 이르렀다. 은행을 털기 전날, 펠릭스는 차 두 대를 훔치는 임무를 맡았다. 그리고 몇 시간에 걸친 연습과 실전을 통해 20초 안에 다지 밴의 창문 사이에 철사를 찔러 넣고 잠금장치를 풀었다.

자갈길 끝에는 오래된 사격장 하나가 있었는데 일행은 주차를 하면서 멀찍이 들려오는 총성을 들을 수 있었다.

"누가 와 있나 봐." 빈센트가 말했다.

실탄 가방, 캠핑용 롤 매트 네 개, 그리고 자동소총을 챙긴 일행은 자갈길로 내려가 사격장으로 들어섰다. 남자 두 명이 모래 언덕에 세워둔 목표물과 삼백여 미터 떨어진 지점에 엎드려 있었다.

레오는 걸음을 멈추고 총성에 귀를 기울였다.

"MP5야. 아마 경찰특공대 소속일 거야."

"큰형, 돌아가자. 우리 얼굴을 눈여겨볼 수도 있잖아, 젠장!" 빈센트는 큰형의 팔을 잡아끌며 말했다. "여기서 나가야 해."

"아니, 넌 이걸 배워야 해."

"제발…… 우린……."

"잘 들어. 경찰이 찾는 건 2인조 아랍 이민자들이야."

빈센트의 걸음이 점점 느려졌다. 거의 뒷걸음질 치는 수준이었다. 지난날이 떠올랐기 때문이었다. 상대가 말싸움을 걸어왔을 때, 시비를 걸어야 한다고 느낄 때, 그럴 필요도 없는데 굳이 이겨야 한다고 생각할 때, 단지 자신이 이긴다는 걸 입증해 보여주기 위해서. 바로 그런 생각을 하던 순간, 어둠 속에서 사격을 하던 두 남자가 일어나더니 장비를 챙겨 걸어나왔다.

좁은 통로 끝에서 가까이 다가오자 생각했던 것보다 훨씬 덩치가 커 보였다. 떡 벌어진 어깨, 굵직한 목, 한눈에 봐도 건장한 성인들이었다. 심지어 레오도 그들의 분위기에 압도될 것만 같았다.

"조만간 총 쓸 일이 있으신가 보군그래?"

그들이 상대의 총기를 살피러 다가오는 동안 발밑에 밟히는 자갈이 바스락거리며 소리를 냈다.

"어디 보자…… 민방위 소속이신가?"

야스페르가 레오를 지나쳐 불쑥 잔디밭으로 뛰어나갔다. 자신들의 장비를 자랑스럽게 드러내고 싶었기 때문이었다.

"맞습니다. 예르바 민방위 대대 소속입니다."

그는 마치 대리석상을 다루듯 AK4 소총을 꺼내 들었다. 뾰족한 콧날과 날카로운 턱선 사이에 새겨진 자신만만한 미소로 앞니가 살짝 드러났다. 빈센트는 구부정한 자세로 다시 한 걸음 뒤로 물러섰다. 만약 레오가 싸움을 원했고, 이기고 싶은 마음이었다면 야스페르는 그 기회를 놓치고 싶지 않았을 것이다.

"MP5입니까?" 한 사람이 물었다.

두 남자는 걸음을 멈추고 야스페르가 꺼낸 총으로 시선을 돌렸다. 그러고는 발걸음을 옮기려 움직였다.

"경찰특공대 맞죠?" 야스페르는 답변 대신 질문을 던졌다.

빈센트는 눈을 질끈 감았다. 훔친 무기를 자랑스레 드러내 온갖 위험을 초래해놓고 도대체 뭐가 부족해서 그런 질문까지 던지는 건지……. 야스페르도 발걸음을 옮겨 사격 연습을 해야 할 터였다.

그런데 거기 선 채로 감탄 어린 시선을 보내며 그 상황을 즐기고 있었다. 형제라는 소속감을 느끼면서.

"맞습니다. 아무튼 좋은 시간 보내길 바랍니다. 오늘은 바람도 없어서 연습하기 딱 좋더라고요."

상대는 만났다 헤어지는 사람들이 그러듯 고갯짓으로 인사를 대신했다. 빈센트는 발만 내려다보며 그들이 옆으로 지나가는 동안 최대한 자제력을 발휘해 거친 숨을 몰아쉬지 않으려 애썼다.

"어이, 거기 젊은 친구."

말도 많고 자신의 총을 자랑스럽게 내보였던 경찰특공대원 하나가 빈센트 앞에서 걸음을 멈췄다.

"자넨 이런 연습하기에 좀 어린 거 아닌가?"

"그게……."

줄곧 발만 내려다보던 빈센트는 고개를 들려고 기를 썼지만 결국 그러지 못했다.

"청년 민방위대 소속입니다."

레오가 대답을 대신했다.

"난 자네 나이 때 여자들 꽁무니를 쫓아다니느라 바빴지, 이런 전투 훈련 한 적은 없었는데."

빈센트는 어색한 미소라도 지어보려 애썼다. 숨까지 참아가면서. 아마 자신들이 총을 꺼내 사격장으로 가지 않는 한 계속해서 말을 걸 분위기였다. 야스페르는 이미 롤 매트를 꺼내 자갈 위에 펼쳐놓았고, 레오는 표적 여러 개를 꺼내왔으며 펠릭스가 실탄 가방을 열고 실탄을 나누어주고 있었지만 빈센트는 경찰특공대원들이 차에 올라 시동을 걸고 멀어질 때까지 긴장을 풀 수 없었다.

"우리 총 일련번호 확인해보자는 말도 안 했어." 레오가 말했다.

큰형의 미소는 진심이었다. 자랑스럽고, 만족한다는 감정이 묻어났다. 경찰특공대원과 마주친 상황에서 아무 일도 없을 거라 확신하고 있었고, 정말 아무 일도 없었다. 그래서 탄창을 채우고 선 자세로 팔뚝에 줄을 건 다음, 총기를 자동 모드로 바꾸고 두툼한 종이로 만든 표적 하나를 조준하고 방아쇠를 당겼다. 종이는 순식간에 갈기갈기 찢겨나갔다.

"AK4를 제대로 다루려면 버티고 서는 법부터 배워야 해." 레오가 말했다.

그는 재장전을 한 다음 총을 빈센트에게 건넸다. 하지만 바로 넘겨주지는 않았다.

"네 체중으로 반동을 이겨내지 못하거나 양어깨와 왼손으로 총을 꽉 쥐고 밀지 않으면 총구가 위로 올라가 세 번째 총알부터 반 미터 정도 표적 위로 날아가는 거야."

그렇게 말하고서야 빈센트에게 총을 넘겨주었다.

빈센트는 제대로 숨을 쉬기도 어려웠고 손으로 땀을 닦아내기도 힘들었다. 큰형이 시범을 보여준 대로 개머리판을 몸에 대고 왼발에 체중을 실은 다음, 총열 윗부분을 손으로 꽉 쥐었다. 그리고 발사. 개머리판이 어깨를 두드렸다. 총열은 보이지 않는 로프에 매달려 올라가듯 위로 솟구쳤다.

탄환 스무 발은 모래로 된 배수로를 향해 날아갔고, 표적은 무심한 눈빛으로 그를 응시할 뿐이었다.

야스페르가 경찰특공대원을 만났을 때처럼 뛰다시피 달려와 빈센트의 왼쪽 발을 톡톡 차며 말했다.

"빈센트! 집중해야지! 발 사이를 더 벌려. 그리고 레오가 말한 것처럼 왼손을 앞으로 밀라고. 꽉 쥐어, 아주 꽉!"

"아, 좀 닥치고 있어!" 펠릭스는 부리나케 자신의 자리를 벗어나 야스페르와 빈센트 사이에 섰다. "내 동생한테 말할 때 그런 식으로 소리 지르거나 건드리지 마. 알았어?"

"둘 다 비켜." 레오가 끼어들었다.

레오는 야스페르와 펠릭스가 더 이상 서로를 노려보지 않을 때까지 기다렸다.

"빈센트, 심호흡해봐."

큰형은 막내의 얼굴을 잡고 서로 마주 보도록 고개를 돌렸다.

"들이쉬고, 내쉬고. 들이쉬고, 내쉬고. 그다음에 방아쇠를 당겨."

개머리판이 어깨에 단단히 달라붙었다. 총열에 자물쇠를 채우듯 왼손으로 꽉 붙잡았다.

다시 한 번 방아쇠를 당겼다. 표적의 머리, 목, 그리고 가슴에 명중했다.

탄창을 갈아 여러 차례 방아쇠를 당겼다. 적들이 투항할 때까지, 조각나 바닥에 쓰러질 때까지. 레오는 차고에서 연습할 때도 그랬던 것처럼, 지나간 과거를 회상하며 막냇동생을 유심히 지켜보았다. 침대에서 꺼내 안아주었던 일, 빨간색과 파란색 레고 블록을 쌓아 장난감을 만들어주던 일, 잼을 발라 샌드위치를 만들어주던 일. *넌 아직 투표권이 없어. 술을 살 나이도 안 됐어.* 그러면서 뿌듯한 미소를 지었다. *하지만 자동소총을 다룰 정도는 됐어. 그리고 33시간 후에는 은행을 털게 될 거야.*

29

일행이 마당에 들어선 건 늦은 저녁 시간이었다. 레오는 아넬리에게 줄 쇼핑백 여러 개를 들고 안으로 들어갔고 펠릭스와 빈센트, 야스페르는 장비와 총들을 차고로 옮겼다. 빈센트는 실탄 가방과 남은 실탄을 바닥에 내려놓으며 오른쪽 어깨에 경련이 이는 걸 느꼈다. 반동으로 인한 근육의 반응이었다.

"총기 소제!" 야스페르가 외쳤다.

빈센트는 야스페르의 의도를 알고 있었다. 언제나 그런 식이었으니까. 장소가 어디건, 누구를 상대하건, 자신도 형제라는 소속감을 느낄 수 있다면 전혀 개의치 않고 행동하는 게 야스페르의 방식이었다.

"펠릭스, 빈센트, 서둘러!"

야스페르는 작업대에 자신이 사용한 총을 내려놓고는 순식간에 분해했다.

"이제 네 차례야. 총 분해해서 잘 닦아놔. 내가 지켜볼 거야."

펠릭스는 표적을 향해 불을 내뿜었던 AK4를 내려놓고는 야스페르에게 몸을 기울이고 속삭였다.

"야스페르."

"어, 왜?"

"도대체 왜 그렇게 설쳐대는 건데?"

"지금 뭐라 그랬어?"

"아니, 무슨 특공대 출신처럼 왜 그렇게 설쳐대는 거냐고! 나랑 빈센트는 솔직히 그런 거 마음에 안 들거든."

"이건 훈련이라고 훈련!"

"그래서?"

"전투 훈련에는 훈련 교관이 필요한데 너흰 자격이 없잖아! 군복무도 안 했으니까!"

"딱 한 번만 말해줄게. 이제 그만해."

"뭘 그만하라고?"

"그냥 거기서 멈춰."

"궁지에 몰리는 상황이 발생하면 나한테 고마워하게 될 텐데."

"궁지에 몰려?"

"전투에서 머뭇거리면 그대로 죽는 거야. 젠장, 생각할 시간도 없다고."

"잘 들어, 우리가 궁지에 몰리는 상황이 발생한다면 그건 다 너 때문일 거야."

야스페르는 펠릭스에게 가까이 다가가 그를 내려다보았다. 빈센트는 전에도 야스페르의 눈빛을 본 적 있었는데 언젠가 경찰 야경봉을 하나 사 들고 자신을 비웃는 사람을 기다린 적이 있었다. 바로 그때의 눈빛이었다. 야스페르는 덩치 스테페를 표적으로 삼고 손목을 두 차례 가격했다. 상대의 뼈가 부러지던 순간, 야스페르는 그런 눈빛을 띠고 있었다. *얼마나 쉬운지 알아? 봤지, 그냥 잔가지처럼 부러지던 거!* 그러고는 그날 저녁 바로 걱정에 휩싸였다. 스테페를 걱정한 게 아니라 군 복무를 더 이상 할 수 없게 될지 모른다는 불안감 때문이었다. 그런데 지금 그런 눈빛으로 펠릭스를 노려보고 있었다. 바로 그때 레오가 양팔에 커다란 종이 상자를 들고 차고 문을 열었다.

"뭐야, 분위기 왜 이래?"

펠릭스와 야스페르는 뒤로 한 발짝씩 물러서긴 했지만 아무런 대꾸도 하지 않았다.

“아무 일 없는데.” 대답은 빈센트가 대신했다.

“아무 일이 없긴, 다 보이는데.”

야스페르는 다시 한 번 작업대 위에 자신의 총을 내려놓았다.

“동생 두 분이 내 전문성을 의심하는데, 젠장. 나도 이런 분위기 지긋지긋하다고!”

“전문성을 의심한 게 아니라 태도가 문제라는 거잖아!” 펠릭스가 받아쳤다.

“태도? 난 건축 현장에서 네 능력 문제 삼은 적 없어. 네가 망치 손잡이를 너무 높게 들었다고 지적할 때도, 망치를 엉뚱한 상자에 넣어놨다고 지적할 때도 난 너를 존중하고 고분고분 듣기만 했다고! 그러면 너도 내가 가르쳐주면 그냥 망할, 닥치고 따라야 하는 거 아니야?”

레오는 두 사람 사이에 서서 서로를 반대편으로 살짝 밀었다.

“야스페르, 조용히 해.”

“네가 그랬잖아. 내가 아는 거 다 가르쳐주라고.”

“그냥 닥치고 네 총부터 닦고 있어. 그리고 너, 펠릭스. 야스페르가 뭘 가르쳐줄 때는 제대로 들어. 누구보다 잘 아는 걸 가르쳐주는 거니까. 야스페르는 너희들이 스스로 보호하는 법을 가르쳐줄 사람이야. 또 그만큼 너희들을 보호해주는 사람이고! 라운드 하우스에서 온 개자식들이 너를 두들겨 팰 때, 야스페르는 야구방망이로 머리를 얻어맞고도 끝까지 남아서 맞서 싸운 사람이야. 그것도 잊은 거야, 뭐야?”

레오는 둘 중 누구라도 계속해서 받아치기를 기다렸다. 언제나 그랬으니까. 하지만 이번만큼은 모두가 침묵을 지켰다. 그래서 자신이 먼저 침묵을 깼다.

"좋아. 마지막으로 한 번만 더 하자. 이번에는 방탄조끼까지 착용하는 거야."

레오는 들고 온 상자를 열어 방탄조끼를 한 벌씩 건넸다. 스웨덴제는 절대 주문하지 않는다. 만약 경찰이 보안장비 회사를 수사하고 고객 명단을 요구하면 발각되기 십상이다.

"만약 우리 모두가 똑같은 차림이라면……."

두 번째 상자는 잠시 작업대 밑에 내려놓았다. 똑같은 모양과 색깔의 점프슈트였다.

"목격자들 입장에서는 진술에 어려움을 겪을 수밖에 없어."

마지막 연습.

장비 일체를 착용하고 목표를 제압한다.

다지 밴에서부터 임시로 만든 은행을 털고, 차로 돌아오는 과정.

주어진 시간은 정확히 180초.

그러고 나면 직원들 책상으로 사용한 소품들은 다시 널빤지나 합판의 기능을 하게 되고 은행 벽과 창문, 금고의 역할을 했던 소품들은 공처럼 둥글게 만 테이프 뭉치로 전락하게 된다.

"휘발유통하고 쓰레기통 들고 따라 나와." 레오가 야스페르에게 고갯짓을 하며 말했다.

레오는 야스페르를 차고 뒤로 데려갔다. 이웃집을 사이에 둔 담장과 도로로 이어지는 생울타리가 서 있었고 몇 미터 떨어진 곳에 녹슨 드럼통 하나가 있었다. 레오가 온갖 물건이 들어 있는 쓰레기통을 비우자 야스페르는 그 안에 휘발유를 부었다.

"오후 5시 50분이면 마감 10분 전이야. 다들 마감 전에 업무를 끝내려고 서두르는 시간대라고."

성냥 두 개가 켜지자 스케치와 도면 그림, 지도 등이 모두 불에 타들어가기 시작했다.

"그리고 야스페르, 자제력을 잃으면 안 돼."

"내가 뭘 해야 하는지는 나도 알아."

불길은 그들의 계획과 퇴로를 날름날름 집어삼켰다.

"경비원 입에 총구를 쑤셔 넣을 때처럼?"

핵심은 자제력을 잃지 않는 것이었다. 절대로 폭력의 일부가 되어서는 안 된다. 그 폭력을 다스리고 지배해야 한다. 오래전, 아버지에게서 그런 눈빛을 읽은 적이 있었다. 지금 야스페르 눈빛이 그랬다. 스스로 통제하는 게 아니라 통제당하고 있는 눈빛.

"아니면 사이렌 불빛이 보이는데도 차를 향해 총을 쏠 때처럼?"

주먹으로 코뼈를 으스러뜨리는 것과 집을 홀라당 태워먹는 건 차이가 있다.

"날 봐, 야스페르. 난 너를 믿고 의지해야 해. 그래도 되겠어?"

남은 시간은 19시간 12분.

"당연하지. 나만 믿어."

30

레오는 방탄조끼를 한 단계 더 꽉 조이는 빈센트를 지켜보았다. 그들은 간밤, 늦은 시각에 펠릭스가 훔쳐 온 밴의 뒷좌석에 쪼그려 앉아 있었다. 밖을 내다볼 수는 없었지만 레오는 자신들이 정확히 어디에 있는지, 그리고 얼마나 남았는지를 알 수 있었다.

"내가 끼면 어떻게 되는 거야?" 빈센트가 물었다.

"끼다니?" 레오가 되물었다.

"내가 창문에 끼면 어떻게 되는 거냐고."

"무슨 창문?"

"창구 창문. 그거 넘다가 잘못되면 말이야."

이제 4분 20초 후면 생애 처음으로 은행을 터는 강도가 될 터였다.

"넌 그럴 일 없어."

"만약 그렇게 되면?"

"빈센트, 형 봐. 넌 절대 그럴 일 없어. 더 이상 그런 생각 안 하면 그럴 일 없어. 알았어?"

그들은 측면에 '배관 수리 전문'이라는 휘장이 붙은 밴을 발견하자마자 자신들에게 완벽한 차량임을 깨달았다. 별다른 의심을 사지 않고 은행 가까이 세워둘 수 있고 문제의 차량을 본 목격자들이 정확히 어떤 차량인지 묘사할 수 있을 터였다.

레오는 차량이 기울 때마다 뒷문 손잡이를 붙잡았다. 마지막 원형교차로를 지나는 중이었다. 남은 거리는 20미터. 한델스베겐을 지날 때 크게 한 번 튀어 오르고 보도블록을 가로지르면 스베드뮈라 광장으로 진입하게 된다. 마지막 직선 구간을 거치자 젖은 노면 위로 미끄러지는 타이어 마찰음이 들렸다.

레오는 귀마개를 조절하고 점프슈트 옷깃에 마이크가 단단히 고정돼 있는지 확인한 다음, 빈센트, 야스페르, 그리고 펠릭스가 귀마개를 착용할 때까지 기다렸다. 그러고는 옷을 끌어당겨 얼굴까지 덮어썼다. 멀리서 보면 천에다 종이로 된 눈과 입을 붙여놓은 모양새였다.

"미키마우스 같잖아!" 야스페르는 귀마개를 잡고 웃으며 말했다. 검은 천 위로 커다란 공 두 개가 달라붙은 모습 때문이었다. "미키마우스가 뭐야!"

"야스페르, 그만해." 레오가 쏘아붙였다.

"미키마우스, 미키마우스, 미키마우스!"

"그만하라니까!"

레오는 간신히 빈센트를 진정시키는 중이었다. 야스페르의 성가신 행동을 도저히 봐줄 수가 없었다. 어른들만의 과격한 행동을 앞둔 상황에서 철부지 애만도 못한 행동이라니……. 생애 첫 은행 강도에 나선 날, 그들은 각자의 방식대로 상황을 받아들이는 중이었다.

"마이크 테스트."

송신기는 점프슈트 오른쪽 주머니에 들어 있었다. 그는 검지로 작고 각이 진 버튼을 누르고 나지막이 말했다.

"하나, 둘. 하나, 둘."

목소리가 팀원들의 귓속에서 울려 퍼졌다. 잠시 후부터 그들을 이끌어줄 목소리였다.

"펠릭스, 경찰 무전은?"

펠릭스는 사이드미러로 은행 전체가 보이도록 밴을 세운 다음, 룸미러로 은행 강도 세 명을 쳐다보며 대답했다.

"주파수 제대로 잡아놨어. 경찰 위치는 정확히 알 수 있어."

"좋아. 빈센트?"

"어?"

"우린 정면으로 뚫고 들어갈 거야."

"정면으로."

네 개의 자동화기가 동시에 장전되는 소리가 바닥과 벽을 따라 울려 퍼졌다.

"다섯……."

시간은 오후 5시 50분이었다.

"넷……."

레오는 뒷문 손잡이에 조심스레 손을 얹었다.

"셋…… 둘……."

"잠깐만!"

펠릭스 룸미러를 틀며 외쳤다.

"웬 노인 하나가 보행 보조기를 짚고 나오고 있어. 그 뒤로 부인 같은 여자도 따라 나오는 중이야."

레오는 올리고 있던 총구를 내렸다. 마지막 카운트다운을 앞둔 시점이었다. 빈센트는 차분한 상태였고 야스페르도 집중하고 있었다. 이제 치고 나갈 시간이었다.

"펠릭스, 젠장……."

"아직 시간 여유는 있어. 저 노인들이 나온 직후에 가야 해."

"보행 보조기 짚은 노인은 없어! 부인도 없고! 지금부터 그 사람들은 없는 거야. 정면으로 뚫고 나간다. 중요한 건 오직 저 안에 있는 현금이니까!"

"된 거야?"

"펠릭스, 우린……."

"노부부가 있다잖아."

펠릭스는 룸미러를 조금 더 움직였다.

"그 사람들 밖으로 나왔어."

31

한델스 은행 유리문까지는 여덟 걸음이었다. 레오가 선두에 섰다. 빈센트는 한 걸음 뒤, 야스페르는 빈센트보다 두 걸음 뒤에서 이동했다.

비가 내리던 터라 광장에 깔린 조약돌에 달라붙어 있던 젖은 낙엽 냄새가 마스크 안으로 스며들어왔다. 도처에 사람들이 있었다. 피자 전문점 창가에 줄지어 앉아 맥주를 마시는 사람들, 따뜻한 옷을 입고 꽃들에 둘러싸인 꽃집 부부, 은행 창구에서 막 뒤돌아선 고객 두 명.

사람들이 우리를 보고 있다. 우리가 가고 있다는 걸 알고 있다. 하지만 무슨 영문인지는 아직 모른다.

진짜 나뭇잎. 실제로 지켜보는 사람들의 눈. 진짜로 내리는 비. 생판 모르는 다른 사람들. 진짜 하늘과 진짜 바람.

실체가 있는 은행 문.

연습은 끝이다. 이제는 되돌릴 수 없다.

빈센트는 레오의 목만 뚫어지게 쳐다보았다. 다른 데 한눈팔지 않고, 그 상태 그대로 보폭만 맞춰 따라가면 큰형을 따라 은행까지 들어갈 수 있을 것 같았다.

이렇게 해서 먹히면 다들 영락없는 성인 남성을 보게 되는 거라고. 무슨 말인지 알겠어, 막내?

여섯 걸음 남았다. 다섯 걸음, 네 걸음.

안에 들어가면 유리로 막힌 창구 뒤에 은행원들이 앉아 있어. 그 사람들에게 문을 열고 들어오는 사람은 아무리 눈 씻고 봐도 성인 남성 세 명이라는 확신을 심어줘야 해.

걸을 때는 똑바로 서서 걸어. 발바닥 전체로 땅을 디뎌야 해.

어깨에 비스듬히 멘 자동소총이 전처럼 여전히 쓸렸다.

체중이 더 나간다고 머릿속으로 주문을 외워. 그러면 어디로, 어떻게 움직여야 할지 그려질 거야.

그렇게 뚫어지게 큰형의 목을 쳐다보고 발바닥 전체로 신중히 땅을 디디며 걷는데도 은행에 가까워지는 느낌이 전혀 들지 않았다.

아무리 애를 써도…….

"빈센트?"

레오는 문까지 단 한 걸음 남은 시점에 걸음을 멈추었다. 그러고는 뒤로 돌아 빈센트의 어깨에 손을 올리고 이어셋을 끼고 있는 모두가 다 들을 수 있도록 마이크에 대고 말했다.

"넌 곧바로 은행 직원들 쪽으로 걸어가는 거야."

큰형의 목소리가 막내의 머릿속으로 흘러들어갔다. 언제나 머릿속에 머물러 있는 큰형의 목소리가. 레오는 빈센트의 어깨에 올렸던 손을 자신의 옷깃으로 가져가 마이크를 가린 다음 더 가까이 다가가 동생의 귀마개를 들어 올렸다.

"형이 너 사랑하는 거 알지?"

그는 말을 마치자마자 은행으로 다시 돌아섰다.

레오가 유리문을 열고 들어가자 빈센트도 따라 안으로 들어갔다. 지금껏 자기에게 사랑한다고 말해준 사람은 엄마뿐이었다. 그들은 비좁은 입구로 걸어갔다. 위에서 뜨거운 바람이 내려왔다. 빈센트는 큰형의 말이 무슨 뜻인지 의아하기만 했다. 막냇동생의 긴장을 풀어주고 남자답게 걸어가라는 말을 하고 싶었던 걸까? 아니면 모두가 죽을 운명이라는 걸 알지만 어떻게 표현해야 할지 몰랐던 걸까?

더 이상 아무 소리도 들리지 않았다.

레오가 감시 카메라를 향해 열여덟 발을 쏴 너덜거리는 꽃잎으로 만들어버렸을 때처럼, 카메라 렌즈 주변에 간신히 매달려 흔들리는 기다란 꽃잎처럼, 야스페르가 두 번째 감시 카메라를 향해 열다섯 발을 발사해 산산조각 내 바닥으로 떨어뜨릴 때처럼.

"블루 4!"

빈센트는 두 팔로 머리를 감싼 자세로 자신의 발밑에 웅크린 사람들만 내려다보고 있었다.

"블루 4! 창구 유리로!"

그 말에 다시 움직였다.

은행원 쪽으로 향하던 중 뒤늦게 노란 누비 재킷을 걸친 여성 직원을 발견했다. 그녀가 문을 닫고 잠그는 동시에 그녀의 팔을 밟았지만 이미 창구 밑으로 몸을 던진 후였다.

창구 유리가 잠겨버리면…….

창구 위로 뛰어넘어 기어들어가지 못한다면…….

그 사이에 끼어버리면…….

"60초!"

레오가 소리 지르며 빈센트 옆으로 달려갔다. 그리고 다시 한 번 자동소총을 들어 올렸을 때의 동작을 취했다. 나무 손잡이를 꽉 쥔 왼손이 무릎 위에서 요동치는 동작. 10발, 20발, 30발, 그리고 40발.

"블루 4, 지금이야!"

그제야 빈센트의 귀에 소리가 들렸다. 모든 게 명확했다.

이미 수천 개의 파편으로 산산조각 난 유리는 자신이 바닥으로 떨어져야 할 상황이라는 걸 모른 채 길게 느껴질 정도로 한동안 허공에 붙어 있었다. 빈센트는 그 즉시, 유명무실해진 유리가 막고 있는 창구로 몸을 던졌다. 더 이상 방탄조끼가 조이는 느낌도 없었고, 총을 멘 끈이 쓸리는 느낌도 들지 않았다. 뛰어가는 동안 유리 파편을 밟는 왼쪽 워커 밑창 소리도 들렸다. 창구 앞에 도달할 때까지 날카로운 소리가 계속됐다. 빈센트는 블루 3을 들여보내기 위해 안쪽에 있는 문으로 달려갔다가 다시 은행원에게 되돌아와 '금고 열쇠 내놔!'라고 소리쳤다. 수도 없이 연습했던 그 목소리로. 그리고 제대로 먹혔다. 빨간 매니큐어에 광택제를 바른 손가락이 열쇠 꾸러미를 들고 그에게 다가왔다.

"90초!"

레오는 여섯 명을 바닥에 엎드리게 한 채 은행 한가운데 서 있었다. 빈센트가 팔을 밟았을 때 비명 한 번 내지 않았던 노란 누비 재킷 여성, 코트와 갈색 로퍼 구두를 신고 개머리판으로 한 대 얻어맞을 때까지 바닥에 엎드리기를 완강히 거부했던 남성, 창구에 찰싹 달라붙은 채 애원의 눈빛도, 두려움의 눈빛도 아닌, 단지 지금 벌어지고 있는 일을 기록하려는 사람처럼 레오를 쳐다보던 노부인, 전면 창문 옆에 놓인 커다란 야자나무 뒤에 서 있던 빈센트 또래의 청년 둘(두 사람은 자신들이 어쩌다 강도 사건이 발생한 은행에 들어가게 됐는지 그 경위를 진술하게 될 터였다), 들고 있던 쇼핑백에서 콘플레이크와 빵, 그리고 아기 이유식이 담긴 빨간 용기를 쏟아버린 여성.

"120초!"

그가 서 있던 은행 한가운데서는 블루 3이 대형 금고 문을 열고 선반 세 개에 놓여 있던 현금 뭉치들을 가방에 퍼 담는 장면을 볼 수 있었다. 블루 3은 총을 쏴 소형 금고를 열고 그 안에 들어 있던 500크로나 지폐도 남김없이 챙겼다. 그동안 블루 4는 시종일관 체계적으로 움직이며 의자를 넘어뜨리고 서랍이란 서랍은 다 잡아당겨 그 안에 들어 있던 현금들을 가방에 챙겨 넣었다.

야스페르의 움직임은 완벽했다. 빈센트의 움직임도 완벽했다.

남은 건 펠릭스뿐이었다.

"블루 1이 블루 2에게!"

레오는 옷깃에 붙은 마이크에 입을 가까이 가져가며 창문 너머로 보이는 밴 쪽으로 고개를 돌렸다.

"뭐 보이는 거 있어?"

"뭐 하나 보고 있어. 은행 옆에 있는 가게 있잖아?"

"내 말은……."

"개미 피자. 누가 그런 멍청한 이름을 붙였는지 모르겠어."

"블루 2, 뭐 보이는 거 있어?"

"창문 앞에 남자 셋이 있어. 나를 쳐다보면서 맥주를 마시는 중이고……."

"젠장, 블루 2! 경찰차 같은 거 보이느냐고!"

"……계속 은행 쪽을 쳐다보고 있어. 버섯 통조림하고 햄이 들어간 피자를 먹는 거 같아. 뭐, 어쨌든 자기들끼리 좋은 시간 보내고 있는 듯 보여."

대부분 투덜거리거나 질문을 던지는 그였지만 언제나 믿고 의지할 수 있는 목소리였다. 그래서 펠릭스는 맥주며 버섯 통조림이며, 피자집에 모인 세 남자 이야기를 꺼냈던 것이다. 유리창 반대편 은행 안에서, 공포에 질린 사람들 한가운데 서서, 시간을 재고 있던 큰형을 진정시키기 위해서.

"150초!"

대형 금고에 들어간 야스페르가 나와야 할 시간이었다. 빈센트는 현금 서랍의 돈을 다 챙겨두었어야 할 시간이었다. 펠릭스는 일당이 은행 밖으로 나오자마자 차를 몰고 미친 듯이 달려 나가야 할 시간이었다. 레오는 계속해서 시간을 재며 맨 마지막으로 은행에서 나와 도주 차량으로 가는 퇴로를 확보할 터였다.

"160초!"

빈센트가 창구를 뛰어넘어 바닥에 엎드려 있거나 자신의 뒤에 있는 사람들 사이를 이리저리 피해 달렸다. 창문 밖에 있던 펠릭스는 가속페달을 밟았다. 레오는 그대로 서서 시간을 쟀다. 총성 한 발이 더 울렸다. 야스페르였다. 그는 빈센트를 바로 뒤따라 나와야 했지만 여전히 대형 금고 안에서 꾸물거리며 500크로나 지폐 뭉치를 가방에 쑤셔 담고 있었다.

"170초!"

그리고 또 다른 금고.

"175초!"

또 다른 금고.

"180초!"

이익은 최대화하는 동시에 위험은 최소한으로 줄이는 방식으로 한 몸처럼 움직이기로 약속했었다. 그 약속을 야스페르가 깨뜨려 버렸다. 또다시.

"나와!"

레오는 천장을 조준했다.

"밖으로 나오라고!"

그리고 방아쇠를 당겼다.

"나와, 나오라고, 나와!"

대형 금고 바로 위 천장으로 두 발이 발사되었다. 부서진 시멘트

조각과 먼지가 바닥에 코를 박고 있던 사람들 위로 떨어졌다. 그제야 야스페르는 갑자기 무언가를 깨달은 듯 방금 비운 소형 금고를 떨어뜨리고 가방 지퍼를 채운 뒤, 차로 뛰어들었다.

32

묘지는 언제나 추웠지만 노란 나뭇잎으로 뒤덮여 있는 덕에 따뜻해 보일 뿐만 아니라, 방문객을 반기기까지 하는 분위기였다.

브론크스는 곧 무너질 듯한 벤치에 묻은 물기를 닦아내고 앉았다.

스웨덴에서 가장 큰 공동묘지 중 한 곳에 배치된 3만여 개의 무덤 중 하나.

노라 베그라브닝스플라첸, 북부 공동묘지. 18A 단지 575 구역.

한동안 찾아오지 않았다. 남을 때리는 데 쓰였던 주먹은 힘을 잃고 영원히 그곳에 묻혔다. 매끈한 화강암 재질에 검은색의 멋들어진 묘비였다. 20년도 되지 않았지만 훨씬 더 오래돼 보였다. 세기 초에 만들어진 물건인 것처럼.

그는 허리를 숙여 제멋대로 자라난 갈색 식물을 만져보고 물을 조금 주었다. 자갈이나 흙조차 생명력을 잃은 듯 보였다. 누군가가 주기적으로 꽃을 가져다 놓았지만 누군지는 알 수 없었다. 자신은 한 번도 해본 적 없었으니까. 어머니였을까? 어머니가 아버지의 무덤에 꽃을 가져다 놓을 이유가있던가?

묘비 끄트머리에 손바닥을 얹었다. '탄생. 사망. 조지 브론크스.' 관이 파묻힐 당시 그는 열여섯 살이었다. 한쪽에서 들고 있던 관이 얼마나 무거웠는지 떠올랐고, 거의 뒤집을 뻔했던 일도 기억났고, 곁에 서 있던 어머니가 울먹였던 것도 생각났다. 그 자리에 모여 있던 나머지 사람들은 그저 검은색 덩어리로 기억에 남아 있었다. 아버지의 가족, 친구, 동료 등 만나본 적은 없지만 이름만 알고 있는 사람들이었다. 흰 넥타이가 목을 꼬집는 것 같았다. 그래서 나중에 넥타이를 풀어서 태워버리고 다시는 메지 않겠다고 다짐했다.

어머니는 장례식 다음 날, 다시 묘지에 가고 싶어 하셨다.

그래서 그가 함께 갔다. 엄마가 굳이 다시 가려는 건 장례식 당일, 솔직하지 않았기 때문이라 생각했다. 검은색 덩어리들이 자신의 남편을 어떻게 생각하고 있었는지 꿰뚫어 볼까 봐. 하지만 그게 이유는 아니었다. 어머니는 여전히 벌어진 일, 실제로 벌어진 일을 받아들이지 못했다. 어머니는 매일같이 이어지는 아버지의 구타와 통제를 감내하고 살았다. 몇 번 되지 않았지만 그는 어머니에게 그 문제를 지적하려 했었다. 하지만 어머니는 기억조차 못 하는 듯했다. *그게 무슨 소리니?* 그 사실이 내면 깊숙한 곳에 숨어 있기라도 한 듯. *무슨 말인지 아시잖아요.* 손조차 닿지 않을 아주 깊숙한 곳에. *그런 식으로 얘기하는 거, 참 듣기 거북하구나.*

어머니와 아들은 무덤 위에 꽃을 내려놓고 해야 할 말을 했다.

그는 어머니 곁에 서 있었고 어머니는 멍하니 돌무더기를 바라보았다. 그제야 어머니가 울먹거린 진짜 이유를 깨달았다. 아버지의 명복을 빌기 위해서가 아니었다. 자신의 형인 삼의 안위를 위해서였다. 자신과 달리 굴복하지 않았던 또 다른 아들의 안위를 위해서였다. 그리고 그 순간부터 과거의 기억을 떠올리지 않기로 마음먹은 듯했다.

야생화에 물을 조금 더 뿌렸다.

그는 천천히 고요한 세상을 벗어나 솔나 교회 방향으로 향했다. 경찰서까지 절반 정도 남았을 때 처음으로 무전이 울렸다.

"은행 강도 발생. 스베드뮈라."

도시 반대편. 먼 거리였다. 그래서 크로노베리로 그냥 차를 몰았다. 그 순간 다시 무전이 울렸다.

"범인들은 중무장한 상태다."

어딘가 익숙한 느낌.

"군용 장비로 의심된다."

자파르와 고박. 그는 방향을 틀어 남쪽으로 향했다.

"도주 차량은 범죄 현장에서 150미터 떨어진 지점에서 발견됐다."

그런데 어딘가 이상했다.

"스베드뮈라 툰넬바나 역 옆에 있는 주차장이다."

은행 강도들이라면 범죄 현장에서 150미터 떨어진 곳에 도주 차량을 주차하고 툰넬바나 역에서 지하철을 타고 도망가지 않는다.

"용의자들이 차 밖으로 나오지 않았다."

브론크스는 무전기를 켰다.

"여기는 스톡홀름 시경 소속, 브론크스 형사다. 다시 한 번 반복하기 바란다."

"용의자들이 차 밖으로 나오지 않았다."

어딘가 이상하다는 생각만 들었던 정황이 이제는 아예 앞뒤가 맞지 않았다. 범인들은 불과 백여 미터 남짓 차를 몰고 툰넬바나 역 근처의 주차장에 차를 세웠다. 그리고 그 자리에 그대로 멈춰 서 있다…….

차 안에 탄 채로.

길을 건너기 바로 직전, 연노랑 형광 경찰 조끼를 입은 경관이 도로 쪽으로 가라고 손짓했다. 현장 근처 교차로를 지나자마자 순찰차 두 대가 파란색 경광등을 켠 채로 도로를 막고 서 있었다.

"죄송합니다. 통제 중입니다. 유턴으로 돌아 나가시거나 양쪽으로 돌아가주시기 바랍니다."

브론크스는 상의 안주머니를 뒤적여 검정색 가죽 배지와 노랑, 파랑, 빨강이 어우러진 신분증을 꺼냈다.

"스톡홀름 시경 소속, 욘 브론크스 형사입니다."

앳돼 보이는 경관 하나가 플래시 불빛을 받은 배지를 한참 살펴보다 고개를 끄덕였다. 익숙한 상황이었다. 공항 여권 검색대에 설 때마다 여권 사진과 실물을 여러 차례 비교하고서야 통과되곤 했다.

"아직도 저 안에 있는 것 같습니다."

"나도 들었습니다."

"중무장한 상태로요."

"그것도 들었습니다."

브론크스는 걱정스런 표정을 짓고 있는 젊은 경관을 뒤로하고 순찰차 사이를 요리조리 피해 행인이나 차량이 전혀 없는 길로 향했다. 평소라면 1분 간격으로 열차가 쏜살같이 달려나가야 할 시간대인 툰넬바나 역 선로 역시 썰렁했다. 젊은 경관의 표정에서 발견한 그런 상황이었다. 정상적인 것이라고는 모두 사라져버린 상황. 안전한 느낌도 동시에 사라졌다.

그는 속력을 줄이며 원형교차로로 다가갔다. 스베드뮈라 광장의 은행 앞에는 파란색과 흰색 경찰 제지선이 밤바람에 휘날렸다.

그는 자전거 도로에 차를 세우고 젖은 풀밭 위로 황급히 뛰어갔다.

"현장 배치 인력은 몇 명입니까?"

제복 경관 하나가 평범한 주차장 구석에서 커다란 기둥 두 개를 엄폐물 삼아 기다리고 있었다. 브론크스는 경관들 중 자신과 비슷한 연배에 키가 크고 이름은 기억나지 않지만 쇠데르퇴른 경찰서 소속 경사 하나를 알아보고 그를 향해 다가갔다.

"역 승차장 쪽에 한 팀이 배치됐습니다. 저쪽, 가판대 뒤쪽도 마찬가지고요. 또 다른 팀은 저기 병원 쪽, 길에서 대기 중입니다. 또 한 팀은 저기 불 들어온 집 쪽, 커다란 공터에 집결해 있습니다.

이름 모를 경사가 손을 들고 여러 방향을 가리키자 브론크스는 적잖이 당혹스러웠다. 이름이라도 알고 있었어야 했는데…….

"그리고 우리 정면으로 보이는 저쪽에서 경찰특공대가 작전 준비 중입니다."

공간이 널찍한 주차장도 아니었다. 콘크리트 기둥 틈 사이에 끼워 넣은 듯 보이는 주차 공간 열 자리. 가로등 불빛도 잘 들지 않아 평소 지나다니더라도 눈길 한 번 줄 일 없는 장소였다. 주차된 차는 단 두 대. 과속방지턱 한 번 넘을 때마다 차체가 달가닥거릴 것 같은 낡은 갈색 포드 한 대와 어둠 속에서 노랗게 보이는 다지 밴 한 대. 적어도 그는 노란색이라고 생각했다. 확실한 건 양쪽 측면에

'배관 수리 전문'이라는 큼지막한 문구 하나였다.

"아니, 은행을 털고 이렇게 보란 듯이 버젓이 차 안에 앉아 있는 이유가 뭡니까?"

이름 모를 경사도 밴을 쳐다보았다. 그는 브론크스가 처음 도착했을 때와 같은 자세로 서 있었다. 마치 눈앞의 장면에 빨려 들어갈 것처럼.

"브론크스 형사, 이해가 갑니까? 이런 식으로 과시한다는 게? 은행을 털고 150미터 도주를 하고 주차장에 차를 세운 다음 무작정 기다린다는 게 말입니다."

상대는 그의 이름을 알고 있었다. 하지만 때는 이미 늦었다. 이제는 브론크스가 그의 이름을 불러 그들이 전에도 만난 적 있고 아는 사이라는 사실을 입증해야 했다.

"안 갑니다……."

죄책감이 들고 미안했다. 빌어먹을……. 이 정신없는 와중에 자신을 알고 이름까지 기억하는 상대를 하찮은 존재로 여기는 듯한 기분이 들었다.

"……나도 이해가 안 갑니다."

"전 대원 위치로."

이름 모를 경사는 오른쪽 옷깃에 무전기를 달고 있었다. 크고 명확한 목소리가 울려 퍼졌다. 하지만 밴에 타고 있는 강도들에게 들리지 않도록 조용히 명령을 내려야 했다.

"진압 작전 실시한다. 다섯, 넷, 셋, 둘, 하나…… 실시!"

어둠 속에서 검은 전투복에 헬멧을 쓰고, 방탄조끼에 총을 겨눈 대원들이 하나둘 튀어나왔다. 대원 여덟 명이 한 몸처럼 움직였다. 브론크스는 그런 장면을 여러 번 본 적 있었다. 전에도 똑같은 기분을 경험했다. 폭력과 무력에 맞설 태세에 임하는 기분. 현재 진행 중인 은행 강도 현장을 직접 본 적은 없었다. 다만 사후에 감시 카메라 영상을 확인한 경험은 여러 번 있었다. 확실한 건 총을 겨누고 도주 차량을 포위하고 있는 무장 경관들이나, 복면을 뒤집어쓰고 차 안에서 기다리고 있는 강도들이나 똑같은 생각으로 움직인다는 사실이었다. 서로의 적과 마주치는 것, 해야 할 일을 하는 것, 아무런 피해 없이 훈련했던 내용을 통해 목표를 달성할 수 있는지 확인하는 것.

여덟 개의 그림자가 소리 없이 움직이기 시작했다.

대원 하나가 콘크리트 기둥에 기대서서 운전석을 조준했다. 다른 대원 둘이 무릎을 꿇은 자세로 창문 없는 밴의 측면을 조준했다. 또 다른 대원 둘이 반대편 측면에서 뒷문을 노렸다.

뒷덜미에서 전해지던 숨결도 더 이상 느껴지지 않았다. 이름 모를 경사는 숨까지 죽여가며 기다리고 있었다. 숨을 들이쉬고 내쉴 때마다 밴 안의 상황이 자신에게 전달되기라도 하듯, 그래서 그 장면을 정지시키기라도 하려는 듯.

남은 대원 셋 중 둘이 주차 공간 하나를 두고 세워져 있던 택시 가까이 다가가 문제의 차량 안을 들여다보았다. 비어 있었다. 밴 안에 누가 숨어 있든 뒷자리에 있는 게 분명했다. 전 대원의 총구가 뒤쪽으로 향했다.

남은 대원은 하나.

그는 옆문으로 기어서 다가가 손전등으로 안을 비췄다.

밴은 열려 있었다.

그는 왼손을 문손잡이에 얹었다. 그리고 재빨리 옆으로 잡아당기자마자 몸을 던져 바닥에 엎드렸다.

어둠을 가르며 밝게 빛나는 폭발은 없었다.

콘크리트 바닥을 때리는 총탄 소리도 이어지지 않았다.

고함이 터져 나오지도, 증오심이 쏟아지지도 않았다. 단지 무전기에서 흘러나오는 목소리뿐이었다.

"밴은 빈 상태다."

33

레오가 우아한 상표가 달린 병을 위아래로 흔들자 코르크 마개가 펑 소리를 내며 튀어나갔다. 성공을 축하하기 위해 건배를 하며 서로 끌어안고 노래를 부르는 동안 폴 로저 샴페인이 거품을 내며 좁다란 잔을 타고 흘러내렸다. 아넬리는 잔을 비우고 다시 채웠다. 은행 밖으로 나온 뒤로 입 한 번 뻥끗한 적 없는 빈센트는 펠릭스가 그랬던 것처럼 잔을 들고 큰 소리로 외쳤다. 일행을 하나로 이어주고 필요할 때마다 언제든 돌아가 원동력을 이끌어주었던 그 자제력을 벗어던졌다. 야스페르는 대형 금고 도처에 총질을 해 문을 연 모험담을 끝도 없이 떠벌리며 다시 한 번 건배를 제의하고 샴페인을 삼키면서도 말을 멈추지 않았다.

"전 대원 위치로."

일행은 반 정도 비운 맥주잔과 새로 딴 위스키 병들을 올려놓은 커피 테이블을 가운데 두고 조용히 모여앉아 스캐너에서 흘러나오는 무전 교신에 귀를 기울였다.

"진압 작전 실시한다. 다섯……."

치직거리는 무전기를 통해 카운트다운이 진행되는 동안 완전무장한 경찰특공대 대원 8명이 일사불란하게 배관 수리 전문 업체 차량으로 다가갔다.

"넷, 셋, 둘, 하나…… 실시!"

방 안에 모여 있던 일행들이 침묵을 지키고 있었던 것처럼 무전기에서도 더 이상 말소리가 이어지지 않았다. 그 대신, 새로운 소리가 들렸다. 말소리가 아닌 몸이 만드는 소리였다.

발소리.

거친 숨소리.

문 열리는 소리.

그리고 이어지는 소리.

강렬하고 또렷한 그 소리는 적막감이었다.

일행이 가까이 모여 앉아 적들이 무너지는 순간을 목격하는 동안 분위기를 압도한 그 적막감.

"밴은 빈 상태다."

그들은 웃음을 터뜨렸다. 분위기는 잔을 높이 치켜들고 축배를 들고 더 많은 병을 따, 그 병들을 모조리 비우는 분위기로 이어졌다. 레오는 일행의 얼굴을 하나씩 둘러보았다. 딱히 웃을 일도 아니었다. 그는 경찰들이 우위를 점하고 있다는 확신을 철저히 무너뜨렸다. 바깥에서 어물쩍거리던 경찰들은 4인조 은행 강도단이 어떻게 도주 차량에서 빠져나와 감쪽같이 사라져버렸는지 어안이 벙벙해할 것이다.

곰의 코에 주먹 한 방을 날리고 춤추듯 움직이며 적이 느끼는 두려움을 예측하고 기다리다가 급소를 정확히 노린다. 가장 강했지만 이제 약점이 된 그 급소를 정확히 노린다. 폭력을 동원해 안전하다고 느꼈던 상대의 심리를 혼란스럽게 만든다.

틈을 노리는 것이다.

사람들이 안도감이라고 느끼는 그 감정은 허상에 불과하다. 혼돈과 질서는 단단하게 서로 몸을 꼬고 있는 두 마리 뱀과 같다. 두 마리 뱀은 사람들이 있는지 없는지도 모를 경계선을 넘는 순간 순식간에 자리를 뒤바꾼다. 폭력은 그 사이에 틈을 만들어낸다. 레오는 은행 바닥에 엎드려 있던 사람들의 시간을 멈춰버렸고, 무전기에 대고 은행 강도들이 무자비하게 총질을 하고 있다고 소리친 사람들의 시간을 멈춰버렸다. 그들은 도무지 논리적이지 못한 이 상황을 이해할 수 없을 테니까. 이런 상황이 3분이라는 '귀한' 시간을 벌어준 것이다.

"빈센트?"

서로가 서로를 끌어안고 샴페인 잔을 맞부딪치는 동안 레오는 빈센트를 지켜보았다. 빈센트는 무슨 생각을 하는지, 어떤 기분인지 도통 입을 열지 않고 있었다.

"어?"

"따라와, 빈센트."

"어디로?"

"일단 따라와봐."

두 형제는 고가의 술과 자욱한 담배 연기에 취한 자축 파티 현장을 벗어나 위스키 병 하나와 잔 두 개를 들고 부엌으로 향해 잔을 채웠다. 바깥은 어두웠다. 이웃집 부엌은 조명이 설치된 무대 같았다. 젊은 여성이 유리 볼을 원탁 위에 내려놓고, 젊은 남성이 유아의자에 아기를 앉혀 안전띠를 매주고는 아이의 가슴에 턱받이를 채워주고 숟가락을 들려주었다. 아이는 준비가 완료되자 스스로 밥을 먹을 수 있다고 고집을 부렸다.

"기억나? 항상 바나나 갈아서 주면 뱉어냈던 거."

"지금도 그래."

"그래도 복숭아 통조림은 좋아했었지. 네모로 잘라주면 잘 먹었어."

네가 한 살 때였지. 난 갓 여덟 살이 됐고. 한참 전 이야기네.

"오늘 잘했어."

"아니야. 머뭇거렸잖아."

"그래도 결국 실수 하나 없이 해냈잖아. 창구로 뛰어들었고, 금고 열쇠를 받아내서 야스페르에게 문을 열어줬고, 현금도 챙겼고. 시간제한도 완벽히 지켰어."

"멈췄잖아. 그리고 머뭇거렸어. 모든 계획이 틀어질 수도 있었다고."

"어쨌든 문제를 해결했잖아. 안 그래? 우리가 그 안을 장악했던 건 정확히 3분간이었어. 그걸 바라봐야 해, 빈센트. 우린 안전했고 나머지는 아니었어. 그랬기 때문에 예상하지 못했던 실수를 바로잡을 시간이 있었던 거라고."

이웃집 가족들은 비프스튜와 샐러드로 저녁 식사를 시작했다. 레오는 잔을 들어 올리고 빈센트가 잔을 들기를 기다렸다. 형제는 잔을 비웠다.

"이제 담아뒀던 거 다 털어버려. 알아들었어? 넌 멈추지 않았어. 지금부터 네가 생각해야 하는 건 네가 잘해냈다는 사실 하나뿐이야."

형제는 스컬 케이브를 만들어놓은 방으로 향했다. 바로 한 시간 전에, 빈센트와 야스페르가 크로나 지폐 뭉치를 퍼 담아 앞가슴에 걸치고 있던 가방을 숨겨놓은 곳이었다.

"1백만 크로나가 넘는 돈이야. 어쩌면 150만은 될 거야. 기분이 어때?"

빈센트는 1천 크로나 지폐 수백 장이 든 가방 속으로 손을 밀어 넣어보았다.

"믿기지가 않아."

레오는 이웃집 부엌 식탁이 보이는 창문 쪽으로 돌아섰다. 한 살짜리 꼬맹이는 더 이상 스스로 밥을 먹겠다고 고집을 피우지 않았다. 옆에 앉은 아빠가 옷과 머리에 묻은 음식물을 닦아주며 한 입씩 먹여주었다.

"그럴 거야. 우린 은행을 털었어. 그런데 경찰은 우리가 어떻게 그 일을 해냈는지 아무런 단서 하나 못 건졌어. 절대로 틀어질 수 없는 결정적인 순간 덕분이었어. 차를 바꿔 타는 순간 말이야. 그건 변신이라고."

34

깨진 유리 파편들이 직사광선에 노출되자 달리 보였다. 과학수사대 감식반이 작은 광장에 설치한 투광기 불빛은 은행 유리창을 뚫고 들어오면서 수천 조각에 달하는 유리 파편을 반짝이는 안개처럼 보이게 했다.

브론크스는 뒤도 돌아보지 않고 걸어갔다. 뒤돌아서는 순간 마이크와 카메라, 그리고 기자들의 질문 공세에 시달릴 것이었다. 그는 현장으로 들어가는 동안 이미 죽치고 기다리던 일곱 개의 뉴스팀을 간신히 피해갔다. 그리고 계속해서 그들을 무시할 계획이었다.

은행 한가운데는 먼지와 천장에서 떨어져 내린 석고 조각들이 빨간색 이유식 포장 용기 위에 내려앉은 상태였다. 차가운 돌바닥에 얼굴을 파묻은 한 여인, 그리고 그녀가 들고 있었던 쇼핑백은 강도의 워커 근처에서 뒤집혔다. 당사자는 구석에 있는 벤치에 앉아 브론크스가 던지는 질문에 귀를 기울이고는 있었지만 대답할 여력이 전혀 없었다. 이미 여러 차례 경험한 상황이었다. 계속해서 이어진 총성의 잔향이 목격자의 청력에 피해를 입히고 양쪽 고막을 손상시켜 머릿속에 지속적이고 강렬한 울림소리를 만들고 있었다.

도주 차량이 타고 넘어간 보도블록으로 건너가는 순간, 카메라맨 두 명이 득달같이 따라와 고함을 질렀다. 도주 차량의 이동 경로를 따라 원형교차로에 다다르자 카메라맨들은 결국 포기하고 인터뷰에 응할 가능성이 있는 사람들을 찾기 위해 다시 은행으로 발걸음을 돌렸다.

그는 먼지 묻은 이유식 포장 용기를 주인에게 건네주었다. 목격자는 총 아홉 명이었다. 은행 직원 세 명과 고객 여섯 명. 아홉 명 모두 평생처럼 길게 느껴졌을 3분 동안 바닥에 엎드려 있었다. 그중 두 사람은 극심한 충격으로 무슨 일이 있었는지 진술조차 불가능했다. 여섯 명은 비교적 이성적으로 설명을 하긴 했지만 진술 내용이 일치하지 않고 제각각이었다. 심지어 창가 가까이 나란히 서서 지켜봤던 10대 소년 둘은 강도의 복장에 대해서도 각기 다른 말을 할 정도였다.

리카르드 토레손(이하 토레손): 파란 점프슈트였을 거예요. 아마도요. 자동차 정비사처럼요.

뤼카스 베리(이하 베리): 점프슈트가 아니었어요. 옆 주머니 달린 바지에 재킷을 입고 있었어요.

은행 유리창을 총으로 쏴 박살 내고, 금고를 비우고, 카운트다운을 했던 강도들의 복장에 대한 진술조차도…… .

토레손: 마스크를 써서 눈 빼고 다 가린 상태였어요.

베리: 다 마스크를 쓰진 않았을 거예요. 아무튼 제 기억은 그래요. 한 사람은 분명히 입이 보였어요.

과도한 폭력에 노출됐을 때 수시로 발생하는 일이었다. 동일한 상황을 똑같이 목격하고도 각기 다른 방식으로 진술하는 일. 두려움이 겉모습과 크기, 시간대를 왜곡하기 때문이다.

토레손: 그 사람 발밑에 엎드려 있었는데 키가 180센티미터는 됐어요. 확실해요. 다들 키가 진짜로 컸다니까요.

베리: 그 사람 발밑에 엎드려 있었는데 확실히 키가 작았어요. 저보다 큰 키는 아니었고 살이 좀 찐 편이었어요.

자신이 본 장면을 이성적으로 진술할 수 있었던 목격자는 단 한 명이었다. 복면 쓴 강도가 자동소총을 들고 창구 안전유리를 향해 40발의 총알을 발사하는 동안 3번 창구 뒤에 있었던 50대 여성. 작고 서글퍼 보이는 눈을 가진 그녀는 자신이 빨간 매니큐어를 바른 손으로 금고 열쇠를 어떻게 건넸는지 설명해주었다. 창구 앞의 유리가 산산조각 나며 그녀가 입고 있던 옷과 머리, 살갗 위로 쏟아지는 동안.

잉가-레나 헬만손(이하 헬만손): 스웨덴 사람이고 사투리나, 특별한 억양도 없었어요. 잔뜩 긴장한 목소리였어요. 뱃속에서 우러나는 것 같은 목소리요. 그리고 그 눈빛, 저를 내려다보는 그 눈빛은 마치 꿰뚫어 보는 듯 강렬했는데 저를 향한 게 아니었어요. 조금 더 떨어져서 기다리고 있던 다른 강도는 가슴에 벨트 같은 걸 매고 있었는데, 군인들이 입는 것 같았어요. 다들 그런 걸 뒤집어써서 귀가 튀어나온 것처럼 보였어요.

열쇠를 강요한 강도와 금고를 연 강도는 계속해서 창구 반대편에서 있던 다른 강도를 힐끔거리며 쳐다보았다. 그녀는 분명히 기억하고 있었다.

헬만손: 그 남자는 카운트다운을 하고 있었어요. 언성을 높이지도 않았어요. 끝날 때까지.

돌출된 귀, 헤드폰, 침착함, 마이크.

팀의 리더.

지배하는 리더와 통제에 따르는 팀원들.

브론크스는 원형교차로 가운데서 주변을 둘러보면서 뒤따라오는 사람이 있는지 확인한 다음, 주차장으로 다시 돌아갔다. 툰넬바나 역의 통제가 해제되면서 머리 위 구름다리로 지나가는 기차가 규칙적인 리듬을 만들어내고 있었다.

통신 장비, 전술조끼, 자동화기.

군사 작전.

양쪽 측면에 야광 스티커로 회사명이 찍혀 있는 노란색 다지 밴 승합차는 밤사이 도난당한 걸로 확인되었다. 브론크스는 시간을 계산해보았다. 도주용으로 사용되기 전, 오후 1시에서 4시 사이, 어딘가.

이름 모를 후딩에 소속 경사는 기둥 사이를 빙빙 돌고 있었다.

"툰넬바나로 들어가는 진입로입니다. 앞뒤, 양옆으로도 다 길이 있습니다. 자전거 거치대가 줄줄이 늘어서 있고요. 우린 지금 빌어먹을 교차로 한가운데 서 있는 겁니다! 여기는 통근하는 사람들이 기차에서 내려 버스로 갈아타고, 버스에서 내려 기차로 갈아타거나 도보나 자전거로 오가는 장소란 말입니다. 항상 사람들이 지나다니는 곳인데 밴에서 나온 일행을 본 목격자가 아무도 없다는 게 말이나 됩니까?"

브론크스는 아무런 대답 없이 은행, 광장, 그리고 원형교차로를 차례로 둘러보았다. 도주로로 택할 수 있는 길은 네 개였다. 그리고 각 도로를 따라 몇 킬로미터만 가면 또 다른 네 개의 도로로 나뉘는 원형교차로가 나온다. 총 64개의 도주로가 나온다. 체스판 위의 네모 사이를 옮겨 다닐 수 있는 방법만큼이나 많은 도주로가 있다는 뜻이었다.

"욘?"

경사는 성이 아닌 그의 이름을 불렀다. 자신도 상대의 이름을 아는 척 연기하고 있었기에 또다시 질문을 무시할 수는 없었다.

"차량의 문을 연 지 40분이 됐습니다." 브론크스가 말했다.

어쩌면 계속해서 말을 이어갈 수도 있을 것이다. 교묘히 상황을 피해가면서 갑자기 상대의 이름이 떠오르기를 기대하면서.

"강도 행각을 벌이고 도주하기에는 완벽한 장소입니다."

아니다, 도대체 떠오르지 않는다.

"수색 범위가 이미 너무 방대합니다."

전에도 여러 차례 같이 일했던 경사는 그가 말을 할 때마다 브론크스의 눈을 똑바로 쳐다보았다.

"기억이 안 나는 거죠?"

"뭐가 말입니까?"

"에리크예요."

"그게 무슨 말입니까?"

"내 이름 말입니다."

에리크 경사는 뒤로 돌아 현장으로 돌아가며 커다란 활처럼 두 팔을 벌렸다.

"뿔뿔이 흩어진 거라면요? 한 명씩 차에서 내려 사라진 거라면요? 하나는 대중교통을 통제하기 전에 툰넬바나 역에서 열차를 타고 몇 정거장 지나 내린 거라면요? 다른 하나는 163번 버스를 타고 사라진 거라면요? 또 다른 하나는 자전거를 타고 자전거 전용도로를 따라 주택가로 들어가 버린 거라면요? 마지막 하나는 저기 보이는 저 지역으로 유유히 걸어 들어간 거라면요?"

툰넬바나 역, 버스, 자전거, 그리고 도보. 아니면 차량을 타고 도주하는 64개의 도주로.

브론크스는 밴을 뚫어지게 쳐다보았다.

"에리크?"

경사는 만족해하는 듯 보였다. 아니, 정말로 그랬다. 하지만 방금 알게 된 그 이름을 부르는 게 편치만은 않았다.

"놈들은 거의 전시 수준으로 무장하고 이곳에 나타났습니다. 자동소총이나 방탄복, 전술조끼와 통신 장비 등을 안 보이게 감추고 이곳을 빠져나가는 건 불가능합니다."

브론크스는 텅 빈 밴의 옆문을 툭툭 두드렸다.

"누군가는 이 차가 들어오는 걸 봤습니다. 누군가는 그 안에서 내리는 일행을 봤을 거고요. 검은 복면을 뒤집어쓴 성인 남성 네 명이 이렇게 흔적도 없이 감쪽같이 사라질 수는 없습니다."

툰넬바나 선로를 떠받치는 기둥 사이에 틀어박혀 있는 싸구려 식당. 브론크스는 튀김용 기름의 시큼한 냄새를 좋아해본 적 없었다. 기름의 썩은 냄새는 가게 안의 몰딩은 물론, 주방 조리대 곳곳에 찌들어 있었다. 그는 창문 밖으로 밴을 쳐다보며 입으로 숨을 내쉬었다. 식당 주인은 조명이 잘 들지 않는 주차장이 한눈에 바라보이는 위치에 있었다. 사건 발생 당시, 무언가 목격한 사람이 있다면 식당 주인이 유일한 목격자일 수 있었다. 그는 깡마른 체형에 애초에 흰색이었을 것으로 추정되는 앞치마를 걸치고 있었는데 쉬 나이를 가늠하기 힘든 외모였다. 자식이 넷이나 딸린 가장이라 해도 술을 사러 가면 신분증 좀 보자고 할 정도였다. 앞치마 상태만 보더라도 카운터를 따라 의자 세 개가 늘어선 공간이 왜 이렇게 기름 냄새로 찌들었는지 알 수 있을 것 같았다.

"저 주차장을 사용하는 차들은 보통 아침에 들어왔다 저녁에 나갑니다." 식당 주인은 주차장을 가리키며 말했다. "그런데 저 포드, 그러니까 가운데 보이는 저 갈색 차량 말입니다. 저 차는 점심쯤에 들어왔습니다. 그리고 노란색 다지는…… 한 시간 전에 들어왔고요."

"저 노란 밴에서 내리는 사람은 아무도 못 봤다는 말입니까?"

"아무도 내리지 않았습니다."

브론크스의 계산에 따르면 싸구려 식당 출입구와 주차장에 서 있던 도주 차량 사이의 거리는 아무리 여유를 줘도 15미터를 넘지 않았다.

"그게 딱히 이상한 일은 아니었습니다." 식당 주인은 어깨를 으쓱하며 말을 이었다. "가끔은 그렇게 차를 세우고 앉아 있는 사람도 있으니까요. 기다리는 거죠. 버스나 지하철을 타고 오는 사람들을요. 그리고 일행이 도착하면 떠납니다."

"오늘은요? 주차장에 도착했다가 다시 떠난 사람들을 본 적 있습니까?"

"그런 사람들은 매일 봅니다." 그는 다소 수동적으로 대답했다. "주차 자리가 고작 열 대밖에 없는 주차장이니 말입니다. 그리고 전 여기 서 있으니까요……. 하루 종일."

브론크스는 카운터 위에 놓인 철제 냅킨꽂이에서 냅킨 두 장을 뽑고 재킷 안주머니에서 볼펜을 꺼냈다. 그러고는 직사각형 열 개를 그린 다음 낡은 포드 차량이 주차된 곳에 갈색이라고 적고 도주 차량이 서 있는 곳에 노란색이라고 적어 넣었다.

"이 두 차가 지금 저기 남아 있는 차들입니다. 뭐 더 기억나는 건 없습니까?"

"더 기억나는 거요?"

"지난 몇 시간 동안 여기 주차돼 있던 차들 말입니다."

"있긴 합니다." 식당 주인은 창문을 가리키며 말했다. "저기, 저 자리는……."

"이 칸 안에 적어주시기 바랍니다."

"저기…… 저 자리에는……. 스테이션왜건 한 대가 있었습니다. 여기 적어두죠. 스테이션왜건. 색깔은 기억나지 않습니다."

"좋습니다."

"그리고 저기, 저 자리에는…… 군청색 다지 밴이 있었습니다. 지금 저기 보이는 노란색과 동일한 모델인데, 그 옆자리에 있었습니다. 그것도 여기 적지요. 군청색 다지 밴."

"나머지 공간은요?"

"없었습니다. 적어도 저 끝 쪽으로는요."

식당 주인은 냅킨을 카운터 쪽으로 밀고 자리를 뜨려 몸을 움직였다.

"몇 가지만 더 확인해주셔야겠습니다. 노란 밴이 주차된 이후에 주차장을 떠난 차량이 있었습니까?"

"노란 밴이 주차된 이후에요?"

"네, 그렇습니다."

"글쎄요."

"기억해보십쇼."

식당 주인은 펜을 든 채로 주차장을 바라보다가 냅킨과 브론크스를 차례로 쳐다본 뒤, 중앙에 있는 공간에 커다란 원을 그려 넣었다. 스테이션왜건.

"이 차입니다."

"언제입니까?"

"정확히는 모르겠습니다만……. 대략 10여 분 뒤였을 겁니다."

"그 차 한 대였습니까?"

식당 주인은 카운터 위에 맥없이 볼펜을 떨어뜨려 성가신 소리를 냈다.

"그다음은 다른 다지 밴입니다. 군청색 밴이요."

그는 군청색 다지 밴이라고 쓴 부분 주변에 반복적으로 원을 그렸다. 잉크가 번지고 냅킨이 울퉁불퉁해질 때까지.

"아마…… 맞아요, 대략 2분 후에 떠났을 겁니다. 아니면 5분 정도……. 아니면…… 대략 그 무렵일 겁니다."

"저 차가요?"

"네, 노란색 차량 한 칸 옆이요. 저 차 바로 오른쪽."

브론크스는 냅킨을 뚫어지게 들여다보았다. 노란색 차량 하나 건너 주차 공간. 그는 냅킨을 내려다보다 실제 주차장으로 눈을 들어 올렸다. 가로등에서 출발한 흐릿한 불빛이 아스팔트 위로 내려앉으며 속으로 스며드는 것 같았다.

"확실한 겁니까? 그러니까 그 차가 곧바로 나갔다는 겁니까?"

"그렇습니다. 뒤로 빠지지 않았습니다."

"뒤로 빠져요?"

"여기 주차하는 사람들은 들어와서 그대로 머리부터 주차를 하고 나갈 땐 후진으로 나가는데, 저 차는 그 반대였어요."

주차장에 나란히 서 있던 두 대의 차량. 동일한 차량 두 대. 머리를 안쪽으로 댄 한 대, 머리를 바깥쪽으로 댄 한 대.

브론크스는 냅킨을 구겨 있는 힘껏 쓰레기통으로 던져버렸다. 그러고는 쓰레기통을 발로 찼다.

너무나 쉬운 문제였다. 머리와 다리를 거꾸로 한 채 잠든 두 사람처럼 나란히 주차된 비슷한 차량. 오른쪽에 달린 각각의 측면 슬라이딩 도어 사이의 거리는 채 1미터도 되지 않았다.

브론크스는 냄새 나는 싸구려 식당 주인을 쳐다보고 고개를 끄덕이고는, 끝없이 넓어진 수색 영역으로 들어가며 싸움에 진 사람처럼 한숨을 내쉬었다.

레오는 스컬 케이브 뚜껑을 잡아당긴 뒤 500크로나 지폐가 가득 담긴 더플백을 들어 멀리 떨어진 벽에 붙어 있는 선반 위에 내려놓았다. 그리고 다양한 액권의 지폐가 담긴 가방은 실탄 상자 옆에 내려놓았다.

그들은 장전된 총을 들고 뒤집어쓴 복면을 아래로 내린 채로 행인들이 오가는 가운데 주차장에 진입했다. 적막감이 느껴질 정도로 고요했다. 머리 위로 툰넬바나 역을 지나는 기차가 지나갔다. 버스가 멈춰서 승객들을 내려주었다. 두 청년이 대화하는 소리가 멀어져갔다. 밴의 얇은 벽 속에 도주 중인 무장 강도 네 명이 타고 있다는 사실은 꿈에도 모른 채로.

"조끼, 빈센트! 나한테 넘겨."

빈센트는 해치 옆에 무릎을 꿇고 가방을 닫았다. 총, 탄창, 실탄, 전술조끼.

"그거 말고, 저거."

지퍼가 말을 듣지 않아 살살 어루만지듯 달래야 했다. 방탄조끼, 크고 둥근 헤드폰, 얇은 마이크. 물건은 한 번에 하나씩 금고에서 나와 레오의 손을 거쳐 현금으로 가득 찬 가방 위 선반으로 옮겨졌다.

그들이 머문 시간은 불과 60초였다. 펠릭스가 옆문을 열고 바로 옆자리, 반대 방향으로 주차된 밴으로 손을 뻗어 문손잡이를 잡고 열기까지 걸린 시간. 앞뒤가 반대로 주차된 두 차량의 옆문은 활짝 열어놔도 외부의 시선을 피할 수 있었다. 한쪽에서 반대쪽으로 살짝 옮겨 타면 끝이었다. 펠릭스는 운전석으로, 야스페르와 빈센트는 각각 가방 하나씩, 그리고 마지막으로 레오가 두 차량의 문을 닫으며 한 대의 역할을 했던 차량을 완벽히 둘로 나누었다. 5분 30초 전에 은행으로 갈 때와 똑같은 방식이었다. 지금과는 반대로.

"빈센트, 점프슈트하고 복면은 따로 보관해야 해. 나중에 다 태워버릴 거니까."

최초의 차량 교체 작전. 그것도 방금 전 강도를 벌인 은행에서 불과 백여 미터 떨어진 거리에서. 완벽한 변신이었다. 아무도 그들이 노란색 밴에서 내리는 모습을 보지 못했다. 아무도 그들이 똑같이 생긴 파란색 밴을 갈아타고 떠났다는 사실을 알 수 없었다. 수색 범위는 한없이 늘어났다. 추격전, 수색전에 경찰이 적용하게 될 수학 공식. 다시 말해 강도 행각이 벌어진 뒤 흘러간 시간에 최종 도주 차량까지의 거리를 곱한 수치는 경찰이 수색해야 할 범위를 의미함과 동시에, 범인을 특정해 체포할 수 있는 가능성을 의미했다.

1킬로미터만 더 가면 또 다른 동네에 위치한 3층짜리 주택과 잡목림 사이에 샌드위치처럼 끼어 있는 또 다른 주차장에 세워진 또 다른 도주 차량이 나온다. 점프슈트와 복면을 벗고 작업복과 셔츠로 갈아입는 데 30초, 잡목림 속으로 가방과 트렁크 밀어 넣는 데 30초, 그들이 운영하는 건축 회사의 픽업트럭 중 한 대인 최종 도주 차량에 올라타는 데 25초. 펠릭스와 레오는 앞자리에, 야스페르와 빈센트는 화물칸 덮개 아래, 그 상태로 하루 일과를 마치고 집으로 돌아가는 평범한 화물 차량들과 뒤섞일 터였다. 20분 후, 그들은 거실에 모여 앉아 엉금엉금 기어서 아무것도 발견하지 못한 경찰특공대 무전 교신을 듣고 있었던 것이다.

레오는 빈센트가 스컬 케이브에서 꺼낸 기관총과 AK4 소총을 건네받아 총열 한쪽을 빨간 테이프로 감은 뒤 바닥 선반에 다시 내려놓았다.

"큰형."

"왜?"

빈센트도 그 말을 하고 싶었지만 기분이 이상했다. 한 번도 해본 적이 없었기 때문이다.

"그게, 그러니까 말이야……."

레오는 훨씬 더 크고 묵직한 마지막 자동소총을 들고 빨간 테이프로 총열을 감은 다음, 사용하지 않은 다른 총기들 옆에 내려놓았다. 그러고는 주변을 한 번 둘러보았다. 남은 자동화기는 218정이었다.

"뭔데?"

"……나도 형, 사랑한다고."

35

브론크스는 컴퓨터를 켜고 스베드뮈라라는 이름의 폴더를 클릭했다. 그 안에는 두 개의 파일이 들어 있었다. 그는 '카메라 1'이라고 찍힌 파일을 클릭했다. 현관 출입구 위에 달려 있던 감시 카메라 영상이었다. 파일이 실행되자 영상을 17시 51분으로 돌렸다. 검은 복면을 쓴 무장 강도 세 명이 건물 현관으로 들어온 시각이었다.

전체 5초 분량의 영상이었다. 아무런 소리도 없는 흑백 화면은 감시 카메라 화면이 그렇듯 선명하지 않고 흔들렸다.

카메라가 제일 먼저 포착한 장면은 뒤통수였다. 양쪽 귀가 불룩 튀어나온 검은색 뒤통수. 피사체가 한 걸음 앞으로 걸어나가자 검은색 목이 드러났다.

브론크스는 한 번에 한 프레임씩 화면을 옮겼다.

검은 뒤통수는 상체를 반쯤 돌리고 카메라를 바라보며 총을 들고 조준했다.

그리고 눈이 보였다. 분노도, 두려움도, 아무것도 느껴지지 않는 눈빛.

피아 린데(이하 린데): 냄새가 났어요. 신고 있던 워커에서요. 구두약 냄새. 왜 그런 냄새 있잖아요, 석유인가 토피인가 그런 냄새 말이에요. 방금 구두약을 바른 것 같은 냄새.

오른손에 비닐봉지를, 왼손에 대기표를 들고 있다 창구로 다가간 여성. 그리고 이어진 총격.

린데: 아주 반짝거렸거든요. 워커를 들여다보는데…… 제 얼굴이 보일 정도였어요.

그녀는 순식간에 바닥에 납작 엎드렸다. 비록 죽도록 무섭고 두려웠지만 고개를 들어 올려 위를 쳐다보았다. 복면을 쓴 그 얼굴을 보고 싶었기 때문이다.

브론크스는 화면을 정지시켰다.

목격자 진술 내내 그녀는 은행 창문에 기댄 자세로 그의 앞에 앉아 진술했다. 심하게 다친 한쪽 귀에서 피가 흐르고 있었다. 그러다가 결국 쓰러졌는데 남아 있던 기력마저 다 사라진 탓이었다. 그들은 총살 부대처럼 다가왔다. 눈가리개를 하고 서 있는 사형수가 누구인지 구분하지 않고 그 자리에 있던 모두를 공포 속으로 밀어 넣고 복종시키려는 것처럼.

"욘?"

산나가 문 앞에 서 있었다. 늦은 시간이었음에도 불구하고 그녀는 건물에 남아 있었다.

"분석 끝냈어요. 은행 내에서 사용된 실탄은 총 81발이었어요. 통계 수치만 놓고 보면 유럽 전체에서 발생한 가장 무지막지한 무장 강도 사건이라고 볼 수 있어요. 유례가 없을 정도로요."

그녀는 자세를 바꿔 문턱에 기대섰다. 그 자리에 계속 있겠다는 뜻이었다.

"FMJ, 7.62구경이에요. 스웨덴군이 만든 거예요. 1980년, 칼스보리."

"그래?"

"현금수송 차량을 강탈한 용의자들과 동일범인지, 동일한 무기인지는 밝힐 수 없고요."

"그래도 뭐든 가려낼 수는 있지 않나?"

"수사관 입장에서는 동일범에 가까운 패턴을 읽었을 수도 있어요. 하지만 그게 명백한 객관적 사실은 아니에요."

"그 말은 스웨덴군이 사용하는 무기로 무장한 강도단이 두 팀이고, 두 팀이 우연히 똑같은 가을철에, 똑같은 동네에서 강도질을 했다는 거야?"

"내 말은 그게 아니에요. 과학수사 결과로는 동일한 무기를 사용한 동일범인지 아닌지를 명확히 구분해낼 수 없다는 말이에요."

"파슈타 사건은 거의 40발이었고. 이번 건은…… 81발이라고? 처음에는 현금수송 차량, 그다음은 은행. 이건 분명 동일한 무기가 사용된 사건이야!"

"아니에요."

"아니라니?"

"두 현장에서 수거된 증거물 중에서 반복 사용된 것들은 아무것도 없어요. 일일이 다 확인해봤거든요."

"놈들이 보인 행동 패턴이 있을 거 아냐."

"맞아요. 하지만 그게 과학적 사실은 아니잖아요."

그는 산나를 쳐다보았다.

"내가 산나의 의견을 다시 듣고 싶다면? 과학수사대 요원이 밝힐 수 있는 그런 부분은 제외하고 말이야."

"반복되는 행동 패턴이 있긴 해요. 2번 카메라요. 박살나기 바로 직전 순간을 봐요."

그는 모니터를 그녀 쪽으로 돌렸다.

"다리를 구부린 거요. 무게중심을 아래로 잡고 있잖아요. 당신이 직접 진술을 받았던 현금수송 차량 경비원이 했던 말 그대로예요. 이제 보여요? 범인은 그 경비원이 말했던 바로 그 자세로 사격을 가하고 있어요."

흔들리고 소리가 없는 화면이지만 분명했다.

"그리고 손가락이요. 화면을 확대해서 보면 손가락이 확실히 방아쇠울에 있는 게 보일 거예요. 총열을 따라 완벽히 직선이잖아요. 마치 우리를 조준하고 있는 것처럼요."

브론크스는 화면을 몇 프레임 뒤로 옮긴 다음 화면을 확대해 범인의 손가락을 살펴보았다. 산나도 화면 가까이로 몸을 기울였다.

"훈련을 받았다는 뜻이에요. 대원들의 신분은 노출하지 않는다. 총격전에서 안전을 확보한다. 이 강도는 총을 쏘기 직전까지 방아쇠에 손가락을 올리지 않았어요. 안전 문제를 생각했다는 뜻이에요. 다시 말하면, 독학으로 총기 다루는 법을 배운 게 아니라 교육을 제대로 받았다는 거예요. 사격 자세를 수천 번 넘게 반복한 거예요. 훈련을 통해서요."

두 범죄 현장 사이의 거리는 불과 4킬로미터였다. 두 사건의 발생 주기는 7주였다.

하지만 과학적 증거는 여전히 다른 가능성을 보여주고 있었다.

두 사건이 각기 다른 집단에 의해 저질러졌을 가능성.

5시 10분. 동이 트기까지 아직 적잖은 시간이 남은 시각이었다. 잘만 집중하면 위층에서 자고 있는 아넬리의 코 고는 소리도 들을 수 있었다. 앞으로도 몇 시간 동안 그녀는 잠에서 깨지 않을 것이다. 반면, 그는 정반대였다. 더 이상 잠을 청하지 않고 전날 있었던 일들의 세세한 부분까지 떠올리며 기억을 되짚었다. 계획의 마지막 단계를 준비하기 위해.

어깨에 30킬로그램짜리 상자를 짊어진 레오는 올겨울 들어 내린 첫눈을 밟아가며 길을 나섰다. 바닥에 쌓인 몇 센티미터 두께의 솜털 가루가 녹지 않고 그대로 그의 신발 위에 내려앉았다. 마음이 한결 가벼워졌다. 깊이 숨을 내쉬자 자욱한 안개처럼 입김이 흘러나왔다. 밤사이 몇 번이나 침대 밖으로 나와 텔레텍스트(문자다중방송. 주로 유럽의 방송사가 제공하는 서비스로, 전용 디코더가 내장된 TV를 통해 각종 뉴스나 정보 등을 자막으로 읽을 수 있다)를 읽거나 라디오 뉴스를 들었다. 경찰은 그들과 관련된 아무런 단서도 찾지 못했다. 그가 계획하고 실행한 작전이 완벽하다는 뜻이었다.

그는 차고 문을 열고 불을 켰다. 차고 안도 바깥과 마찬가지로 싸늘한 터라 히터 두 대를 가까이 끌어온 다음 회전 톱을 들고 작업대 위에 놓인 나무 널빤지를 같은 크기로 자르기 시작했다.

바깥에서 차가 멈춰 서는 소리가 들렸다. 차고 문이 열리면서 창문을 다 내린 회사 트럭 한 대가 들어왔다.

"매년 똑같다니까!" 펠릭스가 고래고래 소리를 질렀다. "멍청한 놈들, 도대체 왜 스노타이어로 안 갈아 끼우는 거야! 도로 상태가 이렇게 엉망인데!"

펠릭스는 작업복 차림에 머리 상태는 엉망이었고 축 처진 두 눈은 빛을 피하고 있었다. 그는 차에서 내려 곧바로 압축기와 네일건 쪽으로 걸어가 똑같이 잘라놓은 널빤지 다섯 장을 사각형 상자 속에 집어넣었다.

"펠릭스?"

레오는 화난 반응, 감정 실린 동작 알아보는 법을 몸으로 익힌 터였다. 대개는 가만히 기다리는 게 최상의 전략이다. 그래서 상자를 열고 빨간 테이프를 감아놓은 총 세 자루를 꺼냈다. 두 개는 스베드뮈라에서, 하나는 파슈타에서 사용한 무기였다. 그리고 각각의 총을 해체했다. 총 48개의 조각으로.

"펠릭스! 우린 어제 은행을 털었다고!"

펠릭스가 혼합기에 물을 채우고 시멘트 포대를 들어 그 안에 붓자 순식간에 먼지가 벽처럼 일어섰다.

"펠릭스, 무슨 일이야?"

"그만 좀 하라 그래."

"누구 얘기하는 거야?"

"그냥 그러라고 좀 하라고!"

"누구?"

"야스페르!"

펠릭스는 시멘트 반죽을 새로 만든 나무 상자 속에 쏟았다.

"빈센트 좀 그만 괴롭히라 그러라고. 시도 때도 없이 약 올린다니까! 사격장에서 잘못 서 있었다고 뭐라 그러고, 은행 밖에서 고작 몇 초 서성일 때도 그렇고, 여기서 연습할 때도 그렇고. 지가 무슨 아빠라도 되는 것처럼 고래고래 소리 지르고 자극하잖아."

나무 상자가 반 정도 차자 레오는 대형 망치로 해체한 부품들을 내리친 다음 시멘트 반죽 속에 하나씩 집어넣었다.

"우린 팀이야. 난 우리를 하나로 묶어두려고 애쓰는 거고."

"야스페르는 말이 너무 많아. 5천 크로나짜리 가죽점퍼에 그 빌어먹을 워커만 신고 싸돌아다닌다고. 뭐라고 부르더라, 플라이 하이인가 뭔가 그……."

"하이테크 매그넘."

"이름이 뭐든 알 게 뭐야! 무슨 경찰이라도 된 것처럼 그런 옷차림으로 돌아다니면서 어떻게 경찰특공대에 들어갔는지……."

"뭘 하고 돌아다닌다고?"

"술집에 가서 맥주 한 잔 걸치고, 두 잔만 들어가면 듣고 싶은 사람 들으라는 식으로 자기가 기동대 소속인데……."

"워커?"

마지막 상자였다. 아직 굳지 않은 시멘트 반죽 속에 파묻힌 해체된 총기 부품들로 가득 찬 상자.

"펠릭스, 은행에서 신은거랑 현금수송 차량 때 그 워커 맞아?"

"맞아, 그거야."

레오는 묵직한 상자를 트럭 화물칸으로 들고 가 덮개를 열고 실은 다음 다시 닫았다. 그러고는 어스름한 아침 기운이 밀려드는 채광창을 올려다보았다. 초 단위로 시간을 계산하고 복면으로 변장하고, 동작 하나, 목소리, 도주 차량까지 치밀한 작전을 짜는 것만으로도 부족하다. 명령이나 규칙이 없는 일상으로 돌아오면 더 이상 통제 상황을 이어가지는 않았다. 존재하는 유일한 흔적, 그렇게 남아야만 하는 유일한 흔적은 그가 남기기로 한 것들이었다. 보다 명확하게 해야 한다. 더 큰 헌신이 필요하다.

공기가 상쾌했다. 듬성듬성한 눈송이가 반짝였다.

방금 전까지 좋았던 기분이 사라졌다. 다시 돌려놓아야 한다.

브론크스는 오랫동안 살아온 건물에서 황급히 뛰쳐나왔다. 얼굴은 다 알지만, 이름은 전혀 모르는 사람들과 함께 사는 쇠데르말름 서쪽의 침실 하나 딸린 아파트 1층. 축축한 공기가 감도는 추운 날이었다. 그는 이탈리아 카페 앞을 지났다. 뿌연 안개 너머로 보이는 주인에게 인사를 건네는 그 카페. 카운터 뒤에서 원두를 갈던 주인.

강도가 벌어진 주기는 7주였다. 각 범죄 현장 사이의 거리는 4킬로미터.

그리고 군용 장비.

그는 군 시설에서 도난당한 무기와 관련된 사건을 일일이 다시 검토했다. 암거래 시장에서조차 희귀한 기관총 KSP 58 같은 중화기와 관련된 사건까지 검토했다. 그 정도로 고성능 화기 도난 사건은 언제나 경찰의 관심을 끌기 마련이었다.

아무것도 나오지 않았다. 어떤 기록도 없었다.

롱홀름스가탄의 건널목은 하루 3만여 대의 차량이 지나다니는 곳이다. 브론크스는 평소 황급히 걸어갈 때는 숨을 참는 편이었다. 그래서 도로 반대편의 눈 덮인 경사면으로 건너갈 때까지 숨을 참았다.

간밤에 고작 세 시간 남짓 잠을 잔 상태였지만 정신은 여전히 말똥말똥했다.

집에 돌아오자 새벽 3시 반이었다. 그대로 침대에 눕기는 했지만 머리맡에 스탠드를 켜둔 채 5초 12짜리 은행 감시 카메라 영상과 현금수송 차량을 터는 과정에 찍힌 20여 분짜리 영상을 비교하느라 시간을 보냈다. 7주 전에는 용의자가 중동 출신일 거라 추측했었다. 어제의 사건은 겉보기에 군 수준의 훈련을 받은 강도단이었다. 스탠드의 불을 끄고서야 이 두 사건의 용의자가 동일범이라고 말해줄 유일한 목격자가 있다는 사실을 깨달았다. 목격자는 그가 사는 집에서 도보로 불과 10여 분 떨어진 곳에서 살고 있었다.

브론크스는 시종일관 빨간색 정지등이 켜져 있는 신호를 지나 레이메숄메로 향하는 다리를 건넜다. 물길을 따라 지어진 40년대 건물들이 늘어선 곳으로 스톡홀름에서는 생기 없고, 후미진 곳으로 여겨지는 동네였다. 오래된 빵을 봉지에 담아 온 두 노부인 앞에서 백조들이 원을 그리며 돌았다. 브론크스는 도시의 면면을 볼 때마다 감사하게 생각했다. 매연으로 자욱해 숨까지 꾹 참아야 할 것 같은 주도로에서 불과 3백여 미터만 벗어나도 자연을 느낄 수 있기 때문이다.

다리 반대편에는 쿠웨이트에서 온 청년이 운영하는 작은 가판대 하나가 있었다. 언제나 이른 아침부터 문을 열고 장사하는 터라 친하게 지내왔다. 브론크스는 가판대 앞에서 걸음을 멈추고 아침거리를 샀다. 콜라 하나, 캔디바 하나, 그리고 신문 몇 부.

그는 가판대를 지나자마자 곧바로 신문의 헤드라인을 살펴보았다. '유럽 최악의 강도 사건'. 보도해도 좋다고 말한 분명한 사실이었다. '81발의 실탄이 난사된 사건'. 보도를 자제하고 혼자만 알고 있으라고 말한 내용이었다. '군용 자동화기'. 원활한 수사 진행을 위한 일종의 극비 사항과 국민의 알 권리 차원의 투명성 사이에서 경찰이 찾아야 하는 균형점이었다. 헤드라인에 이어 8, 9, 10, 11면에는 각종 이론과 가설들이 소개되어 있었다. 각 신문마다 수사 내용에 정통한 소식통을 인용하고 있었지만 그래 봐야 기자 하나가 추측을 하면 다른 기자가 거기에 또 다른 추측을 더하는 식이었다. 그 정통한 '소식통'은 4인조 강도단은 용병 출신이거나 전직 UN 평화유지군, 아니면 구동구권 군 출신 실직자라는 추측을 내놓았다.

길 끝으로 삼림지대와 도보 여행자들에게 유명한 구역 근처에 집 한 채가 서 있었다. 카누 거치대를 비롯해 바다와 맞닿은 호수로 이어지는 나무다리도 간밤에 내린 첫눈에 하얗게 덮여 있었다.

그는 정문으로 들어갔다. 40년대 난간이나 승강기가 당시 상태 그대로 보존된 아파트였다. 목적지는 6층. 한 방향으로 난 네 개의 문에는 그가 찾는 이름이 보이지 않았다. 다른 방향으로 난 네 개의 문, 그리고 세 번째. 린덴.

그는 초인종을 누르고 기다렸다.

우편함 위에 연필과 초록색 사인펜으로 그린 그림이 있었다. 커다란 동그라미 두 개, 작은 동그라미 두 개. 엄마와 아빠, 그리고 아이들. 가족을 뜻했다.

다시 한 번 초인종을 눌렀다.

"누구세요?"

70대로 보이는 노인이 문 앞에 서서 물었다. 그림에는 없는 등장 인물이었다.

"얀 린덴 씨를 만나러 왔습니다."

브론크스는 배지를 들어 보였다.

"시경 소속 형사, 욘 브론크스입니다. 제가 찾아온 이유……."

"무슨 일 때문인지는 압니다. 우리 아들이 상태가 별로 좋지 않습니다. 나중에 다시 오시는 게 낫겠습니다."

자신의 아버지와 비슷한 연배였다. 우호적인 목소리, 친숙한 얼굴. 결코 브론크스의 아버지가 될 수 없는 노인이었다.

"10분이면 됩니다. 그리고 바로 가겠습니다. 약속드리지요."

노인은 머뭇거렸다. 하지만 자기 자신 때문은 아니었다.

"아들 녀석이 대화가 가능할지 한번 보고 오지요."

노인은 거실로 보이는 공간으로 돌아갔다. 브론크스는 안을 살짝 들여다보았다. TV 한 대와 유리로 된 커피 테이블이 보였다. 거실 옆에는 문 열린 방이 있었다. 아이 방 같았다. 플라스틱 스툴 위에 은색 장난감 로봇이 감시하듯 서 있었고 벽에는 그림이 걸려 있었다. 소나무 재질의 2층 침대도 보였고 시트와 베갯잇에는 헤엄치는 커다란 물고기 그림이 그려져 있었다. 진술을 받을 당시, 얀 린덴은 현금수송 차량이 털리던 순간, 지갑에서 사진 두 장을 꺼냈다고 했었다. 축구 양말이 아래로 흘러내린 채 카메라를 보며 웃고 있는 아이의 빛바랜 사진 한 장, 앞니 두 개가 빠진 채 생일 케이크의 촛불을 불고 있는 또 다른 아이 사진 한 장.

"들어오시지요. 대신 약속하신 10분만 드리겠습니다."

브론크스가 신발을 벗고 거실 문지방을 넘어서던 순간, 노인이 그를 멈춰 세웠다.

"약속하신 내용, 다시 한 번 말씀해주시면 좋겠습니다."

"10분 후에는 떠나겠습니다."

"알겠습니다. 여기 앉아서 기다리시지요."

그대로 앉기에는 소파가 너무 낮은 데다, 인조가죽 때문에 등도 가려웠다. 거실 벽에는 오렌지색 달라헤스트 목각 인형과 중국산 아프리카 원주민 가면 등 그의 집에서 볼 수 없는 물건들이 가득했다.

브론크스는 얼마 앉아 있지 못하고 일어섰다. 실수한 것 같다는 느낌이 들었다. 정식으로 초대받은 손님만이 환대와 함께 소파에 앉을 수 있는 법이니까.

어물쩍거리는 느린 걸음이 마룻바닥을 밟으며 다가왔다.

"안녕하십니까, 욘 브론크스라고 합니다. 쉔달에서 만났었지요. 직후에요……. 그 일, 직후에."

"그 일이요?"

두 달이나 지났지만 그 남자는 여전히 약물 치료를 받는 중이었다. 대부분 울먹거리거나 비명을 지르며 위태로운 하루하루를 보내고 있었다. 브론크스는 그를 만난 적 있었다. 아니, 적어도 그와 비슷한 처지의 다른 사람은 분명히 만났었다. 몇몇은 정상으로 돌아오기도 했다. 하지만 몇몇은 남은 평생, 온전한 삶을 이어나가지 못했다.

"앰뷸런스에서 만났습니다. 그때 대화를 나누었습니다."

끝을 알 수 없는 눈빛이 멍하니 그를 바라보았다.

"그 대화를 다시 한 번 이어갔으면 합니다."

나이가 지긋한 아버지는 마흔 넘은 아들 곁에 서서 꼿꼿이 부축

해주었다. 발가락 없는 회색 모직 양말, 무릎 주변에 아무런 흔적이 없는 트레이닝복, 턱 주변으로 까칠하게 자란 턱수염, 감지 않은 머리, 당황해하는 눈빛. 그런 상태로 남들 앞에 서고 싶지 않았던 듯 어색해했다. 여전히 충격 속에서 벗어나지 못한 눈빛이었다.

"그자가…… 그렇게 말했습니다."

린덴은 브론크스가 방금 전에 앉아 있었던 소파의 한 점을 멍하니 응시했다.

"내내 그랬어요. 내 입에 총구를 들이댔을 때요."

"뭐라고 했습니까?"

"쏴, 쏘라고!"

어둠은 불안감으로, 불안감은 불면증으로, 불면증은 또다시 더 컴컴한 어둠으로 변해갔다. 브론크스는 이해한다고 생각했다. 그도 일찍이 겪어본 일이었다.

"이것 좀 봐주시지요."

감시 카메라 영상을 출력한 흑백사진 두 장이었다. 브론크스는 유리 테이블 위에 사진을 내려놓았다. 왼쪽에 하나. 카메라 1. 위에서 찍은 사진. 눈과 입을 확대한 사진. 오른쪽에 하나. 카메라 2. 사격 자세를 취하고 있는 용의자들을 분명히 보여주는 사진.

"혹시, 그때 그 강도들 중에 이 사진 속 인물하고 비슷한 사람이 있습니까?"

린덴은 떨리는 손을 뻗어 흑백사진을 자신 쪽으로 끌어왔다.

"뭡니까…… 이건?"

"어제 일입니다. 오후 5시 51분. 스베드뮈라에서 은행 강도 사건이 있었습니다. 이 두 용의자를 선생이 파슈타에서 만난 강도 두 명과 비교해보시고 혹시 비슷한 점을 말씀해주실 수 있습니까?"

린덴은 사진 두 장을 집어 들려고 애썼지만 계속해서 사진이 축축해진 손가락 사이로 흘러내렸다.

"어제요?"

그는 사진을 가까이서 자세히 들여다보고 싶었지만 사진은 유리 테이블 위에 그대로 붙어 있었다. 결국 포기하고는 스스로를 보호하려는 것처럼 두 손으로 배를 감쌌다.

"돈을 다 챙긴 뒤에 하나가 뒤돌아섰어요. 우리 사원증을 가져간 놈 말고요. 다른 범인이요. 침착한 놈. 그놈은 결코 서두르지 않았습니다. 그러고는 운전선 쪽으로 걸어오더니……."

"얀……."

"손을 움직였어요. 그리고 깨진 유리가 바닥에 떨어지는 소리가 들렸고요. 다치지 않았다고 했어요. 그자가 그렇게 말했어요. 당신들은 다친 데 없다고."

"얀, 힘들면 더 말할 필요 없다."

"그자가 깨진 유리를 털어냈어요. 우리가 다치지 않도록. 이해가 갑니까? 처음에는 쏘라고 하더니, 그다음에……."

"이 양반 여기 온 지 10분 넘었다. 약속한 시각이 지났다고."

"깨진 유리를 털어냈다고요? 이해하기 힘든 행동이네요."

얀 린덴의 아버지는 아들을 통제할 수 없었다. 아들은 아버지 말을 들을 수 없는 상황이었기에 그가 직접 테이블 위로 몸을 숙이고 사진 두 장을 바닥으로 밀어냈다.

"이것들 가지고 이제 나가주십쇼."

"딱 한 가지만 더 여쭙겠습니다. 깨진 유리를 털어낸 그 용의자 말입니다. 그자가 이 사진 속 인물 중 하나와 비슷한지 좀 봐주시……."

"그만해요!" 아버지가 보호 본능을 발휘하며 끼어들었다. "무슨 영화 속 한 장면도 아니고, 이게 뭡니까? 형사시라면서 상황 파악이 안 되는 겁니까? 이건 현실입니다, 현실!"

"저도 압니다. 전 이런 폭력을 밤낮으로 겪는 사람입니다. 아드님은 관련 사건 수사를 돕고, 그런 개자식들을 체포하는 데 도움을 줄 수 있는 유일한 목격자입니다. 아드님이 겪은 일을 다른 사람이 겪지 않게 할 수 있지 않겠습니까."

사진 두 장이 커피 테이블 다리 근처에 떨어졌다. 앞면이 하늘을 향한 상태로.

얀 린덴의 아버지는 아들 옆자리에 앉았다.

"사진 주우세요."

"한 가지만 더요."

"사진 챙기십쇼."

브론크스는 무릎을 꿇고 바닥 깔개에 달라붙은 사진을 주웠다.

"알겠습니다."

노인이 손을 내밀었다.

"그 사진, 나한테 주시겠습니까?"

노인은 사진을 받아 아들의 눈앞에 들어 올렸다.

"얀?"

얀 린덴은 다른 세상으로 가버린 듯 잠시 눈을 감았다가 아버지 손에 들린 사진을 들여다보았다.

"잘 봐라. 얀, 어서. 더 이상 이놈들은 널 헤칠 수 없어."

린덴은 한참 동안 사진을 쳐다보았다.

"그놈들 중 하나로 보이냐? 그런 거냐?"

린덴은 잠시 후, 떨리는 손가락을 들어 올려 서서히 한 장 쪽으로 뻗었다.

"이 남자."

"알아보겠습니까?"

"나한테 총을 들이댄 강도였습니다. 확실합니다. 해변에서, 차 밖에서 총을 들이댄 강도예요."

"확실합니까?"

"이런 자세였습니다. 주저앉은 자세. 이런 식으로 총을 들고 있었어요. 똑같은 눈빛으로."

경비원은 처음 나타났을 때처럼 발을 질질 끌며 방으로 돌아갔다.

브론크스는 노인에게 고맙다는 뜻으로 말없이 목례만 한 뒤 발걸음을 돌렸다. 이 남자는 평생 약에 의지하지 않고는 전처럼 온전한 삶을 이어나갈 수 없을지도 모른다. 장애를 떠안은 채 몇 년간 직장생활을 하다가 이른 나이에 은퇴해야 할지도 모른다. 범죄 피해로 인해 대략 2만9천 크로나 정도의 보상금을 받게 될지도 모른다. 사회는 그런 식으로 돌아간다. 은행 강도는 단지 금고에 보관된 현금만 가져간 게 아니었다. 너무나 당연한 일상을 송두리째 앗아가버린 셈이었다. 그것이야말로 엄벌에 처해야 할 범죄였다. 특수 강도라는 혐의는 '공공 안전 영구 유린'이라는 죄목으로 바뀌어야 할 것이다.

여전히 눈이 내리고 있었다. 레오는 링스베겐 남쪽으로 차를 몰았다. 노면이 울퉁불퉁한 구간을 지나거나 브레이크를 밟을 때마

다 분해한 총의 부품으로 가득 찬 나무 상자 다섯 개가 트럭 화물칸 벽에 부딪혔다. 오전 내내 야스페르에게 전화를 걸었지만 통화는 불가능했다. 그래서 집으로 직접 찾아가기로 했다. 일단 스베드뮈라 쪽으로 향했다. 10여 분 정도 돌아가는 길이었지만 어쩔 수 없었다. 목적지에 도착해서도 원형교차로를 두어 번 더 돌았다.

낮에 보는 그곳은 전혀 다르게 느껴졌다.

주차장은 여전히 통제 중이었고 도주 차량은 이미 견인된 뒤였다. 광장과 은행 주변에 붙어 있는 제지선이 바람에 펄럭이고 있었고, 몇몇 사람들이 은행 옆에 있는 피자 전문점 안으로 들어갔다. 분위기는 전체적으로 썰렁했다. 마치 아무런 일도 없었던 것처럼.

그는 소켄베겐에 자리 잡은 주택 사이로 차를 몰고 자연 보호 구역 끄트머리, 바가모센의 낡은 고층아파트 쪽으로 향했다.

야스페르가 살고 있는 건물 2층으로 올라갔다. 초인종을 뗐는지 벨을 눌러도 소리가 나지 않았다. 그는 문을 마구 두드리고 우편함 뚜껑을 흔들고 문에 기대서서 소리를 질렀다.

몇 분이 흘렀다. 부스스한 얼굴에 흰 팬티 바람의 야스페르가 문을 열고 나왔다. 그는 레오가 찾아올 때면 늘 그렇듯 만족스럽고 자랑스러운 표정을 지어 보였다.

육중한 부츠와 워커 여러 켤레가 신발장 두 칸을 다 차지하고 있었지만 은행을 털 때와 술집을 돌아다닐 때 신었다는 워커는 보이지 않았다. 야스페르는 부엌으로 들어가 커피를 만들었다.

"우유는 아주 조금 넣었어. 네가 즐겨 마시는 스타일로." 야스페르가 김이 모락모락 올라오는 컵을 들고 말했다.

침실 하나 딸린 전대 아파트. 검은 휘장 같은 커튼 하나가 소파와 테이블, TV 딸린 거실과 야스페르가 신줏단지 모시듯 하는 제단을 나누고 있었다.

《소음기 1권: 루거 MK1과 일반자동권총》

《소음기 2권: 루거 10/22》

하나같이 가지런히 정리된 물건들이었다. 설명서와 소책자 등 얇은 책자들.

《소음기 3권: 아말라이트 AR-7》

《소음기 4권: 우지, 반자동, SMG》

《헤이듀크 소음기》

《핸드메이드 소음기》

《아메리칸 바디 아머》

빈센트는 아직 읽어본 적도 없는 그들만의 '특수 문학' 과정의 나머지 절반이었다. 책자들 옆에는 총검과 금색 휘장이 달린 초록색 베레모가 놓여 있었다. 레오가 소속됐던 부대에 지급됐던 것과 비슷한 모델이었다. 야스페르는 레오가 제대하고 2년 후, 레오와 똑같은 부대에 지원했었다. 금테 두른 액자 속 사진은 장전된 총을 든 흰색 점프슈트 차림의 야스페르였다.

야스페르의 제단이었다. 비록 크게 염두에 두고는 있지 않았지만 여전히 그에게 큰 의미가 있는 세상. 그의 삶은 언젠가 군 장교가 되리라는 생각 속에서 맴돌았다. 하지만 그는 리더의 자격 요건을 갖추지 못했고 군 장교로 진급하기 위한 마지막 테스트에서 최하점을 받는 데 그쳤다.

야스페르는 종종 자신의 능력 이상의 것을 갈망하곤 했다.

오늘 자 〈다겐스 뉘헤테르〉가 테이블 한가운데 놓여 있었다. 펼쳐진 양면은 스베드뮈라 은행 강도 사건을 다룬 기사가 차지했다. 충격에 휩싸인 증인들로 가득 찬 광장을 포착한 큼지막한 사진과 함께. 신문 왼쪽에는 검은색 워커가 서 있었다. 끈 넣는 구멍이 18개 뚫린 워커. 오른쪽에는 철제 구두약 통과 천 쪼가리 사진이 장식했다.

"밤새도록 기다렸는데 감시 카메라 쏴서 떨어뜨리는 장면은 한 컷도 안 나왔어, 젠장!" 야스페르가 말했다.

레오는 그를 쳐다보았다. 아무래도 확실히 해둬야 할 필요가 느껴졌다.

"야스페르. 네가 하는 일이 온전한 네 직업이 될 때만 밖에서도 성공할 수 있는 법이야. 최고의 예술가는 저녁 먹으러 집으로 가서도 예술가임을 멈추지 않아. 최고의 주식 중개인은 오후 5시가 됐다고 해서 업무를 중단하지 않아. 넌 지금 은행 강도야. 일관된 모습을 지녀야 한다고. 넌 바리케이드를 넘어서서도 여전히 은행 강도야. 그들이 시종일관 우리를 지켜보고 있어."

레오는 워커를 거꾸로 들고 흔들어 안에 있던 키 높이 깔창을 떨어뜨렸다.

"넌 죽으나 사나 시종일관 은행 강도처럼 숨 쉬고 생각해야 해."

"깔창은 왜 빼!"

"그래서 이건 더 이상 신을 수 없는 거야, 알았어? 절대로. 다 태우고 새 걸 살 거야."

"그게 무슨 개소리야?"

"이건 이미 파슈타에서 신었던 거라고. 그리고 어제도. 넌 이걸 신고 또 술집을 돌아다녔어. 무슨 말인지 알겠어, 야스페르? 뭘 쓰든 그 즉시 폐기해야 한다고. 너도 알잖아."

야스페르는 테이블 밑에 떨어진 깔창을 줍기 위해 무릎을 꿇었다.

"이거 사서…… 얼마나 길들여놨는데!"

자신이 결코 될 수 없는 누군가가 되고 싶은 누군가. 제단 위에 올려놓은 베레모처럼. 다른 누군가가 결코 주려고 하지 않은 것을 손에 쥐려고 기를 쓰는 누군가.

"네가 이거 좋아한다는 거 알아. 이해한다고. 하지만 그들이 네 워커를 찾아나서는 순간, 모든 게 끝나는 거야."

레오는 여전히 부츠를 손에 들고 싱크대 서랍을 하나씩 열었다.

"이건 내가 가져갈 거야. 태워버릴 거라고. 네가 할 필요 없어. 비닐봉지 가진 거 있어?"

"내가 직접 할 거야."

"내가 할게."

야스페르는 깔창을 손에 꽉 쥔 채 싱크대 서랍을 열었다. 그러고는 워커를 잡아채 봉투 안에 넣고 손잡이 부분을 묶어 레오에게 건넸다.

"잘했어, 야스페르. 넌 진짜 완벽하게 잘해냈어"

"뭘?"

"은행 일. 한 치도 머뭇거리지 않았잖아. 너 없었으면 이번 일은 불가능했을 거야."

현관문을 열고 찾아온 방문객이 레오라는 사실을 깨달았을 때 지었던 미소, 적당량의 우유를 첨가한 커피를 대접하면서 지었던 미소, 그 미소가 다시 돌아왔다.

"그런데 한 가지 더 있어."

만족해하던 미소가 불안과 의심으로 뒤바뀌었다.

"뭔데, 레오. 내가 뭘 해야 하는 건데? 뭐든 할 수 있어. 그렇다는 거 잘 알잖아."

"내가 멈추라고 하면, 넌 멈추는 거야."

야스페르는 폭력성을 조절하지 못했다. 오히려 폭력에 통제당하는 쪽이었다. 야스페르는 여전히 마음속에 군인의 꿈을 간직하고 있었다. 비록 군인이 되기에 적합한 인물은 아니었지만 아직까지도 남들의 생각이 틀렸다는 걸 입증하기 위해 애쓰고 있었다.

야스페르에게는 '전원 차단 버튼'이 없었다. 레오가 그걸 찾아주지 못한다면 금고나 감시 카메라를 향해 단순히 총만 쏘지는 않았을 것이다. 누군가의 머리를 날려버리고도 남을 사람이었다.

"레오, 내가 그 금고에 총질을 한 건 다 우리를 위한 거였다고! 찾으러 온 건 확실히 찾아가려고 한 거잖아. 빈센트가 밖에서 어물쩍거리지만 않았어도 이 모든 상황을 피할 수 있었을 거야. 그 녀석 때문에 늦어졌던 거라고!"

야스페르는 의자를 빼내 그 위에 앉았다.

"난 하루 종일 그 생각만 한다고. 어떻게 해야 우리가 더 잘되고, 효과적으로 더 많은 돈을 벌 수 있는지."

짜증과 슬픔이 동시에 어린 눈빛이었다.

"이제 내 삶이, 내 목숨이 걸린 문제야. 그래서 너희 형제들하고 모든 걸 나눈거고."

레오는 야스페르 반대편 의자에 앉았다.

"우린 네가 필요해, 야스페르. 내가 말했잖아. 너 없으면 이 일 할 수 없다고. 너도 알잖아."

두 사람은 한동안 아무 말 없이 그렇게 앉아 있었다. 그러다 레오가 신발이 담긴 비닐봉지를 들고 자리에서 일어나자 야스페르가 다시 미소를 지었다.

"내 얘기 들어봐……. 나도 생각해둔 게 하나 있어."

"뭔데?"

"다음 계획. 외스모. 두 건 처리하고 집에 오는 길에…… 한 건 더 벌이는 거야."

"한 건 더?"

"소룬다."

소룬다. 외스모에 나란히 붙어 있는 두 은행과 10여 킬로미터 떨어진 지점이었다. 스베드뮈라를 목표물로 삼기 전에 물색해둔 은행 중 하나였다. 하지만 단독으로 처리할 대상이었다. 스웨덴 최초로 연달아 두 곳의 은행을 털고 집으로 돌아오는 길에 세 번째로 들를 곳으로는 생각하지 않았다.

"큰 건이야, 레오. 하지만 가능하다고."

야스페르는 레오가 자신의 이야기를 경청한다는 사실을 간파하자 목소리에 힘을 주기 시작했다.

"충분히 가능한 일이야! 경찰 새끼들을 다른 곳으로 보낼 수만 있다면 말이야. 놈들을 다른 곳으로 유인해내면 가능한 일이라고!"

36

아름다운 집들이 넘쳐났다. 에펠비켄, 애플 베이……. 이름조차 아름다웠다. 브론크스는 평생을 스톡홀름에서 살았지만 그곳은 처음이었다. 차를 타고 몇 분만 가면 또 다른 현실이 펼쳐지는 곳. 마치 그 지역 자체가 보이지 않는 울타리에 둘러싸여 있었던 것처럼.

비좁은 노케뷔 트램 선로를 따라 학교까지 내려간 다음, 작은 길로 접어들어 다시 물가까지 내려갔다. 브론크스는 우편함에 붙어 있는 거주자 이름과 번지수를 일일이 확인하다가 멜라르 호수 오른쪽에 서 있는 집 앞에 멈춰 섰다. 잔디 위로 얕게 눈이 쌓여 있었다. 그는 정원을 감시하듯 자리를 지키고 있는 땅속 요정 인형을 쳐다보며 목례를 했다. 인형 주변에는 꼬마 아이들 발자국 두 개와 어른 발자국 한 개가 찍혀 있었다. 아마 입가에 미소를 띠고 있는 플라스틱 인형을 심은 사람들이 남긴 발자국이었을 것이다.

브론크스는 '환영합니다'라는 문구 아래에 달린 초인종을 눌렀다. 집 안에서 풍겨 나오는 음식 냄새가 코를 자극했다.

"안녕하세요."

6살 정도 돼 보이는 여자아이였다. 큰딸인 것 같았다. 꼬마는 흰 드레스에 촛불 달린 왕관을 머리에 쓰고 있었다. 성녀 루치아 축일, 스칸디나비아 전역에 걸쳐 또래 여자아이들이 입는 전형적인 의상이었다.

"안녕, 혹시 아빠 집에 계시니?"

꼬마는 광택지로 만든 띠를 곧게 폈다.

"전 루치아예요. 누구세요?"

"그렇구나. 그렇다면 아저씨는…… 크리스마스 요정이란다. 자, 이제 아빠가 집에 계신지 말해줄 수 있겠니?"

꼬마는 상대를 위아래로 살펴보았다.

"아저씨는 크리스마스 요정이 아니에요. 내가 요정이에요."

여동생이 뒤따라 나왔다. 4살 정도 돼 보이고 반짝거리는 장식이 달린 파자마 차림이었다.

"요정처럼 옷도 안 입었잖아요." 꼬마가 말했다.

두 아이는 동시에 집 안으로 들어갔다. 큰아이가 못마땅하다는 듯 아빠에게 말하는 소리가 들렸다. "아빠, 어떤 아저씨가 왔는데 거짓말을 해." 그러고는 묵직한 발소리가 이어졌다.

"욘?"

스톡홀름 시경 소속 경감이자 그의 상관인 카를스트럼이 키친타월을 한쪽에 매단 체크무늬 앞치마 차림으로 걸어 나왔다.

"얘기 좀 하시겠습니까? 10분이면 됩니다. 10분 되면 바로 돌아가겠습니다."

현관 앞 옷걸이에는 크고 작은 옷들이 잔뜩 걸려 있었다. 바닥에는 크고 작은 신발들이 놓여 있었다. 루치아와 엘프는 거실에 놓인 알루미늄 과자통 주변에 앉아 있었다. 카를스트럼 경감은 그를 위층으로 올라가는 계단으로 안내했다.

"위층이 비교적 더 조용해서 말이야."

두 사람은 계단을 올라 카를스트럼의 서재로 향했다. 낡은 책상과 꽉 찬 책장들이 놓인 공간이었다. 브론크스는 손님용 의자에 앉았다.

"현금 1백만 크로나를 도난당하고 실탄 40발이 난사된 사건이 벌어진 게 8주 전입니다."

창밖으로 보이는 경관이 근사했다. 스톡홀름을 마주 보고 있는 얼어붙은 강물.

"현금 2백만 크로나를 강탈당하고 실탄 81발이 난사된 사건이 벌어진 게 불과 22시간 전입니다. 인접 지역인 데다 사용된 무기도 같은 종류였습니다. 동일한 집단이 어딘가에서 갑자기 나타나 흔적도 없이 사라졌습니다."

아래층에서 음악이 들려왔다. 크리스마스 캐럴이었다.

"놈들에게 세 번째 범죄에 나서기 위해 따로 준비할 시간이 필요 없다고 가정해보십쇼. 몇 주? 아니면 한 달? 그 안에 어떤 놈들인지 알아내야 합니다. 그렇게만 된다면 놈들의 집이나 놈들의 출근길, 혹은 운동하러 가는 길, 그것도 아니면 양손에 쇼핑백을 들고 가게에서 나오는 놈들을 체포할 수 있을 겁니다. 다음 범행에서 놈들이 실수할 때까지 기다릴 필요 없이 말입니다. 놈들의 행동 패턴을 보면 경찰과 마주치더라도 한 치의 망설임 없이 총기를 사용할 게 분명합니다."

"아빠?"

고사리손 하나가 방문을 열더니 루치아 성녀처럼 옷을 입은 꼬마가 안으로 들어왔다.

"왜 그러니?"

"뭐 해?"

"일하는데?"

"무슨 일?"

"어떤 사람이……. 아주 나쁜 짓을 했어."

"무슨 짓을 했는데?"

"어른들이 하는 나쁜 짓."

"그게 뭔데?"

"이제 그만 내려가겠니? 엄마한테 가 있어. 아빠 곧 이야기 끝날 거야."

아이들, 가족. 또 다른 세상이었다. 확신은 없었지만 루치아가 나가는 길에 자신을 보고 윙크를 한 것 같았다.

"오늘 아침에 심리적 충격에서 헤어나지 못하는 피해자를 만나고 왔습니다. 다시는 그런 사람과 마주 앉을 일이 없었으면 합니다."

그는 경감을 쳐다보았다.

"나이가 마흔인데, 이제는 앉은 자리에서 스스로 일어나지도 못합니다. 일흔이 넘은 연로한 아버지의 부축을 받아야 할 처지가 됐단 말입니다."

그러고는 다시 우아한 책상 쪽으로 시선을 돌렸다. 그러다가 다시 바깥을 쳐다보았다. 그의 상관이 매일같이 직면하는 결정의 문제와 180도 다른 차원의 세상이 존재하는 바깥세상. 크리스마스 조명을 몸에 감고 서 있는 플라스틱 정원 인형 쪽으로.

"동일범이라고?"

"동일범입니다."

"그걸 어떻게 확신……."

"처음부터 감이 왔고, 지금은 확신합니다."

카를스트럼은 한숨을 내쉬는 사람이 아니었다.

"욘, 내일부터 다른 사건들 수사는 일단 보류해두게. 그리고 놈들을 잡을 때까지 이 사건을 들이파게."

브론크스는 고개를 끄덕이고는 방문을 나서 계단 쪽으로 발걸음을 옮겼다. 이미 갈 길을 찾아가는 중이었다.

"내일부터라고 말하지 않았나."

경감은 그를 잘 알았다. 브론크스는 그 길로 크로노베리 경시청으로 향해 사무실에 앉아 밤을 지새울 것이었다.

"자, 난 자네 말을 끝까지 들어줬고, 자넨 원하는 사건을 원 없이 수사할 수 있게 됐어. 대신, 조건이 하나 있어. 날 위해 자네가 해줘야 할 게 하나 있다고."

"네?"

"여기서 저녁 먹고 가게. 음식 냄새가 기막히다는 거, 자네도 느낄 수 있잖아. 안 그래, 욘? 백리향에 셀러리, 샬롯 냄새 말이야. 거기다가 괜찮은 와인도 있고."

얼마 후, 브론크스는 식탁 끄트머리에 앉았다. 상관과 엘프, 성녀 루치아, 그리고 한 번도 만나본 적 없지만, 불과 몇 분 만에 파티 자리에 동석한 사람들의 이름을 외울 만큼 사교성과 자신감이 넘치는 상관의 부인과 함께. 하지만 그에게는 효과가 없었다. 마치 가족의 일원인 것처럼 그 자리에 앉아 밥을 먹는 것도, 유치원에서 어떻게 성녀 루치아의 날을 보냈는지 이야기를 듣는 것도, 심지어 두 아이의 아버지와 얼마나 오랜 기간 알고 지냈는지 대답하는 것조차 쉽지 않았다. 브론크스는 카를스트럼이 권하는 브랜디를 사양하고 감사하다는 말을 전한 뒤 현관문을 열려는 순간에야 안도의 숨을 내쉬었다.

"욘?"

카를스트럼이 브론크스의 팔을 붙잡았다. 그가 싫어하는 상황이었다.

"자넨 매일 밤늦게까지 사무실에 붙어 있어."

"네."

"찾고 뒤지고, 또 찾고 하면서 말이야."

"그렇죠."

"그리고 자네 수사는 언제나 과도한 폭행 사건 위주로 돌아가고."

"세상이 그렇게 돌아가니까요."

"난 말이지, 하루 일과를 마치면 어떤 사건을 수사 중이었든 관련 파일을 덮고 서랍 속에 던져 넣은 뒤, 다음 날이 되어야 다시 펼쳐볼까 말까를 결정하거든. 그런데 자넨, 퇴근하기 바로 직전에 그 파일들을 펼치고는 턱뼈가 부러지거나 시퍼렇게 멍든 눈 사진들을 늘어놓기 시작해. 그리고 네 시간 동안 읽지."

"세상이 그렇게 돌아가고 있으니까요."

팔을 붙잡고 있는 상관의 손이 마치 그를 그 자리에 눌어붙게 만들려는 것 같았다.

"자넨 그 사건들을 해결하기 위해 파일을 읽는 게 아니야. 내 말이 맞지?"

"무슨 말씀을 하시는 건지 모르겠습니다."

"자넨 가까워지고 싶은 거잖아. 그 친구한테."

"저녁 감사했습니다. 좋은 자리였습니다."

브론크스는 한참 동안 붙들고 있던 문손잡이를 돌려 현관문을 열었다. 하지만 팔을 붙잡고 있던 상대의 손은 어느새 어깨로 옮겨와 있었다.

"내 말 아직 안 끝났어."

카를스트럼은 그를 붙잡은 손에 단단히 힘을 주었다.

"욘, 자넨 그 파일 속에 들어 있는 사람들에 대해서는 신경도 쓰지 않아. 그 사람들 이름이 뭔지, 어떻게 지내고 있는지도 말이야. 자넨 단지…… 이해하려 애쓸 뿐이라고."

열린 현관문 틈으로 온기와 한기가 교차했다. 재킷 속으로 파고드는 싸늘한 추위, 그리고 가족 간에 느껴지는 따사로운 온기의 묘한 공존.

"하지만 자넨 절대 성공할 수 없어. 아니, 이해할 수 없을 거라고. 직접 그 친구를 찾아가 만나지 않는 이상 말이야. 알아듣겠나? 지금이 그래야 할 때인지도 모르지. 그래도 몇 주 정도 유일할 뿐이겠지만. 그러니까 직접 가보라고."

그는 자신의 어깨를 붙잡고 있던 카를스트럼의 손을 떼어냈다.

순간 아차 싶었다. 상대는 그의 상관이지 막 대하는 친구가 아니었다. 그래도 단호히 뿌리쳤다.

"그만하시죠."

브론크스는 문밖으로 발걸음을 옮겼다. 눈발이 점점 더 거세지고 있었다.

직접 가보라고.

상관의 지적이 옳다는 걸 부인할 수 없었다.

37

레오는 타이어가 돌아갈 때마다 뽀드득 소리를 내는 눈길을 달려 음울한 분위기의 숲 속으로 들어가 스웨덴에서 가장 큰 국립공원 중 하나인 낙카 자연보호 구역에서 몇 킬로미터 떨어진 지점에 차를 세웠다. 큰길이 여러 갈래의 오솔길로 나뉘는 구간이었다. 그는 트럭 화물칸 덮개를 열고 묵직한 상자 다섯 개를 내리막길을 통해 한적한 해안가로 이어지는 바위 언덕으로 가져갔다.

레오는 어슴푸레한 전조등 불빛 속에서 상자들을 하나씩 얼음 속으로 던졌다. 상자가 가라앉은 지점마다 구멍이 하나씩 생겼다. 조만간 그 구멍 위로 새살 같은 막이 형성되며 다시 얼어붙을 것이다. 봄이 돌아와 물이 녹더라도 해초들이 바닥에 깔린 상자 표면을 뒤덮을 테니 다른 잡동사니들과 구분하는 것도 불가능해진다. 펠릭스와 자신의 침대 사이에 놓여 있던 어항, 한 번도 닦지 않은 그 어항에 낀 녹조류처럼 초록색으로 변할 테니까.

그런 다음 접이식 삽을 펼쳐 흙과 이끼를 파헤치고 야스페르의 부츠를 그 안에 파묻고는 불을 붙였다. 코와 눈을 찌르는 검은 연기가 피어오르면서 반짝이는 가죽과 고무 밑창이 뒤엉켜 녹아내렸다.

펠릭스와 빈센트조차 그가 물건들을 어디에 유기하는지 몰랐다. 두 동생들이 배신자로 전락하게 될 가능성을 원천적으로 차단하기 위해서였다. 계속해서 같은 질문만 되묻던 경찰 앞에 앉아야 했던 자신의 경험을 반복하고 싶지 않았다.

난 당신을 배신하지 않았습니다. 나만 살 궁리를 하지 않았다고요. 난 당신을 살렸어요.

레오는 안개에 휩싸인 국립공원에서 나와 도시를 향해 달렸다. 동생들은 이미 마당에서 그를 기다리고 있었다. 펠릭스에게 미리 전화해 집으로 오라고 일러둔 터였다.

"빌어먹을 뭐가 그렇게 중요한 일인데?"

펠릭스에게서 술 냄새가 풍겼다. 레오는 그 냄새만으로도 동생이 얼마나 취했는지 알 수 있었다.

"차고 안에서 얘기하자."

조금 떨어진 지점에 시동을 끄지 않은 택시 한 대가 서 있었다.

"택시비는 형이 내. 차고 안으로 들어가면 추가 요금까지 내야 할 거야. 우린 바로 돌아갈 생각이었거든."

"잔말 말고 들어가기나 해."

레오는 택시 운전석 창문을 두드린 뒤 기사에게 500크로나 지폐 두 장을 건넸다. 택시는 차창을 채 올리기도 전에 '빈 차'임을 알리는 표시등을 켜고 자리를 떠났다.

차고는 춥고 어두웠다. 레오는 불을 켜고 난방기를 가동했다. 빈센트는 큰형을 따라 차고 안으로 들어왔고 펠릭스는 고집스레 밖에

서 있다가 레오가 스톡홀름을 비롯해 남부 교외 지역이 포함된 상세 지도를 펼치자 결국 안으로 들어왔다. 레오는 빨간 매직으로 국도와 해변 근처가 위치한 지도 끝부분에 원 하나를 그렸다.

"여기야."

"거기가 뭐?"

"외스모, 대략 20일 후."

"진심이야?"

"지금까지 동시에 은행 두 곳을 턴 강도는 없었어."

"아니, 그건 이미 다 아는 거잖아! 지금 이 얘기 하려고 좋은 자리 잡고 앉아 있던 우리를 택시로 45분이나 걸려 오게 한 거야?"

"펠릭스, 내 말 들어봐."

"형이야말로 내 말 들어! 오늘은 성 루치아 축일이고 우린 저녁 먹으면서 맥주 한 잔씩 걸치고 있었다고……. 그런데 지금은 얼어 죽을 정도로 추운 차고에 와 있네? 이게 뭐냐고! 곧 크리스마스야! 우리도 좀 쉬어야 하는 거 아니야?"

"크리스마스는 내년에 또 돌아와."

레오는 지도를 똑바로 폈다.

"동시에 은행 두 곳을 턴 강도는 어디에도 없었어. 그래서 우리는 세 곳을 터는 거야."

그는 동그라미 쳐둔 외스모의 작은 마을에서부터 서쪽으로 뻗은 225번 국도를 따라 빨간 선을 그어 더 작은 마을인 소룬다에 다시 원 하나를 그렸다.

"우리가 지나가게 될 퇴로야. 그리고 여기, 작은 은행이 하나 있어. 경비가 허술한 곳이야."

펠릭스는 함박웃음을 짓는 큰형을 쳐다보고는 빨간 선과 원이 그려진 지도 쪽으로 다시 시선을 돌렸다.

"술은 내가 마신 거야, 형이 마신 거야?"

둘째 동생은 형이 들고 있던 매직을 빼앗듯 가져가 두 개의 원보다 널찍한 세 번째 원을 그렸다.

"저기서부터는 빠져나갈 길이 없다고. 안 그래? 그런데 형은 다시 한 번 우리 위치를 드러내자는 거야? 얼른 와서 우리를 포위하라고?"

레오는 펠릭스의 손에 들린 매직을 다시 가져가, 지도 바깥 지점인 작업대 위에 십자가를 그렸다.

"우리를 포위하려면 일단 경찰 병력이 있어야 해."

그는 두 동생을 빤히 쳐다보다가 지도 바깥에 그린 십자가를 가리켰다.

"저 지점은 중앙역이야. 스톡홀름 중심 한가운데라고. 목표 지점하고 49킬로미터 떨어진 곳. 경찰 병력은 저 지점에 집중될 거야. 폭탄을 해체해야 할 테니까."

38

단조로운 풍경이었다. 분필 가루를 뿌려놓은 듯 새하얀 풍경. 스톡홀름을 떠날 때만 해도 캄캄한 밤이었지만 도심으로부터 220킬로미터 떨어진 쿰라 중감호 시설로 달려가는 지금은 눈에 반사된 햇살이 그의 시야를 방해할 정도로 환해진 상태였다.

상관의 손이 여전히 어깨를 붙잡고 있는 기분이었다. 비록 카를스트럼 경감의 지적이 옳다는 확신은 들었지만 그것 때문에 그 길을 달려가는 건 아니었다.

산나의 지적이 옳았던 것처럼.

어떤 식으로든 범죄 세계에 발을 담그고 있는 정보원들을 총동원해보았지만 소득은 없었다. 이제 남은 연줄은 단 하나였다. 오직 그만이 접촉할 수 있는 연줄이었다.

벌판 뒤로, 높이가 7미터에 달하고 위에 철조망까지 얹은 잿빛 콘크리트 담벼락이 모습을 드러냈다. 마지막으로 그곳을 찾은 뒤로 몇 년의 세월이 흘렀다. 하지만 가까이 다가갈수록 기분은 한결같았다. 저 담벼락 너머에 실제로 사람들이 살고 있는지, 같은 자리를 맴돌며 생각하고, 먹고, 자고, 삶의 적잖은 시간을 보내면서 나갈 날만을 기다리고 있는 건지.

그는 출입구 근처에 차를 세운 뒤 벨을 눌렀다.

"시경 소속, 욘 브론크스 형사입니다."

치직거리는 소리만 들릴 뿐 아무런 대답이 없었다.

"시경 소속, 욘 브론크……."

"들었습니다." 툭툭 끊기는 목소리가 되돌아왔다.

"삼 라셴을 만나러 왔습니다."

"접견 신청자 명단에 성함이 없습니다."

"지금 신청합니다."

"형사님이시라고 해도 여섯 시간은 기다리셔야 합니다."

"단순한 접견이 아니라, 수사 중인 사건 때문에 꼭 만나야 합니다."

철컥 소리와 함께 육중한 문이 열렸다. 브론크스는 제복 차림의 경비원이 앉아 있는 초소로 걸어 들어갔다. 경비 초소에도 크리스마스 장식이 빠지지 않았다. 그래 봐야 창문에 붙은 플라스틱 별 장식과 58개의 감시 카메라 영상을 보여주는 모니터 위에 놓인 조잡한 지푸라기 염소가 전부였다.

그는 신분증을 보여주고 방문객 명찰을 건네받았지만 잘 보이도록 가슴에 달지 않고 그대로 주머니 속에 쑤셔 넣었다. 교도관 하나가 그를 접견실까지 안내한 뒤 돌아갔다. 접견실 내에는 비닐 시트가 덮인 더블 사이즈 침대 하나, 테이블과 가죽끈으로 엮은 의자 두 개, 물이 뚝뚝 떨어지는 수도꼭지 달린 싱크대가 구비돼 있었다. 철창으로 가로막힌 창문 너머로 교도소 담벼락 안쪽 세상이 내다보였다. 크리스마스도, 계절도, 연휴도 없는 곳이었다. 흘러가는 시간을 계산하는 호사조차 누릴 수 없는 사람들이 지내는 곳이니까.

15분 정도가 흐르자 교도관 두 사람이 나타나 죄수 하나를 들여보내고는 다시 나갔다. 접견실 안으로 들어온 남자는 브론크스보다 2년 3개월, 그리고 5일 먼저 태어났다. 그보다 키가 3센티미터 더 컸으며 체중은 무려 30여 킬로그램이 더 나갔다. 전에는 거의 비슷했지만 18년간 매일같이 반복된 체력 단련이 모든 걸 뒤바꿔놓았다. 황폐해질 대로 황폐해진 삶에, 어떤 의미라도 부여할 수 있는 유일한 방법이었을 테니까.

"잘 지냈어?" 브론크스가 먼저 인사말을 건넸다.

두 사람은 서로를 쳐다보았다. 한 사람은 청바지에 코트, 그리고 방한 부츠 차림. 다른 하나는 헐렁한 바지와 가슴에 교도소 마크가 찍힌 낡은 티셔츠에 슬리퍼 차림이었다.

"잘 지냈냐고…… 묻잖아."

브론크스는 테이블에 앉았다. 삼은 창가로 다가가 바깥을 내다보았다.

"별일 없었어?" 브론크스가 다시 물었다.

처음에는 주기적으로 만나러 왔었다. 삼이 종신형을 선고받고 복역하던 초반 몇 년간은. 할 교도소, 그리고 티다홀름 교도소까지는. 그때는 미래와 희망을 빼앗긴 현실이 사람을 어떻게 바꾸어놓는지 깨닫기 전이었다. 그 후로는 거의 찾아가지 않았다. 그러다가 아예 발길을 끊었다. 그리고 이 접견실에 발을 들인 건 처음이었다.

"저기 말이야……. 다음부터 날 만나기로 마음먹거든 다른 사람들처럼 사전에 접견 신청을 해. 형사가 아닌 일반 시민들이 하는 것처럼. 접견이 끝나고 취사실에 돌아갔을 때 다른 동료들로부터 어디 갔다 오는 거냐고 추궁당하고 싶지 않거든. 넌 예고도 없이 형사가 불쑥 찾아왔다 가면 여기서 무슨 일이 어떻게 벌어질지 누구보다 잘 아는 사람이잖아!"

삼은 브론크스에게 등을 돌린 채 창밖만 내다보고 있었다.

"별일 없었냐고 묻잖아."

"별일 없었냐고?"

"그래."

"빌어먹을 언제부터 그게 네 관심사였는데?"

그는 등을 돌리며 브론크스를 노려보았다.

"무슨 바람이 불어 여길 찾아온 거야?"

브론크스는 남은 의자 하나를 뒤로 뺐다. 예상했던 것보다는 나은 상황이었다. 적어도 대화는 하고 있는 중이니까.

"제법 규모가 큰 은행 강도 사건이 두 건 있었어. 스베드뮈라, 그리고 파슈타에서. 동일범 소행이고."

그의 형은 앉지 않고 그대로 서 있었다.

"지난주에 어머니가 다녀가셨다."

"완전무장하고 치밀하게 준비한 놈들이었어."

“초콜릿 마블 케이크를 만들어드렸다. 너도 그 맛 기억하지?”

“혹시 형이 아는 놈들인가 해서. 어쨌든…….”

“그 전에 오셨을 때는 머핀을 만들어드렸지.”

“재소자들끼리 그런 얘기 많이 하잖아. 안 그래?”

삼이 테이블 가까이 다가왔다. 분노한 기색이 역력했다.

“3년 동안 발걸음 한 번 안 하더니, 이렇게 불쑥 찾아오면 내가 정보를 순순히 내놓을 거라 생각했던 거냐? 빌어먹을 사건 수사에 나를 이용할 수 있을 거라 생각했던 거냐고!”

삼은 온몸을 부들부들 떨며 문으로 다가가 빨간 버튼을 누르기 위해 손을 뻗었다.

“넌 망할 놈이야, 욘!”

“내가 형을 만나고 싶어 했다는 거, 형도 잘 알잖아.”

“만에 하나, 아는 게 있었더라도 너 같은 새끼한테는 절대 안 불어. 그런데 아쉽게도 난 아는 게 없어. 아무도 모르니까! 아무도 그런 녀석들 얘기한 적 없다고! 알아듣겠냐, 잘난 동생아? 그 녀석들은 알려지지 않은 놈들이라고! 전과는 없지만 지들이 무슨 짓을 벌이고 있는지 누구보다 잘 아는 녀석들이야.”

삼은 감정을 숨긴 눈빛으로 동생을 쳐다보다가 손가락으로 버튼을 누르고는 인터폰 쪽에 얼굴을 가져갔다.

“접견 끝났소.”

“아직 30분 남았습니다.”

“무슨 말인지 모르겠습니까? 접견 끝이란 말이오! 내 구역으로 돌아가겠다니까.”

형제는 서로의 시선을 피했다. 어렸을 때 싸우고 토라질 때마다 늘 그랬듯.

"어머니가 찾아오셨었다고?"

머핀. 장기수들이나 사회 안전을 위협하는 존재로 인식되는 재소자들은 접견 신청이 들어오면 꼭 케이크 같은 것들을 준비했다. 브론크스는 미소를 지었다.

"그거 알아? 형이 나보다 어머니하고 더 자주 연락한다는 거?"

밖에서 발소리가 들려오더니 접견실 문이 벌컥 열렸다. 삼은 밖으로 나가려다 걸음을 멈췄다.

"자주 찾아가 뵙고 그래. 점점 연로해지시더라."

브론크스는 왜소해 보이는 교도관 두 명에게 둘러싸여 수감실 복도로 사라져가는 형의 뒷모습을 물끄러미 쳐다보았다. 그러고는 방문객 명찰을 경비 초소에 반납하고 교도소 밖으로 나와 차에 올라탔다. 그는 몇 초간 가만히 앉아 있었다.

7미터 높이의 콘크리트 담벼락. 스웨덴에서 가장 폭력적인 범죄자 463명이 수감돼 있는 곳. 그들은 자신들 중 하나를 대변인으로 여겼다. 그리고 모든 수감자들은 그 한 명에게 이야기를 털어놓는다.

그게 바로 그의 형이었다.

그런 삼 라센도 들은 게 없었다. 브론크스가 쫓고 있는 네 명의 용의자는 7미터 높이의 담벼락 안에서도 바깥세상만큼이나 알려지지 않은 인물들이라는 뜻이었다.

그는 시동을 걸고 차를 몰았다. 눈에 반사된 햇살이 여전히 반짝이고 있었다.

39

쿰라 교도소 주변의 새하얀 눈길은 E4 고속도로가 에싱에 입체 교차로와 만나는 220킬로미터 떨어진 지점부터 시커먼 진창길로 변해버렸다. 크로노베리 공원에 위치한 경시청 지하 주차장 입구 역시 마찬가지였다.

브론크스는 엘리베이터를 타러 가는 길에 과학수사대 팀원들이 주차장 내에 별도로 마련한 공간에서 차량 감식 작업을 벌이는 소리를 들었다. 그는 발걸음을 돌려 안을 들여다보다가 산나와 마주쳤다. 그녀는 적외선램프를 손에 들고 무언가를 살피고 있었다.

"첫 번째 도주 차량이에요. 다지 밴."

산나는 차에서 몸을 빼고 옆에 놓여 있는 차로 이동했다. 이번에는 자외선램프로 바꿔 들었다.

"두 번째 도주 차량이에요. 역시, 다지 밴이고요."

아무런 억양 없는 기계 같은 목소리였다. 브론크스는 그녀가 자신을 대할 때만 그런 말투를 사용하는 건지 궁금했다.

"두 대 모두 구형이고, 은행 강도 전날 훔친 차량들이에요."

산나는 길쭉한 철제 도구 하나를 집어 올리더니 측면 차창 바로 아래쪽 손잡이에 붙어 있는 네모 모양의 검은색 스티커를 가리켰다.

"열쇠를 쓰는 것만큼 빨라요."

그녀는 용무를 마쳤다. 브론크스는 그녀가 더 이상 말하고 싶지 않을 때마다 등 돌리는 방법을 쓴다는 것을 파악했다. 그녀는 승합차 보닛 위에 올려놓았던 노트북을 열었다. 잘 가라는 인사말도 없었다. 그가 잘 있으라고 말을 건넸지만 그녀는 듣지 못했다. 다시 엘리베이터로 발걸음을 돌리는데 산나가 그를 불러 세웠다.

"욘? 아직 설명 안 끝났어요."

"안 끝났다고?"

"한 가지 더 있어요."

그녀는 그에게 노트북 화면을 보여주고 그가 가까이 다가오도록 기다렸다.

"이 영상이요. 이걸 다시 한 번 잘 봐요."

2번 카메라의 12초 구간. 위에서 아래로 내려다보는 화면. 파란 점프슈트, 검은색 워커, 검은색 복면 차림의 강도들.

"마이크를 달고 있어서 마이크 상표를 확인할 생각이었어요. 그래서 옷깃에 집중하면서 줌으로 당겨봤어요."

그녀는 영상을 앞으로 되감다가 어느 구간에서 화면을 멈췄다.

"4초 구간이요. 초당 15 프레임이에요. 프레임별로 다 확인해봐요."

그녀의 목소리는 더 이상 기계 같지 않았다. 산나는 그의 바로 곁에 다가왔고 그는 그녀의 체취를 완벽히 기억하고 있었다. 강렬하고 독특한 그 향기. 이상하고 어색했다. 마치 그때 그 시절로 되돌아간 것처럼. 같이 살던 아파트로 함께 돌아가던 그때처럼. 지난 10년의 세월이 존재하지 않았던 것처럼.

"여기요."

첫 번째 강도가 은행 문 앞, 1미터 지점에 서 있다.

그러다 멈췄다.

"손이요."

그녀는 화면을 확대했다.

"보여요?"

브론크스는 고개를 끄덕였다. 그의 눈에도 확실히 보였다.

첫 번째 강도가 걸음을 멈추고 뒤로 돌더니 들고 있던 총을 내리고 왼손을 옷깃으로 올려 마이크를 가렸다. 그러더니 허리를 살짝 숙이고 오른손을 뻗어 두 번째 강도의 헤드폰에 얹었다.

"저 동작이요……. 저거."

브론크스는 확신이 들었다.

"이해가 안 가요." 산나가 말했다.

그녀는 첫 번째 강도의 얇은 입술을 확대했다. 검은색 복면 안으로 들여다보이는 두 개의 선 같은 입술이 움직이며 말을 하고 있었다.

"저 손, 그리고 속삭이는 행동. 이해가 안 가잖아요."

산나는 브론크스에게 더 가까이 다가가 서서 그를 쳐다보았다. 화면 속에 보이는 첫 번째 강도처럼.

"친밀한 행동이에요. 자신의 마이크를 가리고는 상대의 헤드폰을 들어 올리는 저 동작에 친근감이 묻어나잖아요. 보이죠? 은행에 들어가 총기를 난사하기 직전인데 말이에요."

두 달이 지나도록 여전히 아무런 단서도 찾아내지 못했을 뿐만 아니라, 그들의 정체에 대해 알아낸 것도 전혀 없었다. 그런데 뜻밖의 단서가 나온 것이다. 브론크스는 이제 무언가를 알게 되었다는 확신이 들었다. 그게 무어라고 콕 짚어 설명할 수는 없었지만 그림자들의 뒤를 쫓기 시작한 뒤 처음으로 실체에 접근했던 것이다. 알 수 없는 무언가가 강도들을 이어주고 있었다. 무지막지하게 난폭한 은행 강도들 사이에서 좀처럼 보기 힘든 유대감이었다.

브론크스는 어떤 직감 같은 걸 느꼈다.

"화면 확대하지 말고 다시 한 번 보여줄 수 있어? 초반 4초까지 말이야."

그녀는 실행에 옮겼다.

"잠깐…… 거기, 확대 좀……. 거기야. 얼굴 쪽, 바로 거기."

세 명의 강도가 일렬로 은행 진입을 시도하는 장면이었다. 브론크스는 손가락으로 화면에 보이는 가운데 인물을 지목했다.

"저거 보여? 저 녀석은 눈을 감고 있어."

산나는 커서를 시간대에 놓고 수동으로 움직였다.

"망설이고 있어. 두려웠던 거야."

복면 안으로 보이는 두 눈은 감긴 상태였다.

"겁을 집어먹은 거라고……. 그리고 저건, 포옹이야! 리더가 마이크를 가리고 저 녀석을 보호하고 있는 거야. 저들 사이에 특별한 유대감이 있다는 거라고."

40

브론크스는 엘리베이터 사용을 일부러 자제했다. 가끔은 몸을 움직이고 심장을 자극해 폐 바깥으로 공기를 밀어내야 한다는 필요성을 느꼈기 때문이었다.

그래서 그는 거의 뛰다시피 계단을 올랐다.

사무실에 들어가자마자 창문을 활짝 열어 건조한 실내에 안뜰의 서늘한 공기를 들여보냈다.

놈들은 아주 친밀한 사이로 보였다. 범죄 현장에서 쉽게 볼 수 없는 분위기였다. 리더의 역할은 명령하고 지휘하는 것이다. 망설이고 두려워하는 동료의 감정에 휘말려서는 안 되기 때문이다.

브론크스는 그 분위기가 무언지 잘 알고 있었다.

하나는 다른 하나보다 살짝 큰 편이었다. 하나는 널찍한 어깨를 가진 반면, 다른 하나는 아직 성장도 끝나지 않아 보였다. 하나는 다른 하나보다 나이가 많았다.

친근감. 믿음.

브론크스는 그게 뭔지 알아보았다. 둘 사이를 이어주는 끈. 어느 날 저녁 그에게 다가와 모든 게 괜찮아질 거라고 말해준 뒤, 바로 그날 밤 부모님 침실로 기어들어가 아버지의 옆구리에 칼을 쑤셔 넣었던 장본인. 형은 무자비한 행동을 벌이기 전에 자상하게 그를 안아주고 속삭이며 달래주었다.

그는 창가에 서서 몇 차례에 걸쳐 깊게 심호흡을 했다.

수사가 시작된 후, 처음으로 진척을 보였다. 범인들이 점점 그림자 바깥으로 나오면서 그들의 윤곽선이 보이기 시작했던 것이다.

친근감. 믿음.

그들은 형제였다.

41

레오는 정성스레 크리스마스 장식으로 치장해놓은 창문 앞에 서서 안개가 자욱한 새벽 풍경을 물끄러미 바라보았다. 몇 주가 지나고 날씨가 나날이 좋아졌다. 크리스마스이브가 되면서 눈이 녹기 시작하더니 그다음 날 오전에는 억수같이 비가 쏟아지면서 거리 곳곳이 진창길로 변했다. 바로 레오가 원했던 날씨였다. 잿빛 크리스마스와 눈 없는 도로. 그는 이런 날씨가 찾아오기를 바랐다. 노면이

마른 상태라면 도주가 훨씬 용이하기 때문이었다.

창가에 놓아둔 화분 두 개 사이에 도자기로 만든 천사상이 놓여 있었다. 눈은 하나밖에 남지 않았고, 한쪽 얼굴은 페인트도 거의 다 벗겨졌다. 아넬리가 어렸을 때 가지고 놀던 장난감이었지만 지난 몇 주 사이, 연말 파티를 보내는 동안 이사 온 집 부엌 창가에 자리 잡고 별을 구경하게 되었다. 도처가 장식품들이었다. 냉장고 옆, 바닥에 놓인 어마어마하게 커다란 플라스틱 산타클로스, 현관 장식장 위에 놓인 그만큼 커다란 두 번째 산타클로스, 거실 크리스마스트리 아래 놓인 세 번째 산타클로스, 그리고 위층으로 올라가는 계단 옆에 놓인 작은 산타 인형 두 개. 매년 크리스마스 때마다 그녀가 꺼내놓는 장식품들이었다. 레오는 아넬리가 장식품들을 꺼내 적당한 자리를 찾아 진열하며 기뻐하는 모습을 봐왔다.

사실 그것들은 단지 날짜에 불과했다. 아마도 아넬리는 흘러가는 시간을 붙잡아둘 기준점 같은 게 필요했을지도 모른다. 크리스마스, 부활절, 12월 31일 같은 단순한 날짜. 그녀에게는 그녀만의 달력이 필요했다. 스웨덴 역사상 처음으로 세 번 연속 은행 강도가 벌어지게 될 1월 2일, 아니면 레오가 골랐기 때문에 그에게 중요한 날이 될 거라고 생각하는 2월 17일, 3월 11일, 4월 16일처럼.

그는 천사상을 들고 이리저리 돌려보며 바닥에 찍힌 상표를 읽어보려다 다시 제자리에 내려놓았다.

너무나 쉽게 무너지는 그녀 때문에 어떻게든 그녀의 기대감을 낮춰야만 했다. 올 크리스마스는 예년과 다를 거라고 설명하고 내년에는 꼭 원하는 대로 치르게 해주겠다고, 부엌 창가에 서서 부러운 시선으로 바라보는 이웃 사람들처럼 보내게 해주겠다고. 크리스마스 전날, 그녀는 유난히 부엌 창가에서 서성거렸다. 이웃집 식구들이 구운 햄과 적채, 그리고 미트볼에 얀손스 프레스텔세('얀손의 유혹'이란 뜻으로 감자에 양파, 빵가루, 버터 등을 넣고 구운 스웨덴 전통음식)를 곁들여 먹는 모습을 지켜보았다. 레오는 그녀의 아들에게 줄 크리스마스 선물을 건넸다. 연휴가 끝나면 아이를 만나러 갈 예정이었다. 아넬리는 이웃집 식구들이 몇 시간에 걸쳐 도널드 덕을 비롯해, 여느 스웨덴 가정이 그러듯, 칼 베르틸 욘손이 진행하는 크리스마스 특별 프로그램을 시청하는 모습을 고스란히 지켜보았다. 더 이상 견딜 수 없었던 레오는 결국 스컬 케이브로 내려가 자신의 일정에 차질이 없도록 작업을 이어나갔다.

레오는 한 손에 비닐봉지를, 다른 손에는 음식이 가득 담긴 바구니를 들고 어둠이 가시지 않은 축축한 아침 공기 속으로 걸어나갔다. 얇은 신발이 녹아내리는 눈 속을 파고들며 순식간에 물을 먹었다. 반면, 차고는 건조한 데다 강렬한 조명 덕분에 온기가 훈훈히 돌았다. 빈센트와 펠릭스, 그리고 야스페르가 사각대 두 대에 합판을 얹은 테이블 주변에 모여앉아 기다리고 있었다. 테이블 위에는 지도 한 장이 펼쳐져 있었다.

"커피하고 샌드위치야." 레오가 바구니를 건네며 말했다.

빨간 선 하나가 지도를 둘로 나누었다. 스웨덴 경찰력의 심장부에 해당하는 스톡홀름 중심부, 크로노베리에서 시작된 빨간 선은 그곳으로부터 49킬로미터 떨어져 있고, 두 개의 은행이 나란히 붙어 있는 외스모로 이어져 있었다. 그리고 스톡홀름을 가로질러 후딩에, 하닝에와 뉘네스함까지 관통하고 있었다. 그 선은 경찰들을

따돌리고 범죄 현장에서 유유히 사라질 수 있는 도주로였다.

"첫 번째 목표물이야."

레오는 10크로나 동전 하나를 빨간 선이 끝나는 지점 근처, 회색 사각형 지점에 올려놓았다. 인구밀집도가 높은 지역이었다.

"두 번째 목표물이야."

그는 또 다른 10크로나를 먼저 내려놓은 동전 위에 얹었다.

"그리고 여기."

두 개의 목표물 바로 맞은편 지점이었다. 그들이 타고 달아날 도주 차량이 놓인 지점이었다.

빨간 선처럼 새빨간 미니카.

"이게 너야, 펠릭스."

비닐봉지 안에는 다른 물건들도 들어 있었다. 작은 종이 상자의 내용물은 삼 형제 모두가 아는 물건들이었다. 어렸을 때 스코고스의 아파트에서 함께 가지고 놀았던 초록색 장난감 병정. 몇 센티미터에 지나지 않은 크기도 그대로였고, 냄새도 그대로였다.

"이건 빈센트야. 그리고 야스페르. 그리고 이게…… 나야."

레오는 겹쳐져 있던 동전을 나누고 마지막 장난감 병정을 동전 앞에 놓았다.

"첫 번째 목표물, 레오가 문을 연다. 두 번째 목표물, 야스페르와 빈센트가 문을 연다. 시간은 14시 50분."

또 다른 미니카는 빨간색 폭스바겐 비틀 1300. 버리기가 아까워 케이스까지 고스란히 간직하고 있던 장난감이었다. 스코고스 쇼핑센터에 있던 장난감 가게에서 레오가 펠릭스를 위해 훔쳐 온 물건이었다.

"펠릭스는 차를 책임져. 스베드뮈라에서처럼."

또 다른 장난감 병정이 들어 있는 상자. 하지만 이번에는 미군 병사들과 달리 더 둥근 갈색 헬멧을 쓰고 있었고 들고 있던 무기도 달랐다.

"러시아 병정들이야."

레오는 러시아 병정들을 한 움큼 집어 들고 빨간 선을 따라 늘어놓은 뒤 몇 개를 다시 멀리 떨어진 세 지점에 세워놓았다.

"경찰들이야. 대부분 경시청에 집결해 있을 거야. 일부는 여기 후딩예 경찰서, 그리고 여기 한덴 경찰서. 그리고 그 외 소수 병력들만 여기……. 낙카 경찰서에 남게 될 거야."

레오는 모든 게 제 위치에 놓여 있는지 확인한 뒤 마치 거인이 된 것처럼 두 팔을 벌리고는 장난감 병정들을 도로를 비롯해 튠넬바나 지하철 노선과 철길이 교차하는 지점으로 서서히 끌어모았다. 스톡홀름 중앙역이 위치한 회색 지역으로.

"이 친구들은 모두 이 중앙역으로 모여들게 되는 거야."

그는 야스페르를 쳐다보며 고개를 끄덕였다.

"왜냐하면 우리가 여기에 폭탄을 심어놓을 거거든. 사물함에 진짜 사제 폭발물을."

평소처럼 침묵을 지키던 빈센트가 지도 위에 서 있던 장난감 병정 여러 개가 쓰러지고 큰 소리가 날 정도로 강하게 커피 잔을 내려놓았다.

"빈센트, 이게 무슨……."

"지금 테러리스트가 되자는 거야?"

"실제로 폭발하는 건 아니야. 하지만 경찰은 실제 폭발물이라고 믿어야 해."

레오는 스톡홀름 중앙역 근처에 넘어져 있던 병정들을 주워 담았다.

“첫 번째 교란작전은 중앙역을 폐쇄하게 만드는 거야. 경찰 병력이 중앙역에 집결해 진짜 폭탄을 해체하는 동안, 우리는 그 틈을 이용해 50킬로미터 떨어진 은행 두 곳을 터는 거라고.”

하지만 아무 소용 없었다. 빈센트는 병정 절반을 감라 스탄 쪽으로, 나머지 절반은 크로노베리 쪽으로 밀었다.

“그다음은? 그다음은 어디를 폭파하겠다고 위협할 건데? 왕궁? 경시청? 그다음은 어딜 노릴 거냐고!”

성가시기도 했지만 은근히 자랑스럽기도 한 마음에 레오는 장난감 병정들을 다시 중앙역 주변으로 끌어 모으며 동생을 향해 미소 지었다.

“두 번째 교란작전은 빨간색 승용차야.”

어릴 적 펠릭스의 침대 머리 위에 고이 잠들어 있던 빨간색 폭스바겐 비틀이었다. 레오는 엄지와 검지로 미니카를 들고 지도 위에 굴렸다. 은행을 출발해 교외를 가로지르는 이면도로를 따라서.

“누가 봐도 알아볼 수 있는 흔한 차량을 이용할 거야. 그 차를 남쪽에 남아 있던 경찰들이 발견하는 거지……. 이 지점에서.”

그는 자신들이 스톡홀름으로 이어지는 국도까지 이용하게 될 도로에서 미니카를 치웠다. 하지만 정작 스톡홀름으로 연결되는 고속도로를 탈 계획은 없었다.

“여기서 멈출 거야. 경찰은 이 도로를 차단할 거고. 우리가 이쪽으로 도주할 거라 판단할 테니까.”

“이해 못 하겠어.” 빈센트가 말했다.

“빈센트, 이건…….”

“이해가 안 가. 지난번에 형이랑 차타고 올 때, 나한테 이 책들 주면서 말했었잖아. 우린 은행을 털 거라고."

"그런데?"

"그런데 폭발물 만드는 거랑 은행 터는 건 전혀 차원이 다른 거잖아."

"폭탄을 만들고, 설치는 하지만 폭발이 일어나지는 않는다고. 알아듣겠어?"

빈센트는 장난감 병정을 넘어뜨리는 대신, 형을 똑바로 노려보았다.

"아니, 모르겠어."

"빈센트, 너 정말……."

"난 우리가 왜 빌어먹을 폭탄을 만들어야 하는지 모르겠다고. 그리고 누가 봐도 한눈에 알아볼 수 있는 차를, 그것도 대낮에 고속도로를 이용하면서까지 제 발로 늑대 소굴에 걸어 들어가려는 건지 도대체 모르겠다고!"

"경찰들이 바로 그렇게 예상하게 만들어야 하니까. 하지만 우린 여기 이 지점에 있을 거거든. 이 이면도로를 이용해서 세 번째 은행을 털러 가고 있을 테니까."

레오는 지도 위에 세 번째 동전을 올려놓았다. 소룬다 지역 한가운데 위치한 작은 길 위에.

"난 정말 이해가 안 가."

레오는 자랑스러운 표정으로 비닐봉지에서 또 다른 미니카를 꺼냈다.

"너희들, 내가 이거 찾아내느라 얼마나 고생했는지 모르지? 온 동네 장난감 가게란 가게는 다 돌아다닌 덕에 링베겐에 있는 골동품 가게 진열장에서 겨우 찾아냈어."

그들의 도주 차량과 쌍둥이처럼 똑같은 차량이었다. 빨간색 폭스바겐 비틀 1300. 그는 두 번째 미니카를 방금 올린 10크로나 동전 옆에 내려놓았다.

"우린 이 차를 타고 있을 거야. 이 이면도로를 달리면서."

그러고는 지도의 반대편을 가리켰다.

"그러는 동안, 똑같은 차량이 여기 나타나는 거지. 통제가 이뤄지고 있는 주도로 근처에 말이야."

레오는 빈센트를 쳐다보았다. 막내는 더 이상 반기를 들지 않았다.

"마술이라고 마술! 이제 남은 시간은 나흘이야."

자동차 운전석에 앉아 핸들을 돌릴 때마다 펠릭스의 어깨가 문에 부딪혔다. 좌석을 최대한 뒤로 밀어보았지만 기어를 조작할 때마다 무릎이 계기판에 닿았다.

그렇다고 힘이 좋아 잘 나가는 것도, 운전 조작이 쉬운 것도 아니었다. 하지만 폭스바겐 비틀을 도주 차량으로 고른 건 나름의 이유가 있었다. 사건 현장에서 그 차를 본 목격자들은 누구라도 확신을 갖고 범행 차량이라고 지목할 것이었다.

펠릭스는 차고 문이 열릴 때까지 기다렸다가 안으로 들어갔다. 전조등 불빛이 지도를 펼쳐놓았던 테이블을 비추었다. 야스페르, 빈센트, 그리고 레오는 조금 떨어진 곳에 놓인 다른 테이블 주변에 앉아 종이 상자 네 개와 비닐 포장지에 쌓인 꾸러미를 풀고 있었다.

야스페르가 자리에서 일어나 차로 다가왔다.

"뭐야, 비틀 1300? 펠릭스, 이건 장난감이잖아……. 설마 레오가 했던 말을 진심이라고 생각했던 거야?"

"말 한번 잘했어, 야스페르."

"젠장, 아니 이런 걸로 어떻게……."

"그래, 말 한번 잘했다니까. 넌 차에 대해 아는 게 전혀 없어. 그런데 이 차는 이름까지 외우고 있잖아. 외스모 광장에 모여 있는 사람들도 마찬가지야."

레오는 한 손에 종이 상자를, 다른 한 손에 비닐 포장된 꾸러미를 들고 자리에서 일어나 야스페르와 펠릭스 가운데로 다가왔다. 갈라지기 시작한 둘 사이의 균열을 더 이상 벌어지게 둘 수 없었다.

"조수석은 내 자리지. 안 그래?"

레오는 빨간 차 지붕을 조심스레 두드렸다.

"똑같은 차량 두 대가 필요해. 똑같은 모델, 똑같은 색깔. 여기 남쪽에서부터 찾아볼 거야. 둘씩 찢어져서 찾아보자고. 만약 못 찾으면 지난번처럼 북쪽으로 올라가야 해. 3일 남았어."

단순하고 기본적인 기계장치에 불과했다. 못과 나사, 볼트 정도로 반을 채우고 나머지 반은 m/46 플라스틱 폭약으로 채운 길고 좁은 금속 상자였다. 도화선은 상자의 좁은 쪽에 고정된 기폭 장치에 연결된다. 그래서 상자를 열면 기폭 장치가 작동하고 도화선을 타고 전류가 퍼지며 주변에 있는 생명체를 살상하기에 이르는 것이다. 단순하고 평범한 연쇄반응이다.

레오는 손에 빨간 전선을 들고 테이블에 앉았다. 그는 전선 끝을 정확히 10센티미터 잘라냈다. 펠릭스는 목공드릴에서 철제드릴로 장비를 바꿔 들었다. 상자 표면 중앙에 구멍을 뚫어야 했기 때문이다.

누군가 차고 문을 두드렸다.

레오가 문을 열자 빈센트가 차갑고 싸늘한 공기와 함께 안으로 들어왔다.

"11시 40분이야. 늦었어."

"택시가 더럽게 안 잡혀서."

레오는 동생을 끌어안고 뒤로 물러서며 큰 소리로 휘파람을 불었다. 재킷 안으로 검은 정장과 목을 풀어헤친 흰 셔츠를 보았기 때문이다.

"세상에, 그러고 있으니까 영락없는 어른이네."

"2천 크로나 들여서 오늘 산 거야."

빈센트는 손에 들고 있던 봉투를 레오에게 건네고 차고 안으로 들어갔다.

"이게…… 폭탄이야?"

레오는 봉투를 비우고 접었다. 볼렝제르 샴페인 두 병이었다. 마침 샴페인 잔 세 개가 놓인 테이블 위에는 샴페인을 내려놓을 자리만 남아 있었다.

"맞아."

"그러니까, 이제 우리가 진짜로 그게 된 거네. 테러리스트."

빈센트는 네모난 회색 상자를 쳐다보다가 펠릭스에게 시선을 돌렸다. 둘째 형은 테이프를 풀어 이빨로 끊었다.

"젠장, 이거 설치한 바로 옆 사물함에 가방 넣을 사람이 우리 엄마가 될 수도 있잖아!"

"그 얘긴 이미 끝난 걸로 아는데."

"형은 그럴지 몰라도, 난 아니야."

"살상 목적이 아니라고 설명했잖아. 단지 장난이 아니라는 사실을 확실히 보여주는 것뿐이라고. 가짜를 심어두면 대번에 알아볼 테니까."

"하지만 만에 하나…… 사고로 폭발이라도 하면?"

"뭐라고?"

레오는 고개를 숙여 막냇동생 가까이 다가가 입에서 나는 술 냄새를 맡았다.

"빈센트, 너 택시 안 잡혀서 늦은 거 아니지?"

레오는 확신이 설 때까지 고집스레 코를 킁킁거렸다.

"너 술 마시다 온 거지?"

레오는 빈센트 눈을 마주 보려 했지만 동생은 애써 형의 시선을 외면했다. 빈센트의 시선은 빨간 전선이 튀어나온 상자에 고정돼 있었다.

"빈센트, 하고 싶은 말이 있으면 그냥 털어놔. 우린 형제잖아, 젠장! 꼭 이렇게 술에 취해야 입을 열 수 있는 거야?"

"말했잖아. 이건 옳지 않다고."

"옳지 않다니? 그게 무슨 말이야?"

"감이 안 좋다고. 계속 이런 식이면…… 난 빠지겠어."

"빈센트, 내 말 잘 들어."

레오는 알루미늄 상자 뚜껑을 들어 올려 못과 나사를 비롯해 폭약을 드러냈다.

"이 안전장치만 제거하지 않으면……."

그는 검지를 관 모양의 기폭 장치에 올렸다.

"이 폭탄은 터지지 않아."

그런 다음 기폭 장치 반대편 끝에 붙어 있는 고리처럼 말린 빨간 전선으로 손가락을 옮겼다.

"그런데 이걸 아주 조금만 잡아당기면……."

그는 빈센트의 반응을 살폈다. 막내는 집중한 상태로 형의 검지가 가리키는 부분에 시선을 고정했다.

"그렇게 되면 말이야, 딱 1밀리미터만 움직여도 그 즉시 폭발해. 하지만 그건 이 안전장치를 잡아당겨야만 벌어지는 일이야."

그는 조심스레 손가락을 뗐다.

"부상자는 없을 거라고, 빈센트. 사망자도 없고. 심지어 바로 옆 칸에 가방을 넣어둘 아주머니도 다칠 일 하나 없어."

펠릭스는 뚜껑 위에 테이프를 붙여 단단히 감은 다음 확실히 해두기 위해 다시 한 번 테이프를 감았다. 그는 다른 두 형제의 언쟁에 끼어들지 않고 듣기만 했다. 둘 사이에 단 한 번도 없었던 일이었지만 모든 게 그저 익숙해 보일 뿐이었다. 자신이 형에게 대들었던 식으로 빈센트가 반응한 건 처음이었다. 그리고 언제나처럼 끝났다. 그가 아는 큰형은 절대로 설득에 넘어가지 않는다. 오히려 자신이 가진 열정과 능력으로 상대를 설득시키는 사람이니까. 만약 누군가가 생각을 바꿔야 한다면, 그건 빈센트가 될 터였다.

"그럼 이제 내 생각에 동의하는 거지?"

빈센트는 마지못해 고개를 끄덕였다.

"좋아. 벌써 자정 10분 전이야. 샴페인 딸 시간이라고."

"한 가지 더." 펠릭스가 테이블과 빈센트 쪽으로 몸을 숙이며 말했다. "이렇게 막내도 같이 있는 김에 제대로 짚고 넘어가자고. 문은 누가 열었지?"

빈센트는 둘째 형이 무슨 말을 하는지 알 수 없었다.

"그때…… 아빠가 들이닥쳤을 때 말이야."

"젠장, 너 아직도 그걸 물고 늘어지는 거야?" 레오는 기도 안 찬다는 반응을 보이며 말했다. "11시 52분이야. 가자고."

펠릭스는 고개를 가로저었다.

"아니, 분명히 짚고 넘어가야 해. 빈센트, 그 노인네가 집으로 찾아와 엄마를 죽이겠다고 설치던 날, 문을 연 게 누구였어?"

"그게 무슨 소리야?"

"아빠가 출소했던 날. 우리가 팔룬으로 이사 간 뒤에 아빠가 거기로 찾아왔었잖아."

"펠릭스, 그때 이 녀석은 고작 여섯 살이었어. 그런데 지금 그 증인이 되라는 거야?"

빈센트가 뭐라고 중얼거렸다.

"일곱이었어. 나, 일곱 살이었다고. 그 인간이 엄마를 죽이려 들었을 때……."

펠릭스는 큰형이 늘 그러듯 빈센트의 어깨에 손을 올렸다.

"우리가 형이라는 사실은 뒤로하고, 네가 본 그대로 말해봐. 그 문을 연 게 나였어, 큰형이었어?"

레오는 시계를 차고 있는 팔을 흔들었다.

"어디 해보자고. 빈센트, 네가 기억하고 있는 걸 말해봐. 그래서 펠릭스가 대답에 만족하면 밖으로 나가자고."

빈센트는 그 자리에 있었다. 문손잡이에 손을 올리고 있었던 펠릭스 옆에.

"빈센트! 그때 뭘 봤냐고! 나였어, 형이었어?"

빈센트가 문을 향해 뛰어올라 잠금장치를 풀었다.

"문을 연 건 나였어."

레오가 피식 웃었다. 큰 소리는 아니었지만 그렇다고 좋아서 나온 웃음은 아니었다.

"상당히 외교적인 답변이었어."

반면, 펠릭스는 전혀 웃지 않았다.

"진짜, 내가 열었어." 빈센트는 다시 한 번 강조했다. "기억나. 내가 자물쇠 풀고 문손잡이를 돌렸어."

펠릭스의 얼굴이 붉으락푸르락해졌다. 어떻게 세 형제가 나란히 한자리에 서 있었는데, 저마다 자신이 문을 열었다고 기억하고 있다는 말인가?

"그럼 난 어디 있었는데? 난 거기 없었어? 형은 아빠 등에 매달렸고, 넌 문을 열었는데 난…… 난 부엌에 있었나? 아니면 화장실? 아니면 내가 아예 없었을 수도 있겠네……. 아니면 형이나 너도 엄마 얼굴에 침 뱉었어? 그런 거였어? 그건 또 누구였어?"

"누가 연들 그게 무슨 상관인데?" 레오가 말했다.

"중요해! 나한테는!"

널찍한 차고에 적막감이 감돌았다. 바깥에서 들리는 폭죽 소리가 점점 더 강렬해지고 있었다.

"형이었어. 침 뱉은 거……. 하지만 그건…… 그건 다른 문제라고."

레오는 펠릭스를 향해 고개를 끄덕였다.

"솔직히 그런 건 더 이상 중요하지 않아."

레오의 손에는 샴페인 잔 세 개가 들려 있었고, 자정까지는 단 30초도 남지 않았다. 레오는 차고 문을 열었다. 불꽃놀이가 밤하늘을 수놓고 있었다. 레오는 샴페인 병목을 감싸고 있는 금박지를 뜯고 어둠 속 어딘가로 뚜껑을 날려버렸다.

"새해를 위하여!"

잔 위로 거품이 올라왔다.

"예트뤼겐을 위하여, 파슈타를 위하여, 스베드뮈라를 위하여!"

레오는 오색찬란한 하늘 위로 잔을 들어 올렸다.

"새해를 위해 건배! 이틀 뒤, 외스모를 위해!"

42

폭탄의 무게가 가방 손잡이를 꽉 쥐고 있는 손, 팔뚝, 그리고 어깨에 고스란히 느껴졌다. 야스페르는 핫도그 먹는 사람들, 석간신문 읽는 사람들, 주출입구 위의 벽 전체를 차지하고 있는 전광판을 주기적으로 쳐다보며 종이컵에 담긴 커피를 마시는 사람들 사이를 평범한 걸음걸이로 지나갔다. 그는 마치 가방의 내용물이 옷가지와 세면도구 등 평범한 여행객이 가지고 다니는 소지품에 불과하다는 듯 가볍게 보이기 위해 가방을 높이 들고 걸었다.

수도 중심부에 위치한 기차역은 자신만의 고유한 언어를 지닌 독자적인 영토 같은 분위기를 자아내는 곳이었다. 사람들을 헤어지게도 하지만 다시 만나게 해주는 교차로. 그는 대중 속에 자연스럽게 녹아들어야 했다. 어딘가로 떠나거나, 막 도착한 사람처럼. 다른 평범한 여행객들처럼.

하지만 그와 같은 사람은 아무도 없었다. 단 하나의 임무를 지닌 그림자.

사물함 찾기. 문 열기. 안에 가방 넣기. 문 닫기. 그리고 떠나기.

쉐라톤 호텔 맞은편, 육교 아래에 있는 단기 주차장은 중앙역 감시 카메라의 시야를 피해 차를 세워둘 수 있는 유일한 장소였다. 몇 분 전, 레오는 야스페르가 중앙역 출입구 안으로 사라지는 모습을 지켜보았다. 레오는 픽업트럭의 시동을 켜둔 채 핸들을 잡았다. 야스페르가 돌아오면 버려진 주유소로 향해 펠릭스와 빈센트를 태우고 남쪽, 외스모로 향할 터였다.

휴대전화가 울렸다. 일어나선 안 될 일이었다. 그의 휴대전화에 저장된 번호는 단 여섯 사람이었다. 야스페르는 물론, 그를 기다리고 있는 펠릭스와 빈센트도 그에게 전화를 걸면 안 되는 걸 알고 있었다. 툼바의 집에서 기다리고 있는 아넬리 역시 전화를 걸면 안 되는 걸 알고 있다. 야간 근무를 시작한 뒤로, 어머니는 그 시간이면 언제나 주무시고 계셨다.

"이번엔 끊지 마라."

아버지였다.

"할 말이 있다."

"시간 없다고 말씀드렸잖아요."

레오는 아빠가 코로 숨 쉬는 소리를 들었다.

"그 봉투 말이다. 돈 가지고 이러쿵저러쿵할 마음은 없다만 가만히 생각해보니……."

바사가탄이 차들로 가득 찼다. 비둘기 떼들이 중앙역 지붕을 차지하고 앉았다. 이름표를 달고 카메라를 손에 든 일본 단체 관광객들이 쉐라톤 호텔 앞에 서 있었다. 하지만 야스페르의 모습은 여전히 보이지 않았다.

"나한테 진 빚도 없다면서 그 많은 돈을 건넨 걸 보면, 분명 더 많은 돈이 있다는 소리야. 도대체 어디서 난 돈이냐? 건설 현장 일이라면 나도 해봤거든. 세금을 피해간다 해도, 그런 돈은 절대 벌어본 적 없다. 레오……. 넌 다른 방식으로 그 돈을 번 게 분명해."

"제가 무슨 일을 어떻게 하는지, 아무것도 모르시잖아요."

"그래, 모른다."

"그러니까 그만하세요. 더 말하고 싶지도 않으니까."

"빈센트, 펠릭스와 함께 회사를 운영한다고 했었지……. 내 아들 녀석들 말이다, 레오! 다시 말하면, 네 동생들도 그 일에 연루된 거야. 넌 그 녀석들을 책임져야 하는 거라고. 뭔가 불법적인 일을 벌이고 있는 거라면 네가 책임져야 한다고!"

수화기 너머로 다시 들려오는 빌어먹을 숨소리. 마치 엿듣는 귀가 없는지 노인네가 바로 곁에서 두리번거리며 확인하는 기분이 들 정도였다.

"만약 문제가 있다면 말이다……."

"책임지라고요?"

"만약 문제가 있다면, 레오……. 나한테는 언제든 말해도 좋다. 전에도 도와준 적이 있지 않느냐."

"문제없습니다."

"난 너보다 27년이나 더 살았다, 레오."

"제 말 못 들으셨어요?"

"그래서 내가 너보다 경험이 많다고. 난 네 녀석이 못 보는 걸 볼 수 있어."

"아버지가요?"

"그래."

"아버지가…… 경험이 많다고요?"

또다시 숨소리가 느껴졌다. 아버지는 무언가를 기대하고 있었다.

"난 적어도 책임집니다." 레오가 대답했다. "그 애들은 절 믿어요. 책임지고 행동하면 사람들은 믿고 따르거든요. 27년을 더 사셨다고요? 그게 뭔데요? 그냥 시간일 뿐이에요! 그러니까 빈센트나 펠릭스 걱정은 그만하셔도 됩니다. 그 녀석들은 배신자하고 아주 잘하고 있으니까요!"

레오는 중앙역 바깥으로 쏟아져 나오는 사람들을 유심히 살폈다.

"그리고 아버지한테 도와달라고 할 일 절대 없습니다."

사물함 위치는 도착 승객 대합실 한복판이어야 하고, 사용자 가슴 정도의 높이로 잡아야 했다. 그래야 경찰이 발견하는 즉시, 사람들을 대피시킬 수 있기 때문이다. 또한 폭탄 제거 로봇이 손쉽게 해체 작업에 임할 수 있도록 할 의도도 있었다. 오른쪽에 있던 여성이 사물함을 닫고 투입구에 동전을 넣으며 열쇠를 돌려 잠갔다. 여성은 이미 발걸음을 되돌린 뒤였지만 야스페르는 326번 사물함 문을 열면서 고개를 슬쩍 돌렸다. 대리석 바닥을 밟는 굽 소리가 멀어지고서야 그는 조심스레 가방을 사물함 안에 밀어 넣었다. 주변을 둘러보았다. 아무도 그를 주목하지 않았다. 몇 미터 옆에서 초록색 배낭을 메고 베레모 차림으로 지나가던 제복 차림의 남성들도 마찬가지였다. 순간, 야스페르는 사물함 문을 닫을 수 없었다. 팔이 마비된 것 같았고 심장이 주체할 수 없을 정도로 벌렁거렸다. 세 줄 황

금 갈퀴가 그를 향해 빛을 발하고 있었기 때문이다. 용기의 상징, 힘의 상징, 그리고 결단력의 상징. 특수부대 휘장이었다. 머리를 짧게 깎은 특수부대원 다섯이 북쪽으로 떠나는 기차를 타러가는 길이었다.

그냥 날 지나쳐 갈 거야. 짧게 깎은 머리, 자신감 넘치는 눈빛. 하지만 날 쳐다보지 않아. 난 너희들을 보고 있는데. 나도 너희들 중 하나였어.

가방 지퍼를 붙잡고 잡아당기려던 순간, 빨간 전선이 야스페르의 시선을 끌었다. 안전장치.

베레모를 걸친 군인들이 그의 뒤에 서 있었다. 완벽한 사선 각도였다.

그리고 느낌이 왔다. 혐오감과 구역질이었다.

그들과 마찬가지로 작전을 짜고 공격을 실행에 옮기고 폭탄을 터뜨릴 뿐만, 아니라 탄창이 빌 때까지 총기를 사용하면서도 그들과 달리 자신을 친구, 더 나아가 형제처럼 여겨주며 받아주는 집단도 있다는 사실을 전혀 알지 못하는 군인들 앞에서 느끼는 구역질이었다. 그가 왜 그 자리에 서 있는지 알지 못하는 그들 앞에서.

이제 더 이상은 아니지만.

손가락 하나가 열린 가방 속으로 들어가 빨간 전선으로 향했다.

이거 하나만 당기면……. 가방 안에 든 이 알루미늄 케이스를 머리카락 정도만 움직이면…….

짧은 머리의 특수부대원들이 군중들 사이로 사라졌다. 갈 길을 찾아가는 다른 행인들처럼.

난 너희들보다 훨씬 뛰어나.

7분. 야스페르가 작업을 끝내고 벌써 나왔어야 할 시간이었다.

레오는 여전히 휴대전화를 들고 있었다. 몇 년간 전화 한 통 없던 아버지였다. 그런 아버지가 지난 몇 주간, 벌써 두 번이나 전화를 걸어왔다. 그 목소리가 귓속을 파고들더니 이미 사라진 지 오래된 열쇠까지 동원해 뇌로 파고들려 기를 썼다.

찾아가지 말았어야 했다.

4만3천 크로나를 건네지 말았어야 했다. 트럭을 보여주지도 말았어야 했고, 회사 얘기도 하지 말았어야 했다.

드디어 야스페르가 나타났다. 룸미러에 검은 모자, 단호한 걸음걸이로 걸어나오는 야스페르가 보였다. 그는 웃고 있었다.

"왜 이렇게 오래 걸렸어?" 레오는 야스페르가 올라타자 말했다.

"확실히 해두고 싶어서……. 아무도 본 사람 없어."

레오는 그 즉시 주차장에서 차를 빼고 바사가탄으로 향했다. 중앙역을 드나드는 사람들이 점점 흐릿해지더니 다리로 옮겨가는 동안 희미한 작은 점으로 변해갔다.

"레오."

"왜?"

"고마워. 날 믿어줘서."

다리를 건너자 왼쪽으로 의사당이 보이고, 오른쪽으로 리다홀멘이 보였다. 감라스탄과 슬루센을 너머 쇠데르말름 아래 터널로 들어갔다.

"3분이야, 알았어?"

"3분."

"펠릭스는 차 안에서 기다리는 거야. 1번 목표물은 내가 처리해. 너하고 빈센트는 2번 목표물을 맡아."

앞서가던 택시가 길을 몰라 헤매기라도 하듯 갑자기 속력을 줄였다. 바짝 붙어 뒤따라가던 레오는 있는 힘껏 브레이크를 밟으며 스칸스툴 다리 쪽에서 오른쪽 차선으로 옮겼다.

"막내한테는 아무 일도 없어야 해. 알겠어? 절대로 무슨 일도."

43

야스페르는 굴마슈플란에 있는 공중전화 부스 안으로 들어가 차가운 수화기를 귀로 가져갔다.

"경찰서입니다."

"내 말 잘 들어."

"듣고 있……."

"중앙역 도착 승객 대합실에 있는 사물함 326번. 그 안에 폭탄이 있다."

수화기 뒤에서 뭐라고 이야기하는 경관들 목소리가 들렸다.

"다시 말한다. 중앙역, 도착 승객 대합실 사물함 번호는……."

목소리를 변조하긴 했지만 그렇다고 장난같이 들리지는 않았다. 진지하면서도 위협적인 목소리. 그가 내고 싶은 목소리였다. 자제력과 침착함이 묻어나는 레오의 목소리와 비슷한 소리. 버럭 고함을 지르는 사람들은 두려움을 자아내지 않는다. 레오는 언성을 높이는 경우가 거의 없다. 하지만 레오가 큰 소리를 내면 모두가 그를 주목한다.

"3, 2, 6. 폭탄은 정각 15시에 폭발한다. 협상은 없다."

야스페르는 전화를 끊고 전화 부스에서 나왔다.

허리를 살짝 숙이고 두 손을 재킷 주머니에 찔러 넣고는 광장을 건너 편의점이 있는 건물로 향했다. 건물 앞에는 픽업트럭이 기다리고 있었다. 레오의 무릎 위에는 경찰 무전 스캐너가 놓여 있었다.

"경보야. 중앙역, 폭탄 테러 협박. 경찰들 이미 출동했어."

그들은 너무 빠르거나 느리지 않게, 제한속도를 지키며 남쪽으로 차를 몰았다. 얼마 되지 않아 첫 번째 경찰차와 마주쳤다. 그리고 한 대 더. 그리고 세 대 더. 하나같이 파란 경광등을 켜고 사이렌을 울리며 스톡홀름 시내가 위치한 북쪽을 향해 전속력으로 달리고 있었다. 그들은 숨죽인 채 다른 세상에서 들려오는 목소리에 집중했다. 라디오에서 흘러나오는 뉴스 속보. "폭탄 테러 위협으로 인해 현재 스톡홀름 중앙역이 폐쇄되었습니다." 그리고 야스페르의 무릎에 얹어놓았던 경찰 무전 스캐너에서 들리는 수사 지휘관의 교신 내용. "폭발물 확인됐다." 그동안 승객 대피와 교통 통제에 투입될 순찰차들이 속속 중앙역으로 모여들었다. 툰넬바나 역 일부가 일시적으로 통제되었고 일대는 물론 전국으로 이어지는 열차의 운행이 금지되었다.

모든 게 예측대로 흘러갔다. 하지만 아버지의 목소리가 여전히 레오의 머릿속에서 맴돌았다.

만약 문제가 있다면, 레오……. 나한테는 언제든 말해도 좋다. 전에도 도와준 적이 있지 않느냐.

레오는 점점 더 세게 가속 페달을 밟았다. 옆에 앉은 야스페르가 계속해서 속도를 늦추라고 말하고 있는 것도, 폭탄 제거반이 사물함을 열기 직전이라고 알리는 경찰 교신 내용도 전혀 귀에 들어오지 않았다.

출구까지는 10여 킬로미터가 남은 상황이었다. 레오는 안쪽 차선에서 시속 70킬로미터를 유지했다.

난 이제 열 살 꼬마가 아닙니다.

시속 110킬로미터.

이제 당신한테 아들은 없다고요! 하지만 난 동생이 둘이나 있습니다!

시속 140킬로미터.

당신은 실패했지만, 난 성공했습니다!

야스페르가 그의 팔을 거세게 잡아당기며 고래고래 소리를 지르고서야 레오는 정신을 차렸다. 레오가 급하게 오른쪽으로 핸들을 돌리자 야스페르의 무릎 위에 있던 경찰 무전 스캐너가 바닥으로 떨어졌다.

숲과 목초지, 간간이 연못이 이어지는 좁고 구불구불한 길이 나왔다. 며칠 전만 해도 새하얀 눈으로 뒤덮여 있던 시골 풍경은 이제 밤색으로 변해 있었다. 일주일에 걸쳐 눈이 녹자 진흙과 온갖 풀들이 눈을 뚫고 밖으로 나와 세상을 진창으로 뒤바꿔놓았다. 짧지만 유일한 직선 구간 오른쪽에 버려진 주유소가 나타났다. 레오는 속력을 줄이며 펠릭스와 빈센트가 기다리고 있던 벤츠 옆에 픽업트럭을 세웠다.

일행은 절단기로 녹슨 철제문에 채워져 있던 자물쇠를 잘라버리고 새것으로 바꾼 뒤, 허름한 카운터에 자신들의 장비를 옮겨놓고 아무 말 없이 옷을 갈아입었다. 들리는 소리라고는 바람이 불 때마다 칼텍스 광고판이 삐걱거리는 소리뿐이었다. 레오는 앙상한 맨몸 위에 방탄조끼를 걸치는 빈센트를 도와주었다.

절대 달라지지 않아. 레오는 생각했다. *우리가 얼마나 많은 은행을 턴다 해도 달라지지 않아.* 자신이 방탄조끼를 입혀주고 있는 빈센트는 추운 겨울, 눈이 스며들지 않도록 초록색 파카 지퍼를 목까지 채워주었던 바로 그 막냇동생이었다. 펠릭스가 세 번에 걸쳐 '젠장, 도대체 왜 그러는 거야?'라고 물은 뒤에야, 아무것도 아니라고 대답하고는 지퍼 당기기를 멈췄다.

오른손에 찬 시계 두 개가 살짝 손목을 조였다. 점프슈트 소매가 시계 아래로 들어가도록 입어야 하기 때문이었다. 첫 번째 시계는 작고 빨간 시곗바늘이 우스꽝스럽게 생긴 옛날 시계였지만 밤색 가죽끈으로 바꿔 달았다. 두 번째 시계는 몇 년 전에 새로 구입했다. 브러시드 메탈 케이스에 담겨 있고 시곗바늘은 야광에, 1초 간격으로 묵직한 소리를 내며 돌아가는 태엽 장치가 들어간 롤렉스 제품이었다.

레오는 자신이 직접 작성한 지시 사항에 따라 각기 다른 여섯 개의 시간대를 통제해야 했다.

1단계: 12분. 옷 갈아입기, 차 바꿔 타기, 첫 목적지인 1번, 2번 은행으로 접근.

가장 위험이 낮은 단계였다. 버려진 주유소 안에서 건설 현장 작업복을 벗고 은행 강도 복장으로 갈아입은 다음 벤츠로 갈아탄다. 9.5킬로미터를 달려 다시 폭스바겐 비틀로 갈아타고 2킬로미터를 더 달려 외스모 광장으로 간다.

2단계: 3분. 이중 은행 강도.

3단계: 7분. 3번 은행으로.

가장 위험한 단계이다. 은행 두 곳을 동시에 털자마자 차들이 거의 다니지 않는 이면도로를 타고 소룬다로 이동한다. 증인이 알아보고 경찰이 확인하게 될 빨간색 폭스바겐 비틀로 먼저 이동, 그다음은 벤츠로 다시 갈아탄다. 하지만 그동안 경찰 병력 대부분은 그곳에서 50킬로미터 떨어진 스톡홀름 중앙역에 집결하게 될 것이다.

4단계: 3분. 3번 은행.

5단계: 6분. 도주, 옷 갈아입기, 차 바꿔 타기.

매우 위험한 과정이 포함된 단계이지만 충분히 감당할 수준이다. 세 번째 은행을 털고 나서 출발점으로 삼은 버려진 주유소로 돌아가 건설 현장 작업복으로 갈아입고 벤츠에서 픽업트럭으로 바꿔 탄다. 낡은 손목시계의 용도는 전체 31분에 달하는 시간대를 관리하는 일이었다. 체포될 수도 있는 그 시간대.

레오가 차고 있던 두 개의 손목시계는 14시 51분을 가리키고 있었다. 1단계까지 남은 시간은 단 1분. 외스모 광장 쇼핑센터까지 남은 거리는 1킬로미터. 빌라, 타운하우스, 아파트 단지가 이어지는 도로와 그 끝에 있는 집에는 한 노인이 외롭게 양파와 구운 돼지고기를 먹고 있었다.

폭스바겐 비틀은 도서관과 수영장 앞에서 마지막 곡선 구간을 돌아 U자형으로 생긴 쇼핑센터의 주차장으로 들어갔다.

"다들 준비해!" 레오가 말했다. "20초 남았다!"

전술조끼에 방탄조끼까지 걸친 레오는 허벅지 위에 총을 얹고 복면을 뒤집어썼다.

"10초!"

그는 천천히 심호흡했다.

"5초!"

차가 길을 벗어나자 살짝 덜컹거렸다. 그들은 광장을 가로질러 벽 하나를 공유하고 있는 두 은행의 유리창을 향해 달려갔다.

"정확히 3분이다. 동시에 두 곳을 터는 거야. 그리고 여기서 다시 모인다!"

담당부서: 강력계

행위: 무장 강도

증인: 한센, 투마스

장소: 한델스 은행, 외스모 S

총을 들고 검은색 복면을 쓴 괴한이 고함을 지르며 안으로 들어옴. 천장에 달린 감시 카메라와 벽면에 고정돼 있던 감시 카메라를 향해 여러 차례 총을 난사했음.

한센 씨가 창구 앞에 서 있을 때, 한 여성이 나가야 한다며 소리를 질렀고 출입구를 향해 황급히 뛰어갔으나 강도에게 옷자락을 붙잡혔음.

여성이 계속해서 비명을 지르자 강도가 바닥에 쓰러뜨렸음. 그러고서야 은행 직원들이 나서서 그녀에게 고함을 지르지 말고 가만히 있으라고 협조를 요청.

목격자 한센 씨가 '얼마 후'라고 진술한 시간이 흐르고, 여성이 일어섰음. 한센 씨는 강도와 은행 직원이 금고 안으로 들어가는 과정을 지켜봤음. 밖에 있던 또 다른 공범이 창문을 통해 총으로 자신을 겨누었다고 함.

금고에 들어갔던 강도는 어깨에 커다란 가방을 둘러메고 밖으로 나왔음. 강도는 여성 앞으로 지나갔고, 한센 씨의 진술에 따르면 공포에 질린 여성은 계속해서 비명을 질렀다고 함.

담당부서: 강력계

행위: 무장 강도

증인: 린드, 마리트

장소: SE방크, 외스모 C

총을 들고 검은색 복면을 쓴 괴한이 들이닥쳐 고함을 질렀음. 강도들은 두 대의 감시 카메라를 향해 대략 20발의 총을 난사했음.

린드 씨는 강도 하나가 창구로 달려가 "금고 열쇠 누가 가지고 있어?"라고 소리치는 걸 목격했음.

린드 씨는 자신의 책상 위에 놓여 있던 열쇠를 들고 금고문을 여는 버튼을 눌렀음.
강도들이 금고 안으로 들어갔음. 린드 씨는 금고 서랍이 소란스럽게 열리는 소리를 들음. 그리고 린드 씨에게 바닥에 엎드리라고 위협했고, 강도들의 명령에 따라 엎드리던 순간, 두 사람이 동일한 군용 워커를 신고 있음을 알아보았음.

누군가가 "5초 남았어, 나와, 나와, 나오라고!" 하며 소리 질렀고 강도 두 명은 그 즉시 밖으로 빠져나갔음. 린드 씨는 그 과정에서 바로 옆에 붙어 있는 은행에서 들려오는 총소리와 비명을 들었다고 함.

예상 시간보다 10초 이른 170여 초 후, 레오는 싸늘한 겨울바람을 가르며 밖으로 나왔다. 하지만 공포와 두려움, 그리고 절망에 사로잡힌 여성의 비명이 계속해서 여운처럼 그를 따라다녔다. 오래전, 그때 어머니도 그렇게 울부짖었어야 했다.

어머니는 왜 그러지 않았을까?

레오는 가방을 트렁크에 던져 넣고 차 앞에서 대기하고 있던 펠릭스를 향해 고개를 끄덕였다.

레오는 각각의 카메라를 향해 총을 여섯 발씩 발사했다. 그리고

도 여덟 발이 남았다.

그리고 모든 게 멈췄다.

그는 두려움에 떨면서도 대단한 구경거리를 대하듯 슈퍼마켓 안에서 자신을 바라보는 사람들의 시선을 감지했다. 뒤이어 광장 한복판, 가로등 기둥에 묶인 셰퍼드가 송곳니를 드러내고 사납게 짖어대는 소리가 들려왔다. 은행 안에서 공포에 질린 눈빛으로 비명을 질러대던 그 여성처럼, 자신에게 쏠린 시선과 온갖 소리로 인해 온몸이 마비된 듯 숨도 쉬어지지 않았다.

그 여자가 할 수 있었던 것이라고는 그저 숨죽이고 바닥에 엎드려 꼼짝도 하지 않는 것뿐이었다.

레오는 만에 하나 멍청하게 영웅 행세를 하려는 사람이 나올 경우나 지역 경찰과 대치하게 될 상황에 대비했다. 주저하지 않고 무력을 사용하겠다는 의지를 보여주기 위해 조준하고 실제 사격을 가할 만반의 준비가 돼 있었다. 심지어 완전무장한 경찰특공대나 군인들과 생사를 건 총격전 상황을 머릿속에 그려보기도 했다. 하지만 심리적 불안감에 무너져 밖으로 내보내달라고 비명을 지르는 여성이 있을 거라고는 전혀 상상하지 못했다.

폭력을 행사하는 남성 앞에서 자신을 보호하려는 한 여성.

"2분 55초! 56초!" 폭스바겐 옆에 서 있던 펠릭스가 고래고래 소리를 질렀다. "58초! 59초! 나와, 나오라고!"

야스페르와 빈센트가 두 번째 은행에서 뛰쳐나오며 트렁크에 가방을 던지고 뒷자리에 올라탔다. 동시에 펠릭스도 핸들을 잡고 재빨리 클러치를 누른 뒤 가속페달을 힘차게 밟았다.

하지만 레오는 움직이지 않고 그 자리에 가만히 서 있었다. 서두르라는 펠릭스의 소리에도 아랑곳하지 않았다.

"블랙 1! 3분 지났어!"

그는 포위돼 있었다. 모든 게 그를 감싸고 억눌렀다. 어깨에 걸친 총, 은행 안에서 들려오는 비명, 예전에 들었어야 했지만 듣지 못했던 것과 비슷한 그 여성의 비명.

레오는 멀리 보이는 어느 집 지붕 쪽으로 시선을 돌렸다.

그러다 발걸음을 되돌리기 시작했다.

펠릭스는 다시 한 번 가속페달을 밟으며 큰형을 불렀다.

"블랙 1! 가야 해, 젠장!"

레오는 걸음을 멈추지 않았다.

검은 옷의 뒷모습은 은행 안으로 사라졌다.

레오는 총을 단단히 붙잡고 조준했다.

그리고 방아쇠를 당겼다.

여덟 발.

그는 정밀 조준으로 목표물에 사격을 가했다.

탄창을 완전히 비운 레오는 조준했던 총을 내리고 뒤돌아 문밖으로 나갔다.

적막감이 감돌았다. 그가 기억하고 있던 그때처럼.

그를 포위하고 억누르던 것들이 사라졌다.

더 이상 비명이 이어지지 않았다.

공포에 질린 어린아이가 담배 가게 뒤에 숨어서 광장 건너편으로 달아나는 소리도, 가로등에 묶여 송곳니를 드러내며 짖는 셰퍼드 소리도, 지붕에 내려앉은 새소리도, 자갈과 아스팔트를 밟고 있는 자신의 발소리도 들리지 않았다.

그는 조용한 가운데 발걸음을 옮겼다.

그제야 전에 느꼈던 기분을 오롯이 맛볼 수 있었다. 차분함이었다. 깊고 평화롭게 심호흡할 수 있는 차분함.

44

브론크스는 쥐 죽은 듯 고요한 복도를 지나 주차장으로 나갔다.

14시 52분 15초, 시 관할 비상 신고 센터의 널찍한 홀에서 일하는 한 민간인 교환원이 외스모 쇼핑몰에 있는 한델스 은행에 무장 강도가 들이닥쳤다는 신고 전화를 접수했다.

14시 52분 32초, 몇 자리 떨어져 앉아 있던 다른 교환원이 방금 전 강도 신고가 들어온 은행과 정확히 동일한 위치에 있는 SE방크 은행에 강도 사건이 발생했다는 신고 전화를 접수했다.

14시 53분 17초, 카를스트럼 경감이 노크도 없이 브론크스의 사무실 문을 불쑥 열고 들어와 우려하던 사태 발생 사실을 알렸다. 검은색 복면을 쓴 4인조 강도단. 과도한 총기 난사. 스웨덴 군용 무기. 정확히 3분.

네 놈들이군.

지하 주차장에 나온 브론크스는 미친 듯이 뛰었다. 지난 달, 스톡홀름 인근에서 발생한 은행 강도 사건은 세 건이었다. 그리고 사건이 발생할 때마다 그는 현장으로 출동했다. 윱란츠 베스뷔, 스파르방크. 권총과 도끼로 무장한 3인조 강도가 오펠을 타고 은행을 습격했고, 바로 그날 밤, 베르타함넨의 불법 클럽에서 체포되었다. 노르말름스토리, 푀레닝스방크. 중년 남성이 권총을 들고 은행에서 현금을 갈취했지만 한 시간 만에 부모님의 집에서 체포되었고, 현금과 개조한 피스톨은 그가 어릴 때 사용했던 침대 밑에서 발견되었다. 톰테보다 우체국으로 향하던 현금수송 차량이 산탄총으로 무장한 2인조 강도에게 습격을 받았고 범인은 아직 체포되지 않은 상태였다.

하지만 그의 관심을 끄는 사건은 하나도 없었다.

네놈들이야.

브론크스는 차를 몰고 과학수사대 연구소 앞을 지나갔다. 몇 주 전, 모니터 화면을 통해 자칫 놓칠 뻔했던 중요한 정보를 발견한 바로 그곳이었다. 유럽에서 가장 무지막지한 범행 수법으로 은행을 강탈하기 직전, 범인 하나가 다른 공범에게 마이크를 가리고 속삭이는 장면. 주차장 문이 자동으로 열리자 브론크스는 차단기와 햇살이 보이는 경사로를 타고 올라갔다.

형제가 다시 은행을 습격했다. 이번에는 동시에 은행 두 곳이었다. 더 큰 위험을 감수하면서까지. 조만간 이보다 더 큰 짓을 벌일 터였다.

네놈들이 은행을 털 때마다, 난 조금씩 네놈들에게 가까이 다가가고 있어.

싸늘한 철판 속에 성인 남성 네 명이 모여 앉아 거친 숨을 몰아쉬자 차창이 뿌연 김으로 뒤덮였다.

"뭐야? 젠장, 왜 그랬던 거야!" 두 손으로 핸들을 꽉 붙잡은 펠릭스는 최대한 시속 80킬로미터를 유지하려 애쓰며 물었다.

“네가 본 그대로야.” 레오가 대답했다.

“아니, 난 못 봤어! 도대체 다시 들어가서 무슨 짓을 한 거냐고!”

레오 역시 전방에 시선을 고정했다. 밖으로 보이는 주택들의 수가 점점 줄어들면서 나무들이 점점 더 늘어났다.

“손목에 시계를 두 개나 차고, 철저하게 시간에 맞춰 6단계로 작전까지 짠 건 바로 형이야! 시간, 시간, 시간이 중요하다고 귀에 딱지가 앉도록 잔소리한 것도 형이라고!”

차가 좁은 도로에서 더 좁은 트랙터 전용도로로 접어들자 레오의 어깨가 펠릭스의 어깨에 부딪혔다. 차가 덜컹거릴 때마다 무릎이 계기판 아래쪽에 가닿았다. 길 끝 쪽에 있는 돌 더미 언덕에 서자 레오의 점프슈트는 땀으로 흥건해졌다.

“시간은 있었어.”

일행은 각자 무슨 일을 해야 하는지 잘 알고 있었다. 비틀에서 내린다, 트렁크를 연다, 지폐로 가득한 가방 세 개를 꺼낸다.

“그런데 돌아갔잖아!”

벤츠로 갈아탄다.

“은행으로 돌아가서 미친놈처럼 총질을 해대는 바람에 우리까지 위험해질 뻔했다고!”

갈아탈 차 트렁크를 연다, 현금 가방을 넣는다, 차를 타고 왔던 길로 되돌아간다.

“다들 무사히 여기 앉아 있잖아. 안 그래, 펠릭스? 징징거리고 싶거든 집에 가서 해.”

레오는 뒷자리에 앉아 있는 야스페르와 빈센트 쪽을 돌아보았다.

“이제 다들 복면 벗어.”

네 사람이 일제히 복면을 벗자, 땀방울이 송골송골 맺힌 이마에 젖은 머리카락이 달라붙은 청년들의 얼굴이 나타났다. 반대편에서 차량 한 대가 오고 있었다. 카시트에 아기를 태운 여성 운전자였다. 그녀는 청년 넷이 탄 차량과 마주쳤지만 아무런 반응도 보이지 않았다.

야스페르가 레오의 어깨를 툭 치며 속삭였다.

"완전히 신문 1면 기삿감이야."

핸들을 잡고 있던 펠릭스가 갑자기 뒤로 돌자 차가 왼쪽으로 흔들렸다.

"거기 뒷사람들은 입 닥치고 있어!"

레오는 계속해서 정면만 주시했다. 무릎 위에 총을 올려놓고, 당장이라도 복면을 다시 뒤집어쓸 준비를 한 채로.

다음 목표물까지 남은 거리는 5킬로미터였다.

브론크스의 앞에 서 있는 차는 도무지 움직일 기미를 보이지 않았다. 그 앞의 차 역시 마찬가지였다. 도로 사정을 확인하기 위해 차에서 내려 인도에 올라서 보니 시청에서 중앙역까지 이르는 도로가 아예 주차장이 돼버린 듯 모든 차가 멈춰 서 있었다.

브론크스는 다시 차에 타고 경광등을 꺼내 차 지붕에 얹었다. 파란 불빛이 빙글빙글 돌면서 건물 사이로 요란한 사이렌 소리가 울려 퍼졌다. 앞뒤 차량과 범퍼를 몇 차례 부딪히고서야 그의 차는 정체된 도로에서 빠져나와 중앙선을 넘어 마주 오던 차량들을 아슬아슬하게 피해 있지도 않은 길을 만들어 앞으로 나갔다.

스톡홀름 시내 전체가 아수라장이 돼버렸다.

중앙역 주변의 도로들은 아직 통제 전이었지만 이루 말할 수 없을 정도로 혼잡한 상황이었다. 틀어놓은 라디오 뉴스 속보에 따르면 누군가가 스톡홀름 심장부에 폭탄을 설치해놓았다고 한다. 폭탄 제거반과 탐지견, 거기다 폭탄 해체 로봇까지 현장에 동원된 상태였다. 그는 한 손에 무전기를 들고 다른 손으로 핸들을 잡은 뒤 몇 차례 급차선 변경을 하고서야 시청을 지나 중앙교로 진입할 수 있었다. 하지만 그곳 역시 막히기는 마찬가지였다.

"지금 외스모로 가는 중인데 현장에 몇 명이 나와 있습니까?"

"순찰차 한 대입니다."

"한 대라고요?"

"추가 차량이 도착할 겁니다. 뉘네스함에서 출발했습니다."

"두 대? 겨우 순찰차 두 대요?"

다리 위에는 차선이 여러 개였지만 콘크리트 중앙분리대가 중앙선을 가로막고 있었다. 요란스러운 빛과 소리를 내는 경광등과 사이렌을 보고 들은 운전자들이 그를 위해 길을 터주려 애쓰긴 했지만 속력을 내며 앞으로 나갈 수는 없었다.

"현재로선 동원할 수 있는 최대 인원입니다."

"그 정도로는 어림없습니다! 경찰특공대나 수색견, 헬기가 따라붙어도 모자란 상황인데……. 동시에 은행 두 곳이 털린 상황이란 말입니다!"

감라 스탄과 슬루센을 지나 서덜레드 터널 중간쯤에 이르고서야 정체가 풀리기 시작했다.

"내 말 듣고 있습니까?"

뉘네스함 경찰서 담당자가 말을 이었다.

"듣긴 들었는데, 당신은 뭐 하는 양반인데 말을 그따위로 하는 거요? 아니, 그리고 당신이 왜 여길 오겠다는 건데?"

"스톡홀름 시경 소속, 욘 브론크스 형사입니다."

"당신이 누군지도 모르겠고, 관할도 아닌데 여기까지 오겠다는 이유도 모르겠고, 도대체 뭐 하자는 겁니까?"

"스베드뮈라 은행, 파슈타 현금수송 차량……. 동일범 소행이 분명하단 말입니다. 3개월 동안 뒤쫓고 있는 놈들입니다."

터널을 통과하는 동안 정체 현상이 사라졌다. 브론크스는 서서히 속력을 올리며 저 멀리 밝은 빛과 긴 다리를 향해 차를 몰았다.

"중화기로 중무장한 데다 주저하지 않고 총기를 사용할 놈들입니다. 그런데 순찰차 두 대라니요? 지원이 필요한 상황이란 말입니다!"

"지원 나올 병력이 없습니다. 경찰 병력 대다수가 지금 당신네 관할로 출동했거든요. 그 이유는 잘 아실 거 아닙니까. 어쨌든 다른 관할에서 지원이 오고 있긴 합니다."

저 멀리 아래쪽으로 희미한 파란 얼음이 뒤덮인 강이 보이면서 옆에 붙어 있는 또 다른 다리에 멈춰선 기차가 시야에 들어왔다. 철길과 도로 사이로 수백, 아니 수천 명에 달하는 점퍼나 코트 차림 행인들이 개미떼처럼 양방향에서 일렬로 쏟아져 나오고 있었다. 기차를 탈 수 있으리라는 희망을 완전히 버렸기 때문이다.

다리 반대편으로 승차장, 계단, 멈춰 서 있는 열차, 급조된 긴급 수송 셔틀버스에 오르기 위해 서로 어지럽게 뒤엉켜 줄을 서고 있는 수많은 승객들이 보였다. 가까스로 경기장 근처에 도착한 브론크스가 국도에 접어들어 가속페달에 더 힘을 주려던 순간 무전기에서 다급한 목소리가 정적을 갈랐다.

"폭발 사건 발생!"

자주 있는 일은 아니었다. 매일같이 경찰 주파수로 상황을 알리는 통신원의 목소리를 구분하는 건 쉬운 일이 아니었다. 똑같은 어조에 똑같은 높낮이, 그리고 똑같이 풍기는 무관심까지.

"현장이…… 다 날아가버렸다! 로봇까지 가루가 돼버렸다!"

간혹 예상하지 못한 상황이 발생하거나 위험한 협박이 구체적인 사실로 확인될 경우, 천편일률적인 그 목소리들은 즉각 자기 일처럼 진지해지곤 했다.

"경관 한 명이…… 쓰러졌다!"

목소리는 마치 점퍼를 뚫고 들어와 어깨를 찌르는 칼날처럼 날카로웠다. 너무 어린 빈센트는 기억하지 못하는 그때 그 일처럼.

"경관 한 명이…… 쓰러졌다!"

경찰 무전 스캐너에서 흘러나오는 두려운 듯, 급박한 듯, 분노에 찬 듯한 목소리가 폭탄 제거 로봇을 원격조종하던 경관이 쓰러졌다는 사실을 알렸다.

그러고는 침묵이 이어졌다. 쓰러진 경관의 상태에 대한 정보는 더 이상 이어지지 않았다. 생사 여부를 확인할 길이 없었다.

"터지면 안 되는 거였잖아!" 빈센트가 큰형이 앉아 있는 앞자리로 다가가며 고래고래 소리를 질렀다. "젠장, 형이 약속한 거잖아!"

레오가 스캐너 볼륨을 줄이자 단조로운 신호음이 사라졌다. 전방으로 보이는 도로와 들판 사이에 파란색 이정표가 나타났다. 소룬다 3킬로미터. 목적지에 거의 도착해가고 있었다.

"지금으로선 할 수 있는 게 없어."

"죽었으면?"

"뭐가 어떻게 된 건지 모르잖아. 그게 왜 폭발한 건지도 모르고. 어쨌든 알아낼 거야. 나중에 세 번째 은행 작업 끝나면 할 거라고."

그들은 눈으로 뒤덮인 헛간 근처에서 트레일러를 끌고 가는 트랙터를 지나쳤다. 아이들 자전거나 벽에 스키를 세워둔 농가도 몇 채 지나쳤다. 도로 쉼터에 트럭 한 대가 서 있었다. 운전자는 나무 뒤에서 급한 볼일을 보고 있었다.

펠릭스는 뒷자리에 앉아 있던 야스페르 쪽으로 룸미러를 돌리고는 매섭게 쏘아보았다. 야스페르는 시선을 피했다.

"안전장치 해제한 게 너지? 너 맞지!"

"뭔 개소리야?"

"나 똑바로 보고 대답해, 야스페르! 대답해보라고! 그 빌어먹을 폭탄을 터지게 한 게 너냐고!"

야스페르는 펠릭스를 쳐다보았다. 안절부절못하는 눈치였다.

"누군가가 부상을 당했다고! 사람이 죽었을 수도 있어!" 빈센트도 덩달아 언성을 높였다.

"그게 나하고 무슨 상관인데?"

펠릭스는 전방 도로보다 뒷자리 '승객'에게 집중하고 있었지만 여전히 일정한 속도를 유지하며 차를 몰았다.

"거짓말하지 마! 다 티 나니까!"

그때까지 침묵을 지키고 있던 레오가 입을 열었다.

"그만들 해!"

"나도 그 폭탄 만드는 데 일조했다고!" 펠릭스는 계속해서 말을 이어나갔다. "그건 절대 폭발해선 안 되는……."

"펠릭스, 닥치고 운전이나 해!"

땅거미 깔린 주변은 모든 게 하나의 형체처럼 흐릿해 보였지만 빈센트는 룸미러를 노려보던 펠릭스의 눈빛에서 무언가를 감지했다. 레오가 언성을 높이는 일은 거의 없었다. 모두가 아는 사실이었다. 하지만 확실한 증거 없이 펠릭스가 누군가를 탓하는 경우는 더더욱 흔치 않았다.

소룬다로 빠지는 출구. 은행이 하나밖에 없을 정도로 외진 마을. 펠릭스는 그들의 세 번째 목표를 그대로 지나쳤다.

"너…… 지금 뭐 하자는……."

"형이 말한 대로야. 집으로 가서 어쩌다 이렇게 된 건지 '알아내'야지."

"이 길이 아니잖아……. 출구를 벗어났다고!"

도로가 더 좁아지면서 충돌을 피하기 위해 속력을 줄여야 했지만 펠릭스는 여전히 시속 100킬로미터를 유지했다.

"차 돌려!"

"정 차 돌리고 싶다면 직접 해. 난 빠질 테니까!"

붉으락푸르락 하던 펠릭스의 목덜미는 아예 벌겋게 달아올랐다. 이내 양 볼과 관자놀이까지 벌게졌다. 빈센트는 그게 무슨 뜻인지 잘 알고 있었다. 펠릭스는 솟구치는 분노를 꾹 참는 중이었다. 불안감부터 느껴야 할 터였지만 빈센트는 가슴이 뜨거워지는 느낌이었다. *계속 이런 식이면…… 난 빠지겠어.* 진심으로 한 말이었다. 그런데도 마음은 차분했다. 행여 다음 모퉁이를 돌다 사고로 한꺼번에 죽게 되더라도, 폭발로 부상을 입은 경관이 사망하는 일이 발생하더라도, 누군가 그 폭탄이 진짜로 터지길 바랐다하더라도, 그런 건 중요치 않았다. 처음이었다. 큰형이 혼자만의 생각에 잠길 때 어디에 숨어 있는지를 깨달은 건……. 그곳은 시간이 흐르지 않는 평화로운 곳이었다. 미래도, 과거도 존재하지 않아서 걱정할 것도, 두려워할 것도 없는 세상이었다. 오직 현재만이 존재하는 곳. 빈센트는 자신이 할 수 있는 유일한 일은 그 차 안에서 두 형들과 함께 지금 하고 있는 일이라는 사실을 깨달았다.

은행 두 곳이 털렸다.

스톡홀름 시내 한복판에서 폭탄이 터졌다.

브론크스는 국도를 따라 30여 킬로미터를 달리는 중이었다. 하지만 여전히 20여 킬로미터를 더 가야만 했다. 남부 외곽 도시가 펼쳐지다가 어느 순간 평야와 수풀이 풍경을 대신하기 시작했다.

중앙역 현장 지휘관의 설명에 따르면 사물함에 들어 있던 폭발물은 꺼내는 순간 터지도록 설치돼 있었다고 했다. 즉 물리적인 피해를 입히거나 살상이 목적이었던 것이다.

9분 간격으로 발생한 두 사건은 어떻게든 연관된 사건임이 분명했다.

하루는 빠른 속도로 저물어갔다. 가야 할 길은 여전히 10여 킬로미터가 남아 있었다. 목적지에 도착할 즈음이면 아마도 컴컴한 밤이 될 시간이었다.

"브론크스 형사님?"

무전기에서 그를 찾는 소리가 들렸다. 이전보다 훨씬 누그러진 뉘네스함 담당 경찰의 목소리였다.

"현재 위치가 어디십니까?"

"8킬로미터 정도 남았습니다."

"범인들이 타고 달아난 차량을 발견했습니다. 빨간색 폭스바겐이고 차량 번호는 GZP 784입니다. 형사님이 타고 오시는 도로변 출구 근처입니다. 몇 분만 더 오시면 보일 겁니다. 현장에 순찰차가 방금 도착했습니다."

"차량을 발견한 게…… 몇 시경입니까?"

"15시 09분입니다."

브론크스는 분 단위로 확장되고 있는 수색 범위를 머릿속으로 그려보았다. 파슈타, 그리고 스베드뮈라. 감당이 안 될 정도로 순식간에 늘어나버렸다.

"검문소는 설치됐습니까?"

"한덴서 소속 순찰차 두 대가 북쪽으로 올라가는 국도를 차단했고 뉘네스함 소속 순찰차 한 대가 남쪽으로 향하는 도로를 통제하고 있습니다. 현재 해안 도로를 따라 검문소를 설치 중입니다. 후딩에와 쇠데르텔예에서 지원 나온 순찰차들이 서쪽과 북쪽 이면도로를 중심으로 수색을 책임지게 될 겁니다."

브론크스는 재빨리 시간을 계산해보았다.

14시 56분, 복면을 착용한 남성 넷이 폭스바겐 비틀을 타고 범죄 현장을 떠났다.

14시 58분, 동일한 차량이 3킬로미터 떨어진 지점에서 발견되었다.

14시 59분, 용의자들은 다른 차량으로 도주 중이다.

머릿속으로 그리던 수색 범위가 확장을 멈췄다. 수사를 시작하고 처음으로 놈들의 실체와 가까워졌다.

2백여 미터 너머 늘어선 나무들의 가지 사이로 빨간 광택 페인트가 보였다. 도시에 비해 바람이 훨씬 더 싸늘하고 매서웠다. 뺨과 목덜미를 물어뜯고 손가락까지 마비시킬 것처럼 맹렬한 추위였다.

브론크스는 현장에 나 있는 바퀴 자국을 밟지 않으려고 애쓰며 버려진 차량을 향해 걸었다. 빨간색 폭스바겐 비틀 한 대가 커다란 소나무를 정면으로 들이받은 듯 딱 달라붙어 주차돼 있었다.

"목격자들은 있습니까?"

솜털 같은 콧수염을 단 제복 차림의 젊은 경관이 차가운 손을 내밀며 악수로 브론크스를 맞아주었다.

"현장에서 도주하거나 이곳에 도착한 용의자들을 본 사람은 아무도 없습니다."

"그럼…… 이 차는……."

"놈들이 도주 차량으로 사용한 차가 분명합니다. 사건이 발생한 은행 주변에서 본 목격자 다수가 같은 번호판임을 확인해주었습니다."

GZP 784.

브론크스는 차를 한 바퀴 돌아보며 조수석 쪽 차창을 들여다보았다. 맥주 캔 하나와 햄버거 포장지가 바닥에 떨어져 있었고 재떨이에 담배꽁초 서너 개가 놓여 있었다. 자동차를 더 살펴보기 위해서는 나뭇가지들을 걷어내고 길을 터야 했다. 수풀에 둘러싸여 있었는데도 추위는 누그러질 기세가 없었고 신발은 눈에 젖고 있었다.

차량 앞까지 오자 나무에 달라붙어 절반이 가려진 번호판이 나타났다. 하지만 번호판을 읽는 데는 아무런 문제도 없었다.

BGY 397.

다른 번호판이었다.

앞과 뒤의 번호가 서로 달랐다.

차는 버려진 주유소 뒤편, 아스팔트길에 급정거했다. 오른쪽 전조등이 출입구 근처에 세워진 녹슨 철책에 부딪혀 깨지고, 같은 쪽 사이드미러가 건물 측면에 돌출돼 있는 수도꼭지와 충돌했다.

펠릭스는 차에서 내리더니 평소와 달리 뛰기 시작했다. 손에 들린 손전등은 철제문과 자물쇠를 비추고 있었다.

"펠릭스!"

레오는 뒤따라가 동생의 팔을 붙잡았다.

"아직 시간 있다고!"

출구까지 2킬로미터 전이었다. 펠릭스는 출구를 그대로 지나쳤다. 이중 강도 사건에서 삼중 강도 사건으로 기록되기 바로 직전에.

"시간이 있었지. 더 이상 없다는 게 문제지만. 이미 지나갔거든."

레오는 붙잡고 있던 동생의 팔을 더 세게 끌어당겼다.

"지금 당장 소룬다 은행으로 가자고!"

"가려면 나 빼고 가시던가."

펠릭스는 손전등을 겨드랑이에 차고 문을 비추며 열쇠를 꺼냈다. 주유기 위에 달려 있던 칼텍스 간판은 여전히 바람이 불 때마다 삐걱거리며 소리를 냈다.

"펠릭스, 도대체 왜 이러는 거야?"

레오는 열쇠를 쥐고 있는 동생의 손을 붙잡았다.

"이거 놓으시지. 난 옷 갈아입고 집에 가야 하거든."

"당장 차로 돌아가! 아직 들려야 할 은행이 하나 남아 있다고!"

"아쉽게 됐네. 그러게 쓸데없는 총질하느라 20초는 왜 날려먹었대? 두 곳이나 털었고 트렁크에는 지폐가 3킬로나 있으니까 오늘은 충분해."

하나 남은 전조등 불빛을 받으며 철문 앞에서 실랑이를 벌이던 그림자가 두 개에서 세 개로 늘어났다. 야스페르가 두 사람 사이에 끼어들었다.

"지금 이게 몇 주나 계획한 건지 알기나 해?"

야스페르는 손에 들고 있던 복면을 다시 뒤집어썼다.

"우리가 할 일은 이거야, 펠릭스. 당장 나머지 은행으로 가서 현금 2킬로를 더 가져오는 거!"

한 손에 열쇠 꾸러미를 들고 있던 펠릭스는 차 열쇠를 찾아 두 사람에게 건넸다.

"정 그러고 싶으면 직접 운전해."

"장난해? 너만 빠지겠다고? 다 합의본 거잖아! 우리가 다 약속한 거잖아!"

"그 빌어먹을 폭탄도 터뜨리지 않기로 합의했거든!"

펠릭스는 손전등 불빛을 복면 눈구멍 정면으로 들어 올렸다.

"네가 그랬다는 거 알아!"

야스페르는 팔을 들어 눈을 가렸다.

"알긴 뭘 알아."

"네가 그랬다는 거 안다고!"

야스페르가 펠릭스의 손을 치자, 손전등이 바닥에 떨어지며 꺼졌다.

"이런 개소리 계속 듣고 있어야 하는 거야, 레오? 난……."

"헬기야!"

언쟁을 벌이고 있던 세 사람은 빈센트가 차 문을 열고 나와 경찰 무전 스캐너를 들고 뛰어올 때까지 부르는 소리를 듣지 못했다.

"경찰이 헬기를 띄웠다고!"

"브론크스 형사님."

"네?"

"헬기 지원이 가능해졌습니다."

바람이 불던 터라 브론크스는 무전기를 뺨에 가까이 대고 손바닥으로 가렸다. 거대한 소나무 가지가 출렁거릴 정도였다. 젖은 눈이 신발을 적시더니 양말 안으로 스며들면서 밑창으로 다시 빠져나갔다.

"군 11사단에서 헬기 지원에 응해줬습니다. 현재 이륙 중이라고 합니다."

브론크스는 뉘네스함 담당 경찰의 목소리에서 일말의 희망을 느낄 수 있었다.

"몇 분만 기다리시면 헬기 소리를 들을 수 있을 겁니다. 국도를 중심으로 수색에 집중할 거라고 합니다."

"좋습니다. 그렇다면……."

"잠시만요, 형사님. 지금 다른 현장에 있는 경관으로부터 무전이 왔는데……."

가로등의 희미한 불빛만 저 멀리 보이는 수풀 한가운데, 교신이 끊긴 것만 같았다. 하지만 귀 기울여 보니 상대가 대화하는 소리와 발소리가 이어졌다. 그리고 다시 목소리가 흘러나왔다.

"이상하게 들리시겠지만 용의자들이 사용한 걸로 추정되는 차량이 발견됐다고 합니다. 한 대 더요."

"한 대 더라니요?"

"똑같은 차량에 번호판까지 일치한다고 합니다. 그런데 그게 현재 계신 위치와 정반대편⋯⋯ 비포장도로 인근이라고 합니다."

"그게 무슨 말입니까?"

"폭스바겐 비틀, 빨간색, GZP 784로 번호판까지 용의 차량과 정확히 일치하는 다른 차량이 트랙터 전용 도로에서 발견되었는데 위치가 형사님이 계신 동쪽이 아니라 정반대편인 서쪽이랍니다."

브론크스는 눈앞에 보이는 차량의 번호판 쪽으로 시선을 돌렸다. GZP 784. 차량 앞쪽의 번호판을 확인하기 위해 나뭇가지들을 걷어냈다. BGY 397.

"그쪽 현장에 아직 경관이 남아 있습니까?"

"그렇습니다."

"자동차를 한번 둘러보라고 전해주십쇼."

상대가 누군가와 교신하는 소리가 들렸다.

"차량 전면부 번호판이 다르다고 합니다."

"혹시 BGY 397번입니까?"

"네, 맞습니다."

범인들은 동일한 차량 두 대를 훔친 뒤 앞 뒤 번호판을 바꿔 달았다. 추적을 따돌리기 위한 교묘한 방법이었다.

한곳으로 집중되던 수색 지역이 불시에 두 곳으로 늘어났다.

검문소 설치 지역도 두 배, 통제해야 할 지역도 두 배, 지원을 요청해야 할 인근 관할서도 두 배로 늘어난 셈이었다.

위에서 흔들리던 나뭇가지의 움직임은 잠잠해졌지만 땅에서 부는 바람은 점점 거세지기 시작했다. 브론크스는 어둠 속에 잠긴 주변을 둘러보다 발견했다. 그건 바람이 아니라 바람을 가르는 헬기의 회전날개였다.

"헬기 말입니다!"

"네?"

"전해주십쇼! 수색 방향을 변경해야 한다고요! 해안도로나 국도가 아니라 북서쪽으로 향해 이면도로를 수색해야 합니다!"

45

헬기의 회전날개 소리가 멀고 희미하게 들리다가 점점 커지며 가까워졌다. 레오는 원래 어둠에 휩싸여 있어야 할 하늘로 고개를 들어 나무 위에 나타난 서치라이트 불빛을 올려다보았다.

"펠릭스! 빈센트!"

그들은 은행 두 곳을 턴 복장으로 버려진 주유소의 잠긴 문 앞에 서 있었다. 3킬로그램에 달하는 지폐 뭉치를 들고. 스톡홀름 경찰이 보유하고 있는 헬기는 두 대다. 그 두 대는 중앙역 폭발 사건에 투입되었다. 하지만 그들 앞에 나타난 헬기는 군 소속이었다. 레오도 예측하지 못한 돌발 상황이었다.

"방수포! 차 덮어!"

공중에서 그들을 발견한다면, 그들의 현 위치가 발각된다면 대응책은 하나밖에 없었다. 일제사격. 하지만 상대해야 할 헬기는 군 소속이었다. 무기가 탑재돼 있을 뿐만 아니라, 교전 상황에서 기체를 비롯해 탑승한 병력을 보호하기 위해 방탄 소재로 만들어졌다는 뜻이었다. 다시 말하면, 헬기에 탄 누군가가 그들의 위치를 정확히 알리기 전에 격추시키는 건 불가능한 상황이었다.

펠릭스는 픽업트럭으로 달려가 방수포를 꺼냈고 레오는 다른 차량으로 달려가 시트와 바닥에 놓여 있던 총기를 집어 하나를 목에 걸치고 다른 하나를 야스페르에게 건넸다.

"헬기가 가까워지고 있어!" 야스페르가 소리쳤다.

하지만 강력한 헬기 소리에 묻혀 전달되지 않았다.

순식간에 초록색 얼룩무늬 방수포가 두 차량을 뒤덮었다.

"주유소로! 다들 안으로 들어가!" 레오가 철문을 향해 뛰어가며 고래고래 소리쳤다. "빨리, 안으로!"

펠릭스는 주머니란 주머니는 다 뒤졌지만 자물쇠 열쇠를 찾을 수 없었다.

"열쇠를 못 찾겠어!"

"젠장, 펠릭스!"

"어디 있는지 안 보인다고! 조수석 아래에 절단기가 있을 거야. 내가……."

"그럴 시간 없어!"

빌어먹을 회전날개 소리. 얼어 죽을 서치라이트.

"가서 가져올까, 형?"

두 사람 곁에 서 있던 야스페르가 무릎을 꿇고 사격 자세를 취했다. 개머리판을 한쪽 어깨에 얹고 군데군데 눈 덮인 바닥을 훑고 있는 서치라이트를 향해 총을 겨누었다.

"말만 해! 신호만 주면 바로 쏠 테니까!"

레오는 머뭇거렸다. 서치라이트 불빛은 마치 거대한 잿빛 눈동자처럼 몇 백여 미터 주변을 훑고 있었다. '사격'이라는 말만 내뱉으면 야스페르가 방아쇠를 당길 터였다. 하지만 야스페르가 목표물을 놓치는 순간 모든 게 끝장이었다.

"차 밑으로 들어가!"

그는 방수포로 덮어놓은 차로 뛰어가 마치 동굴의 입구를 열 듯 방수포 한쪽 귀퉁이를 들어 올렸다.

"안으로 들어가!"

빈센트가 아래로 기어들어갔다. 펠릭스도 따라 들어갔다.

"너도 들어가!"

야스페르는 자리에서 일어나 바닥으로 몸을 날리며 차 밑으로 굴러들어갔다. 레오가 뒤따라 들어가자마자 주유소 근처로 다가온 서치라이트가 아스팔트 마당과 방수포 위를 밝게 비췄다.

바닥에 배를 깔고 납작 엎드려도 등이 배기관과 기름통에 닿았다.

헬기가 바로 머리 위까지 다가왔다.

회전날개가 만들어낸 바람 때문에 심하게 흔들리던 방수포는 춤을 추듯 휘날리기 시작했다. 차체를 뚫고 들어온 서치라이트 불빛은 강렬하고 날카로운 초록색으로 보였다.

네 사람은 그렇게 가만히 있었다. 레오와 펠릭스의 어깨가 서로 맞닿았다. 큰형은 둘째가 무슨 생각을 하는지 알고 있었다.

펠릭스가 큰형의 앞길을 막지 않았다면. 세 번째 은행을 털러 갔더라면.

군 헬기가 먼저 그들을 발견했을 거라는 생각.

눈, 눈, 코.

그리고 조금 아래쪽으로 반원을 그리며 모여 있는 구멍 다섯 개.

입.

웃는 표정이었다.

브론크스는 구멍 수를 세어보았다. 총 여덟 발. 창구를 가리고 있는 강화유리 위에 남은 총탄의 수였다.

그는 대피 상황이 마무리된 은행 한가운데 서 있었다. 고객들과 은행 직원들은 광장 반대편에 있는 도서관 열람실로 안내되었다. 조용하고 따뜻한 장소라 경찰 조사가 훨씬 수월하기 때문이었다. 진술을 완강히 거부하는 한 여성은 쇼크 상태로 추정되어 병원으로 이송되었다. 목격자들의 증언에 따르면 강도가 은행에 들이닥친 순간부터 계속해서 비명을 질렀다고 한다. 탈구된 어깨와 찰과상 등 몸에 입은 상처는 오래지 않아 회복되겠지만 그 비명은 언제든 불쑥불쑥 되살아날 것이다.

부서진 감시 카메라와 유리 파편들이 바닥에 널브러져 있었다. 벌집 상태가 된 내벽 반대편 은행 상황 역시 마찬가지였다.

3분. 이중 은행 강도. 게다가 용의자들이 타고 달아난 차량은 각기 다른 두 장소에서 발견되었다.

검문소 설치는 무용지물이었다. 군용 헬기의 수색 지원 역시 소득이 없었다.

브론크스는 구멍 난 강화유리 앞으로 다가가 여덟 개의 구멍으로 손을 뻗었다.

눈, 눈, 코, 입.

그는 자신을 쳐다보고 있는 얼굴을 바라보았다.

눈 하나 꿈쩍하지 않고, 입술 한 번 씰룩이지 않는 표정. 초점 없는 두 눈과 결코 미소를 멈추지 않을 입, 자리를 잘못 잡아 정중앙에 몰린 코. 흉측한 주름처럼 갈라진 수백 개의 금.

도대체 무슨 뜻이지? 왜 웃는 거지? 또다시 흔적도 남기지 않고 빠져나간 게 자랑스러워서? 스웨덴 역사상 최초로 동시에 은행 두 곳을 털어서? 다음에는 더 큰 일을 벌일 생각이라서?

그는 구멍으로 만들어진 얼굴을 노려보았다. 자신을 노려보고 있는 그 얼굴을.

늦은 오후 시간이었지만 바깥은 어두웠다. TV 불빛 덕분에 부엌에서 거실로 걸어가는 빈센트와 펠릭스의 모습이 보였다.

레오는 야스페르와 마당에 서 있었다.

차가운 바람은 벌겋게 달아오른 뺨을 식혀주었고 바짝 긴장한 몸은 서서히 풀어지고 있었다. 복면과 점프슈트는 이미 벗어 던진 뒤였다. 없애야 할 마지막 '단서'는 냄새나는 땀뿐이었다.

회전날개 소리가 사라지고 서치라이트 불빛이 멀어지자, 그들은 밖으로 나와 방수포를 걷어냈다. 그리고 자물쇠를 잘라내고 안으로 들어가 옷을 갈아입은 다음 픽업트럭에 올라탔다. 펠릭스가 운전대를 잡고 나머지 세 사람은 화물칸에 올려둔 단열재 뒤에 나란히 누워 덮개를 뒤집어썼다. 세 사람은 가는 내내 한 마디도 주고받지 않았다. 강화유리에 구멍을 낸 탄환 여덟 발과 폭탄이 세 사람 사이를 가르고 있었다.

"맹세한다니까."

야스페르는 레오 앞에서 안절부절못하고 이리저리 움직였다.

"내가 사물함 문을 닫을 때까지만 해도 안전장치에는 아무 문제 없었어, 레오! 맹세한다니까!"

퇴근길에 나선 사람들로 인해 꼬리에 꼬리를 물고 늘어선 자동차 행렬이 울타리 너머로 보였다.

"그거 만든 게 나야, 야스페르."

레오는 집 쪽으로 시선을 돌렸다. 펠릭스는 한 손에 리모컨을 들고 서 있었다.

"내가 고안하고, 내가 만든 거라고. 펠릭스하고 함께. 그 녀석 말이 맞아. 그게 저절로 터질 일은 없어."

"젠장, 지금 내 기분이 어떤지 알기나 해?"

야스페르는 고개를 절레절레 흔들면서 주먹으로 여러 차례 자신의 가슴을 쳤다.

"알기나 하냐고? 이렇게 서서 내 말을 못 믿겠다고? 그게…… 얼마나 나한테 상처가 되는지 알기나 하냐고!"

"그럼 어디 해명해봐. 어떻게 그렇게 된 건지, 그게 어떻게 갑자기 터질 수 있었는지!"

야스페르가 다시 주먹으로 가슴을 때렸다. 하지만 방금 전에 비해 힘이 빠진 손길이었다.

"그걸 어떻게 알 수 있겠어? 내가 만든 것도 아닌데……. 레오, 진짜 맹세한다니까! 난 시키는 대로 했을 뿐이라고."

정체 현상은 지속될 터였다. 아니, 점점 더 심해질 지도 모를 일이다. 모두가 일과를 마치고 집으로 돌아가기까지는 아직 몇 시간이 더 남은 시각이었으니까. 하지만 그는 일과를 마치고 집으로 돌아왔다. 거실을 거쳐 가는 동안 야스페르는 부엌으로 들어갔다.

레오가 위층으로 올라가자 펠릭스와 빈센트는 소파에 앉아 있었다. 그 옆에 있던 원탁 한가운데 경찰 무전 스캐너가 놓여 있었고 컵과 병들이 주변을 둘러쌌다. 동생들은 스베드뮈라에서 성공했던 것처럼 똑같은 자리, 똑같은 자세로 앉아 있었지만 이번에는 전혀 웃는 표정이 아니었다.

"스캐너 켜봐." 레오가 말했다.

"싫어."

"펠릭스, 뭐라고 하는지는 들어봐야 할 거 아니야."

"곧 뉴스 할 시간이야."

레오는 의자 위에 철퍼덕 주저앉으며 컵에 위스키를 조금 따랐다.

"계속 그렇게 뚱한 표정만 짓고 있을 거야? 저 가방에 지금 현금 2백만 크로나가 들어 있다고!"

펠릭스는 대답 대신 리모컨을 들어 TV를 가리키며 볼륨을 높였다.

"그만 좀 해."

"그만하라고?"

펠릭스는 잔에 위스키를 절반 정도 따르고는 단숨에 비워버렸다.

"형은 은행으로 다시 돌아갔어. 그것도 계획에 있던 거야, 아니면 갑자기 변덕이 생겼던 거야?"

"변덕이라니 무슨 헛소리야. 그냥…… 그래야 한다는 생각이 들었던 것뿐이야."

"그런 생각이 들었다고? 형은 차로 오던 중이었어. 우린 그 즉시 거기서 벗어나야 했고."

그때 뉴스의 머리기사가 두 사람의 대화를 중단시켰다.

"볼륨 좀 키워봐."

양손에 네 개들이 맥주를 든 야스페르가 부엌에서 올라왔다.

오늘 오후 3시경, 스톡홀름 중앙역 사물함에 설치되어 있던 폭발물이 해체 작업 도중 폭발하는 사고가 발생했습니다.

소파에 푹 파묻혀 있던 빈센트가 화면에 집중하기 위해 허리를 숙이며 자세를 고쳐 앉았다. 멀리서 현장을 잡은 화면이 흘러나오는 도중 폭발음이 울려 퍼졌다.

곧이어 카메라가 승객 대합실에서 하늘 위로 퍼져나가는 검은 연기를 포착했다.

빈센트가 보고 싶었던 건 부상당한 경관이었다. 피를 흘리며 흰 천을 뒤집어쓴 경관, 시커먼 아스팔트에 누워 있는 경관, 아니면 들것이나 구조대의 응급처치를 받고 있는 경관의 모습이었다. 하지만 그런 장면은 전혀 없었다. 그저 계단이나 대합실 등에 널브러진 파편들과 통제선, 그리고 끝없이 줄을 선 여행객들뿐이었다.

폭탄 제거반 경관 한 명이 파편에 맞아 경상을 입어 현재 사바츠베리 병원에 입원한 것으로 알려졌습니다.

드디어 앰뷸런스가 나타났다.

빈센트는 안도하며 다시 뒤로 기대앉았다. 경찰은 사망하지 않았다.

웃음까지 튀어나왔다. 기분이 묘했다. 지난 몇 달간의 일들이 비

현실적으로 느껴졌다. 형들과 함께 보고 이야기하던 그런 누아르 영화 속으로 들어온 기분이었다. 하지만 이제 모든 게 현실이라는 게 실감났다.

펠릭스는 다시 한 번 위스키로 잔을 절반쯤 채우고 단번에 들이켰다.

"자랑스러워, 야스페르? 시내 한복판에서 폭탄을 터뜨려서 만족스럽냐고!"

"네가 엉성하게 만든 게 내 잘못은 아니지."

"안전장치 건드린 게 너라는 거 알아!"

펠릭스는 소파에서 벌떡 일어나 야스페르의 멱살을 움켜쥐고 강제로 일으켜 세웠다.

"놓지 못해!"

셔츠 단추 하나가 바닥으로 굴러 떨어졌다. 두 사람의 숨소리가 거칠어졌다. 야스페르가 펠릭스의 손을 잡자 펠릭스는 멱살 잡은 손에 더 힘을 주었다.

"자리에 앉아, 젠장!" 레오는 두 사람을 떨어뜨리며 소리쳤다. "애들 장난도 아니고 뭐 하는 짓이야! 당장 앉아!"

"거짓말하는 거 알아!"

"앉으라니까!"

"저 새끼하고 한자리에 앉을 일 없을 거야!"

펠릭스가 멱살을 풀자 야스페르도 상대의 손을 놓고 셔츠에 남은 단추를 채웠다.

"펠릭스, 소리 지르지 말고 진정해."

레오는 화를 참지 못하고 붉으락푸르락해진 얼굴로 이를 갈며 씩씩거리는 동생을 쳐다보았다.

"난 야스페르 말 믿어. 내 눈을 똑바로 쳐다보면서 맹세했어."

"그래서? 믿는다고?"

"그래, 난 믿어."

"저 새끼, 무슨 짓을 벌일지 모를 새끼라고! 수송차 기사 입에 총을 쑤셔 넣질 않나, 쉔달하고 스베드뮈라에서 늑장 부리면서 쓸데없이 총질하질 않나……. 오늘도 봐, 완전히 미쳐간다니까! 안 그래? 난 절대 못 믿어. 그런데 우린 서로를 믿어야 하잖아!"

"그래도 난 믿어. 자기가 한 일이 아니라잖아."

"그래? 그럼 난 형도 못 믿어!"

펠릭스는 의자 하나를 뒤집어엎으며 자리를 박차고 통로로 나갔다.

"다들 내 말 잘 들어! 이제 아무 상관 없어, 없다고!"

3일 전, 폭발물을 처음으로 본 빈센트는 자신에게 걸음마부터 모든 걸 가르쳐준 큰형에게 대들며 맞섰다. 이 모든 문제를 촉발시킨 게 자기 자신일 수도 있었다.

"이제 상관없어, 펠릭스 형. 아무도 안 죽었잖아."

문제를 일으킨 장본인은 자신이었다. 이 일을 매듭지을 수 있는 유일한 장본인도 자신 같았다.

"다 잊자고. 다시는 이 얘기 안 하는 거야. 그리고 두 사람……이제 그만 싸워."

빈센트는 문턱에 서 있던 펠릭스를 쳐다보고는 엎어진 의자를 바로 세우는 레오와 사라진 단추 때문에 짜증을 내다 셔츠를 아예 벗어 던진 야스페르를 차례로 쳐다보았다.

"빈센트 말이 옳아."

레오가 TV 화면을 가리켰다. 뉴스 화면은 혼란스러운 중앙역에서 스톡홀름 남부, 어느 도시로 옮겨가 있었다. 제지선과 총탄 세례를 받고 금고가 활짝 열린 은행, 밖에서 지켜보는 구경꾼들이 나왔다.

"다른 건 아무 상관 없어. 중요한 건 우리가 여기, 함께 모여 있다는 사실이야. 그리고 저 밖에서는 여전히 우리가 누구인지, 앞으로 무슨 일을 벌일 건지에 대해 전혀 모르고 있다는 사실이고."

풍성한 갈기를 가진 흑마 한 마리가 뒷발로 서서 그를 바라보고 있었다. 브라나츠. 와인병에 붙은 라벨이었다.

그 흑마는 길들지 않는 자유로운 말이라는 걸 그는 알고 있었다. 남들 눈에는 단지 자두와 흙 맛이 나는 싸구려 몬테네그로산 레드와인 상표에 불과하겠지만…….

이반은 부엌 식탁 옆에 있는 소파에 앉았다. 날씨가 춥거나 가진 게 시간밖에 없는 날이면 하루의 대부분을 보내는 장소였다. 코르크 마개를 뽑고 프라이팬에 와인을 절반 정도 따른 후 설탕 두 스푼을 넣자 서서히 녹아들어갔다. 그다음 비교적 깨끗하고 큼지막한 머그잔에 와인을 부었다. 평범한 날이었다. 하지만 실상은 달랐다. 복권 열 장을 채우고, 첫 와인병을 다 비우고, 첫 담배를 피운 후 큰아들에게 전화를 걸었다. 몇 년 만에 건 두 번째 전화였다. 레오는 바쁜 사람처럼 짜증을 내며 단호히 대화를 잘라버렸다. 그러고 얼마 지나지 않아 라디오에서 뉴스 속보가 들려왔다. 스톡홀름 중앙역의 대합실 사물함에 설치돼 있던 사제 폭탄이 해체 도중 폭발했다는 소식이었다. 그것도 도심 한복판에서. 스웨덴으로 건너온

지 30년 만에 처음 접하는 대형 사건이었다. 폭탄 테러는 다른 곳에서나 벌어지는 일이었다. 그가 등지고 떠나온 나라 같은 곳에서나……. 복권 스무 장을 더 채우고, 와인 반병 정도를 더 마시고, 담배를 피우는 동안 또 다른 속보가 전해졌다. 은행 강도였다. 이번에는 두 곳이 연달아 강도를 당했다는데 그가 살고 있는 외스모, 그것도 그의 집에서 불과 5백여 미터 떨어진 곳이었다.

평범한 날과 다를 바 없었지만 실상은 달랐다.

문득 서른다섯 생일날, 여덟 살짜리 레오가 자신에게 선물로 준 백마 인형이 떠올랐다. 누워 있는 자세의 하얀 도자기 인형이었다. 와인병에 붙어 있던 라벨을 수도 없이 봤던 큰아들은 아빠가 좋아하는 게 말이라고 생각한 모양이었다.

몇 모금을 더 마셨다. 목부터 가슴까지 뜨거운 열기가 퍼졌다.

창문을 하루 종일 열어놓았지만 총성은 전혀 듣지 못했다. 총소리가 어떤지 누구보다 잘 아는 그였다. 폭죽과 쉽게 구분되는 특징 때문이었다. 총성은 울림이 짧다. 누군가 총기를 사용했으면 분명히 알아들었을 것이다.

현관 옷걸이에 걸려 있던 외투는 두 벌이었다. 잠시 밝은 회색과 짙은 회색 재킷을 두고 망설이다가 결국 밝은 회색을 골랐다.

양손을 호주머니에 찔러 넣자 재킷의 등 부위가 쫙 펴졌다. 그는 계단을 내려와 현관을 나섰다. 지폐로 두둑했던 돈 봉투가 얇아지기는 했지만 아직까지는 가슴팍에 달린 앞주머니에 넣으면 단추가 채워지지 않았다. 용돈은 4만3천에서 2만9천5백으로 줄어들었다. 담배와 와인 그리고 복권 때문이었다.

한산하고 조용한 도로를 따라 걸은 뒤 언덕길을 내려와 도서관 맞은편에 있는 버스 정류장을 돌고 나서야 첫 번째 경찰차를 발견했다. 광장에는 제지선이 쳐져 있었고 짙은 색 제복에 우스꽝스러운 모자를 걸친 경찰들이 진술을 하고 싶어 하는 사람들을 대상으로 질문을 던지고 있었다. 그에게 크리스마스는 탐욕의 상징, 지나친 과식으로 사람들이 살찌는 기간, 살아 있는 돼지가 죽은 돼지를 먹어치우는 기간, 인위적인 기쁨, 강요된 웃음, 히스테리를 부리는 아이들을 상징했다. 그런데 그 크리스마스 조명 장식물들도 이번만큼은 쓸모가 있었다. 범죄 현장을 밝혀주고 있었기 때문이다. 대형 산타클로스는 진지해 보이려 애쓰는 사람들의 얼굴을 비춰주었다. 저마다 이야깃거리를 들려주겠다는 표정의 목격자들. 그 생각을 하는 동안만큼은 자신들이 남달라 보이리라 믿고 있는 목격자들…….

이반은 모여 있던 사람들 너머로 뭐가 보이는지 확인하기 위해 목을 뺐었다. 은행이 보였고, 그 안에서 분주하게 오가는 사람들이 보였다.

빌어먹을 배지를 자신의 코앞에 들이댔던 그 형사였다. 이반 뒤 브냑이 몰래 남의 집에 들어가 물건이나 훔치는 하찮은 좀도둑에 불과하다는 뉘앙스를 풍겼던 그 개자식.

그는 군중들 틈 사이를 뚫고 길을 터서 은행 가까이 다가갔다. 그리고 은행 안에서 박살난 감시 카메라와 쓰러진 의자, 바닥에 나뒹구는 현금 보관함 사이를 오가며 무언가를 확인하고 있는 형사를 확실히 알아보았다. 그 옆에는 흰 가운에 라텍스 장갑을 착용한 한 여성이 무릎을 꿇고 탄피를 주워 모으고 있었다. 이반은 형사가 뒤로 돌아 군중들 쪽을 바라봐주기를 기다렸지만 창구 뒤로 가더니 어딘가로 사라졌다. 이반은 금고일 거라 추정했다.

강화유리에 난 총탄 자국 여덟 발.

한자리에 모인 총탄 구멍은 얼굴 형상이었다. 눈 두 개, 코 하나, 그리고 미소 짓는 입 하나.

이반은 어스름한 저녁 시간, 은행 앞에 서서 유리 파편과 탄피가 널브러진 바닥 위에서 웃고 있는 '얼굴'을 쳐다보았다. 그리고 저마다 무언가를 봤다고 떠들어대는 사람들의 이야기에 귀 기울이지 않으려 애썼다. 이반은 각각의 사건들을 하나씩 생각해보면서 연관성을 찾았다. 얼핏 보면 아무런 관계가 없어 보이지만 긴밀하게 연결된 하나의 완전체 같은 사건들. 마치 자신이 매일같이 사 모으는 복권의 번호들처럼. 그는 오지랖 형사, 주머니에 든 현금 봉투, 집에서 5백여 미터 떨어져 있는 은행에서 발생한 강도 사건, 공권력을 비웃는 총알구멍 미소를 차례로 머릿속에 그려나갔다.

그는 군중들 사이를 벗어나 발걸음을 옮겼다. 걸음을 뗄 때마다 감시당하고 있다는 의심이 강해져갔다. 단 한 순간도 깜빡이지 않을 초췌한 두 개의 눈동자가 등 뒤를 노려보는 것 같았다.

옮긴이 **이승재**

한국외국어대학교 불어교육과, 동 대학 통번역대학원을 졸업, 현재 유럽 각국의 다양한 작가들을 국내에 소개하고 있다. 옮긴 책으로는 도나토 카리시의《속삭이는 자》《이름 없는 자: 속삭이는 자 두 번째 이야기》《영혼의 심판》《안개 속 소녀》, 루슬룬드, 헬스트럼 콤비의《비스트》《쓰리 세컨즈》《리뎀션》, 프랑크 틸리에의《죽은 자들의 방》, 카린 지에벨의《그림자》《너는 모른다》《마리오네트의 고백》《빅 마운틴 스캔들》, 올리비에 부르도의《미스터 보쟁글스》, 바티스트 보리유의《죽고 싶은 의사, 거짓말쟁이 할머니》《불새 여인이 죽기 전에 죽도록 웃겨줄 생각이야》, 디온 메이어의《프로테우스》, 미카엘 베리스트란드의《델리에서 가장 아름다운 손》등이 있다.

더 파더 1

2018년 10월 12일 초판 1쇄 인쇄
2018년 10월 24일 초판 1쇄 발행

지은이 | 안데슈 루슬룬드, 스테판 툰베리
옮긴이 | 이승재
발행인 | 이원주
책임편집 | 조예원
책임마케팅 | 정재영

발행처 | (주)시공사
출판등록 | 1989년 5월 10일(제3-248호)

주소 | 서울특별시 서초구 사임당로 82(우편번호 06641)
전화 | 편집 (02)2046-2869 · 마케팅 (02)2046-2883
팩스 | 편집 · 마케팅 (02)585-1755
홈페이지 | www.sigongsa.com

ISBN 978-89-527-9346-1 04850
ISBN 978-89-527-9345-4(set)

검은숲은 (주)시공사의 브랜드입니다.

이 도서의 국립중앙도서관 출판예정도서목록(CIP)은 서지정보유통지원시스템 홈페이지(http://seoji.nl.go.kr)와 국가자료공동목록시스템(http://www.nl.go.kr/kolisnet)에서 이용하실 수 있습니다.(CIP제어번호: CIP2018028956)